LA PROMESSE

IL NE LUI AVAIT PAS PROMIS L'AMOUR...

Titre de l'édition originale : *Grayson's Vow*

Pour la présente édition :
Photos de couverture : © Shutterstock
et © iStock pour la texture bois
Couverture : Marion Rosière

Collection dirigée par Hugues de Saint Vincent
Ouvrage dirigé par Sylvie Gand

Département de Hugo et Cie
34-36, rue La Pérouse, 75116 Paris
www.hugoetcie.fr

ISBN : 9782755629958
Dépôt légal : avril 2017
Imprimé en France par CPI Brodard et Taupin - N° d' impression : 3020431

NEW ROMANCE®

MIA SHERIDAN

LA PROMESSE

IL NE LUI AVAIT PAS PROMIS L'AMOUR...

Traduit de l'anglais (américain) par Clara Valmont

Hugo Roman

Ce livre est dédié à ma grand-mère,
qui a toujours eu pour moi de bons conseils,
une oreille attentive, et un cœur rempli d'amour.
Tu me manques chaque jour.

« Même une vie faite de joies ne pourrait exister sans une part d'ombre, et le mot heureux perdrait tout son sens s'il n'était pas ponctué de chagrins »

Carl Jung

CHAPITRE 1

« Ne te tourmente pas, mon amour, l'univers équilibre toujours la balance. Ses chemins peuvent être mystérieux, mais ils sont toujours justes »

Isabelle Dallaire, "Grand-mère"

KIRA

Parmi toutes les mauvaises journées que j'avais pu passer, celle-ci était sûrement la pire. Et pourtant, il n'était que neuf heures du matin. En sortant de la voiture, je pris une grande bouffée d'air parfumé de cette fin d'été et me dirigeai vers la Napa Valley Bank. Je sentais la chaleur étouffante de cette superbe matinée m'envelopper, et la douce odeur du jasmin me chatouiller les narines. J'ouvris la porte vitrée de la banque. La beauté paisible de cette journée tranchait avec mon humeur maussade. Quelle prétention de ma part. Comme si la météo devait s'accorder à mon état.

– Puis-je vous aider ? me demanda une charmante jeune femme alors que je m'approchais de son guichet.

– Oui, dis-je, en sortant de mon sac ma pièce d'identité et un vieux livret d'épargne. Je voudrais fermer ce compte.

Je posai les deux documents sur le comptoir. Un coin du livret était corné et laissait apparaître des chiffres griffonnés par ma grand-mère lorsqu'elle m'apprenait à garder une trace des dépôts que nous faisions ensemble. Ce souvenir me transperça le cœur, mais je me forçai à offrir à la jeune femme du guichet ce que j'espérais être un sourire radieux pendant qu'elle prenait le livret, l'ouvrait et commençait à entrer le numéro du compte sur son ordinateur.

Je repensai alors au jour où nous avions ouvert ce compte. Je devais avoir dix ans et, accompagnée de ma grand-mère, j'avais fièrement déposé cinquante dollars, gagnés pour l'avoir aidée à jardiner tout l'été. Nous avions pris l'habitude de venir régulièrement dans cette banque pendant les vacances dans sa maison de Napa. Entre autres choses, ma grand-mère m'avait enseigné la vraie valeur de l'argent : il est principalement fait pour être partagé, pour aider les autres, et il permet également une forme de liberté. Le fait que je ne roule pas sur l'or, que j'ai peu de perspectives et que les seuls biens matériels que je possède se trouvent dans le coffre de ma voiture me prouve qu'elle avait cruellement raison : sans argent, j'étais tout sauf libre.

– Deux mille quarante-sept dollars et seize cents, me dit la guichetière.

Satisfaite, j'acquiesçai. C'était même un peu plus que ce que j'espérais. Voilà une bonne surprise, car j'avais bien besoin de chaque centime. Je respirai profondément et croisai les mains sur le guichet en attendant qu'elle ait fini de recompter la totalité de la somme.

Une fois l'argent rangé dans mon portefeuille et le compte clos, je souhaitai une bonne journée à la jeune femme. Avant de sortir, je m'arrêtai à la fontaine d'eau.

Tandis que je savourais la fraîcheur dans ma bouche, une voix me parvint d'un bureau voisin :

– Grayson Hawthorn, ravi de vous rencontrer.

Mon sang se glaça, je me redressai lentement, en essuyant machinalement du pouce l'eau sur mes lèvres. Grayson Hawthorn… Grayson Hawthorn ?

Je connaissais ce nom. Je me souvenais de son effet sur moi, de la manière dont je me l'étais murmuré inlassablement pour le sentir vibrer sur mes lèvres, ce fameux jour, dans le bureau de mon père. Je me revoyais lui apporter une tasse de café, jeter un coup d'œil furtif sur ce dossier, qu'il avait immédiatement refermé. Était-il possible que ce soit le même Grayson Hawthorn ?

M'aventurant plus près du bureau, je ne vis rien d'autre que la porte close et le store de la fenêtre baissé. Je décidai alors de me réfugier dans les toilettes, de l'autre côté du couloir, à quelques pas de l'endroit où se trouvait le dénommé Grayson Hawthorn.

Une fois à l'intérieur, je verrouillai le loquet et m'adossai au mur. J'ignorais que Grayson Hawthorn vivait à Napa. Son procès avait eu lieu à San Francisco, c'était donc certainement là qu'il avait commis son crime. Je n'avais jamais su pour quel délit il avait été jugé, je savais simplement que mon père s'était intéressé à cette affaire pendant une courte période. Je me mordis la lèvre et, tout en me regardant dans le miroir accroché au-dessus du lavabo, je me lavai puis me séchai les mains.

Je poussai doucement la porte pour essayer de mieux entendre leur conversation, mais seules quelques voix étouffées me parvenaient. Soudain, la porte s'ouvrit, et, en me penchant, j'aperçus un homme en costume, probablement l'un des cadres de l'agence. Il entra dans le bureau. Il ferma derrière lui sans se rendre compte que la porte était restée très légèrement entrebâillée, ce qui me permettait de saisir quelques mots. Collée contre la porte fissurée des toilettes, j'essayai de nouveau d'entendre leur conversation.

Vraiment, Kira ? Ta curiosité est scandaleuse ! C'est une violation de la vie privée. Et, pire, cela n'a aucun intérêt.

J'ignorai la voix de ma conscience, et me remis à écouter.

Je chasserai vite cet acte peu glorieux de ma mémoire. Et puis après tout, personne d'autre que moi n'avait besoin d'être au courant.

Quelques mots me parvenaient : « Pardon… criminel… ne peut pas donner… cette banque… malheureusement… »

Criminel ? Ça devait forcément être Grayson Hawthorn. Quelle étrange et improbable coïncidence. Je ne savais presque rien de lui. À part son nom, le fait qu'il avait été accusé d'un crime, et que mon père avait été l'un de ceux qui l'avait utilisé comme un pion. D'ailleurs Grayson Hawthorn et moi avions ça en commun : avoir été un jouet dans les mains de mon père. Il avait ruiné tant de vies avec si peu de remords, qu'il était rare qu'il se souvienne du nom de ses victimes. Quoiqu'il en soit, j'étais en train d'écouter aux portes dans les toilettes d'une banque, et ma curiosité maladive ne me semblait pas être une raison suffisante pour justifier ma conduite. Je respirai profondément, puis m'apprêtai à sortir quand j'entendis le grincement d'une chaise, qui cessa aussitôt. Ils venaient certainement d'ouvrir la porte car à présent, j'entendais clairement leur discussion.

– Je suis désolé, Monsieur Hawthorn, je ne peux pas approuver votre demande de crédit, disait le conseiller, la voix pleine de remords. Si vous aviez davantage de valeurs ou d'actifs…

Une voix grave lui coupa la parole, celle de Grayson sans doute.

– Je comprends. Merci pour votre patience Monsieur Gellar.

Avant de refermer la porte des toilettes, j'eus le temps d'apercevoir la silhouette d'un homme grand, aux cheveux bruns, vêtu d'un costume gris. Je me lavai les mains une fois de plus, pour gagner du temps, puis quittai cet endroit exigu. En passant, je jetai un coup d'œil rapide au bureau et vis un homme assis, en costume cravate, absorbé par ce qu'il était en train d'écrire. L'homme en costume gris était donc bien Grayson Hawthorn, et il avait certainement déjà quitté la banque.

Je fis quelques pas dans la rue par cette magnifique journée d'été puis montai dans ma voiture. Je pris une minute pour observer par la vitre le cœur de la ville historique : tout était parfait, des stores immaculés ornant les devantures des commerces aux pots de fleurs multicolores décorant les trottoirs.

J'adorais Napa, du centre-ville jusqu'aux quais. J'aimais aussi la campagne environnante avec ses vignobles croulant de fruits mûrs jaune vif en été, et ses fleurs sauvages en hiver, les fameuses moutardes blanches. C'était là que ma grand-mère s'était retirée après le décès de mon grand-père, là que j'avais passé tous mes étés, dans cette petite maison avec son immense perron qui donnait sur Seminary Street. Désormais je la voyais partout, j'entendais sa voix, et je sentais en moi son esprit tendre et magnétique. Ma grand-mère se plaisait à dire : « Aujourd'hui c'est peut-être une très mauvaise journée mais demain pourrait être le meilleur jour de ta vie. Tu dois simplement patienter avant que ce jour n'arrive. »

J'inspirai profondément, comme pour chasser la solitude qui me gagnait. Oh, mamie, si seulement tu étais encore là. Tu me prendrais dans tes bras et tu me dirais que tout va bien se passer. Et, comme ces paroles viendraient de toi, j'y croirais.

Je fermai les yeux, me laissai aller contre l'appui-tête en chuchotant :

– Aide-moi mamie. Je suis perdue. J'ai besoin de toi. Fais-moi un signe. Dis-moi ce que je dois faire. S'il te plaît.

Les larmes que je retenais depuis si longtemps brûlaient mes paupières et menaçaient de couler.

Au moment où j'ouvris les yeux, un mouvement dans le rétroviseur côté passager attira mon attention. Je tournai la tête et découvris un homme grand, bien bâti dans un costume gris... Grayson Hawthorn !

Je sursautai légèrement, le souffle coupé. Il se tenait debout, contre l'immeuble proche de ma voiture, à droite de mon pare-chocs, le meilleur emplacement pour que je puisse le voir sans bouger. Je m'enfonçai juste un peu dans mon siège, me penchai en arrière puis tournai légèrement la tête pour le regarder.

Adossé au mur, les yeux fermés, il avait l'air effondré. Et mon Dieu, il était... époustouflant ! Il avait la carrure somptueuse d'un chevalier portant une armure. Ses cheveux noirs, presque trop longs, bouclaient sur son col. Mais c'était ses lèvres qui étaient vraiment dévastatrices ! Elles étaient tellement sensuelles que mes yeux voulaient les fantasmer encore et encore. Je le contemplai en essayant de mémoriser chaque détail de son visage. Puis mon regard se mit à voyager sur sa silhouette majestueuse. Son corps était en parfaite harmonie avec sa virilité intense, il était musclé et élégant, avec des épaules larges et une taille fine.

Oh, Kira, tu n'as pas vraiment le temps de reluquer des criminels sur le trottoir ! Tes problèmes sont un tout petit peu plus urgents ! Tu es à la rue et, soyons honnête, complètement désespérée. Concentre-toi donc là-dessus !

Je me mordillai la lèvre, incapable de le quitter des yeux. Quel crime avait-il commis ? J'essayais de détourner mon regard mais quelque chose en lui m'attirait. Et ce n'était pas uniquement sa virilité saisissante qui me captivait tant. En fait, je me sentais très proche de lui, tant son air triste et grave faisait écho à ce que je ressentais.

« Si vous aviez davantage de valeurs… »

– Est-ce que toi aussi tu es désespéré, Grayson Hawthorn ? murmurai-je. Et pourquoi l'es-tu ?

Soudain, il redressa la tête et se massa les tempes tout en regardant autour de lui. Après l'avoir dépassé, une femme fit volte-face pour admirer son corps de haut en bas. Il ne la remarqua pas et, heureusement pour elle, elle se retourna juste à temps pour éviter un lampadaire. Je pouffai intérieurement.

Grayson fixait toujours l'horizon. Pendant que je l'observais, un sans-abri qui faisait la manche sans récolter la moindre pièce, se dirigea vers lui. Plus il s'approchait de lui, plus je retenais mon souffle. *Pardon Monsieur, mais il semblerait que cet homme soit lui-même dans une situation encore pire que la vôtre.*

À ma grande surprise, quand le mendiant arriva à sa hauteur, Grayson n'hésita qu'un court instant avant de lui donner de l'argent. Je crois même qu'il lui donna tout ce qu'il lui restait. Je n'en étais pas sûre car j'étais un peu loin, mais son portefeuille semblait désormais totalement vide. Grayson salua le SDF qui n'arrêtait pas de le remercier, puis l'observa qui s'éloignait.

Il se dirigea ensuite d'un pas ferme dans la direction opposée, puis disparut de ma vue.

« Mon amour, observe le comportement des gens quand ils pensent que personne ne les regarde. Tu sauras ainsi qui ils sont vraiment. »

Les paroles de mamie résonnaient, comme si elle était tout près de ma voiture. Je poussai un petit cri en entendant la sonnerie stridente de mon téléphone et attrapai mon sac sur le siège passager pour y chercher mon portable.

C'était Kimberly.

– Salut, murmurai-je.

– Kira, pourquoi tu chuchotes ? me demanda-t-elle, la voix très basse aussi.

Je m'enfonçai dans le siège et m'éclaircis la voix :

– Excuse-moi, la sonnerie m'a surprise. Je suis à Napa, dans ma voiture.

– Tu as pu fermer le compte ?

– Ouais. Il y avait plus de deux mille dollars.

– C'est génial. C'est une belle somme, non ?

Je soupirai.

– Oui. Ça va me permettre de tenir quelque temps.

J'entendais les garçons de Kimberly rire en fond, elle leur parla en espagnol pour les faire taire, couvrant le téléphone de sa main, avant de reprendre :

– Tu sais que tu es la bienvenue à la maison, si tu veux.

– Je sais. Merci, Kimmy.

Mais je ne pouvais pas faire ça à ma meilleure amie. Elle et Andy, son mari, étaient entassés dans un minuscule appartement à San Francisco avec leurs jumeaux de quatre ans. À dix-huit ans Kimberly était tombée enceinte et lorsqu'elle avait appris qu'elle attendait des jumeaux, ça avait été un choc. Elle et Andy avaient toutefois réussi à surmonter cette épreuve, sans avoir une vie facile pour autant. La dernière chose dont ils avaient besoin c'était que leur amie « SDF » dorme sur leur canapé, et mette les nerfs de leur famille à rude épreuve. SDF… J'étais Sans Domicile Fixe…

Je respirai profondément.

– Ne t'inquiète pas, je vais trouver un plan, lui dis-je en me mordillant la lèvre.

Un sentiment de détermination avait chassé le désespoir que j'avais ressenti toute la matinée. Le visage de Grayson Hawthorn m'apparut alors comme un flash.

– Kimmy, est-ce que tu as déjà eu le sentiment… qu'une route s'ouvrait devant toi ? Que tu y voyais enfin clair ?

Kimberly garda le silence un instant avant de reprendre :

– Oh non… Non, je connais trop cette voix. Je sens que tu es en train d'élaborer un plan que je vais devoir – probablement sans succès – te convaincre d'abandonner. Rassure-moi, tu ne t'es pas remis en tête de te trouver un mari sur le Net ? Parce que…

Je lui coupai la parole :

– Pas vraiment… Laisse tomber.

Kimberly grommela :

– Ne me dis pas que tu as encore eu une de tes « Très Mauvaises Idées » trouvées sur un coup de tête ? Un de tes trucs complètement grotesques et potentiellement dangereux.

Je souris malgré moi.

– Oh arrête. Ces idées soi-disant « Très Mauvaises Idées » sont rarement grotesques, et quasi jamais dangereuses.

– Ah oui ?! Et la fois où tu as voulu commercialiser un masque « bio » pour le visage avec les herbes de ton jardin ?

Je souris, je voyais exactement où elle voulait en venir.

– Ah, ça ? Ma formule était presque au point. En fait, j'aurais même pu le commercialiser ce masque si mon cobaye n'avait pas été…

– Tu m'as teint le visage en vert. Impossible de le faire partir ! J'ai passé une semaine dans le corps de la Fiona de Shrek.

Je me mis à glousser doucement.

– Bon, d'accord, cette idée n'a pas très bien fonctionné, mais on avait dix ans.

– OK, et à seize ans quand on a fait le mur pour aller à la fête de Carter Scott ?

– Ça aurait pu marcher si… commençai-je à argumenter.

– Les pompiers ont dû venir me sauver sur ton toit !

– Tu as toujours été une trouillarde, dis-je, en souriant.

– Et à l'époque de la fac, la fois où tu es rentrée pour les grandes vacances et que tu as organisé cette soirée asiatique où on a tous dû venir en kimono, et où tu as surtout failli tous nous tuer ?

– Une erreur dans le choix des produits. Comment je pouvais savoir qu'il fallait un diplôme pour cuisiner ce poisson ? De toute façon, c'était il y a une éternité.

– C'était il y a deux ans !

Elle faisait mine de rester de marbre, mais au son de sa voix, je savais qu'elle souriait.

Soudain, j'éclatai de rire.

– OK, tu as gagné, petite maligne. Et malgré tout ça, tu m'aimes quand même.

– Oui, soupira-t-elle. Je ne peux pas m'en empêcher. T'es trop mignonne.

– Ça c'est discutable, je crois.

– Non, dit-elle fermement. Pas du tout ! Ton père est un connard, mais tu sais déjà ce que je pense de tout ça. Et puis maintenant ma chérie, il faut que tu arrives à parler de ce qui s'est passé. Ça fait un an, et même si je sais que tu t'en remets à peine, tu as besoin de…

Je savais qu'elle ne me voyait pas, mais je secouai la tête en me mordillant la lèvre.

– Pas encore, lui dis-je doucement. Merci de m'avoir fait rire comme ça, mais tu sais Kim, je suis vraiment dans une impasse. Et peut-être que c'est d'une « Très Mauvaise Idée » dont j'ai besoin.

Je ne pouvais pas masquer la petite fêlure dans ma voix à la fin de ma phrase. Kimberly savait toujours me remonter le moral, mais là vraiment, j'avais peur.

– Je sais, Kira.

À son ton et à la douceur de sa voix, je sentais qu'elle me soutenait.

– Et malheureusement, si tu ne te décides pas à faire marcher le réseau de ton père, tu seras peut-être condamnée à bosser comme serveuse jusqu'à ce que tu saches vraiment ce que tu veux faire.

Je soupirai.

– C'est possible, mais les fourneaux, ce n'est pas mon truc.

– Tu marques un point.

J'entendais un autre sourire dans sa voix.

– Quoi que tu fasses, on sera toujours les Kira et Kimmy Kats, OK ? Pour toujours. On est une équipe, dit-elle, se référant au nom du groupe que j'avais créé quand on avait douze ans.

J'avais eu l'idée de nous faire chanter dans la rue pour gagner de l'argent. J'avais vu un reportage à la télé sur des enfants qui mouraient de faim en Afrique. Mon père avait refusé de me donner de l'argent pour parrainer l'un d'entre eux. Finalement, on s'était faites attraper en sortant de la maison dans les horribles costumes que j'avais fait avec des cartons et du ruban adhésif. Mon père m'avait privée de sortie et d'argent de poche pendant un mois. La mère de Kimberly, qui était notre gouvernante, m'avait donné les vingt-deux dollars dont j'avais besoin pour nourrir et éduquer Khotso. Elle m'aida également pour tous ceux qui suivirent car, après cet épisode et la punition de mon père, je ne pouvais plus payer avec mon argent.

– Pour toujours, lui dis-je. Je t'aime, Kimmy Kat.

– Je t'aime Kira Kat. Maintenant, je dois te laisser, les garçons sont surexcités.

J'entendais les éclats de rire et les hurlements de Levi et Micah résonner, ainsi que le bruit de leurs petits pieds qui martelaient le sol.

– Calmez-vous, les garçons ! Et arrêtez de crier ! Kimberly s'époumonait en tenant le téléphone à distance. Ça va aller ce soir ?

– Oui, tout va bien. Je pense que je vais même faire une folie et prendre une chambre d'hôtel pas chère à Napa. Puis j'irai marcher le long de la rivière, ça me permettra de me sentir proche de mamie.

Je ne lui dis pas que ce matin, j'avais fait mes valises en urgence ni que je m'étais enfuie de l'appartement que mon père m'avait loué en passant par la sortie de secours, pendant qu'il frappait à la porte d'entrée en hurlant. Pour ne pas l'inquiéter davantage, je ne lui dis pas non plus que, ce que j'appelais mes « affaires » étaient entassées dans le coffre de ma voiture… Mais maintenant j'avais un peu d'argent et une Très Mauvaise Idée qui me trottait dans la tête, pas totalement aboutie, certes, mais tout de même défendable.

D'ailleurs, dans mon illustre palmarès de Très Mauvaises Idées, celle-ci pourrait bien décrocher le pompon !

Évidemment, j'allais approfondir mes recherches avant de me lancer. Puis je ferai une liste des points positifs et négatifs – ça m'a toujours aidé à y voir plus clair. Car ce plan-là exige une réflexion préalable.

– Paix à son âme. Ta grand-mère était une dame incroyable, ajouta Kimberly en soupirant.

– Oui, c'est vrai. Embrasse les garçons pour moi. Je t'appellerai demain.

– D'accord. À plus tard. Au fait, Kira, je suis vraiment heureuse que tu sois revenue. Tu m'as beaucoup manqué.»

– Toi aussi tu m'as manqué. Bye, Kimberly.

Je raccrochai et restai assise dans ma voiture quelques minutes de plus. Je pris ensuite mon téléphone et me mis à chercher une chambre d'hôtel abordable sur Internet.

CHAPITRE 2

GRAYSON

– La pompe n'est pas réparable, Monsieur, on va devoir la changer.

Je pestai intérieurement et rangeai ma clé à molette dans la boîte à outils, en me redressant. José avait raison. Appuyé contre cette pompe qui ne servait plus à rien, j'acquiesçai, tout en essuyant la sueur de mon front d'un revers de bras. Encore une pièce qui devait être réparée ou remplacée.

José me regardait avec sympathie.

– En revanche l'égrappoir fonctionne. Il est comme neuf.

– Bon, au moins une bonne nouvelle, répondis-je en attrapant la boîte à outils que j'avais apportée.

Une minuscule bonne nouvelle additionnée à la série des mauvaises. Enfin, je prends ce qui vient.

– Merci, José. Je vais me débarbouiller.

José hocha la tête.

– Des nouvelles de la banque, Monsieur ?

Je m'arrêtai, sans me retourner.

– Ils ont refusé ma demande de crédit.

Comme José ne réagissait pas, je continuai à marcher. Je pouvais presque sentir son regard déçu brûler mon dos. J'avais promis de continuer à faire tourner le vignoble familial, et rien sur Terre n'était plus important pour moi. Mais José, lui, avait une famille à nourrir et son petit dernier n'avait que quelques semaines. Si j'échouais, je ne serais pas le seul sans emploi.

Si vous aviez davantage de valeurs...

Je serrai la mâchoire tant ces mots m'avaient fait du mal, leur sens allant au-delà de la valeur financière. Ils me rappelaient que je n'avais jamais été un homme de valeur.

Si vous aviez davantage de valeurs...

Si, en effet.

Avec des « SI » on mettrait Paris en bouteille.

J'avais écumé les « et si » de ma vie un nombre incalculable de fois. C'était une perte de temps douloureuse.

De toute façon, je n'avais pas besoin d'une raison de plus pour me mépriser.

J'avais d'ailleurs décidé de chasser ces pensées de mon esprit. Je m'étais senti glisser dangereusement vers l'auto-apitoiement, et je savais d'expérience que c'est un abysse dont il est très difficile de sortir. À la place, je m'étais drapé dans la froideur pour faire face au désespoir, et me permettre ainsi de continuer à faire mon travail.

Du coup, je me souvins que mon père, lui, m'avait trouvé digne. Et puis j'avais fait le vœu de ne pas le laisser tomber, pas cette fois.

Quand je sortis, le soleil brillait encore fièrement en cette fin d'après-midi. L'odeur des roses que ma belle-mère avait plantées il y a si longtemps remplissait l'air, et je percevais même le bourdonnement paresseux d'une abeille. Je m'arrêtai pour observer les interminables rangées de raisins qui mûrissaient, et la fierté me fit bomber le torse. Ça allait être une bonne récolte. Je le sentais au plus profond de moi. Il fallait qu'elle le soit. Cette pensée me permettait de tenir. Mais le problème, c'était que si mon équipement n'était pas prêt à l'automne, je ne pourrais rien faire de mes fruits. J'avais vendu presque tout ce qui avait de la valeur dans ma maison de famille pour financer la plantation de ces ceps...

Quelques minutes plus tard, je me trouvai dans la maison, une grande demeure en pierre construite par mon père, conçue dans un esprit vintage, avec le cachet de l'ancien. En son temps, c'était une belle bâtisse, mais aujourd'hui, comme le matériel de vinification, elle avait besoin de travaux. Or, je n'avais absolument pas les moyens de financer ces travaux…

– La pompe n'est pas réparable

Walter, le maître d'hôtel de la famille devenu homme à tout faire, me salua. Je serrai les dents :

– Il paraît.

– J'ai fait une liste de tous les équipements pouvant être réparés, et ceux qui nécessitent d'être remplacés. Il y a un code couleur en fonction des priorités.

Génial ! Tout ce qui me manquait : une preuve visuelle du désespoir de ma situation…

En passant devant le courrier posé sur la console du hall, j'arrêtai une seconde de m'auto-flageller.

– Tu es aussi mon secrétaire, Walter, maintenant ?

– Il faut bien que quelqu'un s'en charge. Tenir cette maison demande bien trop de travail pour une seule personne, Monsieur.

– Permets-moi de vous poser une question, Walter.

– Oui Monsieur.

– As-tu fait une liste des moyens qui me permettraient de payer pour tous ces codes couleur qui ont besoin d'être réparés ou remplacés ?

Walter secoua la tête.

– Non, Monsieur, je n'ai aucune idée que vous n'auriez pas déjà envisagée. Mais j'espère que ma liste vous sera utile.

– Pas le moins du monde, Walter, dis-je en me dirigeant vers l'escalier principal. Et je t'ai dit un million de fois de m'épargner vos « Monsieur ». Tu m'as vu naître.

Je ne méritais pas de titre particulier en plus. Walter en valait trois comme moi, et il en avait sûrement conscience. Cependant, je savais qu'il ne perdrait jamais son professionnalisme.

Walter Popplewell venait d'Angleterre et était dans la famille depuis plus de trente ans.

Il s'éclaircit la voix :

– Et il y a quelqu'un pour vous, Monsieur.

– Qui est-ce ? lui demandai-je en me retournant.

– Quelqu'un, à la recherche d'un emploi, Monsieur.

Je levai les yeux au ciel. Doux Jésus.

– Très bien, je vais me débarrasser de lui. Peux-tu juste me dire quel genre d'idiot vient ici pour trouver un travail ?

Walter dirigea son regard vers la cuisine où j'entendais sa femme Charlotte, ma gouvernante, rire avec quelqu'un.

En entrant dans la pièce, je découvris un homme assis à la grande table en bois, une assiette de cookies posée devant lui. Quand il me vit, il se leva brusquement, faisant tomber l'assiette qui se brisa en mille morceaux.

– Oh mince ! s'écria Charlotte en posant sur la paillasse le verre de lait qu'elle était en train de servir pour venir à son aide. Ne vous en faites pas, Virgil. Occupez-vous de parler à Monsieur Hawthorn, moi, je vais nettoyer. N'y pensez plus.

L'homme qui se tenait devant moi était massif, une taille XL au minimum. Il portait une chemise à rayures kaki, rouge et bleu, et une casquette des Giants. Son visage rond semblait apeuré, et son regard oscillait entre l'assiette brisée et moi.

Je m'approchai pour le saluer.

– Grayson Hawthorn.

Ses yeux se posèrent sur ma main tendue. Il la serra fébrilement, et, au moment où son regard rencontra enfin le mien, je compris à son air candide qu'il était mentalement retardé.

Bon Dieu.

– Mon nom est Virgil Potter, Monsieur… Hawthorn… Grayson… Monsieur.

Il lâcha ma main en fixant timidement le sol, observa ensuite Charlotte qui balayait, grimaça légèrement, puis me regarda à nouveau.

– Comme le sorcier, Monsieur, sauf que ma cicatrice n'est pas sur le front mais dans mon dos, car je suis resté trop près de notre chauffage électrique quand j'étais…

– Que puis-je faire pour vous, Monsieur Potter ?

– Oh, pas la peine de m'appeler « Monsieur », Monsieur. Juste Virgil.

– D'accord, Virgil.

Charlotte, à genoux sur le sol, me fusilla du regard. Je l'ignorai et restai concentré sur Virgil.

Il hésita, se balançant d'un pied sur l'autre, en regardant à nouveau Charlotte, qui leva les yeux vers lui, sourit et hocha la tête. Il retira la casquette de baseball de sa tête, comme s'il venait de se rendre compte qu'il avait oublié de l'enlever, et la serra dans ses grandes mains.

– J'espérais, Monsieur… En fait… Je cherche un emploi, Monsieur… Et je me disais que je pourrais travailler pour vous. J'ai entendu des gens en ville dire que vous alliez avoir beaucoup de mal à faire prospérer votre vignoble, et je pensais que je pourrais vous aider. Je viendrais pour pas cher, car je sais que je ne suis pas aussi intelligent que d'autres. Mais je suis un véritable forçat. Ma mère me l'a dit. Je pourrais peut-être vous être utile ?

Je soupirai. Il ne manquait plus que lui. J'étais déjà pris à la gorge par mon personnel, pas suffisamment nombreux pour mes besoins, mais c'étaient les seuls que je pouvais me permettre de garder, et surtout les seuls qui étaient restés. Je pouvais difficilement en embaucher un de plus. Encore moins quelqu'un qui, sans nul doute, travaillerait sans relâche.

– Virgil…

Je commençais à le remercier, mais il me coupa la parole :

– Voyez, Monsieur, ma maman, elle ne peut plus faire des ménages à cause de son dos car elle souffre trop. Et si je ne travaille pas, nous n'aurons plus assez d'argent pour nous en sortir. Je sais que si quelqu'un me donne ma chance, je serai un employé modèle.

Bon Dieu.

Je jetai un regard glacial à Charlotte qui était en train de vider la pelle. Elle était derrière tout ça. Que croyait-elle ? Quand cet endroit serait en faillite, Walter et elle se retrouveraient au chômage. Je fermai les yeux une seconde, puis les rouvris.

–Virgil, je suis désolé, mais je…

–Je sais, en me regardant, vous vous dites certainement que je ne suis pas d'une grande utilité, mais je peux l'être. Je le sais, Monsieur. Je peux travailler pour vous.

Ses grands yeux d'enfant étaient remplis d'espoir.

Si vous aviez davantage de valeurs…

Les morceaux cassés de l'assiette tintèrent dans la poubelle, et, même si elle était occupée, Charlotte ne me quittait pas des yeux. Je pinçai la bouche.

Si vous aviez davantage de valeurs…

–Très bien, Virgil. Vous êtes engagé, lui dis-je, en regardant Charlotte dont les lèvres très légèrement étirées laissaient deviner un petit sourire discret.

Quand mon attention revint à Virgil, ses yeux brillaient. Je levai la main, comme si ce geste pouvait tempérer l'intensité de son bonheur.

– Mais je ne peux pas vous payer beaucoup, et nous allons devoir faire un essai, d'accord ? Un mois, et on verra comment vous vous en sortez. Vous devez savoir que nous travaillerons parfois tard le soir. Il y a des dortoirs au niveau des installations viticoles. Si vous n'avez pas de voiture pour rentrer chez vous, vous pourrez y dormir.

Mais au train où allaient les choses, ce vignoble serait-il toujours en activité dans un mois ?

Virgil acquiesça exagérément, tordant sa pauvre casquette dans ses mains, à un tel point qu'elle était sûrement devenue immettable.

–Vous ne le regretterez pas, Monsieur. Non, je ne vais pas vous laisser tomber. Je suis un gros travailleur.

– D'accord, c'est bien, Virgil. Revenez demain matin pour remplir le contrat, et apportez votre pièce d'identité. Neuf heures, d'accord ?

Virgil hochait toujours la tête.

– Je serai là, Monsieur, même plus tôt. Je serai là à sept heures.

– Neuf heures c'est bien, Virgil, et vous pouvez m'appeler Grayson.

– Oui, Monsieur, Grayson. Neuf heures, d'accord.

Virgil tourna son grand corps maladroit, salua Charlotte en souriant, puis quitta rapidement la cuisine, probablement pour éviter que je ne change d'avis. Pendant que Virgil s'éloignait de la maison, je restai debout face à la fenêtre, et passai en revue les arbres qui longeaient l'allée jusqu'au grand portail en acier à l'entrée de la propriété. Je pestai intérieurement pour la centième fois aujourd'hui, et jetai à nouveau un regard glacial à Charlotte.

– Si je ne te connaissais pas aussi bien, je dirais que tu voulez ma mort.

– Ah, pourtant vous le savez bien, mon garçon. Tout ce que je souhaite, c'est votre succès.

Bien sûr que je le savais. Mais je grommelai quand même, pour la forme.

Charlotte me sourit et fredonna, penchée au-dessus de l'évier.

Je sortis sans rien ajouter et me dirigeai vers la douche. Je ne le faisais pas souvent, mais ce soir, j'allais me saouler à mort.

* * *

Ce matin, le soleil tapait à travers les fenêtres, plongeant l'entrée dans une lumière dorée. Je descendis les escaliers, beaucoup trop tôt d'ailleurs, sachant que j'étais rentré à la maison il y a seulement quelques heures. Je reculai d'un pas ou deux pour ne pas être ébloui. Ma tête me faisait un mal de chien, mais je l'avais bien mérité. Le temps d'une soirée, l'alcool m'avait fait oublier mes problèmes et, rien que pour cela, ça en valait la peine. Tous les jours, je travaillais de l'aube au coucher du soleil, et pourtant cela ne suffisait pas. Alors après l'épisode d'hier, à la banque, je méritais bien une nuit d'ivresse. Un homme normal ne pouvait pas supporter tout ça.

– Gray, mon chéri, il y a quelqu'un qui souhaite vous rencontrer. Bonjour.

Charlotte me sourit au moment où j'arrivai au pied de l'escalier.

– Oh, dit-elle en fronçant les sourcils. Vous ressemblez à ces déchets que le chat rapporte parfois, vous ne trouvez pas ?

J'ignorai sa dernière remarque.

– Qui est-ce encore ? Et de si bon matin ?

Quelle nouvelle ne pouvait pas attendre une heure décente ? Le soleil se levait à peine, et moi j'avais l'impression d'être en enfer.

– J'imagine que c'est encore quelqu'un qui cherche du travail ? Un cul-de-jatte peut-être ?

Charlotte sourit.

– Je ne lui ai pas demandé l'objet de sa visite mais je ne crois pas qu'elle cherche du travail. Elle a tous ses membres, et elle vous attend dans votre bureau, dit-elle en souriant.

– Elle ?

– Oui, c'est une jeune femme. Elle s'appelle Kira. Très belle, me dit Charlotte en me faisant un clin d'œil.

Finalement, peut-être que la journée ne commençait pas si mal. Sauf s'il s'agissait d'une fille avec qui j'avais couché, et que j'avais préféré oublier.

J'avalai deux cachets d'aspirine, attrapai une tasse de café dans la cuisine, et me dirigeai vers l'entrée de la maison, dans le grand bureau qui appartenait jadis à mon père.

Une jeune femme vêtue d'une robe ample, de couleur crème, faite d'une matière qui ressemblait à de la soie et ceinturée à la taille, se tenait dos à moi, parcourant l'imposante bibliothèque qui faisait face à la porte. Je m'éclaircis la voix, elle se retourna, surprise, en mettant les mains sur sa poitrine, et laissa tomber le livre qu'elle feuilletait. Elle écarquilla les yeux, puis se baissa pour ramasser, en riant doucement.

– Désolée, vous m'avez fait peur.

Elle se releva, et tout en s'approchant vivement de moi :
– Désolée, euh, désolée. Grayson Hawthorn, c'est ça ?

Elle posa le livre sur le bord du bureau et me tendit la main.

Elle était de taille moyenne, mince, avec des cheveux cuivrés magnifiques, tirés en une queue-de-cheval sévère au bas de sa nuque. Pas mon genre, mais Charlotte avait raison, elle était jolie. J'avais une préférence pour les grandes blondes élégantes. Une en particulier, en fait. Mais je décidai d'oublier aussitôt cette pensée douloureuse. Aucun intérêt à ressasser cette histoire. C'est seulement lorsque la dénommée Kira s'approcha que je remarquai ses grands yeux bordés de cils épais, ainsi que ses sourcils, de la même couleur que ses cheveux somptueux, soulignant délicatement son regard. Mais c'est la teinte de ses yeux qui me renversa. Jamais je n'en avais vu d'aussi verts. Ils étaient éblouissants, comme deux émeraudes. J'eus le sentiment que ces yeux avaient vu des choses comme aucuns autres. Ensorcelants. Magnétiques. J'en avais le souffle coupé.

Je reculai légèrement, recentrai mon regard, et lui pris la main. Elle était petite et chaude. Sa chaleur voyagea depuis mon bras jusqu'à mon dos. Je fronçai les sourcils et enlevai ma main de la sienne.

– Et vous êtes ?

Je ne m'attendais pas à ce que le ton de ma voix soit si distant.

– Kira, dit-elle simplement, comme si ça suffisait. Kira ferma ses yeux somptueux, je sentis alors une pointe de mécontentement. Elle secoua la tête lentement, avant de me regarder à nouveau.

– Pardon, mais ça vous ennuie si on s'assied ?

Je lui montrai la chaise qui se trouvait face au grand bureau en acajou. Je posai ma tasse de café, puis allai m'asseoir dans le fauteuil en cuir juste derrière le bureau.

– Voulez-vous une tasse de café ? lui demandai-je. Je peux appeler Charlotte.

Qu'est-ce que cette fille pouvait bien vouloir ? Son visage ne m'évoquait rien.

– Non, merci, dit-elle en secouant la tête. Elle m'en a déjà proposé un.

Une mèche de cheveux glissa de sa queue-de-cheval, elle fit une petite moue ennuyée tout en essayant de la replacer.

J'attendais. J'avais toujours mal à la tête, et alors que je massai distraitement mes tempes, je remarquai que son regard suivait ma main. Je ne pouvais m'empêcher de l'observer.

Elle respira profondément, et se redressa tout en croisant les jambes. Sa chaise étant placée loin de mon bureau, mes yeux pouvaient facilement se perdre le long de ses mollets galbés, de ses chevilles fines jusqu'à sa paire de sandales à talons bleues. Le sac qui se trouvait maintenant sur ses genoux, était brodé de perles assorties à ses chaussures. Je ne connaissais rien à la mode, mais je savais reconnaître les choses de valeur. Ma belle-mère au cœur de pierre avait été l'incarnation même de l'élégance.

– Je ne veux pas vous chasser, mais j'ai beaucoup à faire aujourd'hui.

Elle écarquilla les yeux.

– Oui. Bien sûr. Je suis désolée. Dans ce cas, je vais aller droit au but : j'ai une affaire à vous proposer.

Je levai un sourcil.

– Une affaire ?

Elle hocha la tête, tout en jouant avec le long collier en or qu'elle portait.

– Oui, eh bien, en fait, Monsieur Hawthorn, je suis ici pour vous demander en mariage.

J'éclatai de rire, recrachant presque la gorgée de café que je venais de prendre.

– Excusez-moi ?

Ses magnifiques yeux prirent alors une teinte indescriptible.

– Vous avez bien entendu, je pense que c'est une idée qui peut certainement nous être bénéfique.

– Et comment pouvez-vous avoir la moindre idée de ce qui me serait bénéfique, Mademoiselle... Quel est votre nom de famille ? Vous ne me l'avez pas dit.

Elle leva son petit menton.

– Dallaire. Mon nom de famille est Dallaire.

Elle me regarda comme si elle attendait une réaction de ma part.

– Dallaire ?

Je pris un temps, fronçai les sourcils. Je connaissais ce nom.

– Dallaire comme l'ancien maire de San Francisco ?

– Oui.

Elle leva son menton plus haut. Ah, elle était hautaine. C'était en tout cas ce que révélait sa gestuelle. Elle était de la famille « royale » des politiques. Une héritière. Je ne savais pas grand-chose sur Frank Dallaire, excepté qu'il avait été maire pendant deux mandats. Il était extraordinairement riche, pas uniquement grâce à sa carrière politique, mais, d'après mes souvenirs, grâce également à des placements immobiliers. Ou quelque chose dans le genre. Il était systématiquement sur la liste des hommes les plus riches du pays. Alors que Diable sa fille faisait-elle ici ?

– Je répète ma question, Mademoiselle Dallaire, qu'est-ce qu'un mariage avec moi pourrait bien vous apporter ?

Elle soupira, en prenant un air un peu moins hautain.

– Je suis dans une impasse, Monsieur Hawthorn. Mon père et moi nous sommes…

elle se mordit la lèvre une seconde, semblant être à la recherche du mot juste éloignés. Pour parler franchement, j'ai besoin d'argent pour vivre, pour survivre.

Je l'observai une seconde, puis ricanai doucement.

– Dans ce cas, je peux vous assurer, Mademoiselle Dallaire, que m'épouser ne vous serait pas profitable. Bien au contraire en fait. On vous a mal informée.

Elle secoua la tête et se pencha en avant.

– Ce qui m'amène au point qui nous profitera à tous les deux.

– Je vous en prie, dites m'en davantage, lui répondis-je, ne pouvant masquer ma lassitude.

Je me massai à nouveau les tempes. Je n'avais vraiment pas le temps pour ces bêtises.

Elle acquiesça.

– Eh bien, j'ai appris que votre vignoble est… comment dire… un échec, et que, pour faire court, vous avez besoin d'argent.

La façon dont cette gosse de riche résumait ma situation me rendit fou de rage. Je retirai ma main de ma tempe et lui jetai mon regard le plus glacial.

– Et comment savez-vous ça ?

Elle releva de nouveau son menton.

– J'ai enquêté sur vous.

– Ah.

– En fait, j'étais à la banque hier. J'ai accidentellement entendu une partie de votre conversation. On vous a refusé un crédit.

Je me figeai pendant que ses joues rougissaient. Eh bien, elle avait au moins l'élégance d'être embarrassée.

– Accidentellement entendu, mon cul !

Son petit menton se redressa encore.

La colère, et aussi une pointe d'humiliation sur ce qu'elle avait pu entendre, fit courir une décharge électrique dans mon dos, me forçant à me redresser.

– Vous m'avez grossièrement espionné lors de mon rendez-vous à la banque, avez fait quelques recherches sur Google, et maintenant vous pensez connaître ma situation ? Qu'est-ce que c'est que ce bordel ?

Son expression s'adoucit et sa langue rose vint mouiller sa lèvre inférieure. Mon corps réagit instantanément à ce petit mouvement, et je me forçai aussitôt à tempérer mes ardeurs. Je n'étais pas attiré par la petite princesse arrogante assise en face de moi. De plus, j'étais avec une femme la nuit dernière, Jade une blonde qui sentait la pastèque… ou bien était-ce l'ananas ?

Elle avait été très entreprenante. Et pourtant, même cette escapade m'avait laissé vaguement insatisfait… et empestant la salade de fruits ! Je me concentrai à nouveau sur la rousse assise en face de moi. Ou était-elle brune ? C'était presque le mélange parfait des deux… Comme si ses cheveux lisaient dans mes pensées, une autre mèche s'échappa de sa queue-de-cheval. Kira la fit glisser derrière son oreille.

– Je ne pense pas connaître tous les détails de votre situation. Mais je sais que vous avez besoin d'argent, et qu'il vous reste peu de solutions, en particulier compte tenu de votre… casier.

Le rose colora à nouveau ses joues ivoire, puis elle continua :

– Moi aussi j'ai besoin d'argent. Je suis tout autant désespérée que vous, en fait.

Je laissai échapper un soupir.

– Je suis sûr que si vous alliez voir papa, tout cela pourrait être réglé. Les choses sont rarement aussi dramatiques qu'elles n'y paraissent.

Sauf dans ma situation.

Ses yeux me fusillèrent, pourtant l'expression sur son visage resta neutre.

– Non, dit-elle. Les choses ne se régleront pas avec mon père. Nous avons eu une grosse dispute il y a plus d'un an.

– Hum. Et comment avez-vous fait depuis ?

Elle fit une pause, comme si elle évaluait ce qu'elle pouvait répondre.

– J'ai voyagé.

Pour faire du shopping probablement. Ou bronzer. Je balayai à nouveau du regard ses jambes légèrement hâlées. Et maintenant, sa fortune s'était envolée et Papa n'allait plus subvenir à ses besoins. Quelle tragédie.

– Avez-vous quelque chose contre le fait de chercher un travail ? Avez-vous fait des études ?

– Ma carrière universitaire a été… courte. Et non, bien sûr, je n'ai rien contre le fait de chercher un emploi si besoin. Mais je me contenterai de dire que je suis venue ici aujourd'hui avec la conviction que j'ai le plan d'action idéal pour nous deux.

Ma tête résonnait encore. Qu'est-ce que j'en avais à faire de sa situation de toute façon ?

– Bien, pouvons-nous couper court à cette discussion maintenant ? Comme vous l'avez si sommairement résumé, ma propriété vinicole est un échec. J'ai donc beaucoup de travail aujourd'hui.

– C'est vrai. Bon. Vous voyez, Monsieur Hawthorn, ma grand-mère, la mère de mon père, vivait modestement, mais grâce à certains investissements de mon grand-père, elle est morte avec pas mal d'argent. Elle l'a légué à ses deux petits-enfants, dont moi, l'autre étant un cousin que je ne connais pas bien. Cependant, elle a stipulé dans son testament que nous recevrions notre héritage soit à nos trente ans, soit en nous mariant, cette dernière option étant visiblement la plus rapide.

Je me rassis en croisant les doigts.

– Et donc, poursuivit-elle, ma proposition est la suivante : nous nous marions, nous partageons la fortune de ma grand-mère, et, au bout d'un an, nous demandons le divorce.

Je levai un sourcil.

– Partager la fortune ? De combien d'argent parlons-nous exactement ?

– Sept cent mille dollars.

Mon cœur se mit à battre plus vite. Trois cent cinquante mille dollars. C'était encore plus que le crédit que j'avais espéré que la banque m'accorde. Ce serait plus qu'assez pour réparer toutes les machines et rénover la maison. Assez pour mettre en bouteille le vin qui se trouvait dans les fûts. Assez aussi pour embaucher au moins deux employés. Et si la nouvelle récolte était aussi bonne que je l'avais prédit, cette propriété vinicole serait à nouveau florissante dans un an. Je pourrais tenir la promesse que j'avais faite à mon père.

Je restai silencieux, pas simplement pour évaluer ce qu'elle venait de dire, mais aussi pour la mettre mal à l'aise. Ce qui ne servit à rien. Finalement, je répondis :

– Intéressant. Il n'y a pas de clause sur la durée que nous devrons passer ensemble une fois mariés ?

Soulagée, elle secoua la tête, partant du principe que ma question voulait dire que j'envisageais cette idée folle. Est-ce que je l'envisageais vraiment ? D'ailleurs est-ce que c'était vraiment sérieux ? Il y avait forcément un piège.

C'était trop absurde pour être vrai. J'avais des débuts de vertige, et pas uniquement à cause de la gueule de bois.

– Non, mais mon père serait… mécontent s'il savait que, pour obtenir l'argent que ma grand-mère m'a légué, je vous ai épousé et qu'ensuite j'ai partagé l'héritage avec vous… qui n'êtes personne.

Elle eut l'air d'être traversée par une pensée que je n'arrivais pas à deviner.

– S'il avait le moindre soupçon sur le fait que ce soit un faux mariage, il pourrait très bien tenter de contester le paiement de l'héritage. Il est donc dans notre intérêt, à tous les deux, de faire en sorte que ce mariage paraisse le plus authentique possible. Cependant, comme je vous le disais, mon père et moi sommes en froid. Aussi j'imagine que nous aurons à faire le minimum d'efforts, mais il faudra que ce soit suffisamment convaincant.

Je haussai les sourcils, prenant un peu de temps pour réfléchir à tout ce qu'elle venait de dire. C'était délirant, incroyable.

– Attendez, vous n'êtes pas une de ces cinglées qui m'écrivaient en prison pour me demander en mariage, n'est-ce pas ?

Elle écarquilla les yeux.

– Quoi ?

– Oui, il y en avait beaucoup. Apparemment, certaines femmes sont très excitées par ce genre de choses.

– Pour quelle raison ? Pourquoi ?

Elle secoua légèrement la tête, comme si elle ne comprenait pas comment la conversation avait pu dérailler à ce point. Elle avait l'air sincèrement troublée.

Je souris.

– D'après ce que je sais, les femmes aiment les voyous.

Elle m'adressa un regard perplexe.

– Je peux vous assurer que je ne suis pas ce genre de femme.

Je hochai la tête lentement.

– Eh bien, c'est une bonne nouvelle, parce que je peux vous assurer que, de toute manière, vous n'êtes pas mon genre.

Elle se redressa, raide comme un piquet.

– C'est encore mieux. Ce que je vous propose c'est du business, rien de plus.

Elle détourna le regard. Je ne pouvais plus voir ses yeux ensorceleurs, et quand elle se retourna ses joues étaient roses à nouveau.

– Cependant, ça aurait l'air suspect que je ne vive pas ici, et franchement, Monsieur Hawthorn, j'ai besoin d'un endroit où habiter. Donc, je me suis dit qu'en échange de votre hospitalité, je pourrais faire votre comptabilité. Je suppose que vous n'avez plus beaucoup de personnel.

Je m'adossai à nouveau à mon siège.

– Je suis impressionné par vos recherches, Mademoiselle Dallaire. Oui, effectivement, j'ai dû me séparer de mon comptable. Et de ma secrétaire. Et de la plupart de mes employés aussi. Mais fort heureusement, aucun d'entre eux n'a fini sous les ponts.

Elle acquiesça.

– Je suis douée pour les chiffres. J'ai travaillé comme stagiaire dans le service comptabilité de mon père. Je connais bien les logiciels de saisie. Je pourrais travailler pour vous en échange d'une chambre et des repas, et, bien évidemment aussi, dans un souci de crédibilité. Je ne dis pas qu'il faudra que je vive ici toute l'année, peut-être seulement deux ou trois mois. En fait, jusqu'à ce que je sois sûre que mon père a accepté le mariage et m'ignore à nouveau. Je pourrais alors m'éloigner discrètement, et nous n'aurions plus jamais besoin de nous voir sauf, bien sûr, au tribunal pour le divorce. C'est d'une simplicité enfantine. Et très temporaire. Bien entendu, nous mettrons tout ceci noir sur blanc. Et s'il vous plaît, appelez-moi Kira.

Je la scrutai pendant un long moment, notant au passage la façon dont elle venait de sortir tout cela. Elle était brillante et sûre d'elle, mais était-ce le fait d'être assise ici, en face moi, qui la rendait nerveuse ? Je l'affrontai du regard, mais elle ne détourna pas les yeux et resta de marbre.

– Et que ferez-vous avec votre part de cet argent, Kira ? Si je peux me permettre de vous poser cette question.

Elle s'éclaircit la voix.

– Eh bien, en plus d'y vivre, je suis engagée dans plusieurs organismes caritatifs à San Francisco. L'un des centres est dans une situation désespérée et devra fermer s'il ne trouve pas les fonds nécessaires.

Je lui souris, crispé. Ah. Tout comme ma belle-mère. Une héritière avec une vie désœuvrée. Je la revoyais, montant dans sa Bentley pour aller sauver les pauvres paysans de la famine, lui permettant ainsi de passer pour une philanthrope, avant de se précipiter chez Louis Vuitton pour compléter sa collection de bagages.

– Je vois.

Qu'est-ce que ça pouvait bien me faire de savoir ce qu'elle ferait de son argent et quel était son but ? Je devais seulement me préoccuper de ma propre situation.

– C'est une proposition très inhabituelle. Je vais y réfléchir et je reviendrai vers vous.

Je commençai à me relever.

– Bon, écoutez, j'ai besoin d'une réponse rapide.

Elle parla vite et elle était légèrement essoufflée. L'effet qu'elle avait sur mon corps m'agaçait. Mon corps, ou plutôt la partie située entre mes jambes, s'agita à nouveau. Bordel ! Et je devais bien reconnaître que cette partie de moi manquait souvent de discernement…

Je me rassis.

– Je voudrais pouvoir vous accorder plus de temps pour réfléchir, Monsieur Hawthorn, mais malheureusement, les circonstances me forcent à…

Je levai la main pour l'empêcher de continuer.

– Je vous recontacte en fin de journée. Où serez-vous joignable ?

Elle prit un temps avant de répondre :

– Je serai au Motel 6 ce soir. Je peux vous donner mon numéro de portable.

Motel 6 ? Mon Dieu, la princesse était tombée bien bas. Effectivement, sa situation semblait plutôt désespérée. Je la regardai attraper un post-it et un stylo sur le coin de mon bureau et écrire soigneusement son numéro de téléphone. Je le pris et le jetai négligemment sur le tas de papiers en désordre. Elle suivit mon geste du regard, puis elle dit en me fixant, les lèvres serrées :

– Je peux vous assurer que ma proposition est honnête.

– C'est fort probable... Bien sûr, il faudra que je rencontre l'exécuteur testamentaire de votre grand-mère. Mais j'ai encore besoin d'y réfléchir. Je dois penser à l'incidence que pourraient avoir les autres aspects de cette transaction sur ma vie. Criminel, c'est une chose, mais criminel et divorcé ? Comment vais-je faire pour empêcher les filles de se jeter sur moi ?

Elle plissa ses yeux extraordinaires.

– Oui, eh bien, s'il existait une autre option, moi non plus je n'envisagerais pas celle-là. Croyez-moi.

Cette princesse ne savait visiblement pas ce qu'était un vrai problème. Alors que nous nous observions, une étincelle s'alluma brièvement dans ses yeux. Sous son air de femme d'affaires décontractée, elle cachait difficilement un fort caractère. Comme je l'avais deviné, il y avait aussi une petite sorcière dans cette princesse. Nous étions tous les deux silencieux, nous guettant mutuellement, quand elle se pencha légèrement comme si elle attendait quelque chose. Que je la remercie peut-être ?

– Passez une bonne journée.

Je restai assis cette fois. Elle pouvait trouver la porte toute seule. Elle se leva lentement, tendant le bras pour que je puisse lui dire au-revoir. Je me redressai et lui pris la main pour la seconde fois. La même vague de chaleur m'envahit à son contact, et je me retirai aussitôt. Kira Dallaire fit volte-face, son petit menton hautain en l'air, et sortit de mon bureau sans se retourner.

Je me dirigeai vers la fenêtre et soulevai le store. Je la regardai marcher vers une Jetta blanche. J'étais étonné qu'elle conduise une voiture si discrète. Une fois au niveau de la portière et alors qu'elle s'apprêtait à monter, elle s'arrêta pour contempler le vignoble.

Il y avait quelque chose dans son expression qui me donnait malgré moi l'envie de la rejoindre, à tel point que je faillis me cogner dans la fenêtre. Qu'est-ce que ça pouvait bien être ? Son intérêt pour cet endroit délabré, pensai-je. Mais il y avait autre chose. Sa compréhension peut-être ?

Avant que je ne puisse y réfléchir plus longtemps, elle grimpa à l'intérieur de sa voiture et claqua la portière. Une minute plus tard, elle passa le portail et disparut. J'étais peut-être injuste avec elle. Pourtant s'il y avait quelqu'un qui pouvait comprendre les effets néfastes du jugement des autres, c'était bien moi. C'était sans doute juste à cause de ma gueule de bois, et parce qu'elle m'avait fait penser à ma belle-mère. Et bien sûr, il y avait le fait qu'elle ait débarqué ici et m'ait ouvertement proposé un mariage blanc. À moins que Kira Dallaire ne soit pas exactement ce qu'elle laissait paraître…

Je me rassis à mon bureau, puis j'allumai mon ordinateur pour chercher son profil sur Google. Après tout, c'est elle qui avait commencé. À peine eus-je tapé son nom que toute une série d'images apparut : Kira Dallaire en robe de soirée, sortant d'une limousine ; Kira Dallaire à la première d'un film dans tel ou tel cinéma ; Kira Dallaire se tenant près de l'homme qui était sûrement Frank Dallaire lors d'un gala de charité. Toujours avec le même petit sourire, à la fois crispé et hautain. Sur plusieurs clichés, elle était aux côtés d'un beau jeune homme blond, qui semblait avoir au moins cinq ou dix ans de plus qu'elle. Je cliquai sur l'une des photos et lus la légende qui identifiait le couple : Cooper Stratton et sa fiancée Kira Dallaire. Fiancée ? Je regardai la date, c'était il y a un peu plus d'un an. Était-ce la raison de sa « courte » carrière universitaire ? Avait-elle tout abandonné pour devenir une de ces riches épouses mondaines ?

Je cliquai sur plusieurs articles, et mon mépris grandissait à mesure que j'assemblais les pièces du puzzle de la personne qu'était réellement Kira Dallaire. Il n'y avait aucune information directe, mais il était assez facile de lire entre les lignes.

Kira était fiancée à Cooper Stratton, un jeune assistant du procureur local qui visait la cour supérieure de San Francisco, quand elle fut impliquée dans un scandale plutôt embarrassant. Alors qu'elle se trouvait dans un penthouse du St. Regis Hotel, la rumeur courut qu'elle faisait usage de drogues. Dans le but de la protéger et pour qu'elle soit soignée, son père l'avait envoyée dans un centre de désintoxication. Plus probablement une sorte de spa amélioré à Londres ou Paris ! Son fiancé avait alors rompu leur engagement. Qui pourrait le lui reprocher ?

Mais maintenant, elle était de retour et son père... Et son père quoi d'ailleurs ? Ne finançait plus la vie de jet-setteuse à laquelle elle s'était habituée ? Refusait de lui donner de l'argent jusqu'à ce qu'elle puisse prouver qu'elle était prête à changer son style de vie ? Bien sûr, je ne faisais que des suppositions. Quoi qu'il en soit, Kira Dallaire semblait bien décidée à prendre les choses en mains.

Je ne m'étais pas trompé sur elle : elle était exactement comme ma belle-mère. Une femme qui avait été gâtée par la vie et trouvait ça parfaitement normal. Une personne égoïste qui attendait que le monde entier se plie à sa volonté. Et quand ce n'était pas le cas, elle détruisait tout sur son passage, sans se soucier de ceux qu'elle faisait souffrir.

Je me penchai en arrière un instant pour mieux faire le tour de la question. Jamais je n'aurais imaginé un tel réveil.

Nous étions tous deux désespérés, chacun à notre manière. Une question demeurait : étais-je à ce point misérable pour offrir mon nom, même temporairement, pour de l'argent, et ainsi sauver ce vignoble et réaliser mon rêve ?

Quelque chose sur l'écran de l'ordinateur attira mon attention : une petite photo au bas de l'article que j'avais lu. Je cliquai donc dessus pour l'agrandir.

C'était un autre cliché de Kira Dallaire et Cooper Stratton. Sa main possessive était posée sur ses reins, il souriait fièrement, et elle levait vers lui un visage épanoui. Mon regard se concentra sur sa joue droite. Elle avait une fossette. La petite sorcière avait une fossette. Même si ma vie en avait dépendu, je n'aurais pas pu expliquer la raison pour laquelle ce minuscule détail accélérait mon pouls à ce point.

CHAPITRE 3

KIRA

Il ressemblait à un prince, mais si je devais le choisir pour un conte de fées, je le prendrais pour jouer le rôle du Dragon ! Un dragon odieux, qui crache des flammes tout en vous jugeant.

Ce n'était pas très surprenant, ma capacité à jauger les gens étant malheureusement totalement nulle. J'en avais déjà fait l'expérience. Assez douloureusement, d'ailleurs.

Toujours est-il que je n'étais pas préparée à ce qu'il me toise avec autant de dédain. Oui, je reconnaissais que mon offre avait dû lui sembler choquante au départ. Mais en l'occurrence, je lui faisais une faveur ! Je lui offrais de l'argent, enfin presque… Il y avait tout de même un prix à payer, je le reconnaissais : je lui demandais de se marier pour de l'argent. Je ne pouvais pas nier cette cruelle vérité. Mais j'avais fait une liste, et, à mon avis, il y avait beaucoup plus de « pour » que de « contre » pour lui comme pour moi. Même si les « contre » pesaient très lourd et pouvaient, sans doute, faire pencher la balance. Malgré l'effort que j'avais fait pour lui proposer l'offre d'une manière très professionnelle, il m'avait regardée avec un profond mépris, comme si j'étais la poubelle de la veille. Et, le fait qu'avant cela je me sente déjà comme la poubelle de la veille ne faisait qu'aggraver un peu plus la situation !

Plus il se montrait condescendant, plus il me regardait de façon ironique, plus je devenais nerveuse, hésitante et vexée. Je détestais ça. Toute ma vie j'avais connu ce sentiment tristement familier d'être méprisée.

En plus, il m'avait dit que je n'étais pas son genre ! Comme si ça comptait. Ça n'avait pas d'importance. Pas du tout. Pas même un tout petit peu. Je n'avais besoin que de mon argent pour être son genre…

Mais alors pourquoi cela m'avait blessée ?

Je soupirai. Il avait dit qu'il allait m'appeler mais, vu la manière brutale avec laquelle il m'avait congédiée, je n'y comptais pas trop. Bon, j'aurais essayé. Encore une autre de mes Très Mauvaises Idées. Grayson Hawthorn m'avait d'ailleurs laissé entendre d'une voix virile et légèrement agacée que c'était exactement ce qu'il en pensait. La question était donc de savoir ce que j'allais faire maintenant ? Retourner chez mon père était inenvisageable. Je préférais encore dormir dans la rue. Ou dans le foyer de sans-abris. Mon cœur se serra en pensant à ce centre. Qu'est-ce qu'ils allaient faire maintenant ? Tellement de choses dépendaient de ma capacité à récupérer l'argent que mamie m'avait laissé. J'imagine que j'aurais pu me garer n'importe où, et trouver mille types dans la rue à qui j'aurais pu faire la même proposition qu'à Grayson Hawthorn. Ou, comme nous en avions plaisanté avec Kimberly, mettre une annonce sur Internet. Je pourrais vendre ma voiture. Elle était à mon nom, et c'était une des rares choses que j'avais achetée avec mon argent. Mais, si je la vendais, je n'aurais même plus un endroit où me réfugier quand mon argent viendrait à manquer.

J'avais pensé que voir Grayson Hawthorn à la banque ressemblait à un signe du destin. Plus j'y avais réfléchi hier, seule dans ma petite chambre d'hôtel, plus j'avais trouvé juste de partager l'argent de mamie avec cet homme-là, compte tenu du lien qui semblait exister entre lui et mon père. Je ne pouvais pas parler de ce dernier point avec lui, et je ne crois pas qu'il aurait souhaité qu'on aborde ce sujet. Partager mon argent avec lui – argent dont il avait en plus désespérément besoin, au passage – était une bonne action qui rééquilibrerait modestement la balance.

Je dois admettre que son regard m'avait également influencée. Il ressemblait aux héros des contes de fées qui m'avaient toujours fait rêver, et qui semblaient prendre enfin vie. Et, mon Dieu, comme je voulais croire à nouveau aux héros de mon enfance !

Mais, parfois, c'est à la fille de jouer le rôle du héros. Surtout quand celui qui devait endosser ce rôle s'avère être un dragon !

Je savais que Grayson Hawthorn avait fait des erreurs, mais après avoir examiné son cas en détail, il me semblait qu'il s'agissait plutôt d'un malheureux accident. Et, quoi qu'il en soit, c'était une erreur pour laquelle il avait payé. Cher. Désormais, les gens le jugeaient. Personne ne lui donnerait une chance, et il n'obtiendrait jamais le crédit dont il avait désespérément besoin.

J'y étais donc allée avec mes tripes, en suivant mon instinct, bien décidée à ne pas le juger avant de l'avoir rencontré en personne. Avant de me « dégonfler » complètement, j'avais donc foncé à son domicile dès le lendemain matin.

Mais, finalement, le Dragon devrait régler ses problèmes tout seul, comme moi. J'étais seule responsable de mon destin et je n'avais pas vraiment le temps de m'apitoyer sur moi-même.

Je me garai devant l'hôtel et me dirigeai vers ma chambre.

J'enlevai la robe et des sandales que j'avais portées pour mon rendez-vous avec Grayson Hawthorn. C'était une tenue de mon ancienne vie que j'avais jetée machinalement dans ma valise en partant. J'avais bien fait. Je voulais paraître professionnelle et les jeans ou les shorts effilochés que je portais habituellement n'amélioraient pas ma crédibilité. Mais cela aurait pu aussi traduire mon désespoir et vouloir dire : « Épousez-moi ! » Peut-être qu'après tout, j'aurais mieux fait de mettre un de mes vieux shorts usés…

Après m'être changée, je sortis de l'hôtel. Je passai la journée à marcher dans le centre-ville de Napa, à faire du lèche-vitrines.

Je découvris plusieurs magasins, dont une librairie, et je déjeunai tranquillement dans un petit café que ma grand-mère adorait.

J'étais désespérée et je ne voyais aucune solution à mes problèmes. Je fis malgré tout l'effort de me vider la tête et de profiter autant que possible de ces moments. Si je devais trouver un job de serveuse comme Kimberly me l'avait suggéré, je le ferais. Je n'avais pas peur des boulots difficiles. J'avais espéré trouver un autre moyen, mais j'avais échoué. Je me redressai et fis taire la Scarlett O'Hara qui dormait au fond de moi. J'allais prendre la journée pour moi et, une fois que j'aurais oublié le rendez-vous malheureux de ce matin, je me mettrai en quête d'une nouvelle solution.

Je retournai à mon hôtel en début d'après-midi. Le ciel était d'un bleu limpide. Une fois dans ma chambre, je m'allongeai sur le lit, submergée par la fatigue. J'avais eu un sommeil agité la veille, guettant le réveil pour le rendez-vous avec Grayson Hawthorn. J'étais épuisée et je m'endormis presque immédiatement.

Je me réveillai vaseuse, ne sachant plus où j'étais pendant quelques instants, sentant que quelque chose clochait sans me souvenir quoi exactement. La réalité reprit ses droits lentement, les pièces s'assemblaient et venaient se poser lourdement sur ma poitrine, comme le fait le chagrin. Grimaçant légèrement, je me retournai et regardai l'horloge sur la table de chevet. Il était seize heures, je ne m'étais donc assoupie qu'un peu plus d'une heure. Je soupirai et m'assis sur le lit.

La douche chaude soulagea au moins mes muscles, et je me sentis immédiatement mieux. Je me séchai rapidement les cheveux, puis les ramenai en un chignon qui n'allait pas tenir. Ma grand-mère disait toujours que ma chevelure était aussi fougueuse et ingérable que moi. Mais elle le disait avec une telle tendresse que je le prenais comme un compliment. Mon Dieu, comme elle me manquait, même après toutes ces années. Ne plus profiter de son amour inconditionnel était encore une plaie douloureuse.

Je fouillais dans ma valise à la recherche de vêtements propres quand mon téléphone sonna. Ça devait être Kimberly. Mais en regardant l'écran, un numéro local que je ne connaissais pas, s'afficha. Mon cœur s'arrêta un instant, puis se mit à battre la chamade alors que mon doigt glissait sur l'écran.

– Bonjour, répondis-je, essoufflée.

Une voix grave, sans aucune chaleur, me dit :

– C'est Grayson.

– Oh.

Je feignis la nonchalance mais, au même moment, je m'effondrai sur le lit, simplement vêtue d'une serviette.

– En quoi puis-je vous aider ?

– Dans quelle chambre êtes-vous ?

– Quelle chambre ?

– Quelle chambre d'hôtel. Vous êtes au Motel 6, n'est-ce pas ? Sur Solano Avenue ?

– Euh, oui. Mais…

– Quelle chambre ? répéta-t-il.

– 211. À quelle heure serez-vous… allô ?

Il vient de me raccrocher au nez, là, non ? Quel c…

Trois coups rapides résonnèrent à ma porte et je poussai un cri de surprise en laissant tomber mon téléphone sur le lit. Je me levai d'un bond.

– Un instant ! dis-je, me précipitant sur la valise et en retirant à la hâte un soutien-gorge et une culotte. Les coups reprirent.

– UN INSTANT ! hurlai-je à nouveau. Quelle impolitesse… Dragon !

J'enfilai la robe que je portais le matin et j'étais encore en train de nouer la ceinture quand j'ouvris la porte. Grayson Hawthorn occupait tout l'espace, toujours vêtu de son jean et d'un tee-shirt bleu qui moulait son torse mince, mais de toute évidence bien musclé. Sa virilité me toucha au creux du ventre. Comme ce matin, il exhalait l'odeur fraîche et propre d'un savon masculin, mais légèrement nuancée par le sel de la sueur qui s'y était ajoutée. Je me penchai en avant, attirée par son parfum d'homme. Réalisant soudain ce que j'étais en train de faire, je croisai les bras et reculai.

– C'est un manque patent de professionnalisme. Vous auriez dû me prévenir que vous étiez en chemin.

Grayson entra dans la pièce en prenant le temps de regarder autour de lui. Ses yeux s'arrêtèrent une seconde sur mes bagages Louis Vuitton avant de se poser enfin sur moi.

– Je n'étais pas sûr de venir jusqu'il y a environ quinze minutes.

– Je vois. Eh bien, voulez-vous descendre ? Nous pourrions prendre un café.

– Ici, c'est très bien. Je ne vais pas rester longtemps. J'ai du travail.

Je jetai un coup d'œil au lit défait et aux vêtements éparpillés. J'approchai la chaise du bureau, puis m'assis sur le siège au bout de lit. Grayson prit place sur la chaise.

– J'ai examiné votre proposition. Avant d'aller plus loin, je voudrais rencontrer le notaire pour m'assurer que l'argent sera versé comme vous me l'avez dit, au moment de notre mariage, ou peu de temps après.

Je hochai la tête ; mon rythme cardiaque s'accélérait encore.

– Bien sûr, je comprends.

Grayson hocha légèrement la tête.

– Et si tout est en ordre, nous devrons établir un accord prénuptial, précisant les conditions financières de notre mariage.

– Évidemment.

– Peu importe ce qui se passe financièrement l'année qui suivra notre union, nous ne partagerons aucun de nos revenus ou biens matériels.

– Non, bien sûr !

Son expression était toujours aussi énigmatique.

– Une fois que j'aurai rencontré votre exécuteur testamentaire, je devrais vous faire confiance sur le fait que vous allez réellement me donner la moitié de la somme.

Je fronçai les sourcils.

– C'est l'accord que nous avons conclu.

Une mèche s'échappa de mon chignon sommaire et j'essayai de la replacer. Les yeux de Grayson suivirent ma main puis s'attardèrent sur ma chevelure alors que la mèche glissait à nouveau.

– Oui, mais Kira… dit-il presque distraitement avant de me regarder à nouveau dans les yeux.

Il se pencha en avant, le regard maintenant fixe et alerte.

– Je ne vous connais pas. Qui sait ? Nous pourrions nous marier, puis vous toucheriez le chèque et vous vous envoleriez pour le Brésil. Avec tout le respect que je vous dois, vous faire confiance relève pour moi de la foi aveugle.

Je bondis littéralement.

– Je ne ferai jamais une chose pareille !

– C'est vous qui le dites. Je me suis rendu compte que les gens laissent entendre ce qui les arrange sur le moment. Ce qui ne signifie pas forcément qu'on peut compter sur eux.

Oui, je comprenais ce qu'il voulait dire. Je pris une profonde respiration et acquiesçai :

– Je sais. Mais moi, j'ai bien l'intention de tenir parole.

Il me regarda le temps d'un battement de cœur…, de deux…, avant de détourner les yeux.

– J'accepte que vous viviez au domaine pendant deux mois. Cela devrait être suffisant pour informer votre père de notre mariage, et pour que vous trouviez un appartement avec votre part de l'argent. S'il y a un problème avec votre père, nous pourrons renégocier le délai. Il y a une ancienne maison de jardinier sur ma propriété où vous pourriez vous installer. Ce n'est pas très luxueux, plutôt petit, mais il y a un lit et l'eau courante.

La manière dont il me dévisageait était indéchiffrable.

– Ça a l'air charmant.

– Charmant est un bien grand mot.

Était-ce un défi que je lisais dans ces yeux de dragon noir, ou peut-être un petit caprice sur ses lèvres ?

– Bien.

Je levai le menton. Je ne l'avais jamais baissé devant mon père, et je ne commencerais certainement pas avec cet homme.

–Vous êtes désespéré.

–Vous aussi.

– Ce n'est pas faux. Si je peux me permettre cette question, pourquoi m'avoir choisi ? Je veux dire, à part parce que je suis désespéré ?

Sa lèvre trembla légèrement, et elle me fixa, l'air sérieux.

–Vous auriez pu prendre un sans-abri dans la rue et partager la moitié de votre héritage avec lui. Si vous cherchez absolument à donner de l'argent il y a beaucoup de gens au bout de leur vie dans ce monde, Kira.

– Mon père ne croirait jamais que je puisse tomber amoureuse et épouser un clochard, Grayson. Ce serait trop facile pour lui de contester la validité de l'héritage. Comme vous pouvez l'imaginer, mon père est très bien renseigné, et je dois être prudente. Je devais choisir la bonne personne. Une personne convaincante.

Il pencha la tête.

–Votre père peut-il contester la validité de l'héritage ? Est-ce une chose dont je dois me soucier ?

Je secouai négativement la tête. Si un mariage avec Grayson Hawthorn avait lieu, il serait plutôt du genre à tout faire pour le cacher, ou bien à le manipuler pour arriver à ses fins. Enfin…

– Non, je ne pense pas, mais j'ai appris que, quand il s'agit de mon père, il est plus sage de veiller aux moindres détails.

Malgré mes paroles optimistes, un frisson me parcourut le dos.

– Je vois. Donc, vous avez l'intention de convaincre votre père que vous m'avez rencontré dans la rue, que vous êtes tombée follement amoureuse, et que nous nous sommes mariés au bout d'une semaine ?

Je soupirai.

– Il ne va pas trouver ça si improbable. Il me voit comme une fille impulsive, superficielle et irrationnelle.

Ses yeux noirs me suivaient d'un air interrogateur.

– Et vous l'êtes ? Tout cela ?

Je me mordis la lèvre.

– Impulsive, oui, je l'avoue ça m'arrive. Superficielle, non, je ne pense pas. Irrationnelle, ne le sommes-nous pas tous, parfois ?

Il sembla analyser ma réponse pendant une seconde.

– Donc c'est ce qu'on va dire ? Nous nous sommes télescopés dans une rue de Napa, nous sommes tombés amoureux, et nous nous sommes mariés sur une impulsion parce que nous sommes irrationnels, mais pas superficiels pour autant ?

Je lui adressai un petit sourire.

– En substance, oui. Je crois que nous pourrons régler un peu plus tard tous les détails afin de tenir le même discours.

Mon cœur s'emballait à nouveau.

– Donc vous acceptez ? Marché conclu ?

– Si tout se passe bien avec le notaire, oui, marché conclu.

Je hochai la tête et laissai échapper un soupir.

– Vous ne le regretterez pas, Grayson.

– Oh, je suis sûr que si, d'une manière ou d'une autre, Kira. Mais à période désespérée…

– Mesures désespérées ! Et il s'agit là d'une mesure à la hauteur de notre désespoir.

Il sourit, offrant à ma vue ses dents bien alignées et impeccablement blanches. Mais l'expression de dédain de ce matin était de retour. Il semblait ne pas me voir comme une personne qui lui faisait un cadeau, mais plutôt comme celle qui l'obligeait à faire ce dont il n'avait pas envie, celle qui ne lui avait pas laissé le choix. Eh bien, tant pis. Je n'avais pas besoin de sa gratitude. Juste de son nom. Cependant, je ne pouvais pas nier la déception que je ressentais. Quand je l'avais vu dans la rue, la veille, il m'avait semblé perdu, abîmé, mais toujours bienveillant. En revanche, l'homme assis en face de moi maintenant était complètement différent ; raide et froid. L'avais-je vraiment si mal jugé ?

Comme s'il avait lu dans mes pensées, le sourire s'effaça de son visage aussi vite qu'il y était apparu.

– Il y a encore quelques petites choses dont je pense que nous devrions discuter très vite.

– D'accord.

Je croisai les jambes. Ses yeux suivirent mon mouvement, puis il serra la mâchoire et détourna les yeux avant de reprendre.

– Puisque vous allez vivre sur ma propriété et faire un peu de comptabilité, je pense que nous devrions être clairs quant à la nature de notre relation.

– Notre relation ? Je pensais que c'était clair. Nous nous marions pour l'argent. Il n'est pas question d'une relation.

Cette entrevue guindée et gênée soulignait parfaitement ce constat !

– Nous serons des associés. Rien de plus.

– Ça me va. Tant que vous êtes discret, je ne vois pas d'inconvénient à ce que vous meniez votre vie personnelle comme bon vous semble.

– J'y compte bien.

– Parfait.

– Très bien. Je ne veux pas que vous vous fassiez des idées fantaisistes sur cet accord.

Je levai un sourcil.

– Fantaisistes ?

– Romantiques. Inexactes.

Je serrai les dents.

– Oui, vous avez été très clair, je ne suis pas votre genre. Et je vais essayer de faire de mon mieux pour ne pas tomber sous votre charme irrésistible, et ne pas faire des choses insupportablement maladroites.

– Bien.

J'avais envie de le frapper. C'était évidemment un homme habitué à être courtisé par la gent féminine. Et apparemment, soit il pensait que j'étais une nonne, soit il n'avait aucune crainte sur la façon dont je menais ma vie personnelle.

– C'est tout ? demandai-je froidement.

Grayson, que je surnommais dorénavant le Dragon, m'étudiait.

Je ne cherchais pas à deviner ce qu'il pensait. Probablement essayait-il de déterminer si, oui ou non, j'allais réellement être en mesure de ne pas tomber amoureuse de lui. Il devenait plus laid de seconde en seconde. Espèce de reptile arrogant !

– Vous avez mentionné mon casier. Je suppose que vous connaissez la nature de mon crime ?

Ma colère s'éteignit instantanément. Je sentis la chaleur me monter aux joues.

– J'espère que vous ne trouvez pas ça trop intrusif, mais je pensais qu'il valait mieux que je sache à qui j'avais à faire avant de proposer mon offre.

Il haussa les épaules.

– C'est une bonne décision d'affaires. Avez-vous des questions sur ce que vous avez lu avant que nous passions à autre chose ? Je veux bien répondre à vos questions maintenant, mais nous n'en parlerons plus ensuite.

Je ne parvins pas à dissimuler ma surprise.

– Je… enfin, d'après ce que j'ai compris, vous vous êtes battu avec un homme à l'extérieur d'un bar de San Francisco, et vous l'avez frappé à plusieurs reprises. Il est tombé, s'est cogné la tête et il est mort. C'était un accident. Vous n'aviez pas l'intention de le tuer. Est-ce la vérité ?

Je me sentais gênée d'avoir résumé ainsi une situation qui était certainement encore extrêmement bouleversante. Il avait fait cinq ans de prison pour ce crime.

Il garda le silence pendant si longtemps que je me demandai s'il allait me répondre. Finalement, il dit simplement :

– C'est assez juste.

Je le regardai pendant un moment, mais son visage était impassible.

– La prison a dû être très dure pour vous.

Une lueur éclaira brièvement son regard avant qu'il ne reprenne un air indifférent.

– Vous n'avez même pas idée…

Il y eut un silence gêné. Je me mordis la lèvre.

– Et maintenant, vous êtes un repris de justice.

Il se pencha, son regard sombre et direct fixé sur moi, son odeur virile brouillant tous mes sens.

– Oui, Kira. Je suis un repris de justice. Comme vous le savez, je ne peux pas faire de crédits. Et c'est peu dire que mes possibilités d'emploi sont limitées. Beaucoup de portes sont fermées pour moi désormais. Oui, vous allez être mariée à un repris de justice. La fille de Frank Dallaire va être mariée à un repris de justice !

Raison de plus pour maintenir une distance entre mon père et moi ; sans doute pour longtemps, ce qui m'allait très bien.

Mais je ne lui dis pas. Au lieu de cela, je répondis :

– Il sera difficile de décevoir mon père plus que je ne l'ai déjà fait.

Il m'examina à nouveau avec ses yeux de dragon, ceux qui semblaient lire en moi.

– Je vous crois sur parole.

Il se leva brusquement, me faisant sursauter. Je bondis à mon tour et nous faillîmes nous heurter. Il me rattrapa en me prenant par les bras. Je levai les yeux vers lui et quand son regard croisa le mien, il sembla surpris lui aussi.

– Je dois y aller, dit-il, en se dirigeant vers la porte.

– Oh, d'accord, lui répondis-je en le suivant. Juste une dernière question. Euh… En ce qui concerne le calendrier de notre accord.

Je regardai la chambre, calculant rapidement le nombre de jours que je pouvais encore passer ici. Bien sûr, je devais aussi engager un avocat pour rédiger le contrat de mariage avec le Dragon, quelqu'un qui n'aurait aucun lien avec mon père.

– Je sais que vous voulez sûrement… En fait, le truc c'est que…

– Vous n'avez pas les moyens de rester ici.

Je soupirai.

– Si, mais plus pour longtemps. Surtout si je dois payer les frais d'avocat.

Il était debout devant la porte, la main sur la nuque. Il finit par me dire :

– Faites votre valise. Vous pouvez venir avec moi tout de suite. Nous nous occuperons de trouver un avocat demain. Mais Kira, dit-il en se retournant, si nous ne trouvons pas un accord qui nous contente tous deux, je vous demanderai de partir sur-le-champ.

J'acquiesçai.

– Vous n'aurez pas à me le demander.

Il hocha la tête d'un mouvement bref.

– Je vous laisse cinq minutes pour faire vos valises.

Oui, chef, Dragon, chef, étais-je tentée de répondre ironiquement. Mais je me censurai, et pliai mes affaires à la hâte.

* * *

Trente minutes après avoir quitté l'hôtel, et suivi le pick-up noir de Grayson, nous passions le portail de la propriété Hawthorn.

La première fois que j'étais venue ici, j'avais été surprise par la beauté de la vigne, et je ressentais la même chose aujourd'hui. D'immenses chênes bordaient la longue allée principale et la couronne de feuillage ombrageait la voie qui conduisait vers la propriété. Gracieuse et élégante, la maison Hawthorn se dressait au fond d'une cour ornée d'une grande fontaine circulaire. Elle avait un aspect chaleureux et accueillant. Du lierre grimpait d'un côté de l'imposante façade, et des balcons en fer forgé aux courbes élégantes encadraient les fenêtres de l'étage supérieur. Derrière la maison et les jardins, les hectares de vignes offraient, à perte de vue, un paysage à couper le souffle.

Je découvris un petit bosquet d'arbres fruitiers à gauche de la bâtisse, des pêches peut-être, ou bien des abricots. À première vue, tout cela ressemblait à un paradis luxuriant qui ne demandait qu'à être exploré. C'était seulement en approchant qu'on pouvait remarquer que la fontaine ne fonctionnait pas, que le lierre n'était pas entretenu et que la pelouse et les jardins environnants étaient en friche. Le jardinier avait été congédié sans aucun doute. Malgré tout, c'était quand même très beau. À son apogée, ce lieu avait dû être somptueux. Mes yeux s'attardaient sur les collines couvertes de vignes au loin, et je m'interrogeai sur l'état des raisins qu'elles produisaient. J'avais hâte de voir ce domaine restauré, pas seulement pour Grayson, mais pour la beauté du lieu lui-même. Il devrait être interdit de laisser un endroit comme celui-ci tomber en ruine. Je suis sûre que mamie serait d'accord avec moi. Mais je mis les pensées de ma grand-mère de côté pour le moment. Certes, elle ne voudrait pas voir ce beau vignoble, dans cette région qu'elle avait tant aimée, tomber en ruine. Mais elle se retournerait aussi dans sa tombe si elle savait que je me mariais pour de l'argent ! Je suis une femme qui épouse un parfait inconnu par intérêt. Moi ! Cela ternissait encore un peu plus l'image peu reluisante que j'avais de ma personne. Un sentiment de désespoir m'envahit momentanément.

Grayson se gara juste avant la fontaine, et, en faisant de même, je remarquai une petite maison sur la droite, partiellement cachée derrière un très grand chêne et recouverte de feuillage. Il l'avait appelée « la maison du jardinier », mais de toute évidence, les jardiniers qui avaient travaillé ici récemment n'avaient pas vécu sur la propriété et avaient utilisé ce « cottage » uniquement pour stocker le matériel. Pourtant, elle avait quelque chose de pittoresque, à moitié cachée dans la végétation et drapée de glycine.

Je sortis de ma voiture, Grayson m'imita et me rejoignit. Il y avait une lueur de défi diabolique dans son expression.

Est-ce qu'il s'attendait à ce que je me plaigne de l'hébergement ? Probablement. Comme tout le monde, il a sûrement vu en moi une princesse gâtée, une fille à papa qui avait vécu une existence frivole et vaine. Et maintenant, il allait s'amuser avec moi. Mais qu'est-ce que j'en avais à faire de ce qu'il pensait ?!

Dans quelques mois, je ne le verrais plus jamais. Nos avocats pourraient gérer la procédure de divorce facilement, et je ne penserai plus jamais à lui. Et vice versa, j'en étais sûre.

Je suivis Grayson jusqu'à la porte de la maison. Il ouvrit sans utiliser de clef, après avoir écarté les imposantes corolles violettes des glycines. Tout en respirant le parfum de ces fleurs odorantes, j'entrai à l'intérieur.

Voyons… Du vieux matériel de jardinage, visiblement inutilisé, remplissait la première pièce. C'était poussiéreux, sale, ça sentait le moisi et l'huile de moteur. Je me frayai un chemin entre les toiles d'araignées et j'entrai dans la deuxième pièce. Cela avait dû être une chambre à coucher, mais aujourd'hui on n'y voyait plus qu'un petit lit en métal avec des ressorts rouillés.

– Bien sûr, je vais demander à Charlotte de vous apporter des couvertures et un oreiller, dit Grayson juste derrière moi.

Je me retournai et le dévisageai. Était-ce de la moquerie que je lisais dans ses yeux ? Eh bien, oui, c'en était. Sa lèvre tremblait comme s'il essayait de retenir un fou rire. Il trouvait ça drôle ? Ce qu'il ne savait pas, c'était que les logements où j'avais vécu ces derniers mois étaient bien pires que celui-là. Et que pour les gens que j'avais rencontrés alors, cet endroit aurait été un palais !

– Je me lave dans la fontaine, je suppose ? demandai-je, avec un charmant sourire.

– Elle ne fonctionne pas. Mais il y a l'eau courante ici. Froide, en revanche, pas chaude. Ça ne vous pose pas de problème, n'est-ce pas ?

– Nooon, dis-je d'une voix exagérée. Une bonne douche froide, c'est vivifiant. Je les préfère aux chaudes d'ailleurs.

Le dragon aux épaisses écailles considéra ma réponse.

– Je parie que c'est le cas, dit-il finalement, appuyant sa hanche mince contre le cadre de la porte, tout en me regardant.

Tant mieux pour lui s'il s'amusait. Je ne plierai jamais devant lui. Je pourrais dormir à même le sol dans cette cabane poussiéreuse si cela me permettait d'obtenir le meilleur de Grayson Hawthorn.

– Y a-t-il une cuisine ? Un endroit où je pourrais manger les miettes de pain que vous me jetterez ? demandai-je. Après que je vous ai donné votre part de mon héritage, bien sûr.

– Non, vous devrez manger dans la maison principale. Je vais dire à Charlotte de vous attendre pour le dîner, dit-il, ignorant la deuxième partie de ma phrase.

Je me souvenais de Charlotte, vue ce matin. C'était une femme dodue au regard doux et aux cheveux gris.

– Serez-vous présent ?

– Non, je vais sortir.

Silence. OKKKK.

– Qu'allez-vous raconter à Charlotte, exactement ?

– Je vais dire la vérité à Charlotte et à Walter, son mari. Ils me connaissent depuis toujours. Ils sont la discrétion incarnée.

J'eus une bouffée d'angoisse, et mon rythme cardiaque s'accéléra à l'idée que son personnel de maison allait savoir que notre mariage était uniquement une façade. Je décidai pourtant de lui faire confiance sur ses certitudes quant à la fidélité de son personnel. De plus, il serait difficile de leur faire croire que nous étions tombés amoureux quand, hier encore, je n'existais pas du tout dans la vie de Grayson !

J'aurais préféré faire tout cela seule, mais ce n'était pas possible. J'avais besoin de lui.

– Je vois. Très bien.

Je regardai à nouveau la maison, détournant mes pensées en me concentrant sur l'étude de ses dimensions.

– Eh bien, il y a quelques inconvénients flagrants, mais il y a aussi des avantages.

Il fronça les sourcils, hocha la tête une fois, puis commença à s'éloigner

– Le dîner est à 19 h 30.

C'était dans moins d'une heure. Je ferais mieux de nettoyer cet endroit aussi vite que possible.

Grayson revint quelques minutes plus tard, posa ma valise au sol, puis se dirigea à nouveau vers la porte. Brusquement, il s'arrêta. Je crus qu'il allait m'avouer m'avoir fait une blague à propos de cet endroit, et m'inviter à le rejoindre dans la maison principale. Au lieu de ça, il balança froidement :

– Au fait, j'interdis formellement l'usage de drogues sur ma propriété. Si je me rends compte que vous en avez amenées ici, notre contrat est rompu.

Je bafouillai, essayant de trouver une riposte, en vain. Il sortit en refermant la porte derrière lui. Une seconde plus tard, j'entendis son pick-up rugir et s'éloigner. Il était évident qu'il avait fait des recherches, et lu des articles sur la « situation » dans laquelle je m'étais retrouvée il y a un an.

Je ramassai une canette de soda vide et la balançai sur la porte fermée. Trop tard. Reptile minable ! J'aurais dû tout arrêter. Comment osait-il me traiter comme ça alors que je lui avais fait l'offre la plus généreuse de sa pauvre vie de bestiole à écailles ? Son arrogance était sans bornes. Et dire qu'il me jugeait comme étant une enfant gâtée ! Une enfant gâtée et droguée. Mais, au-delà de la colère, un sentiment indéniable de honte et de tristesse m'envahissait. Est-ce que tout cela valait vraiment la peine ? Il fallait que je m'en persuade. Car un jour, j'en étais sûre, le jeu en vaudrait la chandelle.

CHAPITRE 4

GRAYSON

Elle n'avait pas bougé, comme si elle envisageait vraiment de vivre dans cette petite bicoque sale. Je souriais intérieurement. Je me demandais combien de temps il lui faudrait pour débouler dans la maison principale, et me dire que, pour rien au monde, elle ne s'installerait là-bas. Quinze minutes ?

Allez, ce soir au dîner, grand maximum. Je lui devais quand même un peu plus de respect… Elle avait joué le jeu. Je m'attendais à ce qu'elle s'indigne, qu'elle trépigne de rage, ou même qu'elle menace de s'arrêter de respirer ! Mais la petite sorcière avait plus de cran que je le pensais. Je ne m'étais d'ailleurs pas autant amusé depuis… depuis une éternité.

Pendant une minute, j'avais même eu envie de rire. Jusqu'à ce qu'il ressuscite dans ma gorge, je n'avais pas réalisé à quel point ce sentiment m'était devenu étranger.

Je pris une douche rapide, enfilai des vêtements propres, et descendis annoncer à Charlotte qu'il y aurait une invitée pour le dîner.

En entrant dans la cuisine, l'odeur de son bœuf Strogonoff mit tous mes sens en éveil. Je mangerais peut-être ici, finalement.

– Belle soirée, vous ne trouvez pas ? me demanda Charlotte avec un grand sourire.

Je pris une bière dans le réfrigérateur, l'ouvris, descendis la moitié de la bouteille, et grommelai une réponse affirmative.

– Il faut que je te dise quelque chose.

Elle cessa de s'agiter et m'observa attentivement.

– Ça a l'air inquiétant.

Je secouai la tête en prenant une autre gorgée de bière.

– Pour moi, oui, mais pas pour vous.

– Vous savez bien que tout ce qui vous touche me touche aussi, Gray… dit-elle doucement.

Une minuscule partie de mon cœur, la seule encore en vie, frémit de regrets.

– Je sais, Charlotte.

– Alors, que se passe-t-il ? Dites-moi tout.

– Je vais sûrement me marier.

Charlotte porta instantanément ses mains à sa bouche, et laissa échapper sa cuillère, qui tomba sur la gazinière dans un tintement métallique.

– Oh, Gray ! Vous avez mis une fille enceinte ?!

Je recrachai ma gorgée de bière.

– Non, mon Dieu, non.

Charlotte bafouilla :

– Mais alors que s'est-il passé ? Qui est-ce ? Et pourquoi ?

Je lui exposai les faits sans fioritures, comme Kira me les avait présentés ce matin dans mon bureau. Même après avoir eu toute une journée pour y réfléchir, tout ça me paraissait encore complètement fou…

C'était absurde.

– Ce n'est pas encore signé. Mais elle va rester dîner, donc je souhaitais te prévenir. Au fait, elle va habiter ici pour le moment.

Le visage de Charlotte exprimait toute sa désapprobation. Elle détestait clairement cette idée.

– Vous allez vous marier pour de l'argent, Gray ? C'est ça que vous voulez ? Eh bien, pas moi. Et cette fille a-t-elle le moindre sens moral ? Vous méritez mieux. Vous méritez…

– C'est temporaire, d'accord ?! Si tout se passe comme Kira le prédit, ce sera une chance incroyable pour le vignoble. Et pour être honnête, c'est mon dernier espoir.

Je serrai la mâchoire, décidé à éviter cette discussion avec Charlotte.

– Tu connais ma situation.

– Oui, mais vous dites… temporaire ? Le mariage n'est pas temporaire. Ce n'est pas une transaction commerciale, ce n'est pas une histoire de contrats ou de négociations. Le mariage, c'est sacré, le vœu sacré d'aimer pour toujours.

Je secouai la tête. Charlotte savait qu'après avoir été le témoin du « bonheur conjugal » glacial entre mon père et ma belle-mère, j'avais quelques raisons de ne pas respecter la sainteté du mariage.

– Charlotte, la plupart des gens ne sont pas comme toi et Walter. Il suffit de regarder Jessica et Ford Hawthorn.

Elle s'approcha, l'air ému. Elle prit son temps pour choisir les bons mots.

– Gray, je sais que depuis que vous êtes revenu à la maison, les choses ont beaucoup changé et que tout cela a été très difficile pour vous. Je sais aussi que vous culpabilisez pour ce qui s'est passé. Vous n'êtes plus le même, Gray. Vous ne souriez plus, vous passez votre temps à travailler. Vous vous êtes enfermé dans vos problèmes. Mais ce mariage n'est pas une solution. Ce n'est pas possible. Je ne peux pas vous laisser faire ça.

Un sentiment de colère et d'impuissance m'envahit, je fis claquer bruyamment ma canette de bière vide contre la paillasse en marbre. Je n'avais vraiment pas besoin des remarques de Charlotte sur ce que j'étais devenu. Ou plutôt, sur ce que j'avais été forcé de devenir. J'avais déjà assez de mal à me supporter à chaque seconde de chaque jour.

– Charlotte, tu es ma femme de ménage, pas ma mère. Je ne vais pas discuter davantage. Mets une autre assiette, point barre.

Je sentis que je l'avais blessée car elle pinça les lèvres, se retourna vers la plaque de cuisson en marmonnant une phrase inaudible, sans revenir sur ce que j'avais dit. Charlotte était aussi douce que son mari était rigide. Au moment où je quittai la cuisine, elle me lança sans se retourner :

– Bien sûr, vous resterez pour le dîner. Pour nous présenter votre future épouse.

Je m'arrêtai net, le mot « épouse » me fit légèrement sursauter. Je préférais employer le terme d'« associée » à propos de Kira. De toute évidence, Charlotte essayait de me secouer pour me faire ouvrir les yeux. Je n'avais pas prévu de rester dîner à la maison, mais je répondis :

– Bien sûr.

Je pouvais au moins faire ça pour Charlotte.

Je m'enfermai dans mon bureau et jetai un œil sur le site de la mairie de Napa Valley. Il n'y avait visiblement pas de délai d'attente pour se marier. Nous devions simplement prendre rendez-vous et nous présenter avec un témoin, ou bien en choisir un sur place parmi ceux que proposait la mairie. Il me restait juste à espérer que Kira serait d'accord pour aller rapidement consulter le notaire.

Plus tôt nous officialiserions ce faux mariage, plus tôt nous pourrions y mettre un terme et retrouver nos vies.

Je fouillai dans mon courrier, en mettant les impayés de côté. Pour la première fois depuis des mois, je ne tremblais pas face à l'amoncellement de factures qui jonchaient mon bureau. Si ça fonctionnait... si ça fonctionnait, je pourrais toutes les payer. Mais, tant que rien n'était signé, je m'interdisais de trop espérer.

Je revins subitement à la réalité en voyant une lettre qui m'était adressée. C'était une écriture féminine que je reconnus tout de suite. Je me sentis d'abord très oppressé, puis repris mes esprits. Malgré la curiosité, je décidai de mettre la lettre de côté. Rien de ce qu'elle contenait ne pourrait changer quoi que ce soit à la situation dans laquelle je me trouvais. Je n'avais nul besoin de lire ses explications ou ses excuses pitoyables.

– Va au diable, Vanessa, murmurai-je, les coudes appuyés sur mon bureau et la tête dans les mains.

Il aurait fallu que je sorte pour me défouler. Au lieu de cela, je devais dîner avec une inconnue qui, dans peu de temps, pourrait très bien devenir ma femme. Charlotte avait raison. C'était une très mauvaise idée, ridicule même. Peu importe à quel titre elles y étaient entrées, les femmes avaient toujours trouvé le moyen de me pourrir la vie ! Et il était fort probable que Kira Dallaire finirait par être la pire de toutes. Elle serait le rappel constant et humiliant de ma chute au fond du trou. Le rappel éternel de ce que j'aurais été réduit à faire : épouser une étrangère pour de l'argent. S'il y avait matière à rire de tout ça, je me moquerais de ma situation pathétique, et du fait que j'étais même capable d'envisager cette absurdité.

Quelques minutes plus tard, la sonnette de l'entrée retentit. Je terminai ce que j'étais en train de faire sachant que Walter allait lui ouvrir, son visage arborant sans aucun doute son air froid habituel. Mais si quelqu'un avait l'habitude de traiter avec du personnel de maison, c'était certainement Kira Dallaire. Elle avait probablement été élevée avec toute une armée à sa botte et répondant à ses moindres caprices.

Quand je me dirigeai enfin vers la cuisine, je la vis assise à la grande table de ferme en bois patinée par les ans. Un verre de vin était posé devant elle. Elle portait un jean et une chemise ample vert foncé. Ses cheveux étaient tirés en arrière aussi sévèrement que ce matin. Était-ce vraiment il y a quelques heures seulement ? J'avais l'impression qu'il s'était écoulé une décennie.

Charlotte virevoltait dans la cuisine, ignorant sa présence. Elle me dit sans me regarder :

– Je n'ai pas nettoyé la salle à manger aujourd'hui, puisque je n'ai pas été avertie assez tôt qu'il y aurait un invité.

Elle jeta un regard dédaigneux à Kira.

– J'espère que vous ne verrez pas d'inconvénient à dîner dans la cuisine, Monsieur.

Elle mit l'accent sur le « monsieur », essayant évidemment de me culpabiliser de l'avoir traitée plus tôt comme une vulgaire femme de ménage.

– C'est parfait, Charlotte. De toute façon, tu sais bien que je n'aime pas prendre mes repas dans la salle à manger.

Je rejoignis la table, fis un signe de tête à Kira et pris une gorgée d'eau.

–Vous ne buvez pas de vin ? me demanda-t-elle.

– Rarement.

– Vous ne trouvez pas ça curieux pour quelqu'un qui possède un vignoble ?

– J'imagine.

Elle me fixait, mais dès la fin de ma phrase, elle détourna le regard et balaya la pièce du regard.

– Cette cuisine est vraiment magnifique, dit-elle doucement.

Avant que je ne puisse répondre, Charlotte posa brusquement une assiette en face de Kira et quelques gouttes de sauce éclaboussèrent la table.

Ce n'était pas dans ses habitudes. Elle me réserva le même sort, puis leva fièrement le menton avant de s'éloigner. Je commençai à dîner, sans même la remercier. Comme si nous n'étions pas là, Charlotte reprit son travail en faisant beaucoup de bruit. Entre Kira et moi s'installa un silence embarrassant.

Qui dura et dura encore.

Les aiguilles de l'horloge accrochée au mur de la cuisine battaient la mesure. Les seuls autres bruits étaient : ceux de Charlotte, folle de rage, qui lavait la vaisselle, et ceux de nos fourchettes, qui heurtaient les assiettes en cadence. Je remarquai alors que Kira se trémoussait sur son siège, les joues d'un rouge écarlate.

– Êtes-vous déjà allé en Afrique ? me demanda-t-elle soudain.

En Afrique ?

J'ouvris la bouche pour lui répondre, mais elle prit la parole en premier. Apparemment, c'était une question rhétorique.

– Au Kenya, en particulier. L'accueil traditionnel y est merveilleux. Vêtus de leurs plus beaux costumes d'apparat, les guerriers de la tribu, font ce qu'ils appellent la danse des sauts.

Ils forment un cercle et s'affrontent à celui qui sautera le plus haut, montrant ainsi à leurs invités la force et la bravoure de leur tribu. C'est magnifique ! Et la hauteur que certains d'entre eux peuvent atteindre est impressionnante.

Une mèche s'échappa de ses cheveux, mais ça ne sembla pas la gêner. Elle avala alors une grosse bouchée de bœuf Strogonoff, et sans prendre la peine de mâcher, elle continua son laïus.

– Je me disais que vous pourriez leur faire une concurrence d'enfer avec le chaleureux accueil Hawthorn. Il est tellement réconfortant. Vous ne pouvez pas savoir à quel point vous m'avez mise à l'aise, à quel point je me sens bien. Bon, bien sûr, au Kenya, il faut boire leur cocktail de bienvenue à base de lait et de sang de vache, ce qui leur fait tout de même gagner quelques points. Mais je crois que vous avez quand même toutes vos chances et que…

Je posai ma fourchette.

– C'est fini ?!

Son regard semblait lancer des éclairs au moment il croisa le mien.

– Pas vraiment, pourquoi ?

Ses grands yeux verts, lumineux et indignés me foudroyaient. Elle prit aussitôt une gorgée de vin, l'air détendu et continua son repas. Je jetai un coup d'œil à Charlotte qui, j'en suis presque certain, venait d'esquisser un sourire avant de se retourner.

La réponse sarcastique de Kira me fit grincer des dents, mais je dus admettre qu'elle avait raison. Nous avions été grossiers avec elle. J'étais d'une humeur de chien. Pourtant, elle n'avait pas vraiment mérité cela. Je ne l'aimais pas, voilà tout. Ou plutôt, je n'aimais pas son genre, et sa présence sous mon toit me ramenait à mes nombreux échecs. Cela ne devait pas m'empêcher d'être courtois. De plus, elle m'offrait un moyen de m'en sortir. Ce n'est pas pour autant que je devais me comporter comme si elle me faisait une énorme faveur. Je ne ferai pas semblant de trouver cette situation agréable, mais je ne nierai pas davantage que nous étions autre chose que des associés dans ce deal répugnant. Nous faisions tous les deux un sacrifice. Bien sûr, elle allait me remettre un joli pécule, mais elle allait également perturber ma vie pour les mois ou l'année à venir, peut-être même davantage. Et puis son nom serait officiellement lié au mien pour le restant de nos jours. Quoiqu'il en soit, j'avais décidé que nous ne serions rien de plus que des associés en affaires. En bonne intelligence. Elle s'était bien comportée jusqu'à présent. Je m'étais même plutôt amusé tout à l'heure, avec son emménagement dans la cabane du jardinier. Ce qu'elle n'avait d'ailleurs pas encore ramené sur le tapis.

– Nous devrions parler…

– Du fait que vous êtes le descendant direct d'un lézard cracheur de feu ? Je m'en suis déjà rendu compte.

Charlotte toussota dans la cuisine, mais couvrit le bruit avec une casserole.

– Écoutez, Kira…

Elle tapa du poing sur la table, tellement fort, que ses cheveux se détachèrent :

– Non, c'est vous qui allez m'écouter, Grayson.

Ses yeux de sorcière étincelaient à nouveau, provoquant une sorte de fièvre ardente dans tout mon corps, à mon grand désespoir.

– Je vous ai fait une offre très généreuse. Si vous l'acceptez, il est hors de question que vous me traitiez comme vous l'avez fait jusqu'à présent. Je peux vous assurer qu'avec votre passif, vous n'aurez jamais de meilleure proposition que la mienne. Continuez à me considérer comme une moins que rien, et je disparais avec mon héritage.

Ivre de colère, je tapai à mon tour du poing sur la table. J'eus la satisfaction de voir Kira sursauter légèrement.

– Si ça se fait, je ne me laisserais pas non plus traiter comme si vous aviez pitié de moi, car, contrairement à vous, je ne fais pas toute une histoire de ce sacrifice. Vous pensez vraiment que j'ai le moindre désir de me marier avec vous ou qui que ce soit d'autre ?

– Non, je pense que vous êtes à peu près aussi capable de monogamie qu'un chien errant. Avec moi, comme avec n'importe quelle femme.

De loin, j'entendis Charlotte tousser à nouveau.

Je plissai les yeux.

– Exactement ! Pensez-vous que je l'aurais fait si je n'étais pas complètement désespéré, et si vous n'étiez pas ma toute dernière option ? Alors, jetez-moi votre fortune au visage si vous voulez, mais ne faites pas comme si vous n'aviez pas besoin de moi, ne faites pas non plus comme si vous n'étiez pas aussi désespérée que je le suis. Et puis arrêtez d'agir comme si je n'étais pas votre plus grand, et surtout votre seul espoir. Vous l'avez dit vous-même. Pour quelqu'un qui est venu ici pour mendier, vous devriez avoir la sagesse de me traiter avec respect.

Ses joues devenaient de plus en plus rouges.

– Mendier ? siffla-t-elle. Mendier ?

Les lourdes boucles de sa chevelure se détachèrent complètement, et encadrèrent son visage comme deux colonnes de feu. J'en eus le souffle coupé. Je n'avais pas compris qu'elle en avait autant. Elles tombaient le long de ses joues et dégringolaient sur ses épaules, apparemment jusqu'au milieu de son dos.

Elle se leva lentement. Je l'imitai, et une fois debout, nous échangeâmes des regards furieux, chacun à un bout de la table. Il y avait de l'électricité dans l'air… Quelque chose de palpable et de brûlant. Étrangement, cette chaleur se mit à danser, à envahir mon corps, puis à courir dans mon sang comme la cérémonie d'accueil africaine que Kira m'avait décrite. Je me sentis alors absolument… vivant.

– J'ai été folle de venir ici. C'est…

Elle nous pointa du doigt.

– C'est fou, ça ne fonctionnera jamais, nous devrions annuler, je pourrai trouver quelqu'un d'autre, je ne sais pas pourquoi je vous ai choisi. Je vous trouve extrêmement difficile à aimer.

– C'est valable pour vous aussi. Je suis d'accord. C'est ridicule.

– Alors, c'est terminé, lança-t-elle.

– Bien, grognai-je.

Nous nous regardâmes. La colère brûlait dans ses yeux. Pourquoi Diable aimais-je tant cela ?

Après plusieurs minutes de tension intense, je fis un effort pour reprendre ma respiration, puis levai un sourcil.

– D'ailleurs, la prochaine fois que vous demanderez à quelqu'un de vous épouser, vous devriez essayer d'être un peu plus douce. Un homme aime l'obéissance chez une femme.

Son regard brilla de plus belle, et un nouveau frisson traversa mon corps.

– Charlotte, dit-elle, cette fois avec beaucoup de douceur, auriez-vous une feuille et un stylo à me prêter ?

– Oh, oui ! répondit Charlotte, en sortant un stylo et un bloc de papier d'un tiroir, et en l'apportant presque en courant à Kira, comme si elle était soudainement à son service.

Je regardai Kira attentivement, intrigué par ce qu'elle allait faire.

Elle sourit poliment à Charlotte, retira précautionneusement le bouchon du stylo, le plaça à l'autre extrémité avec une lenteur délibérée, saisit le bloc de papier puis commença à écrire.

– Qu'est-ce que c'était déjà ? Je veux m'assurer de ne rater aucun mot de vos précieux conseils, dit-elle en étirant le mot « aucun ». Douce, c'est bien ça ? Est-ce qu'il faut mettre une cédille à douce ? Je ne m'en souviens jamais.

Je la fixai en fronçant les sourcils, résistant à l'envie de rire à sa démonstration ridiculement sarcastique.

– Si j'étais vous, je ne m'inquiéterais pas tant de l'orthographe du mot douce que de la manière d'épouser le concept.

– Hum, fredonna-t-elle. Et obéissante, dites-vous ?

– Oui.

– Obéissante : OUI.

Elle entoura le mot sur sa feuille.

– Et ?

– Trop volubile ! Ce sera rédhibitoire pour les maris futurs.

Elle fit semblant d'écrire.

– Trop volubile : NON.

Elle fit une grande croix sur le bloc-notes.

– Quoi d'autre ?

On s'observa pendant quelques secondes, elle, feignant un regard intéressé, moi m'appliquant à lui offrir un sourire légèrement arrogant. En vérité, je ne savais même pas si, d'un point de vue juridique, le faux mariage qu'elle m'avait proposé était valable. Mais parler de l'annuler avant même de le savoir me brisait le cœur. Je détestais l'idée, je détestais la petite sorcière à la langue bien pendue qui se tenait devant moi ; je détestais le fait qu'en réalité elle avait, dans cette situation, plus de pouvoir que moi…

En même temps, c'était le premier évènement qui, depuis une éternité, m'avait donné un peu d'espoir. Je ne réalisais que maintenant combien cet espoir était agréable. Je détournai le premier le regard, rompant ainsi la tension qui flottait entre nous. Elle reprit la parole en posant le stylo et les feuilles sur la table.

– Écoutez, cette situation est pour le moins… inhabituelle.

Elle s'arrêta de nouveau, et mes yeux se posèrent alors sur elle. Son regard ne scintillait plus comme si l'idée de tout annuler n'était pas non plus ce qu'elle voulait.

– J'ai appelé mon notaire avant de venir, il peut nous voir demain en fin de journée. Peut-être pourrions-nous trouver un moyen de coexister, au moins jusqu'à ce que nous ayons constaté que tout est conforme à ce que je vous ai dit. Nous pourrons alors prendre une décision.

– Je suis d'accord.

Elle prit une grande inspiration.

– D'accord, très bien.

Elle tendit alors la main, un sourcil arqué :

– On fait une trêve ?

Je regardai sa main, puis lui tendis la mienne.

– D'accord ! Approchez-vous, qu'on se serre la main.

–Vous, venez ici, dit-elle en me défiant directement.

Je souris.

– On se retrouve à mi-chemin ?

Elle plissa les yeux, hocha la tête, et s'éloigna de sa chaise. Je m'écartai de la mienne, et nous nous retrouvâmes au niveau du milieu de la grande table. Je pris sa main chaude dans la mienne, et la serrai pendant que nous échangions un long regard prudent.

Finalement, elle laissa échapper un sourire, et je l'imitai. Nous retournâmes à nos places. Quand Charlotte s'approcha pour servir du vin à Kira, elle lui jeta un coup d'œil qui n'était plus dédaigneux, mais curieux.

Notre dispute avait, d'une certaine manière, rendu Kira plus aimable aux yeux de Charlotte. Intéressant. Décidément, les femmes étaient un mystère pour moi. Kira lança un regard complice à Charlotte et la remercia pour ce délicieux repas.

–Veux-tu visiter le reste de la maison ? lui demandai-je en la tutoyant pour la première fois, essayant ainsi de sceller notre trêve.

Elle sembla surprise mais accepta d'un hochement de tête. En quittant la table, Kira remercia de nouveau Charlotte pour le dîner. Celle-ci lui répondit par un grand sourire sincère qu'elle n'adressa qu'à elle.

J'accompagnai Kira dans le vestibule principal et la visite commença.

– Mon père a conçu cet endroit pour imiter un château français.

En entrant dans le salon de réception, Kira secoua la tête.

– Ça y ressemble vraiment ! Ça me fait penser à un château de conte de fées, à plus petite échelle. Et puis il y a quelque chose… d'enchanteur.

Elle fut encore plus surprise en voyant la grande fenêtre qui donnait sur l'autre aile de la propriété. La piscine était juste en dessous, au pied de quelques marches, dominant un patio en pierre naturelle. Sa tête inclinée m'indiqua qu'elle admirait le dédale de haies dans la continuité de la terrasse.

– C'est un labyrinthe ! s'écria-t-elle, surexcitée. Et il est immense !

Je serrai la mâchoire comme je le faisais à chaque fois que je regardais cet endroit détestable.

– C'est complètement à l'abandon. Si j'avais eu de l'argent à mon retour, je l'aurais fait arracher.

– Oh pourquoi ? s'exclama-t-elle. C'est incroyable ! Est-ce que je pourrais y aller de temps en temps ?

– Non. Absolument pas.

J'adoucis cependant un peu ma voix pour continuer :

– C'est dangereux.

Elle ne savait pas pourquoi je détestais ce labyrinthe et elle ne le saurait jamais, mais c'était la vérité – il était trop mal entretenu pour être un endroit sûr.

Ses yeux brillants et inquisiteurs m'observaient. Je pouvais les sentir sonder mon visage. Quand je la regardai, elle haussa un sourcil fin.

– C'est le cœur de ta tanière, j'imagine ?

Elle m'offrit un sourire irrésistible.

– L'endroit où tu as… éclos ?

Je plissai les yeux, tentant de la fusiller du regard. Mais je savais qu'elle plaisantait et je ne pus retenir un sourire. Je me mis même à rire doucement.

– Peut-être.

Je levai à mon tour un sourcil.

Mais, plus sérieusement, ne t'en approche pas.

Kira détourna finalement les yeux et haussa les épaules

– Eh bien, d'accord, c'est ta maison.

Je l'emmenai alors visiter les chambres une à une, guettant sa réaction. Cette maison avait été un joyau en son temps, mais elle montrait désormais des signes de négligence évidents.

Charlotte ne pouvait pas se démultiplier et elle avait du mal à conserver la demeure dans l'état impeccable où elle avait été autrefois. Quand j'expliquai cela à Kira, elle me regarda et dit :

– Tu as eu une enfance privilégiée.

Je compris le sous-entendu : j'avais agi comme si elle était la seule à avoir connu le luxe.

– Le privilège n'est pas seulement défini par la richesse matérielle, Kira. J'ai grandi dans une belle maison avec beaucoup d'employés, mais je peux t'assurer que je n'ai jamais eu une vie privilégiée. Par exemple, je n'ai jamais eu de parents.

Elle pencha la tête, déconcertée.

– Que veux-tu dire par là, Grayson ?

Je me repris immédiatement.

– Les détails de mon arbre généalogique n'ont aucune importance. Je me contenterai de dire que je suis habitué à travailler dur, et je ne gaspillerai pas un dollar de l'argent que tu m'offres généreusement. En fait, je considère que tu me fais un prêt. Une fois que le vignoble fera des bénéfices, je te rembourserai.

Elle ne réagit pas tout de suite, puis finit par hocher la tête.

– Nous n'avons pas besoin de mettre ça dans le dossier, mais tu devrais choisir…

Elle s'interrompit, et balaya délicatement l'air de la main, comme pour me dire que je pouvais faire ce que je voulais à ce sujet. *Intéressant.* Je ne savais pas trop quoi penser de sa réponse.

En traversant le couloir de l'étage, Kira s'arrêta devant la photo de mon père et de ma belle-mère.

– Ils sont décédés tous les deux ? demanda-t-elle à voix basse.

Je secouai négativement la tête.

– Mon père seulement. Ma belle-mère vit à San Francisco.

Elle se tourna doucement vers moi.

– N'a-t-elle aucune envie d'aider le vignoble que son mari aimait tant, ou bien n'en a-t-elle pas les moyens ?

– Elle est très riche. Mais mon père m'a légué ce vignoble, et il est hors de question que je demande à ma belle-mère un seul centime de l'argent que mon père lui a laissé. Nous n'avons aucune relation et nous n'en n'avons jamais eu. *« Pourquoi devrais-je te supporter alors que ta propre mère ne voulait même pas entendre parler de toi ? »* J'avais douze ans quand elle m'avait posé cette question. Je pouvais encore entendre cette phrase glaciale résonner dans ma tête.

– Je préférerais… oui, je préférerais épouser une étrangère pour de l'argent plutôt que de lui demander un prêt.

Je lui adressai un sourire ironique auquel elle ne répondit pas.

– De toute façon, c'est à mon père que j'ai fait cette promesse. C'est à moi et à moi seul de la respecter.

Elle me regarda, la tête de nouveau penchée.

– Je connais l'importance d'une promesse, Grayson. J'en ai fait aussi. J'ai juré de ne plus jamais dépendre de mon père.

Elle se tourna vers la photo, et la regarda encore quelques minutes.

– Tu dois ressembler à ta mère, dit-elle en remarquant évidemment la couleur très pâle des cheveux de mon père.

– Oui, au grand désarroi de tout le monde, répondis-je. Elle me jeta un bref regard sans relever mon énigmatique remarque.

Je ne sais pas pourquoi j'avais dit ça. Je ne voulais pourtant pas qu'elle me questionne sur ma vie.

Elle se rapprocha encore du mur de photos. J'en profitai pour détailler son profil, son petit nez droit, la courbe douce de sa mâchoire, ses épais cils duveteux et recourbés, ses longs cheveux soyeux encadrant son visage et cascadant dans son dos.

– Tu as un frère ? demanda-t-elle, en regardant la photo où je posais avec Shane.

– Oui.

– Il habite près d'ici ?

– Non, il habite à San Diego.

– Vous êtes proches ?

– Je ne lui ai pas parlé depuis plus de cinq ans.

Elle se tourna à nouveau vers moi.

– Pardon, je suis vraiment désolée.

– Ne le sois pas, répliquai-je sèchement, l'emmenant plus loin avant qu'elle ne pose d'autres questions indiscrètes. Je me sentais déjà très mal à l'aise. Mais je ne pouvais pas lui reprocher, cette visite des lieux était mon idée.

– Je vais te laisser avec Charlotte, elle t'installera dans une chambre. Quant à moi, je sors, ajoutai-je, dédaigneux, en descendant l'escalier.

Pendant un instant, elle eut l'air interloqué.

– Ah, d'accord. Dans ce cas, merci, et bonne soirée.

Je commençais à m'éloigner quand je l'entendis fredonner. Je revins sur mes pas.

– C'est la chanson de Puff le dragon magique[1], non ?

Elle cligna des yeux, feignant l'innocence.

– Est-ce que c'est le nom de cette chanson ? Je n'ai jamais su quel était le titre exact, ni qui vivait à Honali comme le disent les paroles, j'ai juste retenu la mélodie.

Elle haussa les épaules. Je la fixai pendant un long moment. Elle soutint mon regard, son petit menton pointé vers moi. L'électricité crépitait dans l'air et j'avais la chair de poule. Finalement, une fois son petit jeu terminé, je partis, la laissant seule dans le hall d'entrée.

1. Puff the Magic Dragon est une chanson popularisée par un groupe américain, Peter, Paul and Mary, en 1963.

CHAPITRE 5

KIRA

Mon Dieu, ce dragon soufflait le chaud et le froid, comme tous ces reptiles avaient, je suppose, tendance à le faire. Je préférais presque les flammes qu'il m'avait crachées au visage à son attitude glaciale lorsqu'il abordait certains sujets, ou qu'il me regardait avec mépris. Je ne sais pas pourquoi, mais j'étais sûre que sa froideur n'était qu'un masque. Au fond, il avait tout du dragon. La chaleur à peine contenue. Et la passion probablement aussi. Je frissonnai. Je ne devais pas penser à Grayson Hawthorn en ces termes. Je n'y gagnerais rien, et risquerais même de me brûler les ailes. Il me l'avait bien expliqué, je n'étais pas son genre.

Je pris une profonde inspiration, mes yeux s'attardant sur les mots gravés dans la pierre, en lettres anciennes, au-dessus de la porte : *In Vino Veritas*. Il faudrait que je cherche ce que cela signifiait.

Je retournai à la cuisine où je trouvai Charlotte, qui nettoyait toujours les plans de travail. Elle leva les yeux, et me fit un sourire bien plus chaleureux que ceux qu'elle avait pu me faire avant.

– Voulez-vous un café ?

– Oui, avec plaisir, répondis-je en souriant à mon tour. Mais seulement si vous en prenez un avec moi !

Charlotte hésita, mais finit par accepter. Je m'assis sur un des tabourets du bar. Elle servit deux tasses, en plaça une devant moi avec un peu de lait et du sucre, posa un plat à tarte et deux assiettes avec des couverts à côté d'elle, et s'installa avec son propre mug.

– Grayson est sorti, dis-je entre deux gorgées de café.

Elle pinça les lèvres.

– Oui, j'ai cru comprendre. Tarte caramel au beurre salé ?

Elle coupa une énorme part, et la posa sur une assiette.

– Oh… Bon, d'accord.

J'hésitais pourtant, jusqu'à ce qu'elle fasse glisser l'assiette sous mon nez, les odeurs délicieuses de caramel et de crème fraîche mêlées chatouillant mon odorat.

– Je sais que cette situation peut probablement sembler… Je tentai de trouver un autre mot que ridicule, inavouable, catastrophique.

Immorale.

– Singulière.

C'est le mot que je prononçai finalement.

– Oui, en effet, dit-elle en se coupant une part de tarte.

Elle me sourit, même si elle approuvait mon choix de mot.

– J'espérais mieux pour Gray. Ce n'est pas contre vous, vous semblez être une fille pleine d'esprit. C'est juste que j'aurais préféré, évidemment, qu'il fasse un mariage d'amour.

– Bien sûr.

Je ne pus m'empêcher de rougir. Moi aussi j'espérais me marier, un jour, par amour.

– Vous tenez beaucoup à lui.

Je croquai un morceau de tarte, les saveurs sucrées et salées éclatèrent dans ma bouche. J'essayai tout de même de m'empêcher de gémir de plaisir.

Elle acquiesça.

– Je travaille ici depuis que Gray a été laissé là pour la première fois…

Puis elle sembla se reprendre et poursuivit :

– Je veux dire, depuis que Gray est venu habiter ici.

J'aurais voulu lui poser d'autres questions, lui demander ce qu'elle avait voulu dire par « laissé », mais je m'abstins. C'était la première fois que j'avais une conversation avec elle, je ne voulais pas qu'elle me prenne pour une fouineuse.

– Mais, évidemment, continua-t-elle, je comprends pourquoi votre offre est très séduisante pour Grayson. Il…

Elle secoua de nouveau la tête d'un air très triste :

– Il est prêt à tout pour retrouver le vignoble qu'il a connu autrefois.

– C'est l'héritage de sa famille, je peux comprendre.

Elle hocha la tête, ses yeux croisèrent les miens. Ses souvenirs semblaient venir de très loin.

– Et pour vous alors ? N'y avait-il aucune autre option ?

– Celle-ci semble être la meilleure pour le moment, dis-je calmement.

Je ne sais pour quelle raison, je me sentais honteuse devant le visage si doux de cette femme d'âge mûr, qui parlait avec un charmant accent anglais et me regardait gentiment.

– Gray ne vous a-t-il pas parlé de ma situation ?

– Il m'en a donné les grandes lignes.

Elle me regarda fixement un instant, comme si elle me jaugeait.

– Tout ce que je veux dire, c'est que cette décision peut avoir plus de répercussions que vous ne le pensez. Je vous implore de réfléchir avant de ne plus pouvoir faire machine arrière.

– Je comprends ce que vous voulez dire, Charlotte, et j'apprécie vos conseils, mais…

– Vous avez pris votre décision.

– Oui, en effet. J'espère que vous arriverez à me comprendre.

– Alors, dit-elle, c'est comme ça.

Je baissai les yeux, fixant ma part de gâteau déjà bien entamée, ne sachant pas pourquoi j'attachais tant d'importance à l'avis de cette femme. Elle reprit aussitôt la parole avant que je ne puisse dire quoi que ce soit.

– Et peut-être que vous lui ferez du bien finalement. Je dois avouer que je n'avais pas vu autant de vie dans ses yeux depuis... Disons, depuis bien trop longtemps.

– Hum... grommelai-je en buvant une autre gorgée de café, ne sachant pas comment prendre ce qu'elle venait de dire.

Cela signifiait probablement que, bien que nous ne nous fréquentions que depuis quelques heures, nous connaissions déjà les pires aspects de nos personnalités respectives. Je finis ce qui restait de ma tarte.

– Ah, Charlotte pendant que j'y pense, est-ce que je peux vous demander des draps ? Et j'aurais aussi besoin de couvertures et d'un oreiller pour faire mon lit dans le petit cottage.

Charlotte me regarda bizarrement.

– Vous voulez dire le cabanon du jardinier ? Il ne sert qu'à entreposer du matériel depuis des décennies. Vous ne pouvez pas y dormir ! Gray plaisantait quand il vous a installé là-bas.

Je finis ma tasse de café.

– Peut-être, mais je l'aime bien. Et c'est mon chez-moi. Je ne dérangerai personne comme ça.

– Je ne peux pas accepter cela, répondit Charlotte, l'air contrarié. Je n'aime déjà pas cette idée de mariage entre Gray et vous, mais il est hors de question que je vous laisse emménager dans une cabane crasseuse, infestée d'araignées.

J'éclatai de rire.

– Vous vous souvenez quand j'ai parlé de l'Afrique ? J'y ai vécu un an. J'en reviens à peine. Cela fait moins d'une semaine pour être précise. Et croyez-moi, les insectes que j'ai croisés là-bas feraient se cacher les araignées d'ici ! Je pense vraiment pouvoir gérer une ou deux petites bestioles à huit pattes. Et un lit avec des draps propres, c'est un cran au-dessus du matelas posé à même le sol en terre battue sur lequel j'avais l'habitude de dormir.

– Que faisiez-vous en Afrique ?

Je me cachais, je fuyais, j'étais en exil.

– J'aidais un ami à construire un hôpital.

J'ai souri, et c'était le premier sourire vraiment authentique depuis mon retour à San Francisco.

– Il aide énormément de femmes et d'enfants. Un jour je vous raconterai tout.

Charlotte me caressa la main, son regard était bien moins méfiant qu'auparavant.

– Bien volontiers.

* * *

Une heure plus tard, j'avais fini de nettoyer la chambre à coucher du cottage grâce au balai que Charlotte m'avait fourni. J'avais récuré soigneusement le sommier en métal, et installé le matelas que Walter avait transporté. Quand Charlotte m'apporta les couvertures, elle regarda la pièce avec horreur, me proposant à nouveau de m'installer dans la maison, puis elle fila aussi vite que possible.

Je m'attaquerais à la salle de bains dans la matinée. Pour l'instant, je fis couler l'eau glacée du robinet pour me laver le visage et me brosser les dents.

Je jetai un coup d'œil derrière le rideau de douche moisi, et grimaçai en voyant l'installation rouillée, la couche de crasse sur le sol et les épaisses toiles d'araignées qui couvraient les murs. Beurk !

Comme c'était la fin de l'été, les soirées étaient un peu plus fraîches, mais j'ouvris tout de même les fenêtres. La brise légère entra, portant un très léger parfum de roses et de glycine, dissipant l'odeur de poussière et d'huile de moteur.

Même si ce n'était pas grand-chose, le lit était confortable. Je m'enfouis sous les couvertures avec mon téléphone, et j'envoyai un court texto à Kimberly. Je n'entrai pas dans les détails, car je voulais attendre que nous ayons rencontré Monsieur Hartmann, le notaire de mamie. Je lui raconterais tout une fois que ce serait signé, et pas avant, sans quoi elle essayerait de me faire parler. Et Dieu sait que Kimberly savait être persuasive !

Elle me ferait probablement douter de tout ce que j'avais déjà accepté, et je ne pouvais pas me le permettre. Vraiment pas.

J'avais quatre messages. Je respirai profondément, avant d'ouvrir le premier qui venait de mon père.

Kira. Je sais que tu étais là quand j'ai frappé à ta porte, et je sais que tu m'as entendu. J'ai envoyé James à ton appartement avec un double des clefs, et il m'a dit que tu avais l'air d'avoir déménagé. Appelle-moi immédiatement, et dis-moi ce que tu as l'intention de faire. Nous devons nous réunir avec Cooper et nous assurer que nous avons tous le même discours. Merde, Kira, tu ne peux pas te permettre de disparaître, tu le sais bien. J'ai besoin que tu sois à ma disposition. Rien n'a changé depuis ton séjour en Afrique ? Visiblement, non… Appelle-moi !

Clic.

Mes yeux se remplir de larmes. *J'ai besoin que tu sois à ma disposition*. Bien sûr, papa. Parce que c'est ce que je suis pour toi, une esclave à ton service.

Les deux messages suivants étaient de mon père. Je les supprimai sans les écouter. Heureusement, j'avais pensé à désactiver le GPS sur mon téléphone pour qu'il ne puisse pas me localiser. C'était certainement comme ça qu'il avait su que j'étais à mon appartement en train de faire mes valises – à moins qu'il ait des espions à son service dans l'immeuble, ce qui était tout aussi probable.

Le dernier message était de Cooper. J'appuyai pour l'écouter, en me mordant les lèvres presque jusqu'au sang. Il fallait que je force mon corps à se détendre.

Salut, Kira – blanc – Bon sang, j'espérais trouver quelque chose à dire après avoir entendu le bip. – grand soupir – Ton père m'a dit que tu étais de retour. Kira, on a besoin de parler. On doit se parler. Écoute, j'avais espéré que tu allais décrocher. Tu n'as jamais répondu à aucune de mes lettres, mais s'il te plaît, appelle-moi. Tu m'as tellement manqué.

Clic

Je t'ai manqué ? Espèce d'enfoiré.

Les larmes roulaient sur mes joues, et j'enfouis mon visage dans l'oreiller en repensant à ce jour horrible, à cette trahison terrible qui m'avait brisée en mille morceaux. Au choc subi, à l'humiliation ressentie et dont il ne restait aujourd'hui que la douleur.

Je finis par tomber dans un sommeil agité, dont je ne fus tirée que par le bruit d'un véhicule se garant dans l'allée de gravier. Je me redressai, à peine réveillée. J'essayai de distinguer quelque chose mais il y avait trop de feuillage devant la fenêtre du cottage pour apercevoir l'allée. J'entendis des pas, probablement ceux de Grayson qui sortait de son pick-up, et prenait la direction de la maison. Mes paupières lourdes se refermèrent, et je sombrai à nouveau dans le sommeil.

* * *

Le soleil matinal brillait à travers la fenêtre ouverte, diffusant une lumière jaune citron qui finit de dissiper mes rêves. Je m'assis et m'étirai. Après avoir rapidement fait ma toilette à l'eau glaciale du lavabo de la salle de bains, je nouai mes cheveux en chignon, puis j'enfilai un short en jean et un débardeur bleu marine. Je m'occuperai de la douche plus tard, et je me laverai cet après-midi avant notre rendez-vous.

Je pris la direction de la maison. Le gravier crissait sous mes pas. Quand je frappai à la porte, Walter ouvrit, le visage toujours aussi impassible.

– Monsieur Hawthorn prend son petit déjeuner dans la cuisine, annonça-t-il, très formel.

– Merci, Walter.

Je souris, puis me dirigeai vers la cuisine.

Grayson était assis à la même place qu'il occupait au dîner, un magazine de vin quelconque posé devant lui. Je pris moi aussi le siège que j'avais occupé la veille, à l'autre bout de la table.

– Bonjour ! lança Charlotte, sur un ton joyeux.

– Bonjour, dis-je en faisant un signe de tête à Grayson.

Il y avait face à moi des œufs, du bacon, des toasts et des galettes de pomme de terre. Je me servis une belle assiette. Après plusieurs bouchées, je levai enfin les yeux et vis Grayson qui me regardait manger. Surpris, il détourna le regard.

– J'ai beaucoup de travail aujourd'hui. Quel est ton programme ? me demanda-t-il.

Je finis d'avaler le morceau de toast que je venais de mettre dans ma bouche avant de répondre.

– D'abord je vais faire un peu plus de ménage dans le cabanon, puis je me suis dit que je pourrais faire une balade dans la propriété, si tu n'y vois pas d'inconvénient.

Il se figea.

– La cabane du jardinier ? Tu veux vraiment y rester ? Enfin... C'était une blague, Kira.

Je haussai les épaules.

– Je m'en fiche, c'est un endroit à moi... Loin de toi... je ne te dérangerai pas comme ça. Ce sera comme si je n'étais même pas là.

Je lui fis un grand sourire, qu'il ne me retourna pas.

Grayson me regarda une seconde, puis reprit machinalement la lecture de son magazine.

– Comme tu voudras.

Quelques minutes plus tard, Grayson prit congé, semblant un tout petit peu moins glacial, et partit travailler en m'informant qu'il me retrouverait devant la maison à quinze heures. Je finis mon petit-déjeuner puis proposai à Charlotte de l'aider à nettoyer, ce qu'elle refusa. Je lui demandai alors si je pouvais emprunter des produits ménagers, et retournai dans ma petite maison, les bras chargés.

Je passai les quatre heures qui suivirent à nettoyer des décennies de saleté. Dans la petite salle de bains d'abord – un vestige des années soixante-dix très probablement –, puis je m'attaquai aux fenêtres, aux sols et même aux murs de la chambre. Pour l'entrée, je ne pouvais pas faire grand-chose étant donné qu'elle était remplie de matériel de jardinage. Je me contentai de me frayer un chemin dans le désordre et d'enlever le plus gros des toiles d'araignées. Je pouvais fermer la porte de cette pièce et vivre dans les deux autres, désormais propres.

Je ne pris qu'une seule pause pour manger rapidement dans la maison, Charlotte m'ayant informé que le déjeuner m'attendrait dans la cuisine.

Quand j'en eus fini avec le cabanon, les muscles de mon corps me brûlaient, mais j'étais fière du résultat : toutes les pièces étaient désormais impeccables. Ma maison pour les prochains mois ! C'était loin d'être raffiné, mais le luxe ne m'avait jamais rendue heureuse de toute façon. Non, j'aimais cet endroit parce que c'était mon petit espace. C'est là que j'avais atterri… Là où le chemin que j'avais choisi de prendre m'avait conduit.

La journée avait été chaude, mais, le cabanon étant ombragé par les arbres, maintenant que l'après-midi touchait à sa fin, la température avait chuté. Au moment de passer sous l'eau glaciale de la douche, je poussai de petits cris en dansant sur place pour essayer de me réchauffer. Je me lavai les cheveux et le corps à la vitesse de l'éclair grâce aux articles de toilette que j'avais apportés. J'avais oublié de demander à Charlotte des serviettes, et en attendant d'en avoir, je me séchai avec un tee-shirt, puis enfilai des vêtements propres. Heureusement, il y avait un sèche-cheveux, qui en plus de remplir sa fonction première, me servit de radiateur. Je ne pris pas la peine de m'attacher les cheveux et les laissai lâchés sur mes épaules.

Dehors, le ciel était d'un bleu pâle serein, parsemé de quelques nuages blancs légers et cotonneux. Je restai debout à admirer les vignes qui ondulaient sur les collines. Je ne savais pas grand-chose sur le processus de vinification, mais j'espérais apprendre. Non pas que je prévoyais de rester ici très longtemps, mais je trouvais intéressant de m'informer sur cette pratique séculaire et qui était restée traditionnelle.

Je me promenai derrière la maison, juste pour voir le labyrinthe de plus près. Une fois devant cette énorme construction naturelle, je vis que l'entrée n'était pas fermée. Je m'aventurai alors à l'intérieur en marchant prudemment, dans le but d'explorer une ou deux allées pas plus. L'endroit était envahi par une végétation luxuriante, les sentiers étaient bien plus étroits qu'ils n'auraient dû l'être, le sol était recouvert par des plaques de mauvaises herbes. Pourtant, c'était magnifique. Il y faisait bien plus frais, au moins une dizaine de degrés de moins qu'à l'extérieur. Si j'avais la certitude de pouvoir trouver la sortie, je flânerais dans ce dédale indéfiniment. Je me demandais s'il y avait quelque chose au centre. Pourquoi Grayson voulait-il détruire quelque chose de si exceptionnel ? C'était grotesque. J'espèrais qu'il changerait d'avis une fois qu'il aurait les fonds pour l'entretenir.

Je fis demi-tour avant d'être complètement perdue. Je commençai à descendre une petite colline en direction d'une grande bâtisse en pierre que j'imaginais être l'endroit où le vin était fabriqué et entreposé. Il y avait quelques tracteurs et des camions stationnés devant, et je pouvais entendre les machines fonctionner à l'intérieur.

Alors que je me rapprochais, je distinguai deux hommes debout près du bâtiment à côté d'un tracteur, et, sous ce dernier, une paire de cuisses musclées dépassait. Un des hommes me salua d'un signe de la main, et je répondis de la même façon. L'homme qui se trouvait sous le tracteur en sortit et se releva.

Grayson.

Mon cœur s'arrêta net. Il était torse nu. Il se redressa complètement et attendit que je les rejoigne. J'avais déjà remarqué qu'il était très bien bâti, superbement proportionné, mais la vue de ses épaules larges, de ses pectoraux parfaitement dessinés sur la poitrine, de son abdomen plat et sculpté me coupa le souffle et me fit rougir aussitôt. Dieu qu'il était beau, massif mais fin, sa peau lisse et bronzée brillant sous le soleil. C'était un modèle de virilité, et je ne pus maîtriser les réactions de mon corps à sa vue. Les muscles de mon ventre se crispèrent instantanément. Maudit dragon.

Grayson enleva la casquette de baseball qu'il portait, lissa ses cheveux en arrière, puis la replaça comme font les mecs.

Luttant contre la réaction de mon corps, j'envoyai à Grayson mon sourire le plus éclatant. Il me présenta les deux hommes avec lui, un Hispanique avec une petite moustache qui n'était pas beaucoup plus grand que moi nommé José, et un géant avec un sourire timide, Virgil. Je les saluai tous deux et fis un signe à Grayson qui hocha la tête.

– Le tracteur est cassé ? leur demandai-je.

– Non, répondit Grayson. D'ailleurs, c'est bien l'une des seules machines qui ne le soit pas. J'étais juste en train de le réviser avant la récolte.

– Et tu fais tout toi-même, n'est-ce pas ? Pas étonnant que tu travailles du lever au coucher du soleil.

– Je n'ai pas le choix. Comme tu peux le voir, mon équipe est assez réduite.

Il désigna d'un signe de tête José et Virgil.

Celui qui s'appelait Virgil, et qui semblait être mentalement retardé, s'avança.

– Je suis vraiment heureux de vous rencontrer, Madame. Monsieur Grayson a dit qu'il se pourrait qu'il vous épouse, et je crois que c'est une bonne idée. Il dit qu'il ne sait pas si vous êtes une princesse pourrie gâtée ou une petite sorcière, mais je pense que si vous êtes une sorcière, vous êtes une gentille sorcière, car vous êtes vraiment très jolie.

Il rougit et baissa les yeux. À ses paroles, je me hérissai, et fis un sourire crispé à Grayson, qui eut la grâce de paraître un peu embarrassé. José toussa légèrement, se retenant visiblement de rire.

– C'est tout ? Qu'est-ce que Monsieur Grayson a dit d'autre Virgil ?

Grayson eut un petit rire tendu.

– Bon, assez bavardé. Nous devrions être…

– Il dit que la raison pour laquelle il vous aime c'est parce que vous avez un paquet d'argent, continua Virgil qui n'avait pas compris la situation. Moi aussi, je vais avoir un tas d'argent un jour pour que les gens m'aiment.

Son front se plissait à mesure qu'il réfléchissait.

– Bien sûr, maman dit que ce qui compte, ce n'est pas ce qu'une personne a, mais comment elle traite les autres, alors je ne sais pas…

Il se gratta la nuque, l'air un peu perdu.

José tourna les talons, un sourire amusé aux lèvres. Il passait un bon moment.

– Eh bien, Virgil, si j'étais vous, j'écouterais davantage votre mère que Monsieur Grayson.

Je jetai un regard dégoûté à Grayson. Qu'est-ce qui lui avait pris de parler devant cet homme innocent ?

De plus, plusieurs personnes étaient maintenant au courant de notre accord. N'avait-il rien écouté de ce que je lui avais dit sur mon père ?

Ma consternation n'avait rien à voir avec ce qu'il avait dit de moi. Loin de là. Je savais que c'était ce qu'il pensait. Il n'avait pas besoin de m'aimer. Et il pouvait croire que j'étais une sorcière si ça lui faisait plaisir. Je me fichais de l'opinion d'un dragon.

Grayson enleva sa casquette, prit le tee-shirt qui était accroché à la poche arrière de son pantalon, et l'enfila. Je poussai un soupir de soulagement. Les reptiles nus me perturbaient.

– Messieurs, dit Grayson en quittant José et Virgil. Je vous vois dans la matinée.

Je souris aux deux hommes qui nous observaient, en les saluant d'un dernier signe de la main. Il m'attrapa par le coude et me tira derrière lui. Je levai les yeux vers Grayson d'un air indifférent. Je ne voulais pas qu'il pense que son avis sur moi avait le moindre intérêt. J'avais besoin de lui pour une seule et unique raison.

Grayson se mit à rire.

– Allez, je vais te ramener à la maison. Et puis nous irons nous occuper de savoir si nous allons nous passer la corde au cou, ou pas.

CHAPITRE 6

GRAYSON

Je regardai la femme assise à côté de moi. Celle qui allait être mon épouse dans quelques jours. Ma femme. Je secouai la tête discrètement, médusé par les événements des dernières vingt-quatre heures. Ce mariage n'était qu'un accord financier, mais tout de même. Qu'il soit truqué ou non, le fait était que j'allais avoir une femme. Quand j'étais plus jeune, j'avais toujours supposé que je me marierais un jour, je pensais même savoir avec qui. J'avais un désir sincère de fonder ma propre famille, de vivre le genre de vie rassurante dont j'avais toujours rêvé mais que je n'avais jamais eue. Et puis il y avait eu Vanessa… Et… disons que la vie est pleine de surprises. Et pas toujours bonnes.

Elle se retourna sur son siège en se mordillant la lèvre.

– Penses-tu que ce soit intelligent de dire à tes employés que notre mariage est une comédie ? s'exclama-t-elle. Je t'ai prévenu pour mon père, et moins les gens seront au courant, plus…

– J'ai confiance en José, c'est comme un frère.

J'arrêtai la voiture sur un parking. Impossible de retenir le rire nerveux qui montait dans ma gorge en m'entendant dire ça. Personne ne savait mieux que moi que tous les frères n'étaient pas dignes de confiance !

– On peut faire confiance à José, ajoutai-je. Quant à Virgil, je doute que qui que ce soit prête une oreille attentive à ce qu'il raconte.

Kira, en ouvrant la portière, me lança un regard à la fois méprisant et nerveux. Je sortis de la voiture.

– En tout cas, il semble bien savoir à qui il a à faire, ajouta-t-elle.

– Bien sûr, de la même manière que les chiens et les enfants. Et dans tous les cas, qu'ils soient au courant ne m'inquiète pas.

Quelqu'un marchait sur le trottoir. Instinctivement, je m'approchai d'elle et la fis reculer jusqu'à ce qu'elle soit bloquée contre mon pick-up. Je vis alors la panique se peindre sur son visage. Je souris quand nos deux corps furent pressés l'un contre l'autre.

– Qu'est-ce que tu fais ? siffla-t-elle.

– Je montre publiquement que notre relation est bien réelle, lui glissai-je à l'oreille.

Qu'est-ce qu'elle sentait bon ! Pas seulement bon, incroyablement bon. Son parfum était discret, comme une brise de fleurs lointaines. Je n'avais pas identifié cette odeur avant que mon nez ne se pose doucement contre sa peau. Je frottai mon visage dans son cou, inhalant profondément pour capter l'essence délivrée par la chaleur de sa peau contre la mienne. Elle était aussi raide qu'un piquet. Je m'éloignai. Mon Dieu, même si ça ne faisait que deux jours que j'avais vu Jade, « la corbeille de fruits », j'avais besoin d'une femme.

– Si tu veux que notre mariage soit crédible, il va falloir que tu y mettes plus de conviction. Sinon les gens vont penser que je te brutalise.

Je me retournai et me remis en marche. Après une seconde, elle me rattrapa. En jetant un coup d'œil dans sa direction, je ris tant ses épaules étaient rigides et son petit menton levé haut vers le ciel. Pourquoi est-ce que j'aimais tellement la taquiner ?

Monsieur Hartmann, le notaire de la grand-mère de Kira, passa en revue les termes du testament avec nous. C'était simple, dit-il. Le paiement aurait lieu dès que nous lui aurions apporté une copie de notre extrait de mariage. Kira et moi étions assis l'un à côté de l'autre, nous tenant la main comme deux tourtereaux, la chaleur de sa peau brûlant la mienne. Monsieur Hartmann sembla enchanté quand il nous observa.

– Ta grand-mère était une femme remarquable, Kira. Elle serait si heureuse de te voir amoureuse.

Kira grimaça légèrement, et se força à sourire.

– Merci, elle aurait adoré Grayson. J'en suis sûre.

– Je n'en doute pas. Et elle aurait été tellement contente de savoir aussi que tu veux vivre ici. Elle aimait vraiment cette ville.

– Oui, c'est vrai, dit Kira en souriant affectueusement.

Il était évident qu'elle avait beaucoup aimé sa grand-mère. La culpabilité me noua l'estomac, mais je l'ignorai du mieux que je pus. Après tout, c'était le choix de Kira. Je ne l'avais même pas connue. Je ne devais rien à cette dame, ni à elle ni à son argent.

– Tu sais, poursuivit Monsieur Hartmann, ta grand-mère croyait que si les années et la maturité ne faisaient pas de toi une personne plus consciente des besoins des autres, ou du moins d'un autre, le mariage le ferait certainement. C'est la raison pour laquelle elle a mis cette condition à ton héritage. Elle voulait qu'il soit bien utilisé, et, idéalement, avec le partenaire que tu aurais choisi pour partager ta vie.

Il fit un clin d'œil à Kira.

– Je suis tellement heureux que ce soit ton cas.

Kira lui sourit et opina du chef, mais elle ne semblait pas très à l'aise.

– Ça fait longtemps que je n'ai pas vu ton père. Comment va-t-il ? demanda-il.

Kira sembla accuser le coup.

– Il va bien, Monsieur Hartmann, répondit-elle. Puis, après un silence elle reprit : je ne lui ai pas encore dit pour Grayson… Ce serait gentil à vous de ne pas lui en parler avant que je puisse lui annoncer.

Monsieur Hartmann fronça les sourcils, mais répondit :

– Bien sûr.

Une fois le rendez-vous terminé, nous nous assîmes dans mon pick-up et je contactai l'avocat de Napa qui avait suivi les affaires de mon père pendant des années. Je pensais qu'il pourrait me recevoir rapidement et j'avais raison. Le rendez-vous fut fixé au lendemain.

C'était vertigineux. Tout ça se déroulait tellement rapidement, et c'est ce que j'avais voulu. Encore une fois, plus vite ce mariage commencerait, plus vite Kira pourrait partir.

– Si Maître Kohler pouvait rédiger le contrat dans la semaine, nous pourrions nous marier vendredi prochain, dis-je à Kira sur le chemin du retour.

– D'accord, répondit-elle tranquillement.

– Je vais prendre rendez-vous alors. Nous aurons besoin d'un entretien préalable à la mairie, puis d'un autre pour la cérémonie. Je vais regarder sur le site Internet.

– D'accord.

Elle tira sa jupe pudiquement et mes yeux se posèrent sur ses jambes nues. Elles étaient belles. Élancées et fines. Le genre de jambes qu'un homme voudrait avoir autour de lui quand il…

Je serrai la mâchoire, chassant immédiatement ces pensées. Je pris alors conscience de son silence, et je demandai :

– Tu hésites encore ?

– Non ! Non, c'est bien. C'est rapide, mais ça va aller.

– Plus vite on met tout en place, plus vite on sera débarrassés, dis-je, exprimant la pensée que j'avais eue plus d'une fois.

– Oui c'est vrai.

Elle me fit un petit sourire en coin. Je n'avais toujours pas vu sa fossette. Peut-être que je l'avais rêvée sur l'écran de mon ordinateur.

Je l'observai furtivement prendre ses longs cheveux dans ses mains et les attacher en chignon avec un élastique qu'elle avait trouvé dans son sac. Des mèches ondulées tombaient autour de son visage, à l'endroit où elles semblaient toujours se placer quand ses cheveux étaient relevés. Ils étaient apparemment trop soyeux pour rester attachées toute la journée. Je me demandai ce que je pourrais ressentir si j'enroulais une de ses mèches autour de mon poing.

Putain ! Mais arrête de penser à ça !

C'était un vrai mystère. Une jolie princesse avec le tempérament volcanique d'une petite sorcière. J'aimais beaucoup allumer le feu dans ces deux prunelles vertes cristallines. Je me demandais comment elle serait au lit. Une petite séductrice sexy qui…

En me garant devant la maison du jardinier, je serrai les dents, frustré. Elle m'avait surpris en faisant le choix de rester dans ce taudis insalubre. N'ayant que de l'eau froide, elle ne s'était sûrement pas douchée, pourtant elle avait l'air fraîche et propre. Je grimaçai. Elle ne pouvait vraiment pas rester là. Ça me dépassait qu'elle veuille y passer cinq minutes, ou pire encore y habiter. J'avais passé cinq ans dans une petite cellule de béton, et je n'avais pourtant aucun désir de vivre là-dedans. C'était d'ailleurs peut-être pour cette raison. Je ne supportais pas longtemps les petits espaces.

Souvent, la nuit je me réveillais en nage à cause des cauchemars que je faisais depuis mon incarcération. Je n'avais jamais parlé à personne de mon expérience, et je doutais le faire un jour. Pendant quelques secondes, la solitude et la douleur, mes fidèles compagnes durant ces cinq longues années, m'assaillirent, et je sentis à nouveau le poids de mes échecs peser sur mes épaules.

Je fermai les yeux et chassai ces réminiscences, préférant concentrer mes pensées sur Kira Dallaire, et sur le fait qu'elle habitait dans la remise de mon jardinier. Je l'avais visiblement mal jugée, au moins sur quelques points. Je me demandai quels autres secrets j'aurais découverts sur elle si j'avais pris la peine de creuser plus profondément.

Ce que je n'avais pas fait. Pas du tout.

Une fois le véhicule à l'arrêt, elle sauta à l'extérieur et resta un moment devant la portière ouverte.

– Je serai prête pour notre rendez-vous demain matin, et ensuite, j'irai à San Francisco pour m'occuper de quelques trucs. Je m'absenterai tout le week-end.

J'acquiesçai. Cela me convenait parfaitement. Je pensai alors qu'il fallait bien qu'elle se douche à un moment ou à un autre. Moins je la verrais avant notre mariage, mieux ce serait. Cela m'éviterait d'y penser.

– D'accord, rejoins-moi dehors à onze heures.

Elle hocha la tête, ferma la portière et s'éloigna à travers le feuillage. Je restai assis là pendant quelques minutes, en plein questionnement intérieur. Ce n'était vraiment pas top de la laisser vivre là. En même temps c'était son choix. Peut-être qu'une dose de galère ferait du bien à la princesse. Ou bien était-ce parce que les sorcières préféraient les petites maisons dans les bois ? Cette réflexion me fit rire moi-même.

* * *

Le rendez-vous avec Maître Kohler fut simple et rapide. Nous n'avions pas voulu rédiger un contrat de mariage en détail, pour le cas où nous serions « amenés » à divorcer, mais nous avions indiqué que chacun de nous partirait avec ce qu'il avait au départ. Le contrat était extrêmement simple et nous avions convenu d'un rendez-vous le jeudi suivant afin de signer les documents. Après, nous en aurions fini avec les formalités administratives de notre mariage. J'avais pris rendez-vous à la mairie le vendredi matin, à dix heures. La seule chose qu'il nous restait à faire était de nous présenter. Je me sentais légèrement nauséeux. Et vu le teint verdâtre de Kira, c'était aussi son cas.

Je la déposai au cottage et lui dis qu'on se verrait lundi. Elle s'éloigna sans un regard. Elle avait été si silencieuse après notre rendez-vous que j'en venais à me demander si elle reviendrait de San Francisco. Peut-être que ce serait mieux ainsi. Mais ce n'était pas ce que je voulais. Pour la première fois depuis un an, je voulais que le temps passe plus vite.

J'allais consulter la liste de Walter à propos du matériel à réparer ou à remplacer. J'en eus des papillons dans le ventre. Bientôt, je pourrais la lire et rayer une à une les tâches effectuées. La tension dans mes épaules avait disparu, et j'avais finalement laissé un souffle d'espoir m'envahir. Le pouvoir de ce dernier avait permis à mon cœur de battre sauvagement. Quand est-ce que j'avais éprouvé cette sensation pour la dernière fois ? Impossible de m'en souvenir.

– Je ne te laisserai pas tomber, jurai-je pour la centième fois en m'adressant à mon père. Tu seras fier de moi, je te le promets.

Il fallait que je me persuade qu'il me voyait, qu'il le saurait. C'était ce qui me maintenait en vie.

Je passai le week-end à travailler avec une ardeur renouvelée. Il allait y avoir beaucoup de boulot, malgré les rentrées d'argent à venir. Et j'avais encore un maigre effectif. Il faudrait que j'embauche deux personnes de plus dès que j'aurais le chèque en main, ou dès que j'aurais la certitude qu'il allait arriver.

Quand je revins à la maison dimanche soir, je me suis souvenu de la bouteille de Vosne-Romanée que j'avais demandé à Walter de monter. La honte et les remords m'avaient dévoré quand, pour renflouer mes finances, j'avais envisagé de vendre ce qui avait été la fierté de mon père : sa collection de vins rares. Le simple fait d'y avoir pensé était déjà une trahison. *J'essaie. J'essaie si fort de sauver tout ce qui t'était précieux.*

Le soulagement de ne pas avoir à les vendre était immense. La sensation d'avoir réussi – encore quelque chose qui ne m'était pas arrivé depuis longtemps – m'envahit.

Quand je vis Walter, je lui demandai de remettre la bouteille dans la cave où elle était conservée.

– Oui, Monsieur. Je le ferai cette semaine.

– Merci.

– Et puis-je vous adresser tous mes vœux de bonheur pour votre… mariage, Monsieur ?

Walter avait prononcé le mot « mariage » avec tout le mépris dont il était capable. Et, venant de lui, ce n'était pas rien.

– Non, Walter.

Je vis sa lèvre trembler légèrement

– Très bien, Monsieur. Je vous souhaite tout de même le meilleur. Ma mère avait l'habitude de dire que le mariage ressemble beaucoup au vin. Ils arrivent tous deux lentement à maturité, et deviennent plus intenses et complexes avec le temps.

Je me tournai vers lui.

– Walter, je pense que tu sais aussi bien que moi que mon mariage n'aura pas le temps de mûrir. C'est provisoire, uniquement pour des raisons que nous qualifierons de professionnelles.

– Si vous le dites, Monsieur.

Je m'arrêtai, les sourcils froncés.

– Oui je le dis.

– Très bien, Monsieur.

Je le fusillai du regard et me dirigeai vers les escaliers avant qu'il ne réussisse à vraiment m'énerver. Il trouvait toujours le moyen de me donner l'impression que j'avais à nouveau douze ans. Et il avait une façon de me faire me remettre en question avec ses « Oui, Monsieur, Non, Monsieur ». Insolent ! Je le virerai un de ces jours. Et sans indemnité.

Je pris mon dîner seul, me demandant quand Kira rentrerait. Je ne lui avais pas posé de questions sur son voyage. Je ne voulais pas instaurer une relation entre nous où nous pourrions surveiller les allées et venues de chacun. Je ne voulais pas qu'elle pense qu'elle pouvait se le permettre avec moi. Mais bon… si elle avait changé d'avis… Je préférais le savoir maintenant plutôt que d'attendre qu'elle m'appelle comme une fleur après n'être pas rentrée de la semaine.

À contrecœur, je pris mon téléphone et composai son numéro de portable, que je n'avais appelé qu'une seule fois en allant dans sa chambre d'hôtel. Je réfléchis à ce que je pourrais lui écrire. Je ne voulais pas qu'elle ait l'impression que je la surveillais.

Grayson : Est-ce que je dois demander à Charlotte de te garder une assiette au chaud ?

Quelques minutes plus tard, mon téléphone bipa.

Kira : C'est gentil, mais non, merci.

Je me renfrognai. Est-ce qu'elle était bête ou bien elle le faisait exprès ?

Grayson : Très bien alors je vais demander à Charlotte de te préparer le couvert pour le petit-déjeuner.

Kira : Non plus, ce ne sera pas nécessaire. Je te remercie.

Je grognai sur le téléphone, frappant les petites lettres du clavier.

Grayson : Merde, Kira, tu reviens ou pas ?

Au bout de quelques minutes, je sentis une étrange panique m'envahir.

Kira : Oui, je serai de retour demain après-midi. Je te manque ?

Je poussai un soupir de soulagement.

Grayson : Non. Bonne nuit.

Petite sorcière.

CHAPITRE 7

KIRA

Je franchis les grilles de la propriété des Hawthorn à 16 heures, sous le chaud soleil de cette fin d'après-midi. J'avais passé le week-end avec Kimberly, lui faisant le compte rendu de tout ce qui s'était passé avec Grayson Hawthorn depuis notre dernière discussion.

Au début, elle refusa de me parler, puis, pendant quinze minutes, elle piqua une crise de colère, me sortant des tirades en espagnol que j'encaissai, assise sur le canapé face à elle, les bras croisés comme un enfant discipliné. Elle me rappela au moins vingt exemples de «Très Mauvaises Idées» qui avaient fini de manière catastrophique.

Quand elle reprit un peu son calme pour discuter presque sereinement et, surtout, quand elle comprit que je n'allais pas faire machine arrière, elle me prit dans ses bras et me dit qu'elle m'aiderait. C'était souvent comme ça avec Kimberly. Je savais qu'il fallait que j'attende qu'elle se calme. Et elle me connaissait assez pour ne pas ignorer qu'une fois que j'avais eu une «Très Mauvaise Idée», il y avait peu de chance que je change d'avis. Le fait qu'elle ait piqué une colère lui donnait l'impression d'avoir fait son devoir. Je la laissais faire. Au fond, c'était une façon de me montrer son amour. Elle m'avait beaucoup manqué. Elle avait toujours été gentille avec moi, et c'était elle qui m'aidait à ne pas faire n'importe quoi.

Je fis également une rapide visite au centre d'accueil où j'avais passé beaucoup de temps. Je leur garantis que j'allais recevoir un gros héritage qui leur permettrait de tenir les six prochains mois, jusqu'à ce qu'une de leurs plus importantes subventions soit versée.

J'aurais aimé pouvoir rester un peu plus longtemps avec ces gens que j'adorais et que je n'avais pas vus depuis si longtemps. Je leur promis – ainsi qu'à moi-même – que je serais de retour très bientôt.

Être loin du Dragon pendant quelques jours m'avait permis de remettre les choses en perspective. Je revenais à la propriété avec plus d'assurance. Ce plan allait marcher. Tout était maintenant plus clair, et j'avais tendance à penser que, lorsque je ressentais ça, c'est que j'étais sur la bonne voie.

Dans quelques jours, nous serions mariés, j'aurais l'argent de mamie, et je serais sur le point d'être indépendante. Je pourrais décider de ce que je voudrais faire de ma vie. Je serais enfin libre.

Bizarrement, ma petite maison m'avait manqué. Après avoir ouvert les fenêtres et mis ma valise au pied du lit, je m'allongeai et souris en regardant le plafond sale et écaillé. J'enroulai une mèche de cheveux sur mes doigts, et fredonnai la dernière chanson que j'avais entendu dans la voiture.

J'entendis au loin le bruit d'un véhicule, très probablement un tracteur, et les vocalises stridentes des oiseaux dans les branches. Quand j'aurais déménagé, je me trouverais un petit endroit semblable à celui-ci, quelque part dans la Napa Valley. Un endroit simple. Un endroit où je pourrais être moi-même. Où je pourrais trouver le bonheur. Je m'assis en soupirant, sortis mes vêtements et déballai les nouvelles serviettes moelleuses que j'avais achetées à San Francisco.

Après avoir cherché ma trousse de toilette dans ma valise, je pris la direction de la douche. Un homme était juste devant la porte. J'eus tellement peur que je lâchai les produits de toilette et poussai un cri aigü digne du plus effrayant film d'horreur.

– Oh, oh, dit Grayson, en s'avançant vers moi, les mains en l'air comme pour signifier « Je me rends », afin de me calmer j'imagine.

Ses yeux étaient écarquillés de surprise, et je ne pus m'empêcher de remarquer qu'ils balayaient mon corps de haut en bas.

– Oh mon Dieu ! criai-je en me rendant compte que j'étais nue comme un ver.

Je cherchai quelque chose pour me cacher, et attrapai finalement la chemise posée sur ma valise ouverte en essayant de me couvrir autant que possible. Grayson fit volte-face et sortit précipitamment.

Je me recroquevillai au pied du lit, mon visage était écarlate, mes jambes tremblaient.

– Tu ne frappes jamais ?

– Tu n'as rien que je n'ai déjà vu auparavant, entendis-je alors un peu fort de l'autre côté de la fenêtre ouverte tandis qu'il s'éloignait de ma maison.

Je crois bien que j'ai répondu en grognant.

Très gênée, je me jetai sous la douche, ronchonnant encore contre les voyeurs irrespectueux.

Rien qu'il n'avait déjà vu. Pouah ! Sale bête pleine d'écailles !

Après m'être frottée tellement énergiquement que ma peau en était irritée, j'enfilai des vêtements, me fis un chignon avec mes cheveux mouillés et me dirigeai vers la maison principale.

Charlotte me salua gentiment à mon arrivée dans la cuisine.

– Est-ce que Grayson est dans les parages ? demandai-je, en essayant de dissimuler le tremblement dans ma voix.

– Il…

– Je suis là, entendis-je derrière moi.

Je me retournai, le regard noir.

– Puis-je te parler en privé ?

Il plissa les yeux, mais ne bougea pas d'un pouce ignorant apparemment ma requête, ou ne voyant pas d'objection à ce que Charlotte nous entende.

Qu'est-ce que ça pouvait bien faire après tout ?

Elle nous avait déjà entendus nous disputer avant. Je croisai les bras.

– Tu ne peux pas débarquer en terrain conquis chez les gens sans frapper !

– J'ai frappé à la porte, répondit-il, l'air blasé, ce qui me fit encore davantage bouillir de rage. Et je n'ai pas débarqué comme en terrain conquis.

Il se tourna vers Charlotte :

– Charlotte, est-ce que tu m'as déjà vu faire ça ?

– Non, jamais, c'est vrai, dit-elle en fronçant les sourcils. Vous n'êtes pas un homme à faire ça.

Je frissonnai.

– Débarquer en terrain conquis, entrer en sautillant, s'introduire !

– En sautillant ? demanda Grayson, incrédule. Je n'ai jamais fait ça. Même pas à la salle de sport ! N'est-ce pas Charlotte ?

Elle secoua la tête.

– Non, pas cela non plus.

Elle leva un doigt, tournant son attention vers moi.

– Je l'ai vu sauter à la corde une fois, mais il n'était encore qu'un petit garçon…

Je levai les bras, irritée par les taquineries de Grayson et le soutien que lui apportait Charlotte.

– Tu n'as pas frappé, ou, si tu l'as fait, je ne t'ai pas donné la permission d'entrer. Je n'ai pas pu le faire puisque j'étais nue !

Je rêvais ou ses pommettes avaient rosi ?

Charlotte toussota.

– Oh mon D…, l'entendis-je dire dans un soupir.

– Oui, eh bien, tout s'est passé très vite. Je n'ai presque rien vu. J'ai déjà effacé cette vision de mon esprit. Je peux te le jurer la main sur le cœur.

Il disait cela comme si ça avait été une vision particulièrement désagréable.

– Si tu as un cœur, ce qui est discutable, marmonnai-je entre mes dents.

Il me regarda les yeux plissés.

– C'était un accident, Kira. Je suis désolé. Je n'ai pas cherché à te voir nue, je te le promets. Ça ne se reproduira plus.

Il se passa un doigt sous l'œil, comme pour empêcher un tic. Il parlait à nouveau d'un ton indifférent.

Je me redressai fièrement en levant le menton. Pourquoi sa réaction me gênait tant ? J'aurais voulu que Grayson, la langue pendue, les yeux exorbités, ait dû résister de toutes ses forces à ma folle sensualité ? Je savais, pourtant, que j'étais loin d'être sexy. Cooper me l'avait suffisamment répété. La colère commençait à retomber et je croisai les bras comme pour me réconforter. Je pris une profonde inspiration.

– Bon, très bien, alors qu'est-ce que tu voulais ?

Grayson garda le silence un instant pour m'observer.

– J'ai vu ta voiture garée. Je venais juste te dire que notre contrat de mariage serait prêt mercredi. J'ai donc avancé notre mariage à jeudi, dit-il avant de poursuivre : à condition que tu sois d'accord.

– Ah… Eh bien… Oui, ça me va.

Mon cœur se mit à battre plus vite.

– D'accord.

Je me sentis soudain très mal.

Il m'observa encore quelques instants, totalement silencieux.

– Alors ça y est, on fait comme ça, marmonnai-je. Je vais aller dîner en ville ce soir. On se voit demain.

Il me fixa, l'air suspicieux, mais ne dit pas un mot. Je quittai rapidement la demeure, presque en courant jusqu'à ma maison dont je claquai la porte une fois arrivée.

* * *

Nous nous évitâmes pendant les deux jours qui suivirent. Ou du moins, c'est ce que je pensais que nous faisions tous les deux. Je me tenais à l'écart, et j'étais sûre qu'il faisait la même chose. Je le vis plusieurs fois en passant, mais en dehors de ces moments, j'étais souvent seule. Je fis de longues promenades dans Napa, ainsi que dans la propriété Hawthorn. Je lus beaucoup et j'aidai Charlotte à préparer quelques repas que Grayson ne venait jamais prendre. J'appréciai de discuter avec Charlotte. Elle était facile à vivre et avait la même ouverture d'esprit que celle de mamie. Je la connaissais à peine, pourtant, elle semblait remplir le vide laissé par la disparition de ma grand-mère. Peu à peu, elle devenait une figure maternelle.

Le numéro de mon père s'était affiché plusieurs fois sur mon portable, mais je n'avais jamais répondu. Je finis par lui envoyer un texto pour lui dire que je prenais du temps pour moi, et que je l'appellerais bientôt. Je n'eus pas de réponse.

Le mercredi, à 11 heures, Grayson et moi nous retrouvâmes devant la maison principale, puis nous nous rendîmes en ville pour rencontrer son avocat. Nous avions renoncé à avoir chacun le nôtre pour économiser du temps et de l'argent. Aucun de nous deux ne parla sur le trajet. Il y avait une étrange tension entre nous depuis l'incident. J'avais du mal à déterminer si c'était de la colère ou de la gêne ; peut-être était-ce les deux ?

Ce qui est sûr, c'est que pour ma part j'étais en colère et gênée. Mais lui, pourquoi avait-il l'air si furieux ? Aucune idée. Ou alors, peut-être que j'interprétais mal ses expressions. Je ne le connaissais pas très bien. Et il y avait peu de chance que ça change.

Nous étions en avance pour notre rendez-vous, je lui demandai si ça ne le dérangeait pas que j'aille faire un tour chez un petit caviste dans la rue. Je voulais acheter quelque chose à Charlotte. Elle avait tout fait pour m'intégrer dans la maison de Grayson, allant bien au-delà de son rôle sachant qu'une femme de ménage aurait simplement fait son travail. Je voulais lui montrer ma gratitude, surtout au vu des circonstances.

Une fois à l'intérieur, Grayson regarda la sélection de vins en devanture du magasin, et je me dirigeai vers le fond, là où les ouvre-bouteilles et autres articles de cuisine étaient exposés. Alors que je passais en revue quelques jolis plateaux à fromages dans une des allées, j'entendis une femme chuchoter :

– Est-ce que tu as vu Grayson Hawthorn ? Mon Dieu, tu sais que j'étais très amoureuse de lui autrefois ?

Je me raidis légèrement quand une autre femme gloussa.

– Qui ne le serait pas ? Va lui parler ! Évidemment, tu ne pourrais plus le présenter à ta mère maintenant, mais pour une partie de jambes en l'air… Bon sang, je paierais cher.

– Je vais peut-être me laisser tenter. Il est tellement sexy.

L'autre femme se mit à rire et quand je les entendis s'approcher de moi, mon cœur se mit à battre la chamade. Je déguerpis dans l'autre sens, saisissant le bras de Grayson au passage, et me rendis jusqu'à la sortie.

– Hé, dit-il, en m'emboîtant le pas.

– Ils n'avaient pas ce que je veux, expliquai-je, incapable de comprendre pourquoi je me sentais tellement bouleversée.

– Qu'est-ce que tu voulais ?

– Euh, un plateau à fromages, ou un plat à gâteaux ou n'importe quoi, je ne sais pas…

J'essayais évidemment de noyer le poisson.

– Ils avaient tout ça là-bas.

– Écoute, dis-je après avoir repris mon souffle. J'ai entendu des femmes parler de toi et je me suis rendu compte que je les écoutais. C'était bizarre et gênant.

Grayson m'observait et dès que je tournai la tête, il haussa un sourcil.

– Elles parlaient de moi ?

J'agitai la main.

– Je suis sûr que tu sais que les femmes te trouvent… attirant, pour une raison d'ailleurs parfaitement incompréhensible, dis-je, en haussant les épaules.

– Attirant ?

– Sexy, terriblement excitant.

Grayson s'arrêta net, je fis de même, puis me retournai vers lui. Il me lança un regard malicieux.

– Ce sujet m'intéresse. J'aimerais qu'on l'approfondisse un peu.

Je repris mon chemin en riant. Il me rattrapa, me dépassa même, de sorte à me faire face en marchant à reculons, avec un air insupportablement prétentieux.

– Attends, est-ce que tu étais gênée parce que… tu me trouves… attirant, petite sorcière ?

Tu n'as rien que je n'ai déjà vu auparavant.

– Non, dis-je, peut-être un peu plus brusquement que je n'aurais voulu. Pas le moins du monde. On y est.

Je le contournai et passai la porte du cabinet d'avocats, poursuivie par le rire moqueur de Grayson.

Saleté de créature ailée, pleine d'écailles.

Les formalités juridiques étaient simples et faciles à comprendre. Toujours vaguement agacée par sa taquinerie de tout à l'heure, j'ignorai complètement Grayson pendant que nous paraphions. Nous parcourûmes tous deux attentivement le dossier avant de le signer et d'en conserver un exemplaire. C'était terminé.

La seule chose qui restait à faire était de nous marier. Mariée… À un dragon ! Un dragon complètement inintéressant et insupportable. Pour de l'argent. Je gémis intérieurement. C'était, de loin, le plan le plus fou que je n'avais jamais élaboré.

C'était insensé, ridicule, probablement honteux… Non, pire, c'était carrément honteux. Sans aucun respect pour l'institution sacrée du mariage. Sans respect de la mémoire de ma grand-mère, non plus.

Il y avait beaucoup de « contre ».

Mais… mais ça allait marcher. Je serais bientôt libérée de mon père. *Concentre-toi, Kira. Concentre-toi là-dessus.* C'était un argument qui faisait très fortement pencher la balance du côté des « pour ».

La veille, j'avais fait une liste sur le Dragon, après qu'il soit rentré pour dîner mais reparte finalement aussitôt en me voyant, claironnant qu'il allait manger en ville. Moi aussi je l'avais évité, je n'avais aucune raison de me sentir blessée. La fameuse liste était le résultat de mon orgueil mis à mal, mais elle m'avait aidée.

– Notre rendez-vous est à 14 heures 30 demain. Ou plutôt nos rendez-vous. Nous en avons un pour faire valider notre contrat de mariage et un autre tout de suite après pour sceller notre union.

Je hochai la tête vigoureusement, comme si tout cela était génial et épatant. Mariée ! Demain. À 14 heures 30. Pour sceller notre union ! Ça avait l'air tellement normal. Sans importance. C'était juste une corde au cou après tout, et si le nœud n'était pas assez serré ou mal fait, on pouvait le défaire très facilement. J'eus soudain l'envie irrésistible de rigoler comme une hystérique, jusqu'à en pleurer peut-être. L'humeur de Grayson avait l'air d'avoir changé également, elle semblait plus contenue.

– Tu vas le dire à ton père avant ou après ?

– Après. Quand nous aurons encaissé le chèque.

La simple pensée d'affronter mon père me tétanisait.

Du coin de l'œil, je vis Grayson secouer la tête, mais je ne lui fis pas face. Il semblait m'étudier.

– Si tu… veux faire marche arrière, je…

Je lui fis signe que non. Nous étions allés trop loin.

– Non, je ne veux pas. Et toi ?

– Non plus.

Il nous ramena directement à la maison, où je le suivis complètement affamée. Dans l'entrée peu éclairée, je retirai mes lunettes de soleil et les enfonçai dans mon sac plein à ras bord, en prenant tout de même soin de les pousser bien au fond où elles seraient moins susceptibles de tomber.

– Je te retrouve ici à 14 h demain alors, dit Grayson.

Il avait visiblement l'intention de se mettre au travail pour la journée, et de poursuivre ses travaux sur le bâtiment en pierre.

– D'accord, acquiesçai-je, en prenant un air nonchalant.

– Oh, regarde, tu as laissé tomber ça.

Grayson se pencha pour ramasser un morceau de papier et me le tendit. Je fronçai les sourcils.

– Je ne crois pas que ce soit…

À la couleur de la feuille, je réalisai alors que c'était la liste que j'avais faite sur Grayson. Dans la marge j'avais également griffonné à plusieurs reprises « Kira Hawthorn », pour tester ma nouvelle signature. Elle avait dû tomber de mon sac. Je sentis la chaleur me colorer le visage, et j'essayai de m'en emparer.

Grayson, me jeta un regard suspicieux et retint le papier.

– N'essaye même pas, soufflai-je.

Il regarda alternativement le papier et moi, visiblement très intéressé depuis que j'avais réagi aussi vivement. Quelle idiote, Kira !

Tout s'était passé si vite que je n'avais pas eu le temps de masquer ma réaction.

– Qu'avons-nous là ? susurra Grayson.

– C'est personnel, lui répondis-je. Rends-moi ça.

– Personnel ? Nous sommes sur le point de nous marier, ma puce, ironisa-t-il, la voix de plus en plus sarcastique. Nous ne devrions avoir aucun secret l'un pour l'autre.

– Très drôle, donne-moi ça.

Il avait presque déplié la feuille quand je me précipitai. Il m'évita aisément, et je poussai un cri en manquant de tomber. Il se retourna et se dirigea rapidement vers le grand salon, à droite du vestibule.

– Je pense que je vais m'installer dans un fauteuil et voir de quoi il s'agit.

– Rends-moi ça ! hurlai-je, comme une gamine capricieuse.

Il déplia la feuille tout en marchant. Je le suivais de près.

– Le Dragon, alias Grayson Hawthorn : Les « Pour » et les « Contre ».

Il me regarda par-dessus son épaule, haussant un sourcil sombre, puis il prit place derrière le grand canapé d'angle en cuir avant de se tourner vers moi. Je trébuchai sur l'ottomane assortie, manquant de tomber à nouveau.

– Je t'interdis de lire ça, l'avertis-je en essayant de lui communiquer toute ma colère.

Il inclina la tête, regardant visiblement mes brouillons de signature.

– Je préférerais vraiment que tu gardes ton nom de jeune fille, dit-il.

Aïe.

– Oui, évidemment.

Je fulminais.

– Donne-moi cette feuille.

Il refusa.

– Pour : C'est un trou du cul, mais son derrière est agréable à regarder.

Il baissa légèrement le papier et me regarda.

– Tu aimes mon cul, petite sorcière ? Tu aurais dû me le dire. Je t'ai pourtant demandé de laisser les sentiments de côté. Mais je suppose que ça ne pose pas de problème que tu admires mon cul, si en effet tu me trouves… irrésistible.

Il sourit d'un air satisfait.

– Tu es un être humain après tout, dit-il en se grattant le menton comme perdu dans ses pensées. Les sorcières sont-elles humaines ? Hum…

Il revint à mes notes.

– Tu… Tu…, bafouillai-je, incapable de savoir comment terminer cette phrase, furieuse, les bras s'agitant en signe d'impuissance.

Il semblait prendre un malin plaisir à attiser délibérément ma colère. J'aurais voulu gommer l'arrogance que son beau et insupportable visage affichait.

– Contre : c'est un dragon pompeux, lut Grayson calmement.

– Ça a largement été démontré, grognai-je.

– Pour : il a besoin de moi.

Le regard de Grayson, s'assombrit, puis se planta dans le mien.

– Correction : j'ai besoin de ton argent.

Eh bien, il n'était pas près de l'avoir ! Il avait franchi la limite. Je ne donnerai jamais le moindre centime à ce dragon. Je fouillai la pièce du regard frénétiquement, à la recherche d'un objet qui pourrait le blesser. Bingo, une bouteille de vin était posée sur un buffet, à côté d'une porte qui conduisait certainement à la cave. Je me précipitai dans cette direction et je l'attrapai prête à lui jeter au visage.

– Non ! cria-t-il, une note de panique dans la voix.

Cela coupa net mon élan.

– Kira, dit-il en lâchant la feuille en signe de capitulation, cette bouteille de vin est irremplaçable.

Il se pencha lentement pour ramasser ma liste et se releva tout aussi lentement, en me la tendant.

– On échange ? demanda-t-il en s'approchant prudemment, comme si j'étais un animal sauvage.

Je regardai la bouteille que j'avais entre mes mains. Elle avait une étiquette française.

Quand je regardai à nouveau Grayson, je vis qu'il était blanc comme un linge.

– Celle-là ? demandai-je innocemment, en la passant d'une main à l'autre.

Un cri étouffé lui échappa.

– Cette bouteille-ci ? Irremplaçable ?

Il exagérait certainement. Sinon, pourquoi serait-elle posée sur un buffet dans le salon ? Cependant, elle signifiait manifestement beaucoup pour lui. Il continuait à se rapprocher de moi.

– Reste où tu es, ordonnai-je.

Il s'exécuta. Je levai le menton.

– Excuse-toi pour ton extrême impolitesse et…

J'agitai la bouteille de vin, en essayant de trouver les mots justes pour qualifier ce qu'il nous avait fait, à moi et à mon orgueil.

Le même son étouffé sortit de la gorge de Grayson, ses yeux étaient fixés sur la bouteille.

– Oui, oui, je m'excuse. Je m'amusais juste un peu avec toi. Je ne voulais pas te faire de mal, je le jure. Viens, donne-moi la bouteille de vin, Kira.

Je le fixai, le regard sombre.

– Non…

Il cligna des yeux.

– Comment ça, non ?

– Je ne m'approcherai pas. C'est toi qui viens vers moi.

Son visage s'éclaira, mais il contrôla immédiatement son expression, les yeux rivés sur la bouteille encore dans mes mains.

– On se retrouve à mi-chemin.

Une seconde je pensai à refuser. Après tout, j'étais clairement celle qui avait le contrôle maintenant, mais je décidai que le milieu était un bon compromis.

– D'accord, on fait un échange rapide.

Il acquiesça et je fis un pas en avant. Hum. J'aurais aimé voir plus longtemps ce regard paniqué et impuissant, et entendre une dernière fois cet étrange bruit étouffé sortir de sa bouche. Je continuais à faire passer la bouteille d'une main à l'autre. Mon bras gauche dessina un grand cercle et j'avançai mon bras droit pour la saisir, sans quitter le Dragon des yeux, un petit sourire accroché aux lèvres.

Le bruit du verre brisé retentit dans le salon silencieux et je me figeai, le souffle bloqué, le temps semblant s'être arrêté. Je regardai l'imposante colonne de pierre à ma gauche… En levant le bras, j'avais brisé la bouteille contre cette pierre très dure. Je déglutis, fascinée par ce qui ressemblait à du sang. Le vin coulait sur la pierre pour finir en une flaque qui s'élargissait sur le sol de seconde en seconde. Un bruit sourd me parvint de la porte et me fit tourner la tête brusquement.

Walter se tenait là, bouche ouverte, le teint blafard.

– Je venais d'aller chercher la clé de la cave à vin, dit-il, la voix tremblante. Je suis désolé, Monsieur.

Oh mon Dieu.

J'observai encore une fois le col de la bouteille que je tenais encore, puis lentement, très lentement, je levai mon regard vers Grayson.

Il bouillonnait d'une rage qu'il contrôlait difficilement apparemment.

– Ce n'est pas ta faute, Walter. Tu peux disposer, dit-il d'un ton glacial.

Le silence lui répondit puis Walter reprit, avant de sortir rapidement :

– Bien, Monsieur.

Je clignai des yeux, puis ma main laissa tomber le col de la bouteille qui se brisa sur le sol. Je restai figée, immobile, alors que Grayson approchait lentement. La rage qui émanait de lui était quasi palpable. Une fois à mon niveau, il se rapprocha, et du bout des doigts, il leva mon menton vers son visage. Un muscle de sa mâchoire tressauta, comme un avertissement. Je me redressai, les yeux plantés désormais dans les siens.

– Cette bouteille de vin, lâcha-t-il, faisait la fierté et la joie de mon père. Il a passé des années à essayer de l'obtenir. Quand il l'a finalement trouvée, il a fondu en larmes. Il a fondu en larmes, Kira. Des larmes de joie sur cette bouteille que tu viens de briser par pure méchanceté.

Je secouai la tête, essayant désespérément de ne pas flancher.

– C'était un accident, elle était… posée juste là…

Je détestais l'émotion qu'il y avait dans ma voix.

Il lâcha mon menton, son regard hostile me fixait toujours intensément.

– 14 heures, dit-il enfin. Rendez-vous ici demain à 14 heures.

14 heures ? Qu'est-ce qu'il y avait à 14 heures ? Impossible de m'en souvenir. Oh, mon Dieu, on allait se marier. J'eus presque envie de lui dire que tout était annulé. J'avais même déjà ouvert la bouche, mais je ne dis rien. De toute évidence, il faisait ça pour me punir, ou tout au moins pour récupérer le montant de cette bouteille de vin « irremplaçable ».

Sur ces derniers mots, Grayson sortit du salon comme une flèche. Je restai immobile quelques minutes, pour finalement me diriger, les jambes tremblantes vers l'endroit où il avait laissé tomber ma liste puérile. Je la ramassai et me dirigeai vers la cuisine où Charlotte essuyait le plan de travail.

Une douce odeur de cannelle et de pommes flottait dans l'air. Elle me jeta un coup d'œil nerveux avant de détourner les yeux.

– Il n'est pas méchant, Kira.

Je déglutis.

– Je…

Je secouai la tête et me repris.

– Je suis sûre qu'il n'est pas toujours comme ça, mais j'ai la faculté de faire ressortir le pire chez les hommes.

– Je suis convaincue que ce n'est pas vrai.

Je haussai les épaules. C'était vrai. C'était parfaitement vrai. La bile remonta dans ma gorge. Je crus vraiment que j'allais vomir mais je réussis à me retenir.

– Et peut-être que c'est davantage leur faute que de la vôtre, ma chère… Peut-être faudra-t-il un homme très spécial pour… disons…

– Me contrôler?

Je pouffai, un petit rire qui apporta un peu de gaîté.

– Vous aimer, corrigea-t-elle.

Je ne sais pas si je devais le prendre comme un compliment, mais Charlotte me souriait chaleureusement.

Aimer. Un désir poignant étreignit ma poitrine. Être adorée, une fois, une seule fois. Je soupirai.

– De toute façon, mon arrangement avec Grayson n'a rien à voir avec l'amour. Et ça n'a plus d'importance. Il n'aura pas lieu. C'était une idée catastrophique dès le départ.

Je me tournai vers Charlotte qui suivait pensivement des yeux son éponge sur le plan de travail.

– Ce vin était-il vraiment irremplaçable Charlotte? Son père l'a-t-il vraiment cherché pendant des années?

Je retenais mes larmes.

Charlotte resta silencieuse un moment, puis elle sembla prendre une décision. Elle mit l'éponge sur l'évier et fit le tour du bar pour s'asseoir à côté de moi sur un tabouret. Elle me prit les mains affectueusement.

– Il ne vous le dira probablement jamais lui-même, Kira. Je vais donc vous parler un peu des relations de Grayson avec son père. Je n'aime pas les potins, mais peut-être que vous comprendrez mieux pourquoi Grayson tient à tout prix à redresser ce fichu vignoble si vous connaissez un peu son histoire.

Elle se pinça les lèvres pendant un instant, puis se détendit. Ce fichu vignoble ? C'était aussi sa maison. Est-ce qu'elle ne l'aimait pas ?

– Grayson et son père, Ford Hawthorn, n'avaient pas de bonnes relations, dit-elle en secouant tristement la tête. Il y avait de nombreuses raisons à cela, et peut-être que Grayson les partagera un jour avec vous, mais disons qu'on ne lui a jamais fait sentir qu'il était chez lui ici, ni son père ni sa belle-mère. Ils lui ont reproché à tort des choses pour lesquelles un enfant ne devrait jamais être blâmé. Ils l'ont traité misérablement en l'excluant, c'était à celui qui le haïssait le plus.

Son expression douloureuse montrait à quel point cela la marquait encore.

– Grayson a fait de son mieux, toute sa vie, il… bref, ça n'a pas d'importance. Rien de tout ce qu'il a pu faire n'était assez bien. Durant sa détention, poursuivit-elle en prenant un mouchoir pour essuyer son nez, son père ne lui a jamais rendu visite. Pas une fois. Ford a découvert qu'il avait un cancer pendant que Grayson était en prison, et il est décédé rapidement après. Ou du moins c'est ce qui m'a semblé. Quand il est revenu à la maison, Grayson a découvert que son père lui avait légué le vignoble, qui avait commencé à battre de l'aile dès le début de la maladie de Ford. Il a laissé l'argent à sa femme et au frère de Grayson, Shane, mais il a légué le vignoble à Grayson.

Une ombre passa brièvement sur son visage, mais elle disparut avant que je puisse la déchiffrer.

– Ce jour-là Grayson a juré qu'il sauverait le domaine, non pas pour lui, mais pour ce père qui l'avait évité toute sa vie et qui, finalement, lui avait laissé ce lieu en guise de réconciliation.

Grayson pense que Ford lui a confié son bien le plus cher parce qu'il l'en croyait digne. Digne de le sauver, digne de le diriger. Et Grayson est capable de presque tout pour prouver que son père a eu raison de croire en lui.

Je m'affaissai sur le tabouret. Cela faisait beaucoup d'informations.

– Même si son père le traitait si mal avant ?

Charlotte acquiesça.

– Je crois que c'est justement parce que son père l'a traité si terriblement avant. Pour Grayson, sauver ce vignoble signifie sauver son amour-propre.

Je hochai lentement la tête en me mordant la lèvre. Grayson Hawthorn et moi avions bien plus de points communs que je le pensais. Nous avions tous les deux été élevés par des pères qui n'avaient jamais cru en nous.

– Merci, Charlotte. Je le comprends un peu mieux maintenant. Et je peux me reconnaître en lui.

Je réfléchis, les lèvres pincées.

– Je pense même que nous pourrions être amis sauf qu'il pense que je suis une sorcière, et je suis toujours à peu près sûre que c'est un dragon. Du moins avec moi.

Cela l'amusa et elle se mit à rire.

– Pourquoi m'avez-vous dit tout ça, Charlotte ?

Elle s'empara à nouveau de mes mains.

– Je pense qu'on peut voir les gens sous un jour différent quand on comprend leurs motivations. Vous pensez peut-être faire ressortir le pire en Grayson, mais depuis que vous êtes entrée dans sa vie, et bien que cela fasse peu de temps, il est plus vivant que durant toute l'année qu'il vient de passer à la maison… Même si ça s'est traduit par beaucoup de colère et de flammes.

Elle serra mes mains fermement.

– Je crois que votre présence est une bonne chose. Grayson peut être arrogant, en grande partie en raison de son physique, mais à l'intérieur, sa blessure est très profonde.

Son expression s'assombrit un instant, puis elle me sourit. Je ne pus m'empêcher de lui rendre son sourire. Il y avait quelque chose de si merveilleusement réconfortant chez Charlotte.

– Tiens, laisse-moi te couper une belle part de gâteau aux pommes et à la cannelle tout droit sorti du four, dit-elle en se levant.

Elle était passée naturellement au tutoiement.

– Et au passage, ma chérie, dit Charlotte en prenant ma main posée sur le comptoir, une lueur dans les yeux, oublie le prince et la princesse… J'ai toujours pensé que la vraie histoire était entre la sorcière et le dragon.

Son rire musical retentit alors dans la cuisine.

CHAPITRE 8

KIRA

Je n'avais pas imaginé le jour de mon mariage comme cela. Je me réveillai seule, je pris une douche glaciale, puis je quittai rapidement la propriété Hawthorn pour m'acheter une robe dans le centre-ville de Napa. Mon shopping à peine commencé, je réalisai à quel point c'était ridicule. Pourquoi avais-je besoin d'une nouvelle tenue ? Et que fallait-il porter pour prononcer de faux vœux de mariage à l'homme qu'on épousait pour de l'argent ? L'homme qui me haïssait le plus, probablement, après ce qui s'était passé la veille.

Je pris une profonde inspiration. J'allais pourtant le faire. J'avais pris ma décision une fois au lit, la veille, en repensant aux raisons qui faisaient que j'avais besoin de l'héritage de mamie et en me remémorant aussi celles de Grayson. Je croyais vraiment que nous avions encore bien plus de choses en commun qu'on ne l'imaginait. Impossible de savoir quelle proportion exactement, mais quelque part au fond de moi, je sentais qu'en quelque sorte, il était juste de partager l'argent avec lui, dragon ou pas.

Je choisis finalement une petite robe d'été en dentelle blanche, et une paire de fines sandales à lanières bleues argentées. Ce n'était pas très habillé, mais au moins j'aurais un peu l'air d'une mariée à la mairie. *De toute façon, ce n'est que du cinéma*, pensai-je tristement.

Sur le chemin du retour, un souvenir me revint à l'esprit. Quand j'avais sept ou huit ans, j'avais trouvé la collection de catalogues et de magazines anciens de mamie. L'un d'eux présentait souvent des photos de robes de mariée. J'avais découpé tous mes choix pour chaque moment de mon mariage, et les avais collés sur un morceau de carton. J'avais passé des heures à parcourir chaque catalogue, à choisir les fleurs, les gâteaux, et tout ce que je pouvais trouver pour compléter mon image du mariage idéal. Quand je l'avais fièrement montré à ma grand-mère, elle s'était extasiée, bien sûr, comme elle avait toujours tendance à le faire. Et puis elle m'avait demandé pourquoi il n'y avait pas le père de la mariée.

– Oh, lui avais-je dit, il est au travail. Il ne pouvait pas venir.

Mamie m'avait regardée tristement, puis elle m'avait serrée fort contre elle.

– Tu vas être la plus belle des mariées, ma chérie, m'avait-elle dit, et ton époux t'aimera d'un amour infini.

Mon cœur se serra.

– Oh, ma petite mamie, je suis tellement désolée, chuchotai-je dans le silence de ma voiture.

Au moment où je finissais de m'habiller, j'entendis frapper doucement à la porte de mon cabanon. Un peu surprise, je me demandai si Grayson était finalement venu me chercher au lieu de m'attendre à la maison comme nous l'avions prévu. Ou peut-être qu'il venait pour tout annuler ? Mon cœur battait la chamade.

– Entrez.

Un instant plus tard, j'entendis la voix chantante de Charlotte me dire bonjour et je me détendis. Elle entra dans ma chambre, rayonnante.

– Oh mon Dieu, tu es très belle, ma chérie.

Je lui fis un petit sourire mais j'étais énervée. Je ne voulais surtout pas qu'elle fasse comme si c'était une vraie journée de mariage. Cela ne ferait qu'ajouter à ma honte.

– Je t'ai apporté un petit porte-bonheur, dit-elle, la paume ouverte, laissant ainsi apparaître une petite broche en argent et en cristal, en forme de rose.

– Oh non, Charlotte, je ne peux pas l'accepter. Ce mariage n'a pas besoin de porte-bonheur. Il est voué à l'échec, répliquai-je, les joues toute roses.

– Eh bien alors c'est un porte-bonheur pour toi. S'il te plaît, prends-le. Ma mère me l'a donné le jour de mon mariage, et je n'ai pas de fille, ni de petites-filles à qui l'offrir. Ça me ferait tellement plaisir si tu l'acceptais.

– Je ne peux vraiment pas, balbutiai-je, en retenant mes larmes.

– Alors, porte-la juste aujourd'hui ?

Son sourire était rempli d'espoir.

– Tu pourras me la rendre après, si tu veux.

Elle tapa dans ses mains.

– Oh oui, c'est encore mieux ! Un objet emprunté.

Je laissai échapper un éclat de rire.

– OK, mais seulement si tu me laisses te le rendre.

– Accroche-la ici, dit-elle en se penchant et en la fixant sur la bretelle de ma robe.

Elle prit du recul et sourit affectueusement.

– C'est ravissant !

Je me jetai instinctivement dans les bras de Charlotte, m'enivrant du parfum apaisant de poudre de talc qu'elle portait. Elle rit encore et me prit dans ses bras.

– Voilà, dit-elle doucement.

À 14 heures, je me dirigeai vers la maison principale, où Grayson m'attendait, adossé à la façade. Il portait un pantalon kaki et une chemise bleue habillée. J'essayai d'ignorer à quel point il était beau. En pure perte. En m'entendant approcher, il leva les yeux et je captai dans son regard un bref instant de surprise, qui disparut aussitôt.

– Prête ? demanda-t-il simplement, sans faire de commentaire sur ma tenue.

Je lui répondis par un hochement de tête.

Aucun de nous deux ne parla pendant les cinq premières minutes à bord de son pick-up. Je me tournai finalement vers lui, son regard se posa sur mes jambes nues. Quand il releva la tête, la mâchoire serrée, ses yeux me transpercèrent. Pensait-il que ma tenue était trop décontractée ?

– Grayson, je suis… je suis désolée pour la bouteille de vin de ton père.

Il sembla se détendre un peu, mais il garda le regard fixé devant lui.

– Ce n'était pas entièrement de ta faute, tu ne pouvais pas savoir qu'une bouteille de vin si précieuse serait posée dans le salon. Et je reconnais que je t'ai poussée à bout. Je suis un peu responsable de t'avoir taquinée avec ta… liste. Moi aussi, je suis désolé.

Je poussai un grand soupir de soulagement même si l'évocation de ma liste m'avait fait piquer un fard.

– Nous sommes quittes alors ?

Il me fit un léger sourire.

– Oui. Surtout quand on sait que tu vas me la rembourser aujourd'hui.

Il tourna son visage vers moi, et m'adressa un sourire diabolique qui accéléra dangereusement les battements de mon cœur. C'était une blague. Je repris vite mon calme.

– Prête à t'engager pour l'éternité ? Ou au moins pour douze mois ? demanda-t-il en me regardant du coin de l'œil.

Je ris nerveusement.

– Plus prête que jamais. Même si ce n'est pas vraiment comme ça que j'avais imaginé mon mariage.

– Ah non ? Tu rêvais sans doute d'une grande robe blanche et de la présence de toute la crème de la crème de la haute ?

Il me fixa quelques secondes.

C'était vrai. Quand j'étais fiancée à Cooper, c'était exactement ce que j'avais en tête pour mon mariage, surtout parce que c'était ce que mon père et Cooper voulaient. Mais cela n'avait jamais été mon rêve. J'avais simplement tout fait pour leur plaire à tous les deux.

Je souris, mais cela n'avait rien de joyeux.

– Je crois.

Je ne voulais pas entrer dans les détails avec Grayson, encore moins maintenant. Il chercha mon regard pendant quelques instants, puis fixa à nouveau la route, sans rien ajouter.

L'ambiance était encore un peu tendue et le silence s'installa entre nous. Nous étions chacun perdu dans nos pensées. Bien que Grayson m'ait dit qu'il me pardonnait pour le vin, il semblait encore un peu nerveux, à en croire la crispation de sa mâchoire chaque fois qu'il me regardait.

Eh bien, soit, après aujourd'hui, nous nous éviterons. J'avais présenté mes excuses et il les avait acceptées. S'il nourrissait encore une quelconque hostilité, c'était son problème, ça ne changeait rien pour moi. Pour me vider l'esprit, je me mordis la lèvre jusqu'à me faire mal pour me vider l'esprit. Je ne voulais plus penser. Je ne voulais pas réfléchir à ce que je m'apprêtais à faire.

Quelques minutes plus tard, alors que nous arrivions devant la mairie de Napa, une pluie torrentielle s'abattit sur la voiture. Nous refermâmes très vite nos portières pour nous abriter.

Grayson se mit à rire.

– Le destin est contre nous.

– Apparemment. Même si j'ai entendu dire que « Mariage pluvieux, mariage heureux ».

– Il n'y a que les gens qui ont de la pluie à leur mariage qui disent ça pour se consoler. Nous allons devoir courir.

– D'accord. On compte jusqu'à trois, dis-je en ouvrant la portière.

Nous courûmes jusqu'à la mairie. Je fis tout le trajet en hurlant. Il me prit la main à mi chemin entre la voiture et la mairie, le son de son rire profond couvrant le bruit de l'averse. Pendant un court instant, nous étions juste un garçon et une fille, courant et riant sous la pluie, le jour de leur mariage. Ce moment était inattendu, presque onirique, mais quand nous fîmes irruption dans la mairie, nos regards s'accrochèrent, et je compris alors qu'il ressentait la même chose que moi.

Le charme se brisa, cet étrange moment s'évanouit brusquement, lorsque nous vîmes que tous les visages étaient tournés vers nous. Il y avait deux autres couples également là pour se marier. Ils se tenaient par la main, sereins et heureux, les yeux plongés dans le regard de l'autre comme si c'était le plus beau jour de leur vie. Cela me rendit particulièrement consciente de ce que nous allions faire. Et à en juger par l'expression de Grayson, il pensait la même chose.

– Prête ? me demanda-t-il.

Non, non, non.

– Oui.

Je regardai défiler l'heure qui suivit comme si j'étais à l'extérieur de mon propre corps. J'essayai de ne pas tenir compte de la réalité de la situation. J'imaginai les visages des gens au centre d'accueil, la petite maison où je m'installerais une fois que j'aurais quitté la propriété des Hawthorn. Je fis tout pour rester concentrée sur ce que cette union représenterait à terme. On nous donna notre livret de mariage, puis nous fîmes la queue pour échanger nos vœux, comme il est d'usage à Napa.

Grayson était distant, un peu froid. Le Dragon était parti et le Prince de Glace était de retour. Je ne lui demandai pas à quoi il pensait. Mes émotions étaient déjà assez difficiles à gérer, je n'avais vraiment pas besoin d'y ajouter les siennes. Il ne me soutiendrait pas. En définitive, il n'essayait même pas de nous rendre la tâche plus facile. Mais qu'attendais-je de lui, aussi ?

Le moment de légèreté où nous avions couru sous la pluie avait disparu depuis longtemps, remplacé par le silence et la gêne. Finalement, un employé de la mairie nous accompagna, en tant que témoin, je récitai mes vœux et promis d'aimer, d'honorer et de chérir Grayson Hawthorn jusqu'à la fin de notre vie. Un éclair de peur me traversa à l'idée que je commettais le sacrilège de jurer amour et dévotion. Une promesse que je n'avais pas l'intention de tenir. C'était un mensonge, une farce aux dépens de quelque chose de sacré. Je n'ai jamais été une personne particulièrement religieuse, mais je me demandais si nous serions tous deux punis pour ce simulacre.

Il récita ses vœux, d'une voix posée, l'air lointain. Je l'observai et j'eus un petit pincement au cœur en voyant le sérieux de son expression. Lorsque l'officiant nous demanda si nous avions des alliances à échanger, Grayson sortit de sa poche une belle bague en or avec, au centre, une opale sertie de diamants. Il la glissa à mon doigt, et moi, je la contemplai, éblouie. J'essayai d'attirer son attention, mais il semblait fasciné par ma main, puis il leva simplement les yeux vers l'employé de la mairie. J'admirai ce bijou sublime, probablement ancien. J'avais la gorge serrée quand je pensais à quel point il avait fait preuve de délicatesse en apportant une bague. Je n'y avais même pas pensé.

– Vous pouvez embrasser la mariée.

Grayson déposa un rapide baiser sur mes lèvres. En les sentant effleurer les miennes, l'hystérie que je m'étais forcée de contenir depuis ce matin fit soudainement bouillonner ma poitrine, et j'eus le plus grand mal à contenir un fou rire. Je feignis une petite toux, mes yeux s'écarquillant à mesure que mon corps me trahissait.

Son baiser me rappelait ceux que me donnait mon vieil oncle, ce vieux grincheux de Colburn. L'oncle Colburn sentait l'antimite. À deux doigts de la perte de contrôle, je luttai contre l'hilarité. Je laissai échapper un autre petit rire et essayai de le couvrir par un autre toussotement.

Les sourcils de Grayson se relevèrent, puis ses yeux se plissèrent pendant qu'il m'observait. Il y avait une petite lueur de défi dans son regard. Il pensait que je riais parce que je me moquais de lui. Je déglutis, subitement très sérieuse. *Qu'est-ce qui m'avait pris ?*

Le stress de cette journée me tapait sur le système. Bien sûr qu'il était normal qu'il m'embrasse comme un vieil oncle desséché. Ce mariage était un simple arrangement.

Soudain, Grayson se colla contre moi et s'empara de mon visage. Je laissai échapper un petit cri d'étonnement. Il pressa sa bouche contre la mienne, promenant sa langue sur mes lèvres. Je n'eus pas le temps de réfléchir, mon corps lui répondit instinctivement, j'entrouvris avidement la bouche pour laisser entrer sa langue, fondant à son contact. Ce baiser était une véritable conquête, sa langue pilla ma bouche et je sentis mes genoux céder. Je m'agrippai à ses épaules. Tout aussi brusquement qu'il l'avait initié, il rompit notre baiser. Nos bouches se séparèrent avec un bruit humide, et je finis par basculer en avant, me rattrapant de justesse avant de m'étaler sur lui.

L'officiant sourit.

– Eh ben…

Oui, eh ben…

J'essayai de reprendre mon sang-froid, et me servis de mon pouce pour essuyer la salive sous ma lèvre inférieure, pendant qu'il terminait de prononcer les derniers mots d'usage.

– Par l'autorité qui m'est conférée, je vous déclare mari et femme.

C'était terminé. Nous étions officiellement Monsieur et Madame Grayson Hawthorn. Pour toujours. Amen.

Ou au moins pour l'année à venir. Ce qui ne méritait probablement pas un amen.

Je marchai avec Grayson jusqu'à son pick-up, les jambes étrangement engourdies, et encore légèrement sous le choc de son baiser. Un vague sentiment d'humiliation me parcourait également. Pourtant, il avait fait quelque chose de délicat.

– Merci de t'être souvenu d'apporter une bague, dis-je doucement. Je n'ai même pas pensé à en acheter une pour toi. Où l'as-tu trouvée en si vite ?

– Elle était encore à la maison, je n'avais tout simplement pas eu l'occasion de la vendre.

J'admirai la bague en essayant de me convaincre que s'il avait l'air si froid, c'est qu'elle avait dû appartenir à sa belle-mère. Si elle était juste destinée à rendre notre union légitime aux yeux du monde extérieur, pourquoi était-ce important de savoir d'où elle provenait ?

– Je te la rendrai quand, heu…

Il répondit simplement :

– D'accord…

C'était plutôt laconique.

– D'accord.

J'avais décidé de ne surtout pas mentionner le baiser, ou bien le fait que je m'étais moquée de sa première tentative. Maintenant que mon esprit était plus clair, je comprenais qu'il avait probablement fait tout ça uniquement pour rendre notre cérémonie convaincante. Après un moment de silence, je demandai :

– Bon. Est-ce que tu veux… aller déjeuner, où autre chose ?

Je n'avais aucune idée du protocole à respecter pour cette journée.

C'était le jour de mon mariage. Oh… Mon Dieu…

En fait, pas vraiment. Je ne considérerai pas ce jour comme celui de mon mariage. Un jour, j'en ferai un vrai et ce serait le parfait opposé de celui-ci.

– Impossible. Je dois retourner au travail, dit Grayson sans me regarder.

OK, très bien.

– On pourrait dîner ensemble ce soir, peut-être ? On devrait au moins fêter la petite fortune qu'on est sur le point de recevoir.

Je lui fis un petit sourire plein d'espoir. Bien plus que je n'aurais voulu.

– Kira…

Il soupira et passa une main dans ses cheveux comme si le fait que je lui parle, et qu'en plus je lui demande d'aller dîner, était terriblement irritant. Est-ce qu'il pensait que je m'attendais soudain à une relation avec lui, maintenant que j'étais sa femme, que j'avais reçu un baiser obligatoire et que je portais une babiole qu'il avait dénichée, abandonnée dans un coin poussiéreux de sa maison ? Je me sentais consumer par la colère et par une douleur que je ne voulais pas avouer.

– Laisse tomber, lui dis-je. De toute façon, je viens de me souvenir que j'ai des choses prévues.

Il me regarda comme s'il savait très bien que je mentais.

– Peut-être une autre fois, d'accord ? J'ai un problème avec une des machines. Les quelques heures qu'on a perdues aujourd'hui m'ont déjà mis en retard.

Je venais de faire voler en éclats la sainteté du mariage, et il ne faisait même pas un simple effort de courtoisie ? Je n'attendais pas de remerciements, mais tout de même pas à être considérée comme un boulet. Je ravalai ma déception, car c'était évidemment du gâchis que de perdre du temps avec ce dragon arrogant.

– Bien sûr, je comprends, dis-je, sans y croire une seconde.

Dès que le véhicule s'immobilisa devant chez moi, je sortis précipitamment.

– Je devrais recevoir le chèque dans une semaine ou deux. Je passerai te donner ta part.

Je m'étais éloignée sans me retourner mais je finis par jeter un coup d'œil par-dessus mon épaule. Grayson était debout à côté de son pick-up, les mains dans les poches. Il me regardait. Je traversai les broussailles près de mon cottage, je levai le menton et repoussai mes cheveux. Puis je sentis une brindille acérée me fouetter la cuisse, déchirant un grand pan de ma robe. Je poussai un petit gémissement. Mince. Alors que je poursuivais mon chemin, j'entendis son petit rire au loin, dans mon dos. Je dus résister à mon envie de faire demi-tour et de courir lui arracher ses yeux de reptile.

Au lieu de ça, je pénétrai dans mon cottage en claquant la porte derrière moi. Mais celle-ci ne rentrait pas entièrement dans les charnières, et elle fit un petit bruit ridicule en touchant le cadre.

C'était le jour de mariage le plus pitoyable qui n'ait jamais existé.

Tu t'attendais à quoi ? C'est ce que tu voulais.

Je retirai la bague en opale, qui n'était en réalité qu'un accessoire de cinéma, et je la posai sur le rebord de la fenêtre. Je retirai la broche que Charlotte m'avait donnée pour ne pas oublier de la lui rendre. Puis je m'assis sur mon lit, jouant distraitement avec le morceau de tissu déchiré de ma robe, laissant finalement couler les larmes qui brûlaient mes yeux depuis ce matin.

* * *

Après les événements de la journée, j'étais épuisée et émotionnellement vidée. Comme je n'avais pas bien dormi la nuit précédente, trop occupée à me demander si je devais aller au bout de ma décision ou pas, je fis une longue sieste.

Mes rêves commencèrent dans un vaste paysage de glace. J'errais sans but, pleurant de froid, claquant des dents et tentant en vain de me réchauffer. Soudain, je me retrouvai au milieu d'une avalanche de flammes, sous une cascade de lave. Mon corps se liquéfiait et ma peau brûlait d'une chaleur délicieusement érotique. Le feu me consumait, et pourtant je ne me brûlais pas. Je repris conscience en gémissant, les seins durcis et le sexe trempé et sensible. Je m'effondrai sur mes oreillers. Je n'avais jamais fait de rêve aussi intensément érotique auparavant. Je crois que mon corps avait trouvé ce moyen pour me rappeler que ça faisait très longtemps que je n'avais pas connu ce genre de plaisir… Au moment où mes mains se posaient sur mes seins douloureux, j'entendis une portière de voiture claquer. Je me redressai précipitamment, et courus jusqu'à la fenêtre. Ça ne pouvait pas être mon père, il n'y avait aucune chance qu'il ait appris mon mariage, n'est-ce pas ? Ou bien avait-il des hommes à lui dans tous les tribunaux du pays ? Ça ne m'étonnerait pas de lui. Non, non, tentai-je de me rassurer. Malgré sa tendance à se mêler de ma vie, il avait de plus gros poissons à s'occuper. Pourtant, l'adrénaline courait dans mes veines et mon cœur s'emballait. J'eus soudain moins chaud.

Je passai mes mains sur ma robe déchirée et froissée, en prenant de profondes inspirations pour me calmer. Il ne pouvait rien me faire de toute façon. Je lui dirais que j'étais mariée, que c'était comme ça, qu'il me laisse tranquille.

Je traversai les buissons et une fois dans l'allée, j'aperçus une femme blonde parler à Grayson devant une petite voiture de sport rouge. Ils se retournèrent tous les deux, m'ayant manifestement entendu arriver, et plutôt que de rebrousser chemin comme j'en avais l'intention au départ, je m'approchai d'eux. La femme, qui me regardait, avait l'air d'avoir avalé une pilule extrêmement amère, et Grayson fronçait les sourcils.

Quand je les rejoignis, je tendis la main à la jeune femme.

– Salut, je suis Kira, lui dis-je.

Elle observa ma main comme si c'était un poisson mort, puis se décida finalement à prendre le bout de mes doigts et les secoua mollement. *OK, je vois.*

– Jade. Je suis passée pour voir si je pouvais préparer à dîner pour Grayson ce soir.

Elle lui jeta un regard charmeur, faisant battre ses faux cils. Un lourd parfum artificiel de pêche émanait d'elle, mais je ne pouvais pas nier qu'elle était jolie. Si vous aimez ce genre. Ce qui était manifestement le cas de Grayson. Il était en train de me passer en revue et affichait une expression intense et… furieuse ? Ses sautes d'humeur allaient finir par me rendre folle.

Je tournai les talons, réalisant enfin combien je devais être affreuse. Je sentais que mon visage était encore rouge à cause de mon rêve, et je me doutais que mes cheveux devaient être en bataille, comme toujours quand je me levais. Ma robe était déchirée et froissée, j'avais un air négligé et… J'étais l'exact opposé de la beauté apprêtée qui se tenait face à moi. J'humidifiai nerveusement ma lèvre inférieure, mal à l'aise. Je détestais ça.

J'attendis patiemment que Grayson annonce à cette femme que j'étais son épouse.

Il se tourna alors vers Jade.

– Bien sûr, ça me semble faisable.

J'écarquillai les yeux et laissai échapper une petite exclamation. Il allait accepter la proposition de Jade de lui faire la cuisine après avoir refusé de dîner avec moi le jour de notre mariage ? Et si quelqu'un les voyait ? Et si Jade avait été une langue de vipère, et faisait courir le bruit qu'elle sortait avec Grayson ? Mon cœur battait la chamade et j'étais proche du malaise.

Mon mari allait sortir avec une autre femme le jour de notre mariage. J'eus soudain envie de rire à gorge déployée.

Ça n'arrive qu'à toi, Kira. Il n'y a qu'à toi qu'il arrive des choses pareilles.

– Donne-moi deux minutes pour me rafraîchir, dit Grayson à Jade.

– Bien sûr, mon chéri.

Elle lui sourit gentiment. Mon chéri. Cette femme venait d'appeler mon faux mari mon chéri.

– Tu peux te doucher chez-moi, si tu veux.

Elle esquissa alors un sourire terriblement faux et me foudroya du regard.

Grayson entra dans la maison, nous laissant seules, Jade et moi.

– Alors qui êtes-vous exactement, Kira ? me demanda-t-elle, sur un ton hautain.

Je suis sa femme, ma chérie. J'espère que tu passeras une merveilleuse soirée. Je dus me retenir de ne pas dire cela à haute voix. Nous avions convenu que nous pourrions faire comme bon nous semble dans notre vie personnelle à condition d'être discrets. Je doutais fortement qu'on puisse considérer que cette situation l'était. C'était à Grayson de gérer cela avec Jade. Je n'avais pas encore fait de secrétariat ou de comptabilité pour Grayson, mais je me rappelai soudain que je lui avais proposé.

– Je suis, euh, sa nouvelle secrétaire, sa comptable, sa…

Je laissai ce dernier « sa » résumer le reste. Moins elle en savait, mieux ce serait.

Elle plissa les yeux.

– Et vous vivez ici ?

Grayson choisit ce moment pour réapparaître. Il avait à peine eu le temps de se laver les mains et de passer son visage à l'eau froide. Apparemment, il ne se souciait pas de se présenter devant Jade sans avoir pris de douche, ou peut-être avait-il l'intention de la prendre chez elle, comme elle lui avait proposé. Soudain une image me traversa l'esprit : Grayson, débarquant en serviette dans la cuisine, pendant qu'elle préparait le dîner. Il lui embrassait la nuque. Pourquoi, mais pourquoi cette vision me dérangeait-elle autant ?

Quelle idiote tu fais, Kira !

– Tu es prête ? demanda Grayson en regardant Jade.

– Hum, hum, fit-elle. Kira me disait à l'instant qu'elle est ta nouvelle secrétaire, comptable, et puis d'autres choses apparemment...

Grayson et moi attendîmes qu'elle termine sa phrase, mais elle nous fixait, à la recherche d'informations.

Grayson se racla la gorge. Je toussai. Jade, quant à elle, plissa les yeux et se rapprocha de Grayson, exigeant visiblement une explication.

– Et vous vous êtes installée ici ? demanda-t-elle à nouveau, les yeux de plus en plus rétrécis.

– Je vis dans la petite maison là-bas.

Je fis un signe de la main dans la direction de mon cottage. Comme s'il était tout à fait normal que les secrétaires vivent sur place dans le cabanon poussiéreux du jardinier.

Jade fronça son joli petit nez.

– Beuurk ! Ce petit endroit au fond des bois qui est à peine visible de l'allée ? Il doit y avoir des rats là-dedans.

Je croisai les bras en la dévisageant avant d'articuler lentement, les yeux écarquillés et en feignant l'excitation :

– Oh oui !!! Il y en a. Un mari et sa femme en fait, dis-je en jetant un coup d'œil à Grayson.

Il me regarda sans comprendre. Je revins à Jade et continuai.

– Ogilthorpe et Ortensia. Je suis aussi presque sûre qu'Ortensia est enceinte.

Je plaçai mon index sur mon menton pour montrer que je réfléchissais intensément.

– Je vais devoir trouver des noms en O, avant que les petits bébés rats n'arrivent bien sûr. Si vous avez de bonnes idées, faites-moi signe.

Je lui lançai un sourire hypocrite, résistant à l'envie de lui faire une grimace.

Elle prit un air dégoûté et Grayson se détourna pour « tousser », mais j'aurais juré avoir vu ses lèvres se relever légèrement avant qu'il ne mette sa main devant sa bouche.

– Allons-y, dit Jade à Grayson, m'ignorant soudain.

– J'espère que vous trouverez un moyen de vous divertir ce soir ? me dit Grayson en arquant les sourcils.

– Je ne m'inquiète pas pour ça, lui répondis-je, un sourire faux aux lèvres.

Ses yeux s'attardèrent sur mon visage le temps de quelques battements de cœur puis il s'éloigna avec Jade. Une fois arrivée à sa voiture, elle se tourna vers lui et dit suffisamment fort pour que je puisse l'entendre :

– Je ne l'aime pas. Elle est bizarre.

Si Grayson lui répondit, il le fit à voix suffisamment basse pour que lui, je ne puisse pas l'entendre.

Je regardai la voiture tourner, descendre l'allée, puis disparaître de ma vue.

Ce n'était qu'une question de temps avant que mon père ne sache que ce mariage n'était qu'une supercherie. Ça ne faisait même pas un jour et Grayson allait déjà tout gâcher. Je me concentrai intensément pour contrôler mon rythme cardiaque.

S'il y avait bien une journée qui méritait un verre, voire une bouteille de vin, c'était celle-ci. Et ça tombait bien, j'habitais dans un chai !

CHAPITRE 9

GRAYSON

– Merci, dis-je en sortant de la voiture de Jade.

Elle m'adressa un sourire crispé en secouant la tête, sans doute déçue de ce qui s'était passé ce soir, ou plutôt, en l'occurrence, de ce qui ne s'était pas passé. Je ne sortais en général pas deux fois avec la même femme, mais ce soir, j'avais eu la ferme intention d'évacuer la pression dans le lit de Jade. Pourtant, une fois arrivé à son appartement, elle m'avait poussé sur son canapé et avait commencé à me tripoter. La seule chose à laquelle je pensais était que c'était le jour de mon mariage. Et putain, ce que c'était énervant ! Ce n'était pas comme si mon mariage signifiait quoi que ce soit. C'était juste que c'était de mauvais goût de baiser une femme le jour où j'avais donné mon nom, temporairement ou non, à une autre. Je n'appellerais pas ça de l'honneur, car je n'en avais quasiment pas, mais ça me semblait quand même détestable et immoral. Suffisamment en tout cas pour refroidir toutes les idées lubriques que j'aurais pu avoir en voyant le petit corps souple de Jade. Mes pensées se tournèrent alors vers Kira pour la centième fois ce soir-là. Kira et ses stupides rats aux prénoms en O. Sa réflexion était vraiment tordue, alors pourquoi est-ce que ça m'avait donné envie de l'embrasser à nouveau ? L'embrasser comme il faut. L'embrasser fort et longtemps, pendant que j'enroulerai sa crinière de feu autour de mon poing ? Je commençais clairement à débloquer.

Je regardai la voiture de Jade s'éloigner et restai dans l'allée quelques minutes, pensant à ma fougueuse petite sorcière d'épouse. Je m'étais préparé à ce qu'elle ne se présente pas ce matin, à ce qu'elle annule cette mascarade de mariage et à ce qu'elle disparaisse après ce qui s'était passé la veille avec la liste et la bouteille de vin. Et je n'arrivais pas à déterminer si j'aurais préféré cela ou pas. De toute évidence, nous ne nous entendions pas très bien, quel que soit le domaine, les affaires ou autre chose. Je n'avais toujours pas digéré l'histoire de la bouteille cassée, mais si j'étais tout à fait honnête, les choses avaient dérapé depuis que je l'avais vue toute nue. Si seulement je pouvais effacer cette vision de mon esprit. Il allait falloir que j'y parvienne, car depuis cet instant, j'étais incapable de détourner d'elle mes pensées. C'était totalement malvenu… et pourtant indéniable. Quand j'étais entré chez elle et que je l'avais vue, là, debout, complètement nue, le désir qui m'avait envahi avait été si puissant que j'avais presque dû m'agripper au montant de la porte pour me soutenir. Pendant un instant, j'avais été gagné par quelque chose d'assez fort pour ne plus sentir mes jambes et pour m'empêcher de réfléchir. Je n'avais jamais rien connu de semblable avant. Je m'étais persuadé que c'était le choc provoqué par cette situation qui m'avait coupé le souffle, et avait fait monter en moi un désir sauvage. Mais je la voyais à nouveau maintenant. Mon imagination faisant surgir l'image de sa peau lisse et douce, de ses seins tendus et couronnés de délicieux tétons rose pale, de la délicate courbure de ses hanches et ses jambes longues et galbées, malgré sa petite taille. Certes elle était menue, mais en réalité ses vêtements cachaient sa volupté. Maintenant, je le savais, et j'aurais préféré ne jamais être au courant. Ce n'était pas dans notre accord, et ce n'était pas de bon augure pour ma tranquillité d'esprit. Je ne voulais pas avoir de pensées lascives pour ma femme. Comme celles que j'avais eues cet après-midi, quand elle était apparue dans l'allée et qu'elle m'avait donné l'impression qu'elle avait passé la journée au lit à faire l'amour. Ses joues et ses lèvres étaient roses, ses yeux brillaient, ses seins pointaient et ses cheveux étaient décoiffés. Pendant un court instant, je m'étais demandé si elle avait invité quelqu'un dans son cabanon, et un sentiment qui ressemblait étrangement à de la jalousie m'avait saisi. Et puis je m'étais demandé si elle n'avait pas plutôt été seule dans ce petit lit, ses mains prenant possession de son corps... Je connaissais le regard d'une femme excitée. Ça m'avait rendu suffisamment fou de frustration pour accepter l'offre de Jade.

À ce souvenir de Kira, je jurai intérieurement, sentant mon corps palpiter malgré moi. Penser ainsi à ma femme me mettait vraiment de mauvaise humeur. Aujourd'hui serait la seule journée où je m'interdirai de coucher avec d'autres femmes. Il me serait impossible de survivre en ayant ces pensées pour Kira. Il faudrait que je me défoule avec d'autres filles. Et, je le reconnaissais, il faudrait que je sois plus vigilant qu'avec Jade, ce soir. Passer du temps avec des femmes qui connaissaient mon nom et savaient où j'habitais ne respectait pas exactement l'accord que Kira et moi avions conclu sur la conduite discrète à adopter dans nos vies personnelles. Il était maintenant grand temps de mettre cette clause à exécution, pour que Kira disparaisse de mes pensées le plus vite possible.

Kira. Mon épouse, maintenant.

Non, pas pour de vrai. Tais-toi ! Arrête de te répéter ça !

Hier, c'était une petite bombe d'énergie. Mais ce matin, elle avait été douce et docile, sauf quand elle s'était moquée de notre chaste baiser, me faisant perdre la tête devant Dieu et notre témoin. Je l'avais alors embrassée d'une manière qui était tout sauf platonique.

Elle avait grandi dans le luxe absolu et avait tout de même passé une demi-journée – Charlotte me l'avait confirmé – à récurer la salle de bains du cabanon qui devait être dégueulasse. Maintenant, elle y vivait. Elle était si mystérieuse. Je n'arrivais pas à la comprendre, et je n'en avais ni le temps, ni l'envie.

Et pourtant, pour une raison absurde, j'avais du mal à ne pas relever les défis qu'elle me lançait, à résister au désir de faire naître des étincelles dans ses yeux. J'en mourais d'envie. Son expression quand elle enrageait, ses joues écarlates et son regard brûlant d'indignation me déstabilisaient en permanence. Pourquoi aimais-je tant cela ?

C'était la raison pour laquelle je l'avais taquinée avec sa stupide liste, et les choses s'étaient dégradées à partir de ce moment-là.

Et maintenant nous étions mariés. Jusqu'à ce que le divorce nous sépare.

Je m'apprêtais à rentrer quand j'entendis ce qui ressemblait à des voix venant… d'au-dessus de moi ? Je fronçai les sourcils, puis levai les yeux vers le ciel noir. Non, ça venait de plus loin, du cabanon de Kira. Je marchai lentement dans cette direction, déconcerté.

– Il y a quelqu'un ? demandai-je.

Les voix se turent, mais je crus entendre un petit rire étouffé.

– Qui est là ? dis-je plus fort.

Pas de réponse.

– Aie ! criai-je, en sentant quelque chose heurter ma tête.

Les rires étouffés reprirent de plus belle. Je levai les yeux. Une ou plusieurs personnes se trouvaient dans les arbres. Un autre gland me tomba sur le crâne et je grognai. Que se passait-il ?

– Qui est là-haut ? répétai-je, énervé. Descendez avant que j'appelle la police !

Il y eut un moment de silence, puis j'entendis quelqu'un descendre. Je vis d'abord une paire de jambes massives portant un jean, puis la tête de Virgil apparut. Il sauta, puis il se tint devant moi, le visage penché et me regardant nerveusement.

– Qu'est-ce que tu fais dans cet arbre ? demandai-je interloqué.

– Je, eh bien, euh, en fait Monsieur, nous voulions essayer de voir les étoiles filantes, vous voyez… Kira et moi, nous pensions…

– Kira ?

Au moment où je posais ma question, une autre paire de jambes apparut, ces fameuses jambes fines et galbées.

Kira atterrit juste devant moi, ses cheveux soyeux en désordre, et où étaient coincées des feuilles, encadrant son visage. Comme tout à l'heure, ses joues étaient rouges et elle était essoufflée. Mais cette fois, elle sentait l'alcool. Ma toute nouvelle femme escaladait les arbres, complétement ivre ! Je serrai les dents.

– Donc… vous êtes fous, dis-je.

– Hé, bonsoir, mon mari, balbutia-elle. Comment s'est passé votre rencard ?

– Mon rencard… Kira, tu réalises que tu aurais pu te briser le cou et Virgil aussi, d'ailleurs ?! Je suppose que c'était ton idée ?

Kira jeta un coup d'œil à Virgil. On aurait dit un petit garçon qui venait d'être convoqué dans le bureau du directeur.

– C'était mon idée, absolument.

Kira reconnaissait les faits, droite comme un « i », les bras croisés sous la poitrine.

– Sais-tu que lorsque tu montes dans un arbre toute une journée, tu peux observer tout le monde ? Personne ne lève les yeux. C'est la chose la plus intéressante qui soit.

– Hum. Tu as sans doute une grande expérience d'escalade dans les arbres.

Elle tituba et je la retins.

– Ouais, pas mal.

– Et bien sûr, il y a cette histoire d'étoiles filantes.

– Eh bien, oui, ça vaut le coup d'essayer, n'est-ce pas ? Personne ne joue les ermites dans sa cabane dans les bois en buvant seul, le soir de sa nuit de noces.

Elle fronça les sourcils, comme si elle essayait de se souvenir de quelque chose.

– À l'avenir, pourrais-tu éviter d'entraîner mes employés dans tes cascades ? Je détesterais avoir à appeler la mère de Virgil pour lui dire que son fils est tombé d'un arbre.

– Oh, il n'y avait aucun danger. Enfin, pas vraiment… Tu n'as jamais grimpé dans un arbre ? Ceux-ci sont parfaits. Les… – Elle fut interrompue par un petit hoquet – branches sont tellement énormes, tellement fortes, et larges aussi. Tu pourrais dormir dessus.

– Tu es ivre, Kira. Si tu avais essayé de dormir sur une branche d'arbre, je t'aurais retrouvée en mille morceaux par terre demain matin.

Elle se mit à rire, comme si j'avais dit quelque chose de drôle.

– Nan, mais sérieusement, tu as forcément déjà escaladé un de ces arbres ?

– Non.

– Non ? Mais pourquoi ?

Elle me regarda l'air très sérieux, aussi éberluée que si je lui avais annoncé que je ne respirais pas avant aujourd'hui.

Sans répondre, je me tournai vers Virgil qui se balançait sur ses pieds.

– Retourne te coucher, Virgil.

– Oui, Monsieur, murmura-t-il.

Il se tourna vers Kira, son visage s'illumina comme si elle était un soleil dans un monde de ténèbres. En l'occurrence, les ténèbres, c'était moi. Il lui offrit le plus grand sourire jamais vu sur le visage d'un homme adulte et lui dit timidement :

– Bonne nuit, Mademoiselle Kira.

À ma grande surprise, Kira lui rendit son sourire. Elle était là ! Cette fameuse fossette que j'avais vue sur la photo piquée sur Internet. Elle l'avait offerte à Virgil. Je n'y avais jamais eu droit, pas même une fois. Et je ne l'aurais probablement jamais, surtout après ce soir.

– Madame Kira, corrigea-elle avec un clin d'œil.

Virgil me lança un regard qui, je le jure, était suspicieux. Il fit ensuite un signe de tête à Kira, toujours aussi souriante, et tourna les talons. Je serrai les dents et me tournai vers la petite sorcière.

Nous nous regardâmes pendant quelques instants.

– Mon père ne me l'aurait jamais permis, dis-je. De grimper aux arbres.

Elle plissa les yeux comme si elle essayait de se souvenir de ce dont nous avions parlé. Son regard croisa le mien, et bien qu'elle fût clairement ivre, je vis la douceur apparaître sur son visage.

– Mon père ne me le permettait pas non plus.

– Je parie que tu ne l'écoutais pas ? dis-je en haussant un sourcil.

Elle eut un petit rire et secoua la tête. Elle semblait soudainement si triste que j'eus envie de la prendre dans mes bras. Mais le sourire revint très vite illuminer son visage et elle tourna son regard vers l'arbre.

– Pas du tout. Je n'ai jamais été très douée pour obéir. Ni pour la douceur. Ni pour tenir ma langue d'ailleurs. Je ferais une terrible épouse.

Elle tituba encore un peu et elle fit un pas vers moi. Je la pris par le bras, en riant, incapable de résister.

Elle sembla soudain penser à quelque chose.

– En parlant de mon père, je t'ai dit d'être discret sur votre vie personnelle. Diiiscret, dit-elle en étirant le mot. C'est très important.

Je toussotai.

– Je croyais que tu avais dit que tu n'étais pas trop inquiète pour ton père.

Elle se mordilla la lèvre.

– Je suis toujours inquiète quand il s'agit de mon père, murmura-t-elle en regardant au loin.

Ses yeux se fixèrent à nouveau sur moi et elle se redressa.

– Je ne veux pas laisser la porte ouverte aux ennuis.

– C'est noté.

Elle tangua à nouveau.

– Allez petite sorcière, nous allons te ramener dans ta demeure au fond des bois.

J'allais presque lui proposer de dormir dans l'une des chambres de la maison, mais elle avait déjà refusé avant, et franchement, je pensais qu'il était préférable qu'il y ait une distance entre nous, pour toute une série de raisons auxquelles j'avais déjà suffisamment réfléchi.

Une fois arrivée devant la porte de sa maison, elle se tourna vers moi, les yeux dans le vague et les joues rouges. Elle inclina la tête et le vent souleva les feuilles des arbres juste au-dessus d'elle, laissant filtrer un rayon de lune qui tomba sur son visage, faisant briller ses yeux comme des émeraudes. Ses cheveux, peut-être attachés plus tôt dans la soirée, avaient glissé pour être maintenant presque entièrement libres et comme d'habitude des mèches soyeuses dansaient le long de ses joues. Elle m'adressa un petit sourire, ses lèvres se retroussant légèrement, et je restai momentanément abasourdi. J'avais pensé que cette fille était juste « mignonne » ? J'étais l'homme le plus stupide qui soit.

Un imbécile aveugle.

Un débile complet.

Elle était sublime.

De façon totalement irrationnelle, j'eus l'impression qu'on m'avait trompé, comme si cette petite sorcière m'avait jeté un sort.

Peut-être que ce n'était pas si irrationnel, elle l'avait probablement fait. Une petite emmerdeuse magique.

Je serrai les dents, et me retournai.

– Bonne nuit, dis-je par-dessus mon épaule, sans même attendre qu'elle ait passé le pas de sa porte. Je rentrai chez moi et pris une douche très froide.

* * *

J'évitai Kira pendant les deux jours suivants. J'étais occupé, mais au-delà de cette raison, elle me déstabilisait, et je n'avais pas besoin de ça en ce moment. Je n'avais du temps que pour des rencontres temporaires et très superficielles avec les femmes. Nouer une relation avec « mon épouse » aurait été une très mauvaise idée.

Le seul contact que nous avions eu était son texto me prévenant qu'elle avait demandé une copie certifiée de notre acte de mariage, mais que cela prendrait plusieurs semaines avant que nous la recevions. Il fallait encore attendre, mais nous touchions au but. Quelques semaines tout au plus, et nous aurions le chèque dont nous avions tant besoin. Ensuite, ce serait enfin terminé.

Je n'avais aucune idée de ce qu'elle faisait, et je ne m'en fichais. Ou du moins c'est ce que je voulais croire. En tout cas, elle semblait être assez heureuse pour m'éviter elle aussi. Elle ne se présentait plus aux repas, et je refusais de demander à Charlotte si, oui ou non, elle mangeait à la maison. Cependant, je l'aperçus se promener à divers endroits de la propriété. Parfois elle devait apporter à déjeuner aux hommes qui travaillaient avec moi. Je mangeais toujours à la maison, donc je ne pouvais pas en être sûr, et je ne leur demandai pas non plus.

Une semaine après notre mariage, alors que je descendais la colline vers la vigne où travaillaient José, Virgil et deux autres hommes que j'avais embauchés à mi-temps la veille, je stoppai brusquement, les yeux écarquillés. Avais-je des hallucinations ?

Kira se tenait debout sur un tracteur qui se déplaçait au milieu des ceps. Elle était en équilibre sur une jambe, l'autre tendue derrière elle. Elle avait un long ruban dans une main qu'elle agitait. Elle changea de jambe et ramena ses bras devant elle dans une sorte de pose. Les hommes l'acclamaient et applaudissaient, levant les doigts comme pour noter sa performance. Le tracteur conduit par José roulait toujours, et Kira se tourna vers eux pour faire une grande révérence, ses longs cheveux libres balayant le sol, avant de se redresser et de se retourner, la jambe collée à l'oreille comme une ballerine. J'eus un coup au cœur en la regardant faire cette dangereuse cascade. Je me mis à courir en direction du tracteur. José m'aperçut alors, et son sourire s'effaça. Il ralentit le tracteur, avant de l'arrêter définitivement. Immobile, je les regardai, incapable de trouver mes mots. Finalement, je réussis à articuler :

– Mais qu'est-ce que vous foutez ?

José se gratta le cou et détourna sagement le visage, puis Kira se redressa, me dévisageant avec insolence.

– J'ai apporté le repas, dit-elle en désignant les sacs In-N-Out Burger posés sur une couverture au pied d'un arbre, à droite du tracteur. Elle sauta du marchepied.

– Je leur montrais le programme que je prévoyais de faire pour être embauchée au cirque. Je voulais être danseuse sur le dos d'un éléphant. Je l'ai mis au point il y a des années avec ma meilleure amie Kimberly qui, elle, conduisait la voiture de golf de mon père. Nous avons commencé à raconter nos rêves d'enfant et…

Elle s'arrêta, souriant aux hommes.

Je la regardai fixement.

– Ah oui vraiment ?! dis-je, sarcastique.

Elle eut l'élégance et la sagesse de paraître un peu embarrassée. Mais très vite son petit menton se redressa, et le feu dansa à nouveau dans ses yeux.

– Nous nous amusions juste un peu, et pas sur le temps de travail. C'était leur pause déjeuner.

Elle posa les mains sur ses hanches.

– C'est mon matériel, Kira. Si tu t'étais blessée, c'est moi qui aurais été responsable.

Avant qu'elle ne puisse répondre, je fixai José.

– Et toi, qu'est-ce que tu as à dire pour ta défense ?

José haussa les épaules, mais je vis clairement qu'il avait envie de rire, même s'il essayait de le cacher.

– Quand la demoiselle veut danser à l'arrière d'un tracteur, qui suis-je pour l'en empêcher ? Elle possède la moitié de ce vignoble.

Je le regardai en serrant des dents. Je n'allais pas passer en revue les termes exacts du contrat de mariage que Kira et moi avions signé, et puis je pouvais voir que José s'amusait follement. Ce que je dirais n'aurait aucun impact. Sale traître. Je jetai un coup d'œil aux garçons qui regardaient Kira comme si elle avait décroché la lune.

– Descends, exigeai-je.

C'était la deuxième fois en une semaine que j'avais dû ordonner à ma femme d'arrêter de faire quelque chose de dangereux.

– Pas question que tu montes dans les arbres et que tu danses sur les tracteurs sur ma propriété ! Compris ?

Elle me défia du regard, croisa les bras et dit :

– Et si je le fais quand même ?

– Si tu le fais, je vais te prouver que je peux vraiment être un dragon, dis-je d'une voix calme et glaciale.

Elle sauta du tracteur, se recevant parfaitement sur ses pieds.

– Peut-être que j'aurais dû apprendre à devenir dompteuse de dragon !

Elle se tenait bien droite devant moi et elle agitait son ruban. Ses longs cheveux châtains voletaient autour d'elle et de lourdes mèches soyeuses effleuraient ses joues d'un rose profond. J'avançai d'un pas mais elle agita son ruban devant moi, comme si c'était un fouet.

– Lâche ton arme, sorcière, grognai-je.

La colère m'échauffait le sang.

– Sinon, tu feras quoi ? demanda-t-elle.

– Sinon, c'est moi qui vais te désarmer.

Et puis, je la prendrais sur mon genou et utiliserais ce fouet de fortune pour lui donner une leçon. Elle releva la tête, puis sautilla dans ma direction avant de s'éloigner aussi vite, agile et gracieuse. Elle me narguait.

– Oh, vas-y, si tu oses, dit-elle, les yeux brillant d'excitation et de défi. Montre le dragon qui est en toi. Ne te cache plus.

Je relevai immédiatement le défi.

– Le dragon qui est en moi ? Si tu savais ma chère petite femme, tu n'as encore rien vu.

Je m'approchai. Au même moment elle fit claquer son ruban dans ma direction. Je sentis une vive brûlure sur ma mâchoire.

Elle m'avait fouetté !

La petite sorcière m'avait vraiment fouetté et du sang coulait sur ma joue ! J'en restai momentanément étourdi. Ma main se posa lentement sur ma mâchoire blessée. Je brûlais de rage quand mes yeux se posèrent sur Kira. La petite sorcière était aussi abasourdie que moi. Ses yeux écarquillés allaient du ruban à ma joue comme si elle ne comprenait pas ce qui venait de se passer. Sa bouche s'ouvrit puis se referma.

– Courez, Madame Kira !

C'était Virgil qui criait. Je me retournai et vis son regard effrayé.

Kira poussa un petit cri, laissa tomber son ruban-fouet, et fit exactement ce que Virgil lui avait suggéré. Je pris un moment pour dévisager chacun de mes hommes. Ceux de Kira, devrais-je dire.

– Ce n'était pas vraiment de sa faute, Monsieur, dit José. On l'a provoquée, et il semblerait qu'aucun de vous deux ne peut résister à un bon défi.

Il se retenait de rire, mais n'y parvint pas.

Je le foudroyai du regard.

– À l'avenir, dis-je en me tournant dans la direction que Kira avait prise, évitez de demander à ma femme de faire des cascades dangereuses sur des engins en marche.

– Oui, Monsieur, entendis-je murmurer dans mon dos.

Je me mis alors à courir derrière cette insupportable gamine.

Je la vis s'arrêter, hésitant à se réfugier dans le cabanon ou dans la maison principale. Elle choisit cette dernière, pensant probablement qu'elle aurait le soutien de Walter et Charlotte. Nous savions tous les deux qu'il n'y avait aucun moyen de s'enfermer dans ce cabanon.

J'avais pensé qu'elle essaierait de s'échapper par une des nombreuses portes à l'arrière, mais en arrivant dans la maison, elle était là, dans l'entrée, regardant autour d'elle sans savoir où aller.

La porte se ferma doucement derrière moi et j'utilisai le bas de mon tee-shirt pour éponger le sang que je sentais couler sur ma mâchoire. Quand je relevai la tête, je remarquai qu'elle avait les yeux rivés sur mon ventre nu. Je sentis mon entrejambe durcir, mon sang circulant soudain plus vite dans mes veines. Putain de sorcière.

– Je ne l'ai pas fait exprès, dit-elle en jetant un coup d'œil aux escaliers, comme si elle envisageait de les prendre pour s'échapper.

– Ça t'arrive plus souvent qu'aux autres. Kira, si j'avais voulu te rattraper, tu ne serais même pas arrivée à la deuxième marche de cet escalier.

Je vis la détermination dans son regard. Elle feinta en direction de la cuisine, avant de filer sur la gauche, vers le salon. Je me lançai à sa poursuite, l'instinct du mâle primitif chassant une femelle en fuite excitant mes sens et faisant exploser l'adrénaline dans mon sang!

Kira courut vers le canapé, par-dessus lequel elle essaya de sauter. J'étais juste sur ses talons. Je la plaquai et elle se mit à crier en se débattant :

– Charlotte ! Walter !

Je réussis à la maîtriser en lui bloquant les bras et je lui lançai un regard triomphal. Soudain elle se mit à se débattre et tourna la tête comme si elle s'attendait à recevoir un coup. Je la relâchai immédiatement.

– Tu croyais que j'allais te frapper ? demandai-je, incrédule.

Ses yeux magnifiques cillèrent, lui donnant un air vulnérable et très juvénile. Une vague de tendresse me submergea, chassant la colère

– Je ne te frapperai jamais.

Elle secoua la tête.

– Je… je sais, dit-elle, mais je compris au ton de sa voix qu'elle n'était pas convaincue.

– Grey ? Kira ?

Charlotte approchait derrière moi, mais je ne levai pas les yeux, et Kira ne tourna pas la tête. J'étais toujours allongé sur elle.

– Nous allons bien, Charlotte, affirmai-je.

– J'ai entendu…

– Nous allons bien, Charlotte, répétai-je. Donne-nous une minute, s'il te plaît.

Elle hésita un moment, puis j'entendis ses pas s'éloigner.

Kira me regardait toujours avec de grands yeux méfiants. Pensait-elle qu'avec mon passé de détenu arrêté pour coups et blessures je pourrais lever la main sur elle ? Non, elle n'avait jamais eu peur de moi, et n'avait reculé devant rien, jusqu'à ce que nous soyons dans cette drôle de position.

– Quelqu'un t'a déjà frappée ?

Elle me fixait toujours.

– Oui, murmura-t-elle.

Je fermai les yeux et laissai échapper un long soupir. Quand je les rouvris, elle me regardait toujours, ou plutôt la coupure sur ma joue, que j'avais d'ailleurs complètement oubliée. C'était juste une égratignure. Ce bout de tissu ridicule avait dû me toucher juste au mauvais endroit, sinon quelles étaient les chances d'être coupé par un ruban ?

– Je t'ai fait mal, dit-elle, d'une voix pleine de regrets. Mon corps était allongé contre le sien, son délicat parfum fleuri m'enveloppait, et ses lèvres étaient légèrement entrouvertes. Ses yeux étaient pleins d'une tendre sollicitude et ils étaient si beaux que je sentis ma poitrine se serrer.

Je ne pus pas m'en empêcher. Je posai mes lèvres sur les siennes. Elle tressaillit, et après un moment de tension à nous regarder droit dans les yeux, elle s'abandonna sur le divan, m'enveloppa de ses bras et ferma les paupières.

Je gémis de plaisir. J'utilisai ma langue pour dessiner le contour de ses lèvres, avant de la glisser à l'intérieur de sa bouche brûlante. Elle avait un goût de sucre chaud, et tandis que sa langue s'emmêlait à la mienne, je glissai ma main sous son corps et suivis la courbe de son dos. Elle se cambra. Alors que nos langues jouaient ensemble, le baiser devint plus profond, plus intense, et la mienne la pénétra dans un mouvement de va-et-vient vieux comme le monde. La passion, aussi brutale et soudaine que la foudre, s'abattit sur nous. Cela semblait si évident de la sentir comme ça, sous moi. Je perdais peu à peu le contrôle, et cette sensation était aussi surprenante qu'inquiétante. J'écartai mes lèvres des siennes pour l'observer : ses joues rosies, ses lèvres mouillées et gonflées par mon baiser, ses yeux à moitié entrouverts. Elle était stupéfiante. Je saisis entre mes doigts une de ses mèches acajou soyeuses et je murmurai doucement :

– Ces cheveux…

Elle entrouvrit les yeux, l'air soudainement troublé et méfiant. Elle gigota sous moi, m'arrachant une petite exclamation quand elle se frotta contre mon entrejambe gonflé et tendu. Elle se dégagea, me forçant à m'asseoir brusquement. Elle se remit debout et me fixa. Lorsque je lui tendis la main, elle recula en me fixant d'un air presque accusateur. J'ouvris la bouche pour dire quelque chose, sans trop savoir quoi, mais elle se retourna et s'enfuit en courant.

CHAPITRE 10

KIRA

Je ne comprenais rien à ce qui venait de se passer. Je pensais qu'il allait me tuer en me regardant avec cette intensité prédatrice, et l'instant d'après il m'embrassait !

Mes lèvres frissonnaient encore en repensant à la sensation de sa bouche sur la mienne. J'y posai mes doigts, appuyant doucement pour sentir leur sensibilité, pour être sûre que je n'avais pas rêvé.

M'être laissée embrasser était grave, mais il y avait pire : je m'étais laissée faire. Encore. J'avais entendu, au fond de moi, toutes les raisons pour lesquelles j'aurais dû le repousser. Mais je n'en avais pas été capable. Au contraire, Grayson savait exactement à quel point il me plaisait, maintenant. Quelle humiliation !

Surtout après ce qu'il avait fait de notre nuit de noces.

Je m'effondrai sur mon lit, faisant grincer les ressorts rouillés, puis fixai le plafond, en pleine confusion. Depuis le jour où il était allé à un rendez-vous avec une autre femme, je l'évitais. Il avait d'ailleurs probablement couché avec elle. Je grimaçai en me remémorant ce fameux jour, mais, comme je le faisais toujours, je chassai ces souvenirs désagréables. Je parvenais d'ailleurs souvent à oublier les moments difficiles. Quand c'était nécessaire, je m'y aidais de quelques bouteilles de vin que je conservais à la maison. Être mariée à Grayson Hawthorn risquait de me transformer en alcoolique solitaire, réfugiée dans une cabane de jardinier pourrie ! Mon plan pour améliorer ma situation se passait décidément merveilleusement bien !

Je gémis bruyamment en repensant à Grayson. Il n'avait pas apprécié l'escalade dans les arbres, et encore moins la danse du tracteur. Soit, et alors ? C'était un dragon bipolaire de toute façon. Pour couronner le tout, je commençais à m'ennuyer. Et mon père disait toujours que quand j'avais trop de temps à tuer, cela faisait ressortir le pire en moi. Sur ce point, au moins, il avait raison. La vie offrait tellement de possibilités, pourquoi devrions-nous passer, ne serait-ce qu'une journée, à s'ennuyer ? J'aurais mieux fait de rouler jusqu'à San Francisco et de passer quelques semaines à travailler dans les différents organismes de charité que je soutenais. J'avais envie d'aider les autres. Je n'y étais pas encore allée car je voulais leur apporter plusieurs chèques. Et puis je ne pouvais pas me payer un logement, même temporaire, avant de recevoir notre certificat de mariage et d'avoir touché l'argent de l'héritage.

Certificat de mariage… Grayson. Mon mari. Qui m'avait embrassée ! Son attitude était incompréhensible. N'avait-il pas été parfaitement clair sur le fait que je n'étais pas son genre, et que surtout, je ne devais pas me faire d'idées. Et puis, soudain, ça ?! Ce devait être sous le coup de la colère, je ne voyais pas d'autre explication. Il n'avait sûrement pas vraiment envie de m'embrasser. C'était probablement pareil que la première fois : une façon de prendre le dessus. Il fallait oublier ça. Nous n'avions plus qu'à nous ignorer de nouveau. Et puis, pour une fois dans ma vie, il valait mieux que je contrôle mes impulsions, n'est-ce pas ?

Mes pensées embrouillées furent interrompues par des coups sur la porte. Je me levai rapidement et demandai :

– Qui est-ce ?

– C'est moi, Grayson.

Je n'étais pas prête à le voir.

– Je suis occupée. Va-t'en.

– Kira.

À sa voix, je sentis qu'il était légèrement agacé.

– Ce cabanon ne ferme pas à clef. Je vais entrer que tu me donnes la permission ou non. Je préférerais que tu m'y autorises.

Je serrai les poings. Dragon arrogant !

– Très bien, entre, braillais-je.

Je me figeai en l'entendant entrer. Il se dirigea vers ma chambre. Je détournai mon regard ailleurs car je ne voulais pas voir à quel point il était beau, ni repenser au plaisir que j'avais pris à sentir ses lèvres douces et pleines sur les miennes. Et j'avais encore son goût sur la langue…

– Nous devrions parler de ce qui vient de se passer, dit-il d'une voix feutrée.

– Pardon ? demandai-je avec désinvolture, en me tournant vers la fenêtre.

– Tu ne t'en souviens pas ? dit-il avec une pointe d'humour. Si tu oublies aussi facilement mon baiser, peut-être que je devrais recommencer, en m'appliquant cette fois. Je pensais avoir amélioré ma performance par rapport à la première fois, mais peut-être avons-nous encore besoin d'entraînement…

– Non, dis-je en me retournant. Je pris une grande inspiration. Non, ce ne sera pas nécessaire. On était tous les deux très… excités. Ce sont des choses qui arrivent. Ce n'est pas grave.

Je fis de grands gestes de la main.

– Rassure-toi, je ne vais pas me faire des idées pour autant. Pas de pensées irréalistes.

Il m'adressa alors le sourire en coin ravageur dont il avait le secret, et qui faisait certainement tomber toutes les femmes dans ses bras. Comme Jade, avec qui il avait couché pendant notre nuit de noces. Je ne savais pas pourquoi je la nommais puisque je n'y pensais plus. Il se rapprocha.

– Peut-être que c'est moi qui ai des pensées irréalistes.

– Oh.

Je manquai d'air soudain. Je pris une grande inspiration.

– OK. Eh bien, ce n'est pas une bonne idée. Ça ne ferait que compliquer les choses. Et puis, je ne suis pas ton genre, tu te souviens ?

– Je pense que je me suis trompé sur ce point, Kira.

Il se rapprocha encore d'un pas.

– Tu as voulu me tuer, lui rappelai-je.

– Oui, eh bien, il faudrait arrêter les conneries. Celles du style escalader les arbres et danser sur les tracteurs ! Je ne peux pas te laisser te blesser. Et puis, tu m'as nargué devant mes hommes, avant de me fouetter.

Bon, c'est vrai que dit comme ça…

– C'était un accident, contestai-je

Mes yeux se posèrent sur la petite coupure de sa mâchoire, et une vague de culpabilité me submergea à nouveau.

Il prit alors une mèche de mes cheveux qu'il replaça derrière mon oreille. Le fait qu'il soit si près de moi me bouleversait, me troublait. Son sex-appeal dévastateur me liquéfiait littéralement. Je pouvais sentir la chaleur de son corps contre le mien et imaginer ses muscles saillants sous ses vêtements. Mes yeux se posèrent sur sa bouche magnifiquement dessinée, et je me souvins du plaisir que j'avais ressenti quand elle avait caressé la mienne. Ce fut comme un électrochoc qui me ramena à la réalité.

– Je sais, dit-il, pensif.

Je dus faire un effort pour me souvenir de ce dont nous avions parlé.

– Pour je ne sais quelle raison, avec toi je suis particulièrement…

Il s'arrêta, semblant chercher le bon mot.

– Reptilien ? lançai-je en me redressant.

– Fantasque, corrigea-t-il en m'adressant un sourire désinvolte, censé me désarmer sans doute.

Ça ne marcha pas du tout. Presque pas…

Il m'observa pendant quelques instants.

– Tu as probablement besoin de t'occuper. Tu m'as dit que tu avais une expérience de comptabilité.

– Oui, j'ai travaillé dans la compagnie de mon père. J'ai fait du secrétariat et de la comptabilité.

– Bien, alors le bureau de la maison est à toi maintenant. Je suis navré de te dire que je n'ai pas eu beaucoup de temps récemment pour classer ou ranger. Tu vas avoir du pain sur la planche.

J'acquiesçai.

– Le travail ne me fait pas peur.

Il prit un air pensif; ses yeux étaient sombres et insondables, parés de cils incroyablement longs. Il balaya du regard la chambre où nous nous trouvions. Il posa les yeux sur les vases de fleurs que j'avais installés ce matin, puis dériva vers la porte de la petite salle de bains.

– Je vois ça.

Ma poitrine se gonfla de fierté. Jusqu'à aujourd'hui, peu d'hommes m'avaient complimentée sur mon caractère ou mon travail. J'étais presque gênée tant ces trois mots avaient de l'importance pour moi. Je voulais les retourner dans ma tête et les savourer pendant quelques minutes, mais Grayson prit à nouveau la parole.

– Je crois que nous avons peut-être eu tort de mettre des règles dans notre relation. Nous sommes mariés, Kira. Et nous sommes manifestement attirés l'un par l'autre. Pourquoi ne pourrions-nous pas… explorer ça ?

Je manquai m'étouffer. Je lui plaisais ? Il me désirait ? Pourquoi ? Parce qu'il était excité et que j'étais là ? Des papillons s'agitèrent dans mon ventre, comme la première fois où j'avais rencontré un homme. Je reculai et baissai le regard, incapable de soutenir l'intensité de ses yeux sombres dont je voyais maintenant qu'ils avaient l'étonnante couleur des grains de café. Pas noir, plus profonds, d'un brun sombre surprenant.

– Pourquoi est-ce que tu as besoin de moi ? Tu as Jade.

Je n'étais pas amère, mais alors pas du tout.

– Je n'ai pas couché avec Jade, Kira. Tu avais raison. Ça n'aurait pas été discret, mais surtout, ça n'aurait pas été correct.

Je m'en moquais, mais j'étais secrètement soulagée. Non seulement il n'avait pas couché avec Jade, mais en plus il avait compris que son acte aurait pu rendre notre relation beaucoup moins crédible aux yeux des gens.

– Je suis ravie que tu aies réalisé que tu allais trop loin, mais en dehors de cela, je me fiche totalement de ce que tu fais avec Jade, insistai-je en relevant le menton.

Il me sourit simplement.

– Alors, qu'en penses-tu ? De... nous ?

– Je peux te jurer, Grayson, que tu ne serais pas impressionné par mon talent dans ce domaine...

Je détournai brièvement mon regard.

Il fronça les sourcils.

– Je pense, petite sorcière, que j'aimerais me faire ma propre opinion à ce sujet.

Sa voix était chaude comme du miel.

La peur m'envahit lentement. Non. Non, je n'avais aucun intérêt à me laisser entraîner dans une relation avec le Dragon. Il avait certainement eu dans son lit d'innombrables femmes qui savaient exactement comment s'y prendre pour donner du plaisir. Je ne voulais pas qu'il me compare à elles. De plus, j'avais vu le genre de femme qui l'attirait, et je ne leur ressemblais pas du tout. Je secouai la tête.

– Ce n'est pas une bonne idée, et de toute façon je ne suis pas intéressée. Je ne t'aime pas beaucoup et je ne te trouve... pas très attirant. Hideux même, pour être plus juste.

Il éclata de rire. Il savait bien qu'aucune femme saine d'esprit ne pouvait le trouver repoussant. Cependant, il pensait que j'étais un peu toquée, ce qui jouait en ma faveur.

– De plus, tu as les manières d'un reptile qui souffre de problèmes de digestion, ajoutai-je pour renforcer mon propos.

– Je peux être civilisé si j'y mets du mien, dit-il avec ce sourire ravageur qui me rendait stupide.

– J'en doute, murmurai-je.

– Je vais te le prouver. Sois prête à 18 heures, je passerai te chercher. Nous n'avons jamais fait notre dîner de mariage.

Hein, quoi ? Non.

– Je ne suis pas libre à cette heure-là, criai-je alors qu'il s'éloignait déjà.

– 18 heures, hurla-t-il.

Je serrai les dents, bien décidée à lui tenir tête. Mais la vérité était que je me sentais pitoyablement seule, et que je m'étais ennuyée pendant toute la semaine. Il était difficile de résister à une invitation à dîner, même si c'était avec mon mari. Et puis, peut-être qu'il serait bon de parler, de lui enlever de la tête cette idée ridicule d'essayer d'aller plus loin dans notre relation. Ce dîner serait une façon de me changer les idées, ce soir, et ce soir seulement. Je serais moins encline à avoir de «Très Mauvaises Idées» si j'étais occupée à trier ses papiers. De toute façon, il serait rapidement très pris. Une fois que l'argent de l'héritage serait arrivé, les choses rentreraient dans l'ordre. Bientôt je pourrais partir d'ici et effacer Grayson Hawthorn de ma mémoire. Mais, avant cela réfléchissons: qu'est-ce que j'allais bien pouvoir porter à mon dîner de mariage?

* * *

Le pick-up de Grayson s'arrêta devant le cabanon à 18 heures pile. Je pris une grande inspiration pour me donner du courage et traversai les broussailles. Il se tenait près de la porte passager ouverte.

– Dis donc, tu sais être un gentleman quand tu veux. Qui l'eut cru?

Son sourire lui donnait un air de reptile très satisfait, pas si dyspeptique que ça, doux mais un brin diabolique. Je pris sa main, et m'installai dans le véhicule. Il était fraîchement rasé et ses cheveux encore humides brillaient dans la lumière. Ses mèches presque noires, luisantes, étaient toutes ébouriffées. Il était diaboliquement beau. J'évitai de le regarder pour ne pas succomber. S'il y avait bien une chose dont j'étais sûre, c'était que les hommes comme lui avaient tendance à user de leur charme pour arriver à leurs fins, et je ne tomberais pas dans le panneau.

Une fois au volant, il roula vers le portail.

– Alors, où est-ce que tu m'emmènes ?

– Dans un endroit typique du coin qui te plaira je pense.

Il avait l'air détendu, mais pendant un court instant, son visage parut inquiet.

Je tortillai mon collier en observant son profil, me demandant à quoi il pensait. Ses yeux se dirigèrent lentement vers ma main, puis vers la chaîne enroulée autour de mon doigt au niveau de ma poitrine, puis sur mon décolleté qu'il fixa avec insistance. Il reporta son attention sur la route. J'avais opté pour une robe d'été jaune à taille empire et des talons compensés bleu marine. Mais à ce moment précis, étant donné la manière dont Grayson avait louché sur les parties exposées de ma peau, et la tension sexuelle qui régnait dans la voiture, j'aurais donné tout ce que j'avais pour une tenue plus couvrante, comme un sari ou un boubou par exemple !

– Alors, Kira, tu disais que tu avais vécu en Afrique jusqu'il y a peu. Qu'est-ce que tu y faisais ? demanda Grayson.

Il voulait sans doute discuter de tout et de rien. Ah, maintenant qu'il voulait que je réchauffe son lit, il avait décidé de s'intéresser à moi. Classique. Mais ce qu'il ne savait pas, c'est que j'avais très bien compris son petit jeu et que je ne tomberais pas dans le piège.

– Un ami à moi construisait un hôpital. J'ai décidé de l'aider.

– Un ami ? répéta-t-il, en me regardant du coin de l'œil.

– En fait c'est plutôt un garçon que j'ai parrainé à travers un programme de charité. Peu importe, au fil des années Khotso est devenu un ami, épistolaire, évidemment. Après sa naissance, sa mère a souffert de ce qu'on appelle une fistule obstétricale alors qu'elle n'avait que treize ans, et ça a donné envie à Khotso de devenir médecin.

La fierté m'envahit en parlant de mon ami.

– C'est presque inconnu ici en Amérique, mais c'est un gros problème en Afrique à cause de l'âge très précoce auquel de nombreuses filles se marient et tombent enceintes. Leurs jeunes corps ne sont tout simplement pas prêts pour donner la vie. En plus, leur vie quotidienne très dure entraîne très souvent des accouchements difficiles, quand elles ne perdent pas carrément leur bébé. Elles souffrent ensuite terriblement à cause de ces fistules. Khotso a donc ouvert un hôpital pour soigner ces jeunes femmes. Certaines vivent avec une fistule depuis des années, d'autres viennent de perdre leur bébé. C'est une réussite incroyable pour quelqu'un de si jeune !

Je m'arrêtai soudain de parler, comprenant que je m'étais laissée emporter par la passion pour ce projet comme ça m'arrivait souvent quand j'en parlais. Je sentis que je rougissais.

– Pardon, je…

– Tu es passionnée par ce sujet. C'est admirable. Et ça m'a l'air d'être une cause très importante. Tu aides une personne qui, à son tour, en aide tellement d'autres.

Il me regarda avec ce qui me sembla être un profond respect. Mon cœur se réchauffa en dépit de la promesse que je m'étais faite de garder mes distances.

– Donc tu l'as aidé jusqu'à ce que l'hôpital soit construit et tu es rentrée à la maison ?

Je fixai mes ongles.

– Eh bien, pas vraiment. J'aurais voulu rester jusqu'à l'inauguration mais il y a eu, disons, un incident.

Grayson haussa un sourcil.

– Un incident ?

– J'ai… euh… défié un chef tribal à la course à pied.

– Évidemment.

Il y avait une pointe de sarcasme dans sa réponse, mais en le regardant je vis de l'amusement dans ses yeux. C'était presque affectueux, et je me mis à rire doucement.

– Apparemment les chefs de tribus n'aiment pas être provoqués en public. En tout cas, j'ai pensé qu'il valait mieux pour Khotso et pour son projet que je prenne mes distances, au sens propre du terme. J'ai donc pris un vol retour un peu plus tôt que prévu.

Et avant d'avoir le temps de trouver un meilleur plan que celui de t'épouser, Grayson Dragon Hawthorn.

Nous nous arrêtâmes sur un parking du centre-ville et nous prîmes la direction d'un restaurant italien que j'avais repéré, mais où je n'avais jamais dîné. Il était installé dans un ancien établissement bancaire avec de larges colonnes de pierres en façade.

– J'ai pensé qu'il serait approprié d'avoir notre premier rendez-vous dans une banque, dit Grayson en m'ouvrant la portière. Après tout, c'est dans un endroit tel que celui-ci que tout a commencé…

Je haussai les sourcils.

– C'est vrai. Même si ce n'est pas un premier rendez-vous. C'est simplement un dîner de mariage en toute amitié, un dîner pratiquement professionnel.

Avant qu'il ne puisse répondre, une hôtesse nous accueillit.

– Grayson Hawthorn. J'ai une réservation pour 18 heures 30.

La jeune femme lui adressa un regard admiratif et rejeta ses cheveux en arrière, cherchant à attirer son attention, puis elle se retourna pour nous accompagner à notre table.

Je remarquai les regards qu'on nous jetait alors que nous traversions la salle principale. Certains venaient de femmes pleines d'admiration pour Grayson, mais la plupart étaient désapprobateurs. J'entendais, malgré moi, chuchoter son nom en des termes qui ne me semblaient pas élogieux. Je fronçai les sourcils, notant la posture rigide de Grayson pendant que nous suivions l'hôtesse.

Je me souvins des deux femmes que j'avais entendues dans le magasin :

Tu ne peux pas le présenter à ta mère maintenant…

Mon regard s'assombrit un peu plus.

Une fois assis, chacun avec un verre de vin, Grayson commença à se détendre légèrement. Je regardai autour de nous, les gens évitaient de croiser nos yeux. De toute évidence, on parlait de nous. Je me rappelai alors comment une petite ville comme Napa pouvait fonctionner. Tous ces gens jasaient sur Grayson, le jugeaient. Peut-être pour son crime, peut-être pour les raisons de son retour. Peut-être parce que son vignoble était ruiné, peut-être parce que « tu ne peux pas le présenter à ta mère maintenant.»

La compassion m'envahit. Je savais ce que c'était d'être jugée, et de se retrouver cruellement exclu.

Il semblait immunisé contre les chuchotements qui l'entouraient, pourtant quelque chose me disait qu'il ne l'était pas totalement. Je le regardai, raide comme un piquet, étudiant avec un peu trop d'intérêt le menu. Alors, la promesse que je m'étais faite de rester détachée s'évanouit.

– Je me suis rendue compte, lui dis-je tout doucement en posant ma main sur la sienne, que, parfois, la meilleure réponse est le sourire.

Quand ma main le toucha, il tressaillit, et ses yeux se plantèrent dans les miens. Ce regard était tellement vulnérable qu'il fit fondre mon cœur. C'était celui de l'homme que j'avais vu devant la banque.

– Essaye !

Je l'encourageai gentiment, souriant moi-même largement. En retour, j'eus droit à une timide grimace.

– C'est ça ton sourire ? Vraiment ?

Je fis semblant de trembler.

– Ça ressemble plus à une hyène en pleine crise de démence.

Sur le coup, il parut choqué, puis il éclata de rire. Ce sourire était à la fois large, lumineux et très, très beau. Je souris moi aussi. Et soudain la tension s'estompa. Je retirai ma main qui était encore chaude de notre contact. Après ça, la discussion devint plus légère. Je ne voulais plus rompre le charme de cette amitié simple que nous semblions partager désormais.

Alors qu'on nous servait le dessert, une dame âgée vint à notre table, suivie d'une jeune femme qui avait l'air très nerveuse.

– Je pensais bien que c'était vous, Gray Hawthorn, dit-elle. Je n'en étais pourtant pas sûre. Vous ne vous êtes pas montré en société depuis votre… retour.

Elle se tourna vers moi en me tendant la main.

– Je suis Diane Fernsby. Vous devez être une des conquêtes de Gray ? lança-t-elle, la bouche pincée par le mépris, à en faire suinter le collagène de ses lèvres refaites !

Grayson lui coupa la parole

– En fait, Diane, il s'agit de mon épouse, Kira Hawthorn.

Mes yeux volèrent jusqu'aux siens et je déglutis, rendue muette par le choc. Je n'avais pas été préparée à entendre ces mots.

Le visage de Diane passa par toutes les couleurs.

– Ton épouse ? Gray, pourquoi est-ce que la plus vieille amie de ta mère et moi n'avons-nous pas reçu d'invitation au mariage ?

– Ma belle-mère, corrigea Grayson. Et la cérémonie s'est déroulée dans la plus stricte intimité.

Il me prit la main et me sourit.

– Nous ne pouvions pas attendre.

– Je… je vois, dit-elle, en fixant ma main gauche.

Ses yeux s'élargirent encore quand elle vit la bague à mon doigt.

– Eh bien, c'est certainement une…

– Maman, nous devrions y aller. Salut Gray, dit la jeune fille derrière sa mère.

– Salut Suzie, dit Gray d'un ton plus chaleureux.

Elle rougit en détournant le regard. Une ex-petite amie peut-être ?

– Oui, tu as raison chérie. Il faut qu'on y aille.

Elle se tourna vers nous.

– Bon, toutes mes félicitations, dit-elle avec un ton qui était loin d'être celui qu'on utilisait pour congratuler les gens. Après ce qui s'est passé avec Vanessa… tu n'as pas dû t'en remettre encore.

Elle secoua la tête.

– Rompre vos fiançailles, et finalement se marier pendant que tu étais encore en prison !

– Nous n'étions pas fiancés, dit Grayson d'un ton calme et froid.

Vanessa ?

Diane fit un signe de la main.

– Oh, allons, nous savions tous que c'était juste une question de temps. Ta mère m'avait dit que tu avais même acheté une bague. Et puis…

– Maman, coupa sévèrement Suzie dans son dos.

Elle nous adressa un sourire désolé, tout en tirant la main de sa mère.

– Bon, eh bien, à très bientôt, sans doute. Bonne soirée. Après s'être éloignée de quelques pas de notre table, Diane se pencha vers sa fille et lui chuchota suffisamment fort pour qu'on l'entende :

– Ma chérie, tu l'as échappé belle avec celui-là. Un ex-détenu ! En plus j'ai entendu dire que le vignoble est proche du dépôt de bilan. Après tout le chagrin qu'il a fait à ses parents…

Ses paroles devenaient incompréhensibles à mesure qu'elle s'éloignait, mais le bruit de claquement désapprobateur de sa langue résonna dans toute la salle.

J'attendis qu'elles disparaissent de notre champ de vision pour parler :

– Ton épouse ? lui demandai-je avec un sourire figé. Je croyais que tu devais juste me présenter par mon prénom.

Un muscle de la mâchoire de Grayson tressauta, une fois, deux fois, avant qu'il ne fasse un effort perceptible pour se détendre Puis son regard se posa sur moi.

– Tu m'as fait comprendre qu'on devait faire en sorte que notre union ait l'air crédible afin d'éviter que ton père ne soupçonne quelque chose. Je me suis juste dit que ça ne pourrait pas faire de mal si la nouvelle de mon mariage courait en ville. Diane Fernsby est une des plus grandes pipelettes de Napa.

– Oh…

Je fis un signe de tête. Il signa le ticket de carte bleue que le serveur venait d'apporter. Le Prince de Glace était de retour. Je me sentais exagérément blessée. J'aurais voulu lui être reconnaissante d'avoir fait en sorte que notre mariage paraisse crédible aux yeux de tous, mais j'avais parfaitement conscience que, s'il avait dit que j'étais sa femme, ce n'était ni pour mon bien, ni par rapport à mon père. Il l'avait dit pour clouer le bec de Diane Fersnby. Je savais qu'il pouvait être lunatique, mais tout se passait si bien avant que cette femme ne fasse irruption et ne parle de son ex. Qu'est-ce qui avait bien pu se passer d'ailleurs ? Une femme avait largué Grayson ? Et où était-elle maintenant ? Je me demandais si elle vivait à Napa, et si elle avait déjà entendu parler de notre mariage. De toute façon, je ne pouvais pas m'occuper de la vie privée de mon mari. Aussi attirant soit-il, c'était beaucoup trop fatigant d'essayer de le comprendre.

Grayson me devança et me guida jusqu'à son pick-up. L'humeur joyeuse et décontractée que nous avions partagée pendant le dîner avait disparu, remplacée par la distance pénible de la froideur de Grayson. Mais une fois assis dans le véhicule, il se tourna vers moi :

– Je suis désolé pour ce qui s'est passé, Kira. J'ai vécu toute ma vie dans cette ville, et beaucoup de choses se sont passées ces six dernières années. J'imagine que les gens sont curieux. Je te prie de bien vouloir m'excuser de t'avoir imposé cela.

– Il y a une différence entre la curiosité et l'impolitesse revendiquée, murmurai-je en fixant l'horizon.

Grayson soupira.

– Je dois certainement mériter leur impolitesse. Pour les gens de Napa, je suis un assassin et un ex-taulard. Et en plus j'ai tué l'enfant chéri de la ville voisine.

Je me souvins alors de l'article que j'avais lu à ce sujet. Le jeune homme vivait dans le comté voisin de Sonoma.

Je me mordis la lèvre, ne sachant pas vraiment quoi dire.

– Grayson, tu ne l'as pas assassiné. C'était un accident. Tu me l'as dit toi-même.

– Le résultat est le même, il est mort.

– Est-ce que tu veux en parler ? Je suis douée pour…

– Non.

Un silence pesant s'installa pendant quelques minutes avant qu'il ne se tourne vers moi, un sourire ironique aux lèvres.

– Tu as vu comme je sais faire passer du bon temps à une fille ? Impressionnant non ?

Je laissai échapper un petit rire.

– Je suis sûre que les autres filles ne se plaignent pas.

Grayson grimaça.

– Bien que ma belle-mère n'ait jamais été une de mes grandes fans, son amie Diane aurait voulu que je me rapproche de sa fille. Mais Suzie…

– N'était pas ton genre ? lui dis-je en arquant un sourcil.

Grayson ricana.

– Disons que je l'ai toujours considérée comme une amie.

Puisqu'on parlait du genre de filles qui plaisait à Grayson, j'osais lui poser la question qui me taraudait :

– Qui est Vanessa, Grayson ?

Il ne répondit pas tout de suite, mais je vis ses épaules se raidir. Il garda les yeux rivés devant lui, et dit :

– Vanessa est la femme de mon frère.

– Oh !

C'était sorti tout seul. Son frère avait épousé sa petite amie – celle avec qui il avait accessoirement prévu de se marier – pendant qu'il était en prison ? Je me raidis, en imaginant à quel point ça avait dû être dur pour lui. Pas étonnant qu'il ne parle plus à son frère. Je bafouillai un « Je suis désolée Grayson », ne trouvant rien de mieux à lui dire.

Il hocha la tête une fois, puis démarra le pick-up pour quitter le parking. Le trajet du retour fut calme, la radio nous berçait. Après avoir fait le tour de la fontaine, Grayson se gara devant la maison et se tourna vers moi.

– Est-ce que tu veux prendre un verre ? J'ai une bouteille de vin qui, d'après les connaisseurs, est absolument délicieuse.

Je souris. C'était sans doute stupide de ma part de m'en préoccuper, mais j'avais l'impression qu'il ne voulait pas rester seul. Un verre ne pouvait pas faire de mal…

– Délicieuse, dis-tu ? Tu m'intéresses !

Il lâcha un petit rire et, une fois sortie du pick-up, je suivis mon mari dans la maison.

CHAPITRE 11

GRAYSON

– Tu sais ce qu'on devrait faire ? me dit soudainement Kira en se penchant en avant. Nous étions tous deux assis sur des chaises longues à moitié rouillées, sur la terrasse, un verre de vin à la main. Nous le savourions tranquillement dans un silence agréable, le regard fixé sur la piscine couverte par une bâche et qui devait être remplie d'une eau trouble et boueuse. Je m'étais mis en tête de la séduire ce soir. Je ne pensais pas que ça serait très difficile, elle avait répondu à mon baiser avec un enthousiasme évident. Mais après ce qui s'était passé au restaurant, tout avait changé.

– J'ai le sentiment que ça ne présage rien de bon quand ces mots sortent de ta bouche, lui dis-je.

Elle me lança un sourire malicieux.

– Non vraiment ! C'est une bonne idée.

– D'accord, dis-moi ?

– Nous devrions faire une fête !

Je levai un sourcil, appuyant ma tête sur la chaise longue pour mieux la regarder.

– Une fête ? Mais pourquoi ?

– Eh bien, dit-elle en se redressant et en faisant pivoter ses jambes hors du transat pour être assise face à moi, j'ai l'impression que les habitants de Napa se méfient de toi.

Ça ne ferait pas de mal de restaurer l'image de la famille et du vignoble Hawthorn dans cette ville. Je me trompe ?

– Non, je ne crois pas.

Elle avait raison. Si je voulais avoir une petite chance de sortir la propriété de la crise, être le paria de la région n'aiderait en rien. Néanmoins…

– Comment une fête pourrait-elle jouer en ma faveur ?

– Ce serait juste un début, dit-elle en réfléchissant. Les gens parlent, tu le sais bien. Si on invite les personnes les plus influentes de la ville et qu'elles sentent que tu les apprécies, elles commenceront à réviser leurs jugements. Les ragots font oublier aux gens que le sujet de leurs médisances est un être vivant. Les inviter ici leur fera prendre conscience de cela. Je suis persuadée que les gens sont prêts à comprendre et même à pardonner.

– Tu leur donnes trop de crédit.

Elle plissa le nez, analysant mes derniers mots.

– Peut-être. Mais je préfère croire que j'ai raison. Au moins dans la majorité des cas, me répondit-elle, l'air soudain vulnérable.

Je bus une gorgée de vin, et lui dis :

– Tu dois avoir l'habitude des ragots.

– Oui, c'est sûr ! Presque toute ma vie j'y ai été confrontée. Elle avait l'air triste et j'avais très envie de la prendre dans mes bras. Je fixai l'horizon et bus une gorgée de ce vin blanc moelleux, savourant les notes de poire et de caramel.

– Bref, dis-je en changeant de sujet, et comment les gens vont se rappeler que je suis un « être humain » ? J'ai cru comprendre que tu me voyais davantage comme un dragon que comme un homme.

– Exact.

Elle sourit.

– Il faudra cacher tes tendances reptiliennes, au moins pour une soirée.

Je me mis à rire, étudiant les ombres et les reflets de ses traits à la faible lueur de la lune et des quelques lumières de la maison restées allumées derrière nous.

– Plus sérieusement, je n'ai pas vraiment le temps d'organiser une fête.

Elle secoua la tête.

– Non, bien sûr que non. Je m'en occuperai. Ça m'évitera de faire encore des bêtises. On pourrait faire un thème safari africain ! Ou un banquet hawaïen ! Je vais faire un truc magnifique.

Elle sourit largement et sa petite fossette ensorcelante se creusa sur sa joue. Mon cœur s'emballa et je ne pus retenir un rire nerveux.

– Tu es censée m'aider à mettre de l'ordre dans mes dossiers pour m'éviter d'avoir des problèmes.

– Je peux faire les deux.

Je soupirai.

– D'accord. Mais, s'il te plaît, attends juste de recevoir le chèque pour dépenser de l'argent qu'aucun de nous deux n'a pour l'instant.

– Promis. Enfin sauf pour les invitations. Je les paierai de ma poche. Est-ce que tu me donnes la permission de choisir la date ?

– Je te donne mon feu vert. Je peux te jurer que je n'ai aucune sortie prévue dans mon agenda.

Un moment de silence plana entre nous. La douce brise nocturne sentait bon la rose, le goût du vin parfumait ma langue, les feuilles bruissaient dans le vent et plus loin, une brume irisée flottait au-dessus des vignes. Je fermai les yeux, savourant toutes ces sensations. Je me demandais depuis quand je n'avais pas autant apprécié l'instant présent.

– Tu as l'intention de restaurer la piscine quand on aura notre argent ? demanda Kira, en la désignant d'un petit mouvement de tête.

– Sûrement pas. Je préférerais la détruire.

– Pourquoi ? Tu n'aimes pas nager ?

– J'aime bien nager. Mais je n'ai pas de très bons souvenirs de cette piscine. Mon père pensait qu'il m'apprendrait à nager en jetant mon chiot à l'eau.

Kira prit une grande inspiration.

– Ton chiot ? Pourquoi aurait-il fait ça ? murmura-t-elle.

Seigneur. Je n'avais pas pensé à ça depuis si longtemps. Pourquoi est-ce que ça me revenait maintenant ? Parce que la piscine était juste en face de moi j'imagine…

– J'avais six ans et j'avais peur de l'eau. Mon père pouvait me menacer tant qu'il voulait, je n'aurais plongé pour rien au monde. Il se tenait là, à côté de la piscine, dans son foutu costume et me hurlait dessus pendant que je pleurais.

Mon Dieu, il s'était passé vingt-deux ans et je ressentais encore l'humiliation comme si c'était hier.

– J'avais trouvé un petit chien égaré juste derrière notre portail et j'avais supplié mes parents de m'autoriser à le garder. Ils avaient accepté à condition qu'il reste dehors et que ce soit moi qui m'en occupe…

Je laissai les souvenirs remonter à la surface, essayant de visualiser la tête de ce chiot que j'avais appelé Sport. C'était un bâtard marron et blanc avec de grands yeux confiants…

– Bref, nous étions dehors pour qu'il me donne un cours et j'avais encore refusé de plonger. Mon père a attrapé le chiot qui était assis juste ici sur la terrasse.

Je désignai du doigt l'endroit exact.

– Il l'a jeté dans la piscine en me disant qu'il fallait que je saute pour le récupérer, sans quoi il se noierait.

– Oh mon Dieu, Grayson, dit-elle en portant ses mains à sa bouche.

J'esquissai un sourire.

– C'était il y a longtemps.

Alors pourquoi est-ce que ça me faisait encore mal au ventre d'y penser ?

– Je suis resté figé au bord de la piscine en pleurant et en hurlant, pendant que le bébé chien se noyait, Kira. Mon père l'a finalement sorti de l'eau, mais c'était trop tard.

J'étais encore rongé par la culpabilité, j'avais été lâche.

– J'aimerais juste qu'il soit encore vivant pour revivre cette scène. Je le sauverais cette fois. Je me noierais s'il le fallait, mais je le sauverais.

– Bien sûr que tu le sauverais. Tu es un homme aujourd'hui, avec tout le courage que ça implique. Tu étais quasiment un bébé à l'époque, dit-elle en se relevant pour venir s'asseoir sur ma chaise longue. Comment as-tu pu apprendre à nager après cet épisode ?

J'enfouis ma main dans mes cheveux, et en saisis une poignée.

– Grâce à Walter. Mon père s'est absenté quelques semaines plus tard et Walter a passé le week-end à me donner des cours de natation. Il portait une de ces combinaisons noires, fermées des genoux au cou.

Je me souvenais très bien du nombre de fois où Walter m'avait fait refaire les exercices là où j'avais pied, jusqu'à ce que je sois suffisamment en confiance pour aller à l'endroit le plus profond du bassin. Il était resté tout le temps avec moi, me laissant m'accrocher à ses épaules jusqu'à ce que je lui dise que j'étais prêt à le lâcher.

– Plus tard, cette année-là, j'ai appris à nager à mon frère dès que mon père s'absentait, de sorte que, s'il décidait de le jeter à l'eau, il nagerait comme un poisson. Mon père a été très fier, lui dis-je, en essayant de prendre un ton ironique, mais sans que je puisse masquer la fierté que j'en avais ressentie.

J'étais fier et heureux d'avoir, en secret, évité à mon frère de revivre la terreur et la culpabilité à laquelle j'avais fait face. Je soupirai, laissant tomber ma main le long de mon corps.

– Ce n'était pas de ta faute, dit-elle doucement, comme si elle lisait dans mes pensées. Ce que ton père t'a fait était méchant et cruel pour un petit garçon. Je suis tellement désolée que tu aies dû subir ça, Grayson.

Elle posa ses mains sur mes joues avec beaucoup de douceur et de compréhension. Comme je m'étais trompé sur cette petite sorcière ! En plongeant mes yeux dans les siens, remplis de compassion, quelque chose céda en moi et commença doucement à disparaître.

Pourquoi avais-je partagé cette histoire avec elle ?

Elle avait cette faculté de me donner envie de me livrer. Était-ce parce qu'au restaurant, ce soir, au milieu de tous ces regards insistants, elle m'avait fait sentir qu'elle était de mon côté ? Ou bien était-ce parce qu'elle avait l'intention d'organiser une fête dans le seul but de redorer mon blason auprès de mes concitoyens ? Parce qu'elle était attentionnée et pensait pouvoir faire quelque chose pour m'aider ? Ou bien encore, parce que je sentais subitement que mon imprévisible petite femme m'offrait une amitié et une compréhension inattendues ? À moins que ce soit la brume du soir qui ait quelque chose de magique ?

– Ma douce et belle sorcière, murmurai-je, en l'attirant à moi pour l'embrasser.

Je glissai mes mains dans son épaisse chevelure soyeuse et laissai nos lèvres s'effleurer. Elle se raidit mais ne recula pas. Je dessinai tendrement le contour de ses lèvres avec ma langue jusqu'à ce qu'elle s'ouvre à moi. Je l'attirai encore plus près et je découvris l'intérieur de sa bouche ; j'explorai les contours délicats et humides de ses lèvres. Mon corps se réchauffa lentement jusqu'à faire bouillir mon sang. Quand finalement elle s'abandonna à ce baiser, je retins un gémissement de plaisir, mais je ne voulais surtout rien faire qui puisse rompre le charme et la faire fuir. Je laissai mes mains masser son dos de haut en bas et, peu à peu, je sentis ses muscles se détendre. Notre premier baiser avait été brutal et excitant, le second avait été passionné et tendre à la fois, mais celui-ci était lent et sensuel, comme si nos bouches faisaient l'amour. J'ai embrassé un nombre incalculable de femmes dans ma vie, mais jamais un baiser ne m'avait donné autant de plaisir. C'était presque aussi perturbant qu'excitant. Je la fis glisser sous moi rapidement, avant qu'elle ne puisse réagir. Je m'appuyai sur ma hanche, tout contre elle sur la chaise longue. Elle cligna des yeux comme si elle n'était pas rassurée par ce qui venait de se passer. Je voulais la serrer tout contre moi pour qu'elle sente pleinement l'ampleur de mon excitation, mais je doutais que ce soit une bonne idée. Je devais conduire lentement ma petite épouse à la passion ce soir, et j'étais tout disposé à prendre le temps qu'il faudrait pour y parvenir. La brève étincelle de cet après-midi l'avait effrayé pour je ne sais quelle raison et je comptais bien savoir pourquoi. Mais pas ce soir, ce soir, rien d'autre que nous deux ne comptait.

Sa chevelure auréolait son visage, mes baisers avaient laissé une trace humide et brillante sur ses lèvres. Embrumés par la passion mais aussi par une vague inquiétude, ses yeux m'observaient intensément. Je me penchai et l'embrassai à nouveau, le corps tendu par mon effort pour me contenir. J'avais envie de lui arracher ses vêtements, et de m'introduire dans sa petite fente serrée, chaude et moelleuse. Mon corps hurlait de désir. Je commençai à baisser la bretelle de sa robe quand elle poussa un gémissement en signe de protestation. Je m'arrêtai et me penchai pour embrasser son cou, promenant mes lèvres sur sa peau douce et enivrante, la goûtant un peu de la langue. Elle bascula la tête en arrière et se cambra contre moi, j'en profitai pour baisser sa robe et libérer sa poitrine. Je baissai les yeux, incapable de retenir un grognement animal à la vue de ses seins généreux.

– Tu as les plus beaux tétons du monde, murmurai-je. J'ai pensé à eux sans arrêt.

Je me rapprochai et en embrassai un ce qui arracha un gémissement à Kira. En l'entendant, mon sexe durcit à me faire mal.

– J'ai eu envie de les lécher et de les sucer depuis que je suis venu chez toi l'autre jour, avouai-je, la bouche contre sa peau tout en embrassant son autre sein. Tout ce que je voulais savoir, c'était s'ils étaient aussi bons que beaux.

– Grayson, gémit-elle, en passant ses doigts dans mes cheveux.

Je pris son téton érigé entre mes lèvres et le caressai de ma langue, encore et encore.

– Kira, tu es aussi savoureuse que tu en as l'air.

– Je pense qu'on ne devrait pas… ce n'est pas… soupira-t-elle.

Très vite, son souffle s'accéléra. Sentant son excitation monter, je pinçai son téton entre mes lèvres et l'aspirai, tout en apaisant de la langue la petite douleur que j'avais créée. Elle cria en tirant mes cheveux.

– Oh mon Dieu, Gray. Tu… nous devons…

– Chuuut, petite sorcière, la rassurai-je en prenant son autre sein dans ma bouche et en le suçant doucement avant de me retirer. Laisse-toi aller.

J'écartai ses cuisses en posant un de mes genoux entre ses jambes. Elle me fixa, le regard flou, comme droguée par l'excitation. Une sensation intense et primitive de triomphe de mâle me submergea. Je pressai mon érection contre son ventre et me penchai pour l'embrasser encore. Soudain son corps se raidit et elle tourna la tête.

– Non, dit-elle, d'une voix douce et toujours voilée par le désir.

– Si, répondis-je en me penchant.

Elle me repoussa, les deux mains sur mes épaules.

– Non, répéta-t-elle plus fermement.

Je grognai en me poussant sur le côté. Elle se releva rapidement, enfila sa robe, les jambes flageolantes. Mon corps brûlait de désir inassouvi. J'avais tellement envie d'elle. Son visage afficha une expression indifférente.

– Je ferais mieux d'aller me coucher.

Je l'attrapai par les mains avant qu'elle ne puisse s'enfuir.

– Je pensais ce que je t'ai dit, Kira. Nous n'avons aucune raison de dormir seuls. On pourrait… consommer ce mariage. Tu sens aussi bien que moi ce qui se passe entre nous.

Je lui fis mon sourire le plus craquant, mais elle détourna le regard et retira ses mains des miennes. Tous les muscles de son corps étaient tendus et son regard paraissait troublé et douloureux.

– Est-ce que tu m'as raconté cette histoire pour que…

Elle fit un mouvement de va-et-vient entre nous deux, puis reprit :

–… Ça arrive ?

Troublé, je dus prendre un instant avant de répondre :

– Quelle histoire ?

– Celle du chiot.

– Le chiot ? Comment ça ? Non !

Est-ce qu'elle pensait que je lui avais parlé de ça pour la manipuler, pour qu'elle m'embrasse ? Je serrai la mâchoire.

Elle m'observa un moment puis laissa échapper un long soupir.

– Je te l'ai dit Grayson, je ne suis pas intéressée par ça…

Elle fit à nouveau ce mouvement de va-et-vient entre nous.

– Ça ne ferait que compliquer une relation qui l'est déjà bien assez. Ça ne faisait pas partie de notre deal.

– Les accords sont faits pour être modifiés.

Je me relevai pour lui faire face. Je pris ensuite une mèche de ses cheveux entre mes doigts et me mis à caresser leur texture soyeuse. La lune faisait ressortir leur couleur flamboyante aussi bien que le soleil. Mais, dans cette semi-obscurité, sa chevelure de feu était sombre. Quand je lui ferais l'amour, il faudrait que ce soit toujours à la lumière pour que je puisse voir les flammes dans ses cheveux et le reflet émeraude dans ses yeux. Je voulais voir son corps bouger, montrant glorieusement qu'elle était la vie incarnée. Mon sexe se réveilla à nouveau, toujours aussi dur à la simple pensée de lui faire l'amour. Pendant des heures et des heures. Ou, par pitié, même une seule fois…

– Ça peut être aussi éphémère que notre mariage, Kira.

Elle cligna des yeux et porta ses mains à ses joues, visiblement fiévreuses. Je ne pouvais pas le savoir, avec cette faible lumière.

– Ça ne fonctionnera pas. Crois-moi.

Elle fit demi-tour en direction des escaliers en pierre qui menaient à la maison. Je l'appelai mais elle ne se retourna pas. Elle partit sans m'adresser ne serait-ce qu'un regard. Je m'allongeai sur la chaise longue en laissant échapper un long soupir frustré. J'essayai de comprendre ce qui venait de se passer. Je ne savais pas du tout comment gérer ma femme. Mes conquêtes s'étaient toujours offertes facilement à moi. Par contre, pour les garder… disons simplement que Vanessa avait prouvé que c'était plus compliqué. Mais, Kira et moi avions déjà convenu que notre relation serait provisoire donc, avec elle, le problème ne se posait pas. Aucune femme n'avait jamais dit non quand on faisait l'amour, surtout quand j'y mettais du mien. Sans prétention aucune, c'était la stricte vérité. Mais est-ce que je savais réellement séduire une femme ? Une femme réticente ? Quelle ironie que ce soit avec mon épouse que cela me donne tellement de mal !

* * *

– À lundi, Charlotte, dis-je, en me penchant pour l'embrasser sur la joue.

Nous étions vendredi matin et, Walter et elle allaient passer le week-end à San Francisco, chez des amis.

– J'ai mis au congélateur plusieurs plats, avec les instructions notées sur les couvercles, dit-elle. Ah, j'ai aussi fait une fournée de cookies au citron, ceux que vous adorez. Ils sont enveloppés dans du papier aluminium dans…

– Charlotte, je suis un grand garçon. Je peux me débrouiller seul pour le week-end.

Elle sourit, en secouant la tête et en me pinçant les joues affectueusement.

– J'aime prendre de soin de vous. Laissez-moi vous chouchouter. Ah, oui ! S'il vous plaît, dites à Kira que je lui ai préparé les biscuits aux flocons d'avoine et au sucre brun qu'elle aime tant. Où est-elle d'ailleurs ? Je pensais qu'elle viendrait nous dire au revoir.

– Nous sommes rentrés tard hier. Elle doit sûrement se reposer, dis-je en l'imaginant dans sa petite maison, sous les draps avec sa splendide chevelure toute…

Charlotte me fixa comme si ses yeux pouvaient lire mes pensées.

– Comment ça se passe entre vous maintenant que vous êtes mariés ?

Elle avait voulu assister à la cérémonie mais je lui avais formellement interdit. À l'époque, je ne voulais que rien ne puisse rendre ce mariage plus bizarre qu'il ne l'était déjà. La présence de Charlotte n'aurait fait qu'ajouter au malaise ambiant, et m'aurait fait culpabiliser.

Je soupirai.

– Je ne sais pas, c'est dur à dire avec elle. J'ai du mal à savoir ce qu'elle va faire la seconde d'après, et je devine encore moins ce qu'elle pense.

Excepté le fait qu'elle me résiste, ce qui est probablement la raison pour laquelle je la désire tant.

– Hum, dit-elle pensive. En effet, il y a certainement peu de gens qui peuvent égaler son caractère. Sauf vous peut-être.

Elle me fit un clin d'œil.

– Je suis contente que vous ayez dîné ensemble hier soir. C'est un bon début.

Elle sourit, et avant que je ne puisse lui répondre, ou simplement lui dire ne pas se faire d'idées, elle reprit :

– Souhaitez-lui de ma part un bon week-end. Et dites-lui que j'ai bien eu sa liste pour la fête. Quelle merveilleuse idée ! Je ne sais pas s'il y a urgence, ni pourquoi elle m'a envoyé cet e-mail à deux heures du matin, mais Walter et moi nous arrêterons en ville pour commander les cartons d'invitation. Je connais un endroit où on pourra les faire imprimer immédiatement. J'ai toujours le carnet de Jessica avec l'adresse de toutes les personnalités importantes de Napa, je pourrai les envoyer à l'imprimeur dès que je trouverai une minute.

Kira ne dormait pas au milieu de la nuit ? Pourquoi ? Est-ce qu'elle aussi avait été incapable de trouver le sommeil après ce qui s'était passé sur la terrasse ? Est-ce qu'elle s'était tournée et retournée dans son lit, en repensant aux sensations de…

– Dites à Kira qu'elles seront postées lundi sans faute, continua Charlotte, me sortant de mes pensées. Tenez, buvez votre orange pressée, ajouta-t-elle en me tendant mon verre à moitié plein. Il y a un terrible virus qui circule.

Je m'exécutai, terminant le verre pour qu'elle arrête au moins de me surveiller et de me parler de cette soirée.

Elle m'observa boire avec attention, presque avec inquiétude. Est-ce qu'elle avait peur que j'attrape ce virus ?

Quand j'eus fini, elle prit mon verre et le rinça dans l'évier avant que je ne la chasse de la cuisine. Je saluai Walter qui attendait dans l'entrée, leur petite valise posée à ses pieds.

– Au revoir, Monsieur, dit-il en adressant un petit sourire affectueux à son épouse qui s'avançait vers lui.

Elle s'inquiétait de tout ce qui restait à faire dans la maison et qu'elle n'aurait pas le temps de régler, comme si nous risquions le pire si elle s'absentait tout le week-end.

Je travaillai jusque tard dans la journée, puis je me rendis en ville pour acheter du matériel. Je rentrai vers 17 heures. Après avoir pris une douche rapide, je descendis à la cuisine et mis au four un des plats surgelés de Charlotte. J'envoyai un message à Kira pour lui faire savoir que le dîner serait prêt à 18 heures. Une heure plus tard, elle ne m'avait toujours pas répondu et je commençai à m'impatienter. Est-ce qu'elle m'ignorait ? Je ne l'avais pas vue de la journée. Est-ce qu'elle se terrait dans son petit taudis pour m'éviter ? D'ailleurs, n'aurait-elle pas dû commencer à travailler dans mon bureau ? Je fis un tour dans la maison pour voir s'il y avait des traces de son passage. En vain. Je passai encore un peu de temps dans mon bureau, mais quand mon niveau de frustration eut atteint son paroxysme et qu'il me fut impossible de me concentrer, j'allai chercher mon téléphone.

J'envoyai à nouveau un message à Kira, puis j'attendis cinq minutes, en tapotant sur le plan de travail de la cuisine. Rien.

J'étais déjà au niveau de la fontaine avant d'avoir compris que j'avais quitté la maison. Et si elle s'était envolée vers le Brésil comme nous l'avions évoqué dans sa chambre d'hôtel au tout début ? La petite sorcière ! Est-ce qu'elle m'avait quitté ? Est-ce que ce qui s'était passé hier soir l'avait terrorisée à ce point ? Ou bien est-ce que sa prétendue délicatesse et sa compassion n'étaient en fait qu'un rôle de composition ? Mon sang courait dans mes veines. Avec de la panique ou de la colère, je ne savais pas, peut-être un mélange des deux.

Est-ce que sa valise aurait disparu ? Est-ce qu'elle s'était totalement foutue de moi ? M'avait-elle abandonné avec, comme seul cadeau, un orgueil piétiné et la corde sans la mariée ? Je ne pris même pas la peine de frapper, traversai la première pièce encombrée et déboulai dans la chambre, le cœur battant la chamade à l'idée de ce que j'allais y trouver.

Je poussai un grand soupir de soulagement en voyant sa valise ouverte, ses vêtements éparpillés sur le sol de la même manière qu'hier. Mon regard balaya la pièce avant de se poser sur la bosse qu'il y avait sous les draps. Elle dormait ? À 18 heures ?

– Kira ?

Pas de réponse. Je m'approchai du lit et tirai la couverture. Kira poussa un soupir douloureux et replia ses jambes contre sa poitrine, en position fœtale.

– Kira ?

Je l'appelai, carrément inquiet.

Son visage était caché par ses cheveux magnifiques, je les dégageai et posai ma main sur son front. Il était brûlant, elle suait à grosses gouttes et grelottait.

– Oh mon Dieu, Kira, tu es brûlante ma princesse.

Elle poussa juste un petit râle et tourna son visage dans ma direction en gardant les yeux fermés. Elle marmonna quelque chose d'inaudible puis se mit à trembler violemment. Quel con. C'était ma faute. Je l'avais laissée habiter dans cet endroit poussiéreux et plein de courants d'air, l'obligeant à prendre des douches glacées pendant des jours et des jours. Qu'est-ce qui ne tournait pas rond chez moi ? Les tripes nouées par la culpabilité, je la pris dans mes bras, la soulevant doucement avec l'édredon.

– Tu viens dans la maison et c'est non négociable. C'est un ordre. Je sais que tu aimes me contredire, mais je n'accepterai aucun refus de ta part. Je ne te laisse pas le choix, tu dois m'obéir. Qu'est-ce que tu dis de ça, femme ?

J'essayai de la faire réagir en la questionnant. Au lieu de ça, elle se colla un peu plus contre moi et trembla à nouveau. Je traversai précautionneusement l'entrée encombrée, Kira dans mes bras. Je claquai la porte derrière nous, puis je traversai au pas de course le chemin qui séparait nos deux maisons. L'air de ce début de soirée était anormalement froid et brumeux pour la saison. Pendant que j'escaladais les marches, ma tête se mit soudain à tourner et je m'arrêtai, m'appuyant à la rambarde. C'était bizarre. Mon Dieu, j'espère que je n'étais pas, moi aussi, en train de tomber malade. Ce ne serait pas le moment. La sensation disparut après quelques minutes, me laissant juste un peu étourdi. Je portai Kira jusque dans la chambre qui avait appartenu à ma belle-mère et l'allongeai délicatement sur le lit. Je poussai la couette sur le côté, et l'installai sous les draps. Après avoir repoussé ses cheveux et lui avoir posé une serviette humide sur le front, j'allai chercher du paracétamol. Je secouai gentiment Kira pour la réveiller.

– Kira, il faut que tu me dises si tu as déjà pris quelque chose. Kira ?

Elle s'agita et cligna des yeux en me regardant. Le vert était encore plus brillant à cause de la fièvre.

– Rien pris du tout, balbutia-t-elle.

– OK, très bien, alors il faut que tu avales ça, dis-je en tenant les cachets près de sa bouche.

Elle les prit avec plusieurs grandes gorgées d'eau que je venais de lui apporter, puis elle s'effondra sur le coussin en fermant les yeux à nouveau. J'observai son visage pendant quelques instants. La fièvre faisait flamboyer ses pommettes caressées par ses longs cils. Ses lèvres étaient sèches et légèrement entrouvertes.

– Ma sublime petite rebelle, chuchotai-je en repoussant ses cheveux en arrière.

Je fronçai alors les sourcils en prenant conscience du frémissement étrange qui secouait tout mon corps, une fois encore. Ce frisson se faufila jusqu'à mon aine et je grimaçai légèrement en sentant mon sexe se tendre. Ce n'était vraiment pas le moment d'être excité, pourtant mon corps semblait en avoir décidé autrement. J'avais un peu honte. La jeune femme allongée sur le lit était malade, bon sang !

Au cours des trente-six heures qui suivirent, je pris soin de Kira pendant que son corps se battait contre la fièvre, et le mien contre son désir. La passion et l'envie qui circulaient dans mes veines étaient une sorte de tourbillon incontrôlable. À plusieurs reprises, je dus m'arrêter pour maîtriser une érection imprévue et intense qui durait depuis des heures. Ce n'était pas normal. Quelque chose ne tournait pas rond.

Pour la première fois depuis mon retour, j'appelai José pour lui dire que j'étais trop malade pour travailler. Je n'aurais de toute manière pas pu y aller et laisser Kira seule. Mais en réalité, je n'étais pas en état de quitter la maison. J'étais comme un animal enragé. J'avais besoin de baiser comme un Viking, en pillant et en arrachant des vêtements. Il fallait que j'assouvisse mon désir encore et encore et encore, jusqu'à ce que cette insupportable douleur cesse et que je sois totalement vidé. Cette comparaison semblait dramatiquement ridicule mais je ne voyais pas d'autre manière de l'exprimer. Je changeai les serviettes humides sur le cou et le haut de la poitrine de Kira sans la regarder pour éviter de ne pas pouvoir résister à la tentation de la prendre, malade ou pas. Pour être capable de m'occuper de la petite sorcière, j'avais dû me soulager à quatre reprises dans la salle de bains. Non, ce n'était pas normal. Est-ce qu'elle m'avait jeté un sort diabolique ? Je me sentais comme possédé par un démon sexuel agressif, tout droit sorti des tréfonds de l'enfer.

J'étais sur le point d'appeler un médecin, ou peut-être plutôt un prêtre pour qu'il m'exorcise, quand dimanche, en fin de journée, les symptômes finirent par s'atténuer. Épuisé moralement et physiquement vidé, au sens propre du terme, je m'allongeai sur le lit près de Kira juste un moment. Elle était nettement plus fraîche, sa respiration était calme et régulière. La lumière du crépuscule qui filtrait à travers les lourds rideaux de la chambre et les mouvements lents du ventilateur au plafond m'endormirent en quelques minutes.

CHAPITRE 12

KIRA

Je repris lentement conscience, avec la sensation de sortir d'un puits sans fond, loin, très loin de la lumière du jour. Je clignai des yeux en essayant de comprendre où j'étais. Il y avait quelque chose de chaud et lourd dans mon dos. Je me retournai, groggy, et me retrouvai face au visage renversant et sublime d'un dragon endormi. J'essayai d'assembler les morceaux du puzzle pour comprendre comment j'avais atterri ici. Tout ce dont je me souvenais c'était d'avoir grimpé dans mon lit, incapable de rester debout, le corps pesant une tonne, et d'avoir eu ensuite l'impression qu'on me faisait bouillir vivante. J'étais encore vaseuse et mes membres étaient lourds. J'avais dû être malade. Des bribes de souvenirs de Grayson me donnant du bouillon, me passant un linge frais sur le front et me caressant les cheveux revenaient peu à peu. Il avait pris soin de moi. La tendresse m'envahissait alors que j'observais sa beauté virile. Je n'étais pas encore totalement consciente, et instinctivement, libérée de toute crainte et de toute pensée rationnelle, je posai ma main sur son visage et passai mon pouce sur sa solide mâchoire ombrée de barbe noire. *Voilà ce que ce serait de se réveiller à ses côtés. Ce serait comme ça s'il était vraiment à moi.* Il ne s'était pas rasé depuis deux jours. Est-ce qu'il était resté là, dans cette chambre, pendant tout ce temps ?

Grayson entrouvrit les yeux et me fixa pendant un long moment, la compréhension remplaçant peu à peu le sommeil.

– Bonjour, murmura-t-il en posant sa main sur mon front.

Il soupira en la retirant.

– Tu n'as plus de fièvre, dit-il calmement.

– Oui. Tu as pris soin de moi, chuchotai-je. Merci.

Il est gentil.

Cette pensée me vint subitement et comme une évidence.

Nous sommes restés ainsi un moment, entre le sommeil et l'éveil, tous deux encore emmêlés dans la toile de nos rêves. Il avait de si beaux yeux, aussi foncés que le ciel nocturne et dans lesquels il était tout aussi facile de se perdre. Il posa ses mains sur mes joues et passa ses doigts sur mes pommettes. Je poussai un soupir en me laissant emporter par ses caresses. Soudain il cligna des yeux, puis les ouvrit complètement comme s'il venait de se souvenir de quelque chose. Le charme était rompu. Il bascula sur le dos, l'air presque coupable. Il se passa les mains dans les cheveux, tirant sur les mèches sur le haut de son crâne.

– C'était…

La sonnette interrompit ses pensées. Il se redressa instantanément.

– Walter et Charlotte ne sont toujours pas rentrés. Je m'en occupe.

Il se leva ; son jean, son tee-shirt froissé, ses cheveux en bataille et l'ombre foncée de sa barbe le rendaient encore plus beau. Il était la virilité incarnée. Il me coupait le souffle. Ses yeux sombres se promenèrent le long de mon corps et à nouveau il détourna le regard, l'air presque coupable. Je me redressai en m'appuyant sur un bras.

– Dis-moi Dragon, tu n'as pas profité de mon état ? dis-je, un sourcil arqué.

Il serra la mâchoire, son regard devenant plus sombre que jamais, et dit sur un ton laconique :

– Non.

Puis il fit demi-tour et se dirigea vers la porte.

– Prends une douche chaude. J'ai apporté ta valise.

Je regardai dans la direction qu'il avait pointée d'un mouvement de tête avant de sortir de la chambre et effectivement, ma valise et ma trousse de toilette étaient posées là, sous la fenêtre.

Comme Grayson l'avait suggéré, je m'offris le luxe d'une douche très longue et très chaude, appréciant la sensation des gouttes brûlantes qui coulaient sur mes muscles endoloris. Je me savonnai longuement. J'étais au paradis. Quand je me décidai finalement à sortir, propre, la peau gommée, j'étais parfaitement réveillée et j'avais retrouvé forme humaine. Après avoir séché mes cheveux et m'être habillée, je suis descendue rejoindre Grayson et manger quelque chose. J'étais affamée.

Je me dirigeai vers le salon où j'avais cru entendre des voix, et m'arrêtai brusquement en voyant Kimberly sur le canapé face à Grayson. Ils riaient ensemble à propos de je ne sais quoi jusqu'à ce qu'ils me voient entrer dans la pièce. Kimberley poussa un petit cri, et se releva pour courir vers moi et me prendre dans ses bras.

– Qu'est-ce que tu fais là ? m'exclamai-je, folle de joie.

Elle portait un short en jean et un débardeur à fleurs. Sa peau douce, en ce bel été, était encore plus mate que d'habitude et son corps voluptueux plus parfait que jamais. Ses cheveux noirs et bouclés étaient attachés en queue-de-cheval.

– Tu n'as pas répondu à mes appels pendant deux jours ! Je m'inquiétais. Je suis venue m'assurer que tu n'étais pas ligotée et torturée dans une cave à vin.

Elle me fit un clin d'œil et sourit à Grayson comme si c'était une blague qu'ils avaient partagée. Ils avaient déjà l'air d'être très proches. Je ne savais pas vraiment quoi en penser, d'ailleurs. Grayson se leva.

– Je vous laisse discuter toutes les deux, dit-il en me fixant.

Je ne pouvais pas m'empêcher de remarquer que même, s'il venait de se réveiller, il avait toujours l'air fatigué, comme s'il n'avait pas beaucoup dormi.

– Je vais prendre une douche. Ravi de t'avoir rencontrée, Kimberly.

Je détournai le regard et me mordis les lèvres en imaginant Grayson Hawthorn nu sous un jet d'eau chaude. Le savon glissant…

– Kira ? Tu veux t'asseoir ? me demanda Kimberly.

C'était visiblement la seconde fois qu'elle me posait cette question.

– Oh, oui bien sûr ! À plus ! dis-je à Grayson qui s'éloignait déjà. Et merci encore.

Il détourna un peu la tête, mais ne dit pas un mot.

–Viens ici, dit Kimberley, en me prenant la main.

– Qu'est-ce qui se passe ? Depuis que vous vous êtes mariés tu ne m'as pas appelé une seule fois, et ce week-end, tu n'as répondu à aucun de mes appels ou de mes SMS…

– Je suis tombée malade. Mais genre vraiment malade.

Nous nous installâmes sur le canapé et j'attrapai un coussin que je serrai contre moi.

– Grayson s'est occupé de moi.

Ça me perturbait encore et je n'avais pas pu en parler avec lui. Pourquoi avait-il fait ça ? Comment est-ce qu'il s'était rendu compte que j'étais malade ? Et est-ce qu'il ne s'était vraiment passé que deux jours depuis qu'il m'avait embrassée et caressée avec tellement de tendre passion que j'en avais perdu le sommeil et étais restée incroyablement frustrée ? J'avais fini par me lever et j'avais préparé une liste de tout ce qu'il fallait pour la soirée. Je l'avais ensuite envoyée à Charlotte. En me concentrant sur quelque chose d'autre que lui, je pensais pouvoir me calmer et peut-être, trouver le sommeil une fois recouchée.

Kimberly haussa un sourcil.

– Je suis contente que tu ailles mieux, on parlera de ça dans une minute. Mais avant ça, il faut qu'on s'explique. Tu as volontairement oublié de me dire que c'est un dieu grec ?

Je m'esclaffai.

– Un dieu grec ? Je ne vois vraiment pas de quoi tu parles. C'est sans doute le mec le plus moche que j'ai vu de ma vie. Je peux à peine le regarder.

Kimberly me fit un grand sourire.

– Menteuse.

Elle prit un air songeur.

– Ça m'inquiète un peu. Tu vas tomber amoureuse encore plus facilement s'il est à ton goût ! Fais en sorte que ça n'arrive pas, je te rappelle que le plan c'est de le quitter après quelques mois. Je dis ça, je ne dis rien. Et surtout ne le laisse pas t'embrasser.

Je poussai un grand soupir en me laissant aller contre le dossier du canapé.

– Eh bien, en fait…

Je racontai à Kimberly tout ce qui s'était passé depuis le mariage. Elle m'écouta attentivement passant par toute une gamme de sentiments : la colère, l'effroi, la surprise. À la fin, elle resta songeuse un moment.

– Tu l'as laissé t'embrasser. J'arrive trop tard, mais je ne suis pas étonnée. J'ai bien vu comment il te regardait quand tu es entrée dans la pièce… Bon, OK, qu'est-ce que tu comptes faire maintenant ?

Comment il me regardait ? Non il devait sûrement vérifier que je ne risquais pas de tomber, vu comme j'avais été malade.

Je secouai la tête.

– Rien. Il veut juste profiter de moi comme d'une épouse qu'on a sous la main et me laisser partir. Ça, jamais. Enfin… Tu me connais Kimberly. Je ne fonctionne pas comme ça. Ce serait désastreux, pour moi.

Kimberly était sur le point de répondre quand un cri de Grayson, en provenance de la cuisine, me fit me lever d'un bond. Kimberly m'emboîta le pas. Grayson sortait tout juste de la pièce. Charlotte était certainement rentrée pendant que je prenais ma douche, et le suivait de près.

– C'était fait pour vous aider, lui disait-elle.

Il vit volte-face, tendu et fusilla Charlotte du regard.

– J'ai failli la violer ! Alors qu'elle avait de la fièvre et qu'elle était inconsciente, lui balança-t-il.

– Oh mon Dieu, dit Charlotte.

Elle leva les yeux au ciel, pensive et posa un doigt sur son menton.

– Est-ce qu'il fallait diminuer la dose de moitié, plutôt que de la doubler ?

Elle retira son doigt.

– Oui, c'est sûrement cela qui a posé problème.

– Que se passe-t-il ? demandai-je.

Kimberly dévisageait tour à tour Grayson et Charlotte. Walter débarqua alors, et prit place sur le côté.

– Elle m'a empoisonné, dit Grayson en pointant Charlotte du doigt.

Celle-ci éclata de rire.

– Je ne l'ai pas empoisonné. Je lui ai juste fait boire une décoction qui stimule les ardeurs masculines. Ça me vient de ma mère.

Elle m'adressa un clin d'œil. Je sentis immédiatement mes joues virer au cramoisi. Charlotte avait donné à Grayson un mélange de plantes pour augmenter ses ardeurs avant qu'ils ne partent en week-end ? Pourquoi ? Et… oh, mon Dieu. Est-ce que j'avais bien entendu ? Il avait failli me violer alors que j'étais inconsciente ? Je déglutis péniblement.

Walter s'avança alors.

– Ce n'est pas ma place, Monsieur, mais…

Grayson le regarda, les lèvres pincées.

– Ce serait bien la première fois que ça t'arrêterait, Walter !

– En effet, confirma Walter sans aucun remord, avant de continuer : je me suis personnellement rendu compte que boire beaucoup d'eau dans la journée aide à, disons… faire disparaître les effets plus rapidement. Cependant, je recommande d'utiliser le bon dosage. Ça aide grandement.

Grayson laissa échapper un grognement de frustration et leva les yeux au plafond.

– Je suis en enfer.

Charlotte s'approcha de lui.

– Est-ce que vous voulez que je vous prépare…

– Non ! Je ne te laisserai plus jamais me préparer quoi que ce soit. Tu es virée ! Je suis entouré de cinglés.

Puis il se dirigea vers la porte à grandes enjambées, et la claqua si fort qu'un vase posé sur l'étagère vacilla. Je poussai un petit cri et fixai Charlotte. Elle me regardait comme si de rien n'était.

– Il t'a renvoyée ? lui soufflai-je.

Charlotte agita les mains, pas préoccupée le moins du monde.

– Oh, il me renvoie à peu près deux fois par mois depuis qu'il a seize ans.

Elle nous invita alors à la suivre à la cuisine.

–Venez prendre une tasse de café, les filles.

Kimberley lui emboîta le pas, un large sourire aux lèvres.

Charlotte prit place devant le plan de travail, une grande planche à découper face à elle. Elle se mit à pétrir de la pâte destinée à une pâtisserie quelconque. J'en profitai pour lui présenter Kimberly et, après que nous fûmes assises, elle servit trois tasses de café.

– Mais qu'est-ce qui t'a pris Charlotte ? lui demandai-je.

J'essayai de la foudroyer du regard. À cause d'elle, j'aurai pu être agressée sexuellement tout de même ! Mais y croyais-je vraiment ? Grayson était-il capable d'une chose pareille, même sous l'influence de la potion de Charlotte ? Je plissai le front. Je ne l'aurais jamais cru, mais je m'étais trompé sur les hommes. D'après mon expérience, ils étaient loin d'être dignes de confiance. Dieu sait par exemple, que la parole de mon père ne valait pas grand-chose, et celle de mon fiancé encore moins.

Quant à Charlotte, ses intentions étaient bonnes, même si elles étaient très maladroites. J'en étais sûre.

Les yeux de Charlotte pétillaient.

– J'avais le sentiment que vous vous évitiez tous les deux. Et puis vous êtes allés dîner. J'ai pensé que Grayson aurait peut-être besoin d'un coup de pouce pour faire ce qu'il fallait. Vous étiez seuls pendant tout le week-end…

Elle fronça les sourcils.

– Enfin, je me suis peut-être trompée dans le dosage et bien sûr, j'aurais dû tenir compte de sa virilité…

Je grognai et enfouis ma tête dans mes mains. Quand je relevai les yeux, je la découvris qui me regardait, un large sourire aux lèvres. Je ne voulais pas penser à la virilité de mon mari !

– Je ne crois pas qu'il ait réellement besoin qu'on l'aide dans ce domaine.

Charlotte posa le rouleau à pâtisserie à côté d'elle.

– Et toi ? demanda-t-elle, espérant de toute évidence que je lui réponde que j'en avais moi aussi très envie.

– Je… Il me plaît. Je…

Je me mis alors à caresser le rebord de ma tasse.

– En fait, il y a même des moments où je l'aime bien, dis-je en secouant aussitôt la tête. Mais je ne peux pas lui donner ce qu'il désire, pour plusieurs raisons.

Je regardai alors Kimberly en me mordillant la lèvre. Elle me répondit par un regard compatissant.

– La raison principale est qu'il n'aurait certainement aucun problème à coucher avec moi et à faire ensuite comme s'il ne s'était rien passé. Et je sais que moi je n'en serai pas capable.

Je baissai les yeux. Ça s'était toujours passé comme ça, là où mon corps décidait d'aller, mon cœur suivait. Un frisson courut le long de ma colonne en pensant que Grayson pourrait facilement me détruire si je lui en donnais la possibilité. J'en avais déjà fait les frais, et je ne comptais pas recommencer. Cette fois-ci, je ne me laisserai pas avoir par mes caprices stupides.

Surtout pas avec un dragon, très viril de surcroît.

Charlotte caressa ma main posée sur le comptoir, laissant au passage un peu de farine sur mon poignet.

– Nous les femmes, nous sommes faites comme ça, ma chérie. Nous offrons notre cœur en même temps que notre corps. En revanche, quand les hommes donnent leur corps…

Elle regarda le plafond comme si elle cherchait les mots justes.

– Ils donnent leur corps…

Kimberly et moi avions terminé sa phrase à l'unisson, ce qui nous fit éclater de rire toutes les trois. Mon cœur se gonfla d'amour pour ces deux amies. Ça m'avait manqué de ne pas avoir de présence féminine autour moi.

– Oui, donc c'est définitivement exclu, dis-je à Charlotte en souriant.

– Je ne sais pas, on verra, dit-elle en me faisant un clin d'œil.

– Plus de complot maléfique, en tout cas.

Cela me faisait pourtant très plaisir que Charlotte veuille qu'il y ait une vraie histoire entre Grayson et moi. Peut-être que c'était surtout parce qu'elle refusait d'admettre que ce mariage était une mascarade, et que le rendre réel lui permettrait de se réjouir pour Grayson plutôt que de le plaindre.

– Oh non, dit Charlotte sur un ton peu convaincant. Ou du moins, je ne me ferai pas prendre.

Je laissai échapper un petit rire et pris une gorgée de café. J'étais tentée de poser des questions à Charlotte sur ce que j'avais appris sur Grayson, et plus précisément au sujet de Vanessa. Mais premièrement, je trouvais que ce n'était pas bien de parler de ça derrière son dos, ensuite, Kimberly était présente.

– Est-ce qu'il te pardonnera ?

– Oui, un jour ou l'autre. Tu vois ça ? dit-elle en me montrant la pâte. Je lui prépare ses scones préférés, à la myrtille. Il les aime avec de la confiture et de la crème. Il va bouder pendant quelques jours par fierté, mais ça passera très vite.

Elle sourit joyeusement avant de redevenir sérieuse.

– Tiens, Kira, ça me fait penser qu'il faut que j'aille au sud du domaine pour ramasser ces abricots. Ils sont tellement mûrs, qu'ils finissent par tomber tout seuls. Tu pourrais m'aider à en faire quelques pots de confiture ?

– Oui, bien sûr. J'ai fait de la confiture à la fraise avec ma grand-mère, une fois ! dis-je en me remémorant cette belle journée.

– J'aime cet endroit, déclara soudain Kimberly entre deux gorgées de café. Je pense que tu es chez toi ici, Kira.

La joie m'envahit à ces mots, rapidement remplacés par une grande bouffée d'angoisse.

Nous étions assises dans la cuisine confortable et parfumée par des effluves de myrtille et de café. Nous dévorions des muffins à l'avoine et au miel, et Charlotte nous racontait son escapade du week-end. Je pensai soudain à quelque chose : Grayson avait laissé entendre qu'en quelque sorte il avait grandi sans parents. Je ne comprenais toujours pas les détails exacts de sa situation. Mais il avait tort sur un point. Il avait eu des parents durant tout ce temps. Ils s'appelaient Walter et Charlotte Popplewell, et ils l'aimaient comme si c'était leur fils. Je me demandai si Grayson en avait conscience.

Nous bavardâmes encore un peu, puis Kimberly annonça qu'elle devait reprendre la route. Je la raccompagnai dehors, et une fois près de sa voiture, elle me dit en souriant :

– C'était très agréable. Je pense ce que j'ai dit, poursuivit-elle en observant la propriété, tu es faite pour cet endroit.

Elle observa mon visage une seconde.

– Mais prends soin de toi. Je ne pourrai pas supporter de te voir souffrir à nouveau, Kira Kat.

– Je vais faire attention, je te le promets.

Elle hocha la tête.

– Je déteste avoir à te parler de ça, après avoir vu comme tu te débrouilles bien…

Mon cœur se serra.

– Mon père t'a appelée n'est-ce pas ?

J'avais tout de suite deviné. Elle avait systématiquement cet air pincé quand elle pensait à mon père. Elle acquiesça.

– Il a appelé plusieurs fois, allant même jusqu'à insinuer que si je ne te disais pas de le joindre, il se débrouillerait pour s'immiscer dans le travail d'Andy, et je ne pense pas qu'il parlait d'une promotion…

– Quel enfoiré de manipulateur !

Andy était flic, et il n'était évidemment pas impossible que mon père ait des contacts au Département de Police de San Francisco.

Mais de là à proférer ce genre de menace ? Il serait donc prêt à tout pour me contrôler, quitte à tomber si bas ?

Kimberly posa ses mains sur mes épaules.

– Maintenant, écoute-moi. Je ne te le dis pas pour que tu te sentes obligée de le contacter. Andy est un peu inquiet mais, sincèrement, on préfère pointer au chômage plutôt que de laisser ton père décider de ta vie. Je me suis juste dit qu'il valait mieux que tu le saches. Qui sait de quoi d'autre il sera capable ? Ce serait peut-être mieux que tu ailles le voir maintenant, histoire qu'il ne sache pas où tu te trouves avant que tu t'y sois préparée, ou pire, qu'il ne débarque sans prévenir.

Je me mis à trembler. Je nouai mes bras autour de moi pour me réconforter. Elle avait raison. Je ne laisserai pas cette histoire causer des problèmes à mes amis.

– Je vais le faire. Merci Kimberly.

S'il vous plaît, faites que ce certificat de mariage arrive vite. Je dois juste encaisser ce chèque avant…

Je la serrai fort dans mes bras en lui promettant de venir la voir au plus vite et de la tenir au courant, puis je regardai sa voiture s'éloigner.

Je restai là un moment, les bras croisés à fixer la fontaine en panne sans la voir. Je me demandai à quoi elle ressemblerait une fois qu'elle serait réparée et où cette réparation se plaçait sur l'échelle des priorités de Grayson. Grayson… Il avait passé le week-end dans un état de supplice absolu à cause de Charlotte, et, malgré cela, il s'était affectueusement occupé de moi, surveillant ma température et faisant en sorte que je ne sois jamais seule. Je m'étais manifestement trompée sur le Dragon, du moins à certains égards. Il n'était pas cette bête insensible que j'avais imaginée au départ.

Je réfléchis un moment à la manière dont il avait été abandonné par son frère, son père et sa belle-mère. C'était juste un homme après tout ; un homme qui portait une blessure profonde et qui faisait de son mieux pour se sortir d'une situation qui, avant mon arrivée, lui laissait très peu d'espoir.

Je repensai à la manière dont il avait été lésé, pas seulement par son père, mais aussi par le mien. Est-ce que, s'il le savait, il comprendrait que je ne lui en parle pas ? je songeai à lui dire maintenant... Seulement, notre plan n'avait pas changé. Nous allions nous séparer, et ce, très rapidement. Alors, quel intérêt ?

Préoccupée, je rentrai et me dirigeai vers le bureau où j'avais officiellement rencontré Grayson Hawthorn la première fois. Je m'assis derrière la grande table de travail, et je commençai à fouiller dans la pile de courrier que Charlotte avait dû prendre dans la boîte aux lettres en arrivant le matin. Il y avait aussi une montagne de lettres plus anciennes qui n'avaient jamais été ouvertes. Je les séparai en trois piles : celles qui ressemblaient à des factures, celles à jeter et les courriers personnels. Il y avait plusieurs lettres qui n'avaient pas été ouvertes adressées à Grayson. L'écriture semblait être celle d'une femme. Je les mis de côté. Je trouvai alors une carte postale dont la photo représentait un vélo posé contre un arbre, et en la retournant je remarquai que l'écriture était la même que sur les enveloppes. Elle était très récente. Je n'hésitai qu'un très court instant avant de laisser mes yeux glisser de l'adresse au message.

Grayson,
Tu te souviens quand on avait treize ans, que je t'ai couvert de boue avec mon vélo et que je me sentais terriblement mal ? Tu m'avais dit qu'il était impossible de rester trop longtemps fâché avec moi. Je prie pour que tu ressentes toujours la même chose, et que ton cœur puisse me pardonner. Je ne cesserai pas d'essayer...
Avec tout mon amour, Vanessa

Vanessa. *Avec tout mon amour ?* Elle l'aimait encore ? Elle essayait de convaincre Grayson de lui pardonner ? D'avoir épousé son frère ? Je ressentis soudain une douleur bizarre à la poitrine et ma peau se hérissa. Je n'aimais pas ça. Je mis de côté les lettres les plus récentes quand je découvris un pli qui m'était adressé.

Je retins mon souffle en l'ouvrant et je poussai un soupir de soulagement en voyant qu'il s'agissait de notre certificat de mariage. La sensation d'irritation se transforma alors en un enthousiasme débordant. Je balançai les autres lettres sur le bureau, et courus vers la porte d'entrée en criant à Charlotte :

– Je vais en ville. Je reviens vite.

Je l'entendis me répondre :

– D'accord…

Puis la porte claqua derrière moi.

J'avais de l'argent à récupérer. Je dirais même une grosse somme d'argent.

CHAPITRE 13

GRAYSON

Vers 15 heures, je m'arrêtai de travailler, trop épuisé pour continuer. Je retournai à la maison où l'odeur familière des scones à la myrtille de Charlotte flottait dans l'air. Je me suis alors dirigé vers la cuisine.

– C'est un coup bas, dis-je en feignant d'être encore fâché. J'avais l'intention de ne pas t'adresser la parole pendant encore au moins un jour et demi. Allez, donne m'en un.

Charlotte rayonnait et elle s'exécuta en posant sur une assiette un scone tout chaud, avec un peu de crème fraîche dessus et une cuillère de confiture à côté.

– Tricheuse, marmonnai-je. Je ne te pardonne pas pour autant.

Charlotte me regarda en souriant déguster une bouchée de cet avant-goût du paradis.

– Je suis désolée. Je ne vous voulais pas vous faire du mal.

Elle m'observa un moment.

– Je voulais juste…

– Tu voulais que nous ayons, Kira et moi, un vrai mariage, dis-je en secouant la tête. Désolé, Charlotte, mais ça n'arrivera pas. Je n'ai ni le temps ni l'envie d'avoir une épouse.

En revanche, pour ce qui est de l'aspect physique… j'avais tenté ma chance. Mais Charlotte n'avait nul besoin de le savoir, ça lui donnerait de faux espoirs. Et puis de toute manière, Kira avait refusé. Pourtant je n'avais pas dit mon dernier mot sur ce point. Pour le moment, nous étions mari et femme, alors pourquoi ne pas en profiter, au moins pendant un petit moment ? Elle était comme une petite flamme dans mon sang, belle, imprévisible et pleine de vie. Les deux mois ou un peu moins que nous avions devant nous suffiraient amplement pour satisfaire mon désir. Je saurai enfin ce que cela fait de la sentir sous moi, autour de moi, sur moi... Après, terminé, je serai rassasié et je pourrai passer à autre chose !

– Vous savez, je ne vous ai pas donné cette mixture pour que vous ne ressentiez qu'une simple attirance physique pour elle, intervint Charlotte comme si elle lisait dans mes pensées. J'espérais bien plus que ça. C'était juste pour faire circuler votre sang, si vous voyez ce que je veux dire. Elle me fit un clin d'œil et je lui jetai un regard noir en retour, écœuré par notre sujet de conversation. Elle m'avait pratiquement élevé ! Mais elle reprit avant que je ne puisse l'arrêter.

– Dans le corps et dans la tête. Quant à Kira, elle ne veut pas non plus d'une relation purement sexuelle avec vous, vous savez.

Je m'arrêtai cette fois, très intéressé.

– Comment le sais-tu ?

– Parce que c'est une femme. C'est comme ça que je le sais.

Je réfléchis à ce qu'elle venait de dire. Si nous faisions l'amour, est-ce que Kira en voudrait davantage ? C'était peu probable, la plupart du temps, elle ne semblait même pas apprécier ma présence. Mais elle avait aimé mes caresses. C'était une évidence. En y repensant, cette tension sexuelle existait depuis le tout début. Elle n'avait pas quitté mon esprit depuis que j'avais touché sa peau pour la première fois. Je n'avais pas voulu l'admettre, car j'étais trop aveuglé par mes préjugés, mais je ne pouvais plus le nier. Pourquoi aurait-il été impossible d'avoir une relation purement sexuelle ? En ce qui me concerne, cela me semblait parfaitement envisageable. Je voulais aller plus loin avec cette délicieuse petite sorcière. Maintenant, il ne me restait plus qu'à la convaincre.

Quand je l'avais trouvée si malade dans son lit, l'envie de protéger Kira m'avait inquiété. Mais très rapidement, les plantes de Charlotte avaient fait effet. Protéger Kira de moi-même et contrôler mes pulsions avait alors pris toute mon énergie ; je n'avais pas eu le temps de réfléchir à ce besoin de prendre soin d'elle. Aussi bizarre que cela puisse paraître, cela avait finalement été une bonne chose. Mais maintenant plus j'y pensais, plus je considérais ça comme une réaction normale qu'un homme veuille veiller sur son épouse. Même si c'était un mariage de façade.

Tôt ou tard, ce désir s'estomperait, comme notre union.

– En parlant de Kira, dis-je. Où est cette petite rebelle ?

– Je ne sais pas. Elle a quitté la maison il y a plusieurs heures.

Qu'est-ce qui pouvait être si important ? Avant que je ne puisse poser la question à voix haute, j'entendis une voiture dans l'allée. Et peu de temps après, la voix de Kira retentit :

– Hello ! Il y a quelqu'un ?

– Je suis là, ma chérie, dit Charlotte.

Kira entra en trombes dans la cuisine et posa par terre une grande boîte avec un trou sur le dessus.

– Qu'est-ce que c'est ? lui demandai-je, en désignant l'imposant carton.

– Une surprise, dit-elle en souriant.

Je grognai. Que diable avait-elle encore pu inventer ?

– Mais d'abord, dit-elle en s'asseyant sur le tabouret à côté de moi. Nous sommes officiellement mariés. J'ai apporté le certificat de mariage à Monsieur Hartmann. Notre chèque sera prêt dès demain. Nous pourrons le récupérer à la première heure.

Une vague d'excitation envahit tout mon corps.

– Quoi ? C'est vrai ?

– Tout à fait, répondit-elle en souriant.

Incapable de me retenir, je me levai et la pris dans mes bras avant de la faire tournoyer.

– On l'a fait, dis-je.

J'avais du mal à y croire. Je la reposai au sol. Elle leva alors la tête, ses yeux brillaient et son sourire était rayonnant. J'eus même droit à la fossette.

– Je sais, soupira-t-elle.

Je la fixai intensément, le besoin de l'embrasser était si fort que je me demandai si c'était naturel ou si les plantes de Charlotte faisaient toujours effet.

Je fus interrompu par un grattement discret, provenant de la boîte qui était toujours par terre derrière nous. Je fronçai les sourcils et le sourire de Kira s'agrandit encore. Son envoûtante fossette creusa sa joue une fois encore. Puis elle se précipita vers le carton.

– Qu'est-ce que c'est ?

Elle s'accroupit, souleva le couvercle et en sortit ce qui était visiblement un grand chiot ou un petit chien. Deux paires d'yeux me fixaient : l'une était sombre et expressive, un peu paniquée aussi, l'autre était vert émeraude et remplie d'excitation !

– Oh mon Dieu, s'exclama Charlotte en se dépêchant de rejoindre Kira. Qui es-tu ?

Charlotte souleva la plaque de métal autour du cou du chien et lut :

– Sugie Sug ?

– Ça se prononce comme Sugar, mais avec i. e. à la fin, dit Kira avec fierté. Un peu comme le rappeur Suge Knight. Sugie Sug.

– Ah oui, dit Charlotte, comme si elle savait ce qu'était un rappeur.

– Peut-être que j'aurais dû l'écrire avec « Ch » au début, dit Kira, songeuse.

Je secouai la tête en regardant à nouveau cette chose étrange que Kira tenait dans ses bras.

– Mais, c'est quoi ce Sugie Sug ? demandais-je. Qu'est-ce qu'il a sur la tête ?

C'était comme si la partie inférieure du crâne du chien, plus la truffe et la mâchoire, avaient été mutilées.

Kira serra ce que j'avais finalement identifié comme un chiot déjà assez grand, une sorte de bâtard, contre sa poitrine et recouvrit son autre oreille de sa main libre.

– Chhhhut, dit-elle. Elle t'entend, tu sais ?

Elle me lança un regard méprisant.

– Et Sugie est une fille.

Elle fit un sourire au chien qui la regardait, les yeux frémissants d'espoir.

– N'est-ce pas, bébé ? N'est-ce pas, petit sucre d'orge ? Mais oui tu l'es, tu es une fille, une gentille fille. Une gentille fifille.

Je grimaçai en l'entendant parler comme s'il s'agissait d'un vrai bébé. Mais la petite chienne ne semblait pas dérangée le moins du monde.

Elle s'agita, essayant manifestement d'attirer un peu plus l'attention de Kira, en lui léchant le visage avec ce curieux museau déformé. Kira éclata de rire et mit à nouveau ses mains sur les oreilles du chiot.

– Je l'ai sauvée. Son premier propriétaire l'a muselée alors qu'elle était à peine sevrée. Mais il ne lui a pas enlevé sa muselière à mesure que son museau grandissait. Quand elle a été trouvée, elle était mourante et il a fallu l'opérer pour lui retirer cet instrument de torture.

Elle ôta ses mains des oreilles de la chienne. Charlotte, qui gazouillait comme une grand-mère découvrant sa petite fille pour la première fois, grattouillait ses oreilles.

– Oh, la pauvre petite chérie. Ne t'inquiète surtout pas, Sugie Sug. Tu vas être très bien ici.

Toute excitée, la petite chienne jappa et baissa aussitôt la tête comme, si elle s'attendait à recevoir un coup. Elle leva des yeux tristes vers nous, les oreilles baissées.

– Un chien, ici ? demandai-je. Pas question. Pardon, mais la dernière chose dont j'ai besoin c'est d'un animal qui court partout et que j'aurai tout le temps dans les pattes. Je n'ai pas le temps de m'en occuper.

Kira fronça les sourcils et me tendit la chienne, m'obligeant à la prendre.

– J'ai sauvé Sugie Sug pour toi. Elle est à toi. Considère ça comme, disons, mon cadeau de mariage. Et aussi comme un remerciement pour ta gentillesse, ce week-end.

Elle souriait. Je restai un moment tétanisé en sentant ce petit poids chaud dans mes bras et en voyant ces grands yeux foncés, rivés sur moi, avec un mélange de peur et d'espoir. Je sentis alors un petit tiraillement dans ma poitrine. Oh mon Dieu. Kira m'offrait un chiot après l'histoire que je lui avais racontée sur mon père. *Agaçante petite sorcière. Petite sorcière douce, compatissante et agaçante.*

Je soupirai.

C'était une délicate attention et j'étais content qu'elle ne soit pas fâchée après la façon dont nous nous étions quittés sur la terrasse après notre rendez-vous. Mais quand même...

– Kira, je ne peux pas avoir un chien qui s'appelle Sugie Sug. Je ne sais même pas ce que ça veut dire. Et puis ça fait tellement fille.

– Oh ! s'exclama-t-elle, un doigt sur ses lèvres. Je l'ai appelée comme ça et elle a l'air de s'y être faite. Son vrai nom c'est Sugar Pie Honey Bunches, Sugie c'est le diminutif. Ça veut dire Tarte au Sucre et au Miel à la Louche.

J'observai à nouveau l'animal. Elle était extrêmement vilaine. Pathétiquement moche. *Abîmée.* Mais en dépit de sa difformité et de son nom impossible, j'étais incapable de la chasser maintenant qu'elle était dans mes bras et qu'elle me lançait ses regards suppliants. J'avais une très grande propriété. Elle pourrait courir partout et je ne la croiserais que rarement. Il faudrait, en revanche lui apprendre à ne pas manger le raisin. Cela pouvait être dangereux pour les chiens. Je la reposai par terre. Elle resta plantée là, à me regarder.

– C'est encore un chiot et tu ne l'as récupérée qu'aujourd'hui. Il est encore temps de lui donner un nouveau nom.

Je reculai un peu.

– Au pied, Scout.

Elle inclina sa vilaine tête, et s'assit tranquillement.

Kira fit, elle aussi, un pas en arrière.

– Au pied, Sugie Sug.

La chienne se mit immédiatement à courir vers elle, ses grosses pattes cliquetant sur le sol. Kira la souleva et commença à babiller avec cette même voix insupportable.

– Au pied, Sugie Sug, appelai-je, cette fois.

Kira la posa par terre et le chiot courut vers moi tout aussi bruyamment, puis baissa la tête avec ce même air effrayé. Je la soulevai de telle façon que je puisse la regarder dans les yeux

– D'abord, sache que tu as le droit de t'exprimer ici.

Elle m'observait avec un regard expressif, comme si elle comprenait ce que je disais. Puis, elle lécha timidement ma joue. Kira et Charlotte me regardaient en souriant.

– D'accord c'est bon, elle peut rester, dis-je, les dents serrées.

Je fis demi-tour mon nouveau chiot dans les bras. *Sugie Sug*. Qu'est-ce qui m'arrivait ?

– Je vais lui faire visiter la maison et l'habituer à son nouveau nom, lançai-je en quittant la cuisine.

Un concert de joyeux rires féminins m'accompagna jusque dans les escaliers. Ce n'était pas un son que j'avais entendu souvent dans cette maison... jusqu'à l'arrivée de Kira.

★ ★ ★

Le lendemain, de bon matin, Kira et moi partîmes en ville pour récupérer le chèque, qui était à la fois le déclencheur et la cause de notre mariage. Monsieur Hartman nous le remit et nous souhaita bonne chance. À peine dix minutes après que nous soyons entrés dans l'immeuble, nous étions à nouveau dans la rue. Nous nous fixions, encore sous le choc. Je souris à Kira et je lui dis :

– Allons ouvrir un compte.

Elle acquiesça en souriant. Sur le chemin, nous passâmes devant la banque où nous nous étions rencontrés. Elle avait gardé de bons souvenirs de cet endroit mais je ne supportais pas l'idée d'ouvrir un compte là où on avait rejeté ma demande de crédit, que leur refus soit justifié ou non. Soudain, je me souvins à quel point j'étais déprimé à ce moment-là. J'attrapai la main de Kira et la serrai. Elle sourit et sa fossette apparut. Une mèche de ses cheveux roux tomba sur son œil et je ne pus me retenir. Je m'arrêtai et la tirai en direction d'un immeuble avant de la plaquer contre le mur et de lui donner un baiser rapide et intense. Sa surprise me fit sourire.

– Allez faire ça dans une chambre, cria quelqu'un qui passait un peu plus loin.

Kira eut l'air choqué et je lui fis mon sourire le plus diabolique en haussant les sourcils.

– Non, dit-elle fermement.

Mais quand elle se dégagea, je vis qu'elle me regardait avec un petit sourire en coin. Mon cœur s'arrêta un instant. C'était tellement différent de ma réaction habituelle dans une telle situation. J'éclatai de rire et me lançai à sa poursuite.

Une heure plus tard, nous avions ouvert deux comptes séparés, chacun crédité de trois cent cinquante mille dollars. En rentrant à la propriété, la honte me submergea ; j'avais l'impression de l'avoir volée, comme si je n'avais aucun droit sur cet argent.

– Je te rembourserai. Tu le sais, n'est-ce pas ?

Elle me fit un signe de tête.

– Si tu veux, répondit-elle.

– J'y tiens.

Kira resta silencieuse une minute, puis elle continua d'une voix douce.

– Je dois aller rendre visite à mon père aujourd'hui.

Elle avait l'air accablé. J'étais tellement habitué à voir la joie et la vie briller dans son regard que j'en fus déconcerté. On aurait dit que la simple idée de le rencontrer la vidait de toute son énergie. J'ouvris la bouche pour parler, mais je ne trouvai pas mes mots. Je me contentai de marmonner :

– D'accord.

Elle me regarda comme si elle voulait me demander quelque chose, mais au lieu de cela elle me fit un signe de la tête, descendit du pick-up garé et me lança, sans se retourner, qu'on se verrait dans deux jours.

C'aurait dû me satisfaire. J'allais être tranquille pendant quarante-huit heures. Je n'aurais pas à me soucier d'une sorcière insupportable semant la pagaille et le chaos dans la propriété et m'excitant comme aucune autre femme ne l'avait fait. Je devrais probablement aller en ville et me trouver une femme. J'étais tellement frustré sexuellement. Kira ne le saurait pas, et puis elle s'en fichait si j'avais bien compris. *Il fallait juste que je sois discret.* Je savais l'être. Alors pourquoi étais-je gagné par un vague sentiment de malaise à l'idée de Kira quittant la ville ? J'aurais dû me préoccuper davantage de la façon dont je pouvais assouvir mes désirs. Pour me changer les idées, je me rendis dans mon bureau. Il y a des semaines, j'avais listé des fournitures et du matériel à commander. Un immense sentiment de satisfaction m'envahit. Tout était en train de rentrer dans l'ordre.

La chienne trottina dans mon bureau et s'allongea à mes pieds pendant que je travaillais sur mon ordinateur. Quarante-cinq minutes plus tard, une fois mes commandes passées, je me levai et appelai l'horrible bestiole qui dormait sous mon bureau.

–Viens mon vieux

Rien. Elle ne bougea même pas la tête.

Je l'observai un moment. C'était une fille, donc peut-être qu'elle voulait un nom qui lui convienne mieux.

–Viens Bailey.

Pas la moindre réaction. Je serrai les dents.

– Ici Sugie Sug, dis-je dans ma barbe.

Les oreilles de la chienne se dressèrent, elle poussa un jappement excité et se releva instantanément pour venir jusqu'à moi. Je la foudroyai du regard. Elle me sauta dessus, haletante, j'aurais juré que son museau déformé souriait.

–Vous aimez ça vous les femmes, n'est-ce pas ? demandai-je en me dirigeant vers la cuisine, la chienne sur les talons.

Dans l'entrée, je rencontrai Charlotte.

– Kira est en train de mettre sa valise dans sa voiture, dit-elle. Vous ne partez pas avec elle ?

– Pourquoi irais-je ?

Elle haussa les épaules.

– Je me disais juste que ça serait plus convaincant si vous alliez tous les deux lui annoncer que vous vous êtes mariés. Vous ne croyez pas ?

Kira avait manifestement dit à Charlotte où elle allait et pourquoi.

Je fronçai les sourcils.

– Si elle avait voulu que je l'accompagne, elle me l'aurait demandé.

Je reportai mon attention sur la chienne.

–Viens ici Maggie.

Elle s'assit en me regardant. Je soupirai.

– Allez Sugie.

L'insupportable petit bâtard se dressa pour me suivre dans la cuisine. Charlotte pouffa.

– Je vois que ça t'amuse beaucoup, dis-je, en la regardant.

Charlotte sourit, en sortant deux ou trois trucs du réfrigérateur.

– Je prépare un sandwich pour Kira. Est-ce que vous en voulez un ?

– Avec plaisir, dis-je en m'asseyant sur un tabouret.

– Comme pour cette adorable fifille, dit-elle en souriant à la chienne qui remuait la queue gaiement. Je suppose que la première fois que Kira l'a appelée Sugie Sug, elle l'a dit avec tant d'amour que cette chienne n'a pas pu l'oublier. Je pense que c'était la première fois dans sa triste vie, qu'on la nommait sur un ton aimant. C'est une sensation très puissante vous savez.

Je croisai le regard sage de Charlotte et réfléchis à ce qu'elle venait de dire. Mon épouse m'avait offert cette chienne pour réparer quelque chose qui m'était arrivé il y a très longtemps. Les yeux inquiets et tristes de Kira tout à l'heure me disaient qu'elle aussi avait peut-être besoin de panser une blessure du passé. Nous étions peut-être mari et femme uniquement sur le papier, mais elle avait spontanément cherché à m'aider, simplement parce qu'elle en avait eu l'occasion. Peut-être que je pouvais faire la même chose pour elle.

– Enveloppe les deux sandwichs Charlotte, dis-je. Je l'accompagne.

Charlotte me répondit juste d'un sourire complice.

CHAPITRE 14

KIRA

Je chargeais ma valise dans le coffre de ma voiture quand je vis Grayson sortir de la maison avec ce qui semblait être un sac de voyage, et un sachet en plastique.

J'ai fermé le coffre et je l'ai regardé avancer sans bouger jusqu'à ce qu'il arrive à mon niveau.

– Qu'est-ce que tu fais ? lui demandai-je.

– Je viens avec toi, me répondit-il en ouvrant le coffre pour en extraire ma valise.

– Tu viens avec moi ? bafouillai-je. Mais…

Il referma le coffre et se tourna vers moi.

– Kira, ça aura l'air plus crédible si nous rencontrons ton père ensemble. Nous avons conclu ce marché tous les deux et nous devons nous impliquer autant l'un que l'autre, pour que ça fonctionne. Considère ça comme une façon de gagner ma part d'héritage.

Il marcha jusqu'à son pick-up et mit nos affaires derrière les sièges.

– Et pourquoi est-ce que tu mets ma valise dans ton pick-up ?

– Parce que je veux conduire.

Je me sentis curieusement humiliée. C'était un sentiment très familier chez moi.

– J'imagine que ça fait partie de ta nature de dragon dominateur ?

– Je crois.

Il posa le petit sac plastique rempli des sandwichs que Charlotte avait préparés, sur le siège arrière et grimpa au volant. J'ouvris la porte passager et, sans monter, le regardai.

– Tu adores m'énerver, n'est-ce pas ?

Il prit un air songeur comme s'il se posait la question.

– C'est vrai que c'est assez excitant, dit-il en me regardant. Mais ce n'est pas le sujet.

– Rien ne t'oblige à faire ça, dis-je.

Honnêtement je n'avais pas très envie que mon père rencontre Grayson pour la première fois le jour où je lui apprenais que nous nous étions mariés. Je pouvais facilement imaginer le dédain glacial dont il ferait preuve, pas seulement avec moi mais aussi avec Grayson. Je me demandais si le nom de Grayson lui semblerait familier ? Probablement pas, car mon père ne se souvenait que des gens qui pouvaient lui servir, d'une manière ou d'une autre. De plus, ce qui s'était passé entre eux remontait maintenant à plusieurs années et n'avait duré que très peu de temps. Il n'empêche que je n'avais jamais imaginé que Grayson serait présent le jour où j'annoncerais à mon père que je l'avais épousé, sans le prévenir. Ça pourrait mal tourner et je ne voulais pas de témoin à une telle scène, surtout pas Grayson Hawthorn. D'autant que j'étais convaincue que mon père ne ferait absolument aucun effort pour ménager Grayson. Mon Dieu, depuis quand m'inquiétais-je pour le Dragon ?

Cela devenait préoccupant.

– C'est la meilleure manière de faire Kira. Bon, on peut y aller maintenant ? Je ne veux pas me retrouver coincé dans les embouteillages à San Francisco.

– Qui va s'occuper de Sugie ? demandai-je, en tentant un dernier argument.

– Charlotte. Et Virgil l'aidera aussi. Il semble s'être pris de sympathie pour cette chienne.

Je poussai un dernier soupir avant de céder. Très bien, il pouvait venir avec moi, et voir de ses propres yeux pourquoi je préférais l'épouser plutôt que d'accepter quoi que ce soit de mon père. Il verrait… Il verrait vraiment qui j'étais… Et ça me faisait peur. Pourquoi ?

J'ai vite compris, je voulais que le Dragon me respecte. Je ne voulais pas qu'il me voie comme une héritière gâtée, ce qui avait été sa première réaction, très méprisante, au tout début, quand nous nous étions rencontrés dans son bureau. Je ne voulais pas qu'il découvre le faste de l'endroit où j'avais grandi ; il n'avait plus rien à voir avec qui j'étais ni avec ce que j'attendais de la vie. C'était drôle, j'avais épousé cet homme et pourtant je n'avais jamais eu l'intention de lui faire partager ma vie privée ou mes souffrances. J'avais mis en place cet arrangement comme s'il s'agissait d'une entreprise. Et je comprenais brusquement que notre relation était en train d'évoluer, du moins en ce qui me concernait. Ça commençait à me terrifier.

C'était incontestablement très, très bête.

Je décidai d'oublier tout cela pendant un moment. Je baissai la vitre et respirai l'air doux et parfumé de cette fin d'été.

– Où as-tu prévu de dormir ? me demanda Grayson une fois sur l'autoroute.

– À l'hôtel, répondis-je.

– Pas chez Kimberly ?

Je secouai la tête.

– Maintenant que j'ai les moyens de descendre dans un hôtel digne de ce nom, je ne préfère pas m'imposer. Leur appartement est tout petit.

Grayson acquiesça.

– Ça a l'air d'être une amie très proche.

– Oui, en effet. C'est ma meilleure amie.

J'ai souri en appuyant ma tête sur le siège.

– Nous avons grandi ensemble. Sa mère est venue travailler dans ma famille quand nous avions cinq ans. Elle est comme une sœur. Ma mère venait de mourir dans un accident de ski, dis-je en me mordant la lèvre, et disons que… la mère de Kimberly, Rosa Maria, m'a en quelque sorte prise sous son aile les premiers temps.

Je souriais, heureuse de penser à autre chose qu'au moment où j'aurais à faire face à mon père pour lui annoncer mon mariage.

– Quelques jours après que sa mère eut commencé à travailler chez nous, c'était l'anniversaire de Kimberly. Rosa Maria organisa une toute petite fête avec les enfants des autres employés. Je mourrais d'envie d'y être invitée, et j'avais supplié mon père de m'emmener lui acheter un cadeau mais il avait dit : « Tu n'as pas besoin de lui offrir un cadeau car tu n'iras pas. Une Dallaire n'a rien à faire avec des gens de si basse extraction. »

J'avais modifié ma voix pour imiter celle de mon père, bien plus grave, et je souris à Grayson. Il fronçait légèrement les sourcils et ne me rendit pas mon sourire.

– Bon, comme tu peux l'imaginer, repris-je en me redressant, il n'était pas question de lui obéir. J'ai donc pris un collier que ma mère m'avait offert, avec un petit cœur dessus et je l'ai donné à George, notre jardinier pour qu'il le coupe en deux. J'ai mis le demi cœur sur une ficelle, me suis rendue en douce à la fête de Kimberly, et je lui ai offert ce bijou de fortune en lui disant que nous serions désormais meilleures amies pour toujours.

À l'évocation de ce souvenir mon cœur se remplit de chaleur.

– Elle l'a encore.

Grayson était silencieux, il se mordait la lèvre sans se détourner. Je regardais droit devant moi, me sentant un peu idiote. Puis je sentis ses yeux se poser sur moi.

– Tu es toujours proche de Rosa Maria ?

– Non, dis-je tristement. Mon père l'a renvoyée il y a des années. Ça a été très pénible. Il avait eu une liaison avec elle, et il l'a tout bonnement remplacée par une fille plus jeune, qui faisait office à la fois de femme de ménage et de camarade de jeu. Rosa Maria ne m'a plus jamais parlé après ça. Toutes mes tentatives sont restées lettre morte.

Je chassai ce souvenir d'un geste de la main, essayant de balayer la douleur qui était attachée à ces évènements.

– Elle t'en a voulu ? me demanda Grayson, la voix frémissante.

– Kimberly me dit que non, mais que c'était devenu trop douloureux pour elle d'avoir le moindre contact avec les personnes qui pouvaient lui rappeler ce que mon père lui avait fait. Elle l'aimait, je crois. Lui, à l'inverse, la voyait juste comme… disons, comme un moyen pratique de garder sa maison propre et son lit chaud.

– Je vois, dit-il la gorge serrée.

Je le fixai avec l'impression étrange qu'il lisait dans mes pensées, et qu'il avait compris plus de choses que ce que j'avais laissé entendre.

Je secouai la tête en fronçant les sourcils.

– Alors de quoi est-ce que vous parliez avec Kimberly hier matin, avant que je ne descende ? lui demandai-je.

Il me fit un grand sourire, changeant ainsi l'ambiance morose qui s'était installée depuis que j'avais évoqué l'histoire de Rosa Maria et de mon père. Le soleil passait à travers les vitres et tapait sur le visage de Grayson, faisant ressortir ses yeux marrons et profonds, et mettant en valeur sa puissante mâchoire ombrée de barbe. Je détournais le regard, en me mordant la lèvre. Il fallait que j'ignore ses somptueuses écailles de dragon. Je me le répétais en boucle.

– De toi. dit-il.

Quand je le regardai, son sourire s'agrandit encore.

– Elle me racontait des anecdotes très intéressantes sur toutes les fois où elle a dû te sortir du pétrin.

Je soupirai.

– C'est une fille bien, mais elle exagère. C'est un de ses pires défauts.

Le rire de Grayson était sincère et chaleureux.

– Je ne sais pas. J'ai tendance à penser que ce n'est pas le cas.

Il fixa à nouveau la route en souriant.

– Elle dit que parfois de drôles d'idées te passent par la tête…

– OK, elle m'a sortie de situations bizarres, dis-je pour ma défense. Mais pas du pétrin.

– J'ai l'impression qu'avec toi la frontière est très mince.

Je le dévisageais, agacée, mais je ne pouvais pas m'empêcher de cligner des yeux découvrant son sourire si tendre.

Je regardai à nouveau par la fenêtre, et dis :

– J'ai fait beaucoup d'efforts, depuis que je vis avec toi, pour limiter le flot de mes « idées ».

– Oh mon Dieu, s'exclama-t-il. Je n'ose même pas imaginer ce que c'est quand tu ne te retiens pas.

Je pestai, le regard sombre.

– Tu n'auras qu'à demander à mon père, dis-je, en priant pour qu'il ne le fasse pas. Quand tu le rencontreras, il te dira quel boulet tu as récupéré. Je n'ai aucun doute là-dessus.

Tout en me mordant la lèvre, je tournai la tête pour regarder défiler le paysage.

– Hé, dit Grayson, et je sentis sa main chaude attraper la mienne sur le siège qui nous séparait.

Je baissai les yeux sur nos mains jointes, puis remontai ensuite sur son regard qui me fixait, avant de se concentrer sur la route.

– Ça va bien se passer, d'accord ?

J'ai acquiescé, mais je crois qu'il savait qu'il avait tort. Je pouvais même me retrouver dans une situation de complète humiliation devant Grayson. Non, ça n'allait pas bien se passer. C'était même certain.

* * *

Les couleurs jaune-orangé, à la fois douces et vibrantes du coucher de soleil naissant, baignaient de lumière le manoir inspiré de la Renaissance italienne. Couronnant la colline, il était niché dans le quartier de Pacific Heights à San Francisco. C'était probablement le bien immobilier le plus cher de la région. La demeure Dallaire. *Home sweet home.* Je grimaçais intérieurement. J'avais très peu de bons souvenirs dans cet endroit.

En regardant la maison, je compris que toute ma vie, je m'étais dissimulée dans l'ombre de la personne que mon père voulait que je sois. Tout ce que j'avais toujours souhaité, c'était l'amour inconditionnel que quelqu'un me donnerait.

En descendant du pick-up garé devant l'imposante bâtisse, je fixais Grayson sans pouvoir déchiffrer son expression. Arrivé en haut de l'impressionnant escalier extérieur, il se retourna pour admirer la vue à couper le souffle sur le Golden Gate Bridge, la prison d'Alcatraz, Angel Island et jusqu'à la péninsule de Marin Headlands. J'entendais des gens jouer au tennis sur le terrain en terre battue qui se trouvait derrière la maison.

Grayson me regarda en silence pendant que j'appuyais sur la sonnette. Je refusais d'entrer dans cette maison comme si c'était chez moi. Quelques secondes plus tard, j'entendis des bruits de pas résonner sur le marbre de l'entrée, et la porte s'ouvrit sur une jeune femme d'origine hispanique en tenue de soubrette. Je ne l'avais jamais rencontrée. Je lui souris.

– Bonjour, je suis Kira Dallaire. Je crois que mon père m'attend.

Je lui avais envoyé un message sur la route qui était resté sans réponse, donc je ne savais pas s'il m'attendait vraiment. La jeune femme nous sourit et ouvrit la porte en grand pour nous laisser entrer.

– Je vais le chercher, dit-elle avec un fort accent espagnol. Est-ce que je peux vous faire patienter dans le…

– Nous allons attendre ici.

Je n'avais pas l'intention de m'éterniser. J'avais déjà envie de partir.

La jeune femme acquiesça avant de disparaître.

– Tu peux me laisser seule un moment pour que je puisse parler à mon père ? dis-je à Grayson. Ensuite, je te le présenterai.

Il me dévisagea puis, sans dire un mot, il acquiesça d'un mouvement de tête.

Après être restée de longues minutes debout dans le somptueux hall en marbre, j'entendis à nouveau des bruits de pas. Je levai les yeux sur l'imposante silhouette de mon père en haut des marches. Je jetai un coup d'œil sur Grayson qui était appuyé contre une des colonnes de marbre, juste à côté de moi.

– Kira, dis mon père en dévalant l'escalier, les yeux rivés aux miens, ses lèvres fines pincées, arborant un air réprobateur qui ne le quittait jamais et que je connaissais bien.

– Je suis ravi que tu te sois finalement décidée à rentrer à la maison.

Son ton était tout sauf satisfait. Il ne regarda même pas Grayson.

– Allons parler dans mon bureau, dit-il en se tournant brusquement. Je relevai le menton.

– C'est très bien ici, dis-je le plus fort possible, le coupant dans sa lancée.

Je n'avais aucune intention de suivre mon père dans son bureau, où il s'assiérait derrière sa table imposante comme un juge rendant sa sentence. Mon père se retourna lentement, la mâchoire contractée en signe d'avertissement, et s'approcha de moi. C'est à ce moment-là qu'il regarda Grayson.

– Et vous, qui êtes-vous ? demanda-t-il.

Je me suis alors avancée. C'était parti.

– C'est mon mari, papa. Grayson Hawthorn.

Pendant plusieurs secondes, mon père n'émit aucun son, comme si le temps s'était arrêté. Son cou s'empourpra et il s'approcha de moi.

– Tu n'es pas sérieuse ?

– Si, très. Nous nous sommes mariés il y a quelques semaines. Je suis désolée de ne pas t'avoir invité, mais je sais à quel point ton calendrier mondain est chargé.

Le coup me prit par surprise. La violente gifle résonna dans toute l'entrée. Je sursautai, une douleur vive enflamma ma joue, jusqu'à mon œil. Je relevai la tête juste à temps pour voir sa main foncer à nouveau sur mon visage et me préparai à recevoir une seconde gifle. Mais elle n'atteignit jamais son but : j'écarquillai les yeux en voyant Grayson attraper le poignet de mon père avec la rage meurtrière d'un dragon.

– Qu'est-ce qui vous prend? dit-il. Il avait dû se déplacer à la vitesse de la lumière pour, là où il était placé, arriver à temps et empêcher mon père de me frapper à nouveau. Ma respiration était saccadée et je poussai un râle de rage.

Mon père, ivre de colère, dégagea sa main de celle de Grayson, et posa ses yeux sur moi. J'étais en train de reculer rapidement le plus loin possible. Je mis quelques secondes à retrouver mes esprits. Je me tins le plus droit possible, en soutenant son regard même si toute la partie gauche de mon visage me lançait atrocement.

– Merci, dis-je en levant le menton, dissimulant ma douleur. Je prends ça comme un cadeau de mariage.

– Il a fallu que ça tombe sur toi, Kira.

Mon père secoua la tête, l'air écœuré.

– Tu es vraiment une idiote, tu le sais ?

Il pointa Grayson du menton, sans le regarder.

– Tu t'es fourvoyée avec un putain de coureur de dots, et tu ne t'en es même pas rendue compte. Ensuite, il s'adressa à Grayson.

– Je ne donnerai pas un centime à ma fille, dommage pour vous deux, Grayson Hawtorn.

Il prononça son nom comme s'il parlait de Satan. Mon cœur s'arrêta de battre quand mon père plissa les yeux, comme si ce nom lui était familier. Il secoua légèrement la tête et concentra son regard furieux sur moi.

– Nous ne voulons pas un centime de votre argent, dit Grayson froidement. Allons-y, Kira.

Je m'éloignais déjà, quand j'entendis des pas venant du fond de la maison. En me retournant, je découvris Cooper. Mon Dieu, ils m'avaient tendu un piège. Le vertige me saisit comme si je me trouvais au bord d'une falaise. Cooper se précipita sur moi, son look bon chic bon genre accentué par sa tenue de tennis.

– Kira, dit-il, le regard planté sur moi.

Je grimaçais quand il passa la main dans mes cheveux ; je tournais la tête pour m'en dégager. Comment avais-je pu croire que je pourrais passer ma vie avec cet homme ? Je pouvais déjà à peine supporter d'être en sa présence. J'ai alors senti Grayson se rapprocher de moi et me prendre la main. Cooper nous dévisagea Grayson et moi, tour à tour, sans comprendre.

– Kira ?

Il passa sa main sur ma joue.

–Vous l'avez frappée ? demanda-t-il incrédule, en se tournant brusquement vers mon père.

Comme s'il ne l'avait jamais fait. La colère et le mépris étaient sur le point de m'étouffer.

Mon père pinça les lèvres et dit, avec un air ironique :

– Elle est mariée, Cooper. Félicite-la.

Cooper, les yeux écarquillés, se tourna vers Grayson. Si je ne le connaissais pas, j'aurais dit qu'il avait l'air blessé. Son regard se perdait entre Grayson et moi.

Il finit par demander :

– Mais qui est-ce ? D'où sort-il ?

Son regard ne quittait pas Grayson même s'il était évident que c'était à moi qu'il posait la question. Grayson plissa les yeux, en considérant Cooper avec un demi-sourire moqueur.

– Il dirige son entreprise familiale à Napa, répondis-je. C'est là que nous nous sommes rencontrés.

J'espérais que cette explication serait suffisante.

Cooper poursuivit :

– Où vous vous êtes rencontrés ? Quand ça ? Il y a deux semaines ?

Il y avait une pointe de rage dans sa voix. Je me redressai de toute ma taille.

– Ce ne sont pas tes affaires Cooper, dis-je. Plus maintenant.

– Mais enfin tu n'es pas…

Il esquissa un pas dans ma direction. Grayson vint se placer tout près de moi pour me protéger et, avant que je ne puisse réfléchir, je me blottis contre lui en fixant Cooper.

– Est-ce que tu pensais vraiment que j'allais encore vouloir être liée à toi ?

– Nous aurions pu nous réconcilier, Kira, dit-il l'air peiné.

Il aurait mieux fait de faire du théâtre plutôt que de devenir juge.

– Je peux t'assurer que ça n'aurait pas été possible et que ça ne le sera jamais pour des raisons qui vont bien au-delà de mon mariage avec Grayson.

Pendant quelques instants, nous nous sommes confrontés dans un face-à-face tendu.

– Arrêtons ces absurdités, aboya mon père.

Cooper prit une grande respiration, et m'observa une seconde avant de lâcher :

– Il va falloir trouver une solution, alors.

Il avait l'air résigné. Je levai les yeux sur Grayson en soupirant. C'est bon, ils étaient passés en mode « Faisons avec », ce n'était plus notre problème.

Les mots que j'avais entendus sortir de la bouche de mon père il y a un an me revenaient soudain : « Ne t'inquiète pas Cooper. Je vais l'envoyer loin le temps que les choses se calment. Toi, reste concentré sur l'objectif final.»

– C'est leur territoire. Laissons-les.

Je savais que j'avais parlé avec amertume. Ma voix s'était brisée à la fin, trahissant la profonde douleur que je ressentais.

– Kira… commença Cooper.

Mais je l'interrompis en secouant la tête et je tirai le bras de Grayson. Ce dernier résista et lâcha ma main. Il s'approcha de mon père.

– Vous êtes peut-être son père… dit-il calmement sur un ton glacial. Mais je vous interdis de ne serait-ce que poser un doigt sur elle. Suis-je clair ?

Mon père jeta un regard méprisant à Grayson, puis à moi.

– Je te souhaite une belle vie, Kira Hawthorn, dit-il, acerbe.

Ses mots me firent l'effet d'une nouvelle claque. C'était ce que je voulais, non ? Alors pourquoi est-ce que ça faisait si mal ? Après ça, mon père se retourna et quitta la pièce. Cooper, quant à lui, resta figé en nous regardant nous diriger vers la porte. Grayson serrait ma main en descendant les escaliers extérieurs. J'avais l'impression que c'était la seule chose qui me faisait encore tenir debout.

CHAPITRE 15

GRAYSON

Je posai la valise de Kira sur le lit de la chambre d'hôtel et me tournai vers elle. Elle n'avait toujours pas parlé depuis que nous avions quitté la maison de son père. Cela dit, je n'avais pas non plus essayé de faire la conversation. J'avais eu besoin, moi aussi, de digérer ce qui venait de se passer. Si ça n'avait tenu qu'à moi, je serais rentré directement à Napa, mais je savais que Kira voulait aller voir le centre d'accueil et il devait déjà être fermé à cette heure. Nous nous y rendrions dans la matinée après une bonne nuit de sommeil, qui nous laisserait le temps d'évacuer ce qui s'était passé avec son père.

Je me tournai vers elle et je croisai ses grands yeux sublimes mais affligés pour le moment. Sa souffrance me fit l'effet d'un coup de poing dans l'estomac, et je poussai un long soupir. C'était donc comme ça que cette fille magnifique et pleine de vie avait grandi ? Je savais ce que ça faisait d'être une déception permanente pour ses parents. Mais comment avait-elle conservé cette liberté et cette ouverture d'esprit dans un environnement aussi froid et méprisant ? Comment avait-elle réussi à dépasser ça ? Quand elle m'avait raconté l'histoire de Rosa Maria, je croyais avoir compris. Son père, qui ne me semblait pas être le plus gentil des employeurs, avait été dur avec sa fille ne sachant pas comment s'occuper d'une petite orpheline, très vive de surcroît. Cependant, j'avais donné à cet homme trop de crédit. Bien, bien trop de crédit.

– Tu dois me détester de t'avoir mêlé à ça, finit-elle par dire, en évitant mon regard. Je suis vraiment désolée.

La détester ? Je m'approchai d'elle.

– Non, c'est moi qui suis désolé.

Je passai doucement mes doigts sur sa joue meurtrie.

– Si je m'étais douté qu'il allait te frapper, je serais resté plus près pour l'en empêcher.

Elle secoua la tête.

– J'aurais dû réfléchir à une meilleure façon de lui annoncer la nouvelle. Il m'a rarement frappée. Je ne m'y attendais pas. Et puis, je l'ai un peu poussé. On dirait que je ne peux pas m'en empêcher.

Elle poussa un grand soupir.

– Ce n'est pas ta faute s'il t'a frappée, Kira.

Elle acquiesça mais sans réelle conviction.

– Je crois qu'il faudrait que je prenne un bon bain chaud. Et peut-être commander à dîner dans…

J'avais compris ; elle voulait être seule.

– Bien sûr. Je vais m'installer dans l'autre chambre.

Kira fit un petit signe de tête et, attrapant mon sac posé à terre, je me dirigeai vers la porte qui séparait sa chambre du reste de la suite. J'aurais bien aimé m'installer dans la chambre où elle allait dormir, mais après ce qui venait de se passer avec son père et son ex-fiancé, ce n'était pas le moment d'exercer une pression sexuelle sur Kira. Je me sentais d'ailleurs maintenant très coupable de tenter de lui imposer quoi que ce soit ; elle avait déjà assez souffert de cela pour toute une vie.

– Ah, au fait Grayson, dit-elle en faisant demi-tour. Merci d'avoir laissé croire à mon père que j'étais ta femme…

Je m'arrêtai.

– Tu es ma femme.

Elle sourit gentiment.

– Tu sais bien ce que je veux dire. Tu as fait en sorte que ça sonne comme si j'étais vraiment ta femme. C'était très convaincant.

Je fronçai légèrement les sourcils, sans trop savoir quoi dire. C'était vrai, Kira n'était pas vraiment ma femme. Si elle l'avait été, j'aurais su quoi faire pour apaiser son regard hanté. Au lieu de ça, je fis un petit signe de tête.

– Je te vois demain matin.

Une fois dans ma chambre, je pris une douche, à la fois pour me débarrasser de la saleté due au voyage, mais surtout pour essayer de laver l'image de l'altercation avec le père de Kira de mon esprit. Tous mes sens m'avaient poussé à le frapper quand il l'avait giflée. Mais je m'étais retenu. Agresser quelqu'un ne ferait que me renvoyer en prison, et je ne pouvais pas me permettre ce risque. Mais, cet incident m'avait permis de me souvenir de ma honte, et de me rappeler mes limites en tant qu'homme. Comment pourrais-je me battre aujourd'hui pour mon épouse, même si j'y étais obligé ? *Mon épouse.* Alors non, peut-être que Kira n'était pas vraiment ma femme, mais cet argument pesait tout de même lourd.

Je soupirai en repensant à Frank Dallaire. Je ne m'étais jamais vraiment intéressé à la politique de San Francisco, mais j'avais l'impression que c'était un maire assez apprécié, dur mais juste, proche des minorités et de la classe moyenne. J'imagine qu'il venait de nous faire la démonstration de ce que pouvait être le jeu politique. Je trouvais difficile de croire qu'un homme qui traitait si mal sa fille puisse s'intéresser à autre chose qu'à lui-même.

Et il était maintenant, temporairement, mon beau-père. Mon Dieu, dans quoi m'étais-je fourré ? Il me restait à espérer que Kira avait raison, et qu'il jouerait le jeu publiquement et nous laisserait tranquilles… Pourquoi avais-je le pressentiment que ça ne se passerait pas comme ça ? Je balayai ces pensées, m'habillai et m'assis un moment sur le balcon en me demandant ce que pouvait bien faire Kira dans l'autre chambre. Je ne pouvais pas m'empêcher de l'imaginer nue, dans son bain, la peau glissante et mouillée, ses cheveux rebelles tombant en désordre sur ses épaules, le lien censé les retenir, disparu une nouvelle fois. Le désir se répandit dans mes veines, et en même temps, j'aurais voulu la serrer dans mes bras simplement pour la réconforter. Impossible d'expliquer ce sentiment nouveau et perturbant. Assis là, quelque chose de puissant naissait en moi, un désir vital de posséder ma femme, mais également une envie de la protéger à laquelle je ne m'attendais pas.

Arrête. Arrête ça tout de suite.

Je ne pouvais pas m'en empêcher. Je voulais rallumer la lumière dans ses yeux, je voulais la réconforter, revoir cette petite fossette ensorcelante. Je me redressai et rugis littéralement. Ça ne marcherait jamais. Il fallait que je me reprenne. Rien de tout ça ne faisait partie de mon travail. Nous avions pensé ce mariage comme un accord professionnel et, même si nous avions cédé à notre attirance réciproque, il ne fallait pas poursuivre dans cette voie. Cependant, nous étions mariés. Notre mariage devait en être un vrai ou pas du tout. Nous ne pouvions pas rester dans un stade intermédiaire flou. Ça ne ferait du bien ni à l'un, ni à l'autre. Maintenant que j'étais au courant pour Rosa Maria et son père, je comprenais mieux sa réticence à s'engager. Elle avait peut-être vu sa relation physique avec moi un peu plus comme ce *qu'ils* avaient pu vivre. *Avait-elle raison ?*

J'étais perdu. Il aurait sans doute été plus raisonnable d'oublier mon attirance pour elle maintenant que je me rendais compte que cela allait au-delà du simple désir physique, et j'admettais que je tenais à elle. Mais pour je ne sais quelle raison, quand elle était près de moi, je perdais le contrôle et toutes mes bonnes intentions s'envolaient. À chaque fois. Et je n'arrivais toujours pas à comprendre pourquoi. Qu'est-ce qui me troublait tant chez elle ?

Après tout, Kira était dans la même suite que moi et elle avait peut-être besoin de compagnie. *Peut-être avait-elle besoin de moi.* Ou peut-être que j'étais juste en train de me faire des films.

Après avoir regardé le menu du room-service et commandé pour être livrés dans notre suite, je frappai à la porte de sa chambre. Lorsqu'elle ouvrit, je la découvris en jean avec un haut noir, les pieds nus et les cheveux encore humides. Elle n'était pas maquillée, toujours aussi belle, et elle paraissait très jeune. Évidemment puisqu'elle n'avait que vingt-deux ans. Son jeune âge ne me perturbait pas plus que ça, peut-être parce que s'il lui arrivait de se comporter comme une enfant turbulente, elle pouvait aussi être extrêmement mature. Bien sûr, découvrir ces petits éclairs de sagesse n'avait servi qu'à la rendre encore plus intéressante à mes yeux. *Intrigante petite sorcière.* En entrant, je sentis le léger parfum de fleurs qui n'appartenait qu'à elle.

– Salut, dit-elle, en me regardant bizarrement.

J'entrai dans la chambre sans y avoir été invité.

– J'ai pris la liberté de commander à dîner pour nous deux. Je sais que tu aimes le bœuf Strogonoff de Charlotte. Je me doute que le chef ne lui arrive pas à la cheville mais...

Je haussai les épaules. Kira hésita un instant et finit par souffler un petit « oui »

– Ça me va. Merci. En revanche, je risque de ne pas être de très bonne compagnie.

Elle se tourna et se dirigea vers le balcon pour contempler la ville. Je la rejoignis, m'appuyant sur la balustrade métallique avant de la regarder. Elle évita mon regard en baissant le menton comme si elle essayait de me cacher son visage.

– Hé, lui dis-je gentiment en me redressant et en me tournant vers elle.

Du bout des doigts, je remontai son menton vers moi. Ses yeux brillaient de larmes. Elle prit une grande inspiration et un petit sanglot remonta dans sa gorge. Un élan protecteur m'envahit et je la pris dans mes bras ; sa tête se logea sous mon menton.

– Chhhhuttt, tout va bien.

J'avais la gorge serrée en la sentant se crisper dans mes bras, comme si elle n'avait pas l'habitude d'être consolée. En même temps, en ayant grandi sans mère et avec un tel père, elle n'avait sûrement pas l'habitude. Je n'avais pas eu beaucoup plus de chance, mais assez pour savoir ce que c'était.

– Kira, chuchotais-je. Détends-toi. Laisse-moi te prendre dans mes bras, mon cœur.

Elle se débattit faiblement pendant un court instant, puis quand je la serrai plus fort, elle finit par se blottir contre moi et fondit en larmes.

Kira sanglota, le visage enfoui dans mon torse, pendant un long moment. Sa souffrance me dévastait. Elle finit par se calmer et releva la tête. La tendresse qui m'envahit à cet instant ne ressemblait à rien de ce que j'avais pu vivre avant. Ça m'inquiétait un peu, mais je mis mes craintes de côté et essuyai du pouce les larmes de Kira. J'écartai quelques mèches pour voir son visage.

– Tout va bien. Je suis là.

– Dit le Dragon à la sorcière, ajouta-t'elle tendrement, le regard toujours embué, mais plus brillant.

Cela me fit rire.

– Là, je te retrouve.

Elle sourit légèrement et recula. Mes bras me semblèrent bien vides soudain. Elle s'effondra sur une des chaises du balcon, je pris alors celle qui se trouvait de l'autre côté de la petite table en plastique, et m'assis.

– Tu vas me parler de ce qui est arrivé ?

Elle s'appuya contre le dossier de la chaise en soupirant, devinant que j'évoquais les motivations de sa fuite en Afrique.

Elle prit une grande inspiration et se lança :

– J'ai rencontré Cooper à un gala de charité organisé par mon père. J'étais rentré à la maison pour l'été après ma première année d'université. Mon père avait pris Cooper sous son aile et le préparait à obtenir son premier fauteuil de juge.

Elle se mordit la lèvre et regarda ailleurs un moment.

– Bien que mon père ne fasse plus de politique, il est toujours très impliqué dans le monde judiciaire de San Francisco.

Elle me fusilla du regard pendant un quart de seconde et je me demandai si elle pensait à *mon* implication dans le monde judiciaire de San Francisco. Heureusement, je n'avais jamais été en contact avec Frank Dallaire. Elle resta silencieuse un moment.

– Bref, Cooper et moi avons commencé à sortir ensemble à la plus grande joie de mon père.

Elle fixa l'horizon, perdue dans ses souvenirs.

– C'était la première fois de ma vie que j'avais l'impression de lui plaire. Je me sentais… Je me sentais *désirée.* C'était un sentiment très fort. Presque comme une drogue dont on deviendrait instantanément dépendant, dit-elle en secouant la tête, abattue.

– Donc tu n'as jamais vraiment aimé Cooper ? Je détestais la sensation de piqûre que la jalousie me faisait ressentir quand je pensais à Kira avec un autre homme, même s'il appartenait à son passé. Je m'efforçai de chasser cette vision.

– Oh, je pense que si. Il était poli et avait les manières d'un gentleman. Mon père trouvait que nous allions très bien ensemble, et il pensait que nous nous équilibrerions parfaitement. Cooper aurait fini par m'apprivoiser, et moi je lui aurais offert le nom de Dallaire pour sa campagne et sa future carrière de juge.

– Que s'est-il passé ? demandai-je, la peur au ventre.

– Nous nous sommes fiancés à Noël et je… disons que je lui ai donné ma virginité.

Elle fronça les sourcils et se détourna pendant ce qui me sembla être une éternité. Mes muscles étaient tendus et je fis un effort pour me calmer.

– Je t'en parle car ça a son importance pour la suite de l'histoire.

– D'accord,

Kira s'éclaircit la voix avant de reprendre.

– J'avais prévu de rentrer cet été-là, et de commencer à préparer le mariage. Cooper était très impliqué dans sa campagne et son équipe travaillait à l'hôtel St. Regis.

Kira observa ses ongles quelques secondes avant de reprendre :

– J'étais sortie plus tôt de mes examens et, au lieu de rentrer directement à l'appartement que possédait mon père, j'avais décidé de faire une surprise à Cooper à l'hôtel.

Son air devint encore plus sombre.

– Cooper a toujours semblé insatisfait au lit avec moi. Il ne l'a jamais vraiment dit, mais il faisait assez bien passer le message. Aussi, je m'étais dit que peut-être, si je le surprenais, en portant un truc… Tu vois ce que je veux dire. Elle rougit.

– Bref, je suis montée dans sa chambre et un membre de son équipe de campagne, qui attendait manifestement le room-service, a ouvert la porte. Il a essayé de m'empêcher d'entrer dans la chambre, sans succès, et je suis tombée sur Cooper, avec… des femmes.

– Des femmes ? Plusieurs ?

Kira hocha la tête, l'air blessé.

– Il y en avait une sous lui, et une derrière lui qui se servait d'un genre de…

Elle secoua la tête et ferma les yeux, essayant manifestement de faire disparaître cette image de sa mémoire.

– Mon Dieu…

Elle mit son visage dans ses mains un instant et reprit sa respiration.

– Je n'ai pas besoin que tu me décrives la scène. J'ai saisi l'essentiel, dis-je la voix étranglée.

Elle fit un signe de tête, l'air soulagé.

– Il y avait des lignes de cocaïne sur la table basse et une bouteille d'alcool à moitié vide.

– Putain, dis-je en me passant la main dans mes cheveux, revoyant Cooper le Golden-Boy dans sa tenue de tennis cet après-midi.

– Cooper s'est finalement « dégagé » quand il a fini par me remarquer, mais il était ivre ou drogué, ou les deux en même temps. Je ne sais pas. Il a commencé par s'excuser, mais ça a dégénéré. Il s'est mis à me hurler dessus, disant qu'il ne voulait pas d'une pute comme épouse. Qu'il avait déjà des vraies prostituées pour ça. J'ai essayé de partir mais il m'a retenue et je me suis battue avec lui. On est tombés par terre, il m'a frappée mais je me suis dégagée. Quand j'ai essayé de m'enfuir, il m'a attrapée par la cheville et je suis tombée sur la table basse en verre. Je me suis cassé deux côtes, mon visage a pris aussi, et je me suis ouvert le bras. Tout s'était passé très *vite,* c'était un vrai carnage. Il y avait du sang partout. Les membres de l'équipe de campagne de Cooper qui étaient dans une autre pièce sont arrivés en courant. Ils m'ont sortie et quand nous sommes arrivés chez mon père, ils ont fini par appeler un médecin.

– Kira, dis-je la voix tremblante et le cœur serré.

Je comprenais parfaitement pourquoi elle était si fragile quand il s'agissait de sexe. Ce n'était pas juste à cause de son père et du licenciement de Rosa Maria. C'était bien plus personnel que ça, on lui avait fait comprendre que ses désirs étaient répréhensibles et choquants. Et elle l'avait cru. Qui pourrait lui en vouloir ? C'était sa première expérience. Elle n'avait connu qu'un seul homme.

Kira détourna à nouveau les yeux.

– Quand mon père est rentré à la maison et a appris ce qui s'était passé, dit-elle, le visage à nouveau crispé. Il m'a dit que j'avais tout gâché. Et puis il s'est mis à vouloir tout rattraper : il a contacté le personnel de l'hôtel en inventant que j'avais des problèmes de drogue et qu'à cause de cela, j'étais devenue violente Bien sûr, il ne voulait pas entendre parler du fait que je veuille rompre les fiançailles, mais j'étais très déterminée sur ce point.

– Il t'a tout mis sur le dos !

Elle acquiesça.

– Oui. La campagne et le statut de Cooper étaient bien plus importants que sa propre fille. Il a suggéré un voyage en Europe pour faire croire que j'étais en cure de désintoxication ou en maison de repos. À mon retour on aurait pu tourner l'histoire à notre avantage en me faisant passer pour une fille forte qui avait vaincu ses addictions. Tu imagines les gros titres ? « Une héritière sombre dans la drogue, mais grâce à l'amour et à la dévotion de son généreux fiancé, elle reprend peu à peu goût à la vie. » Quelle merveilleuse histoire d'amour. Bien sûr, Cooper serait passé pour un héros. Sa campagne et toutes celles à venir auraient été couronnées de succès avec une histoire pareille. Mon rôle à moi était celui de la fille paumée, mais tout ça, pour la bonne cause.

– Ce n'est pas croyable, lançai-je

Elle soupira.

– Comme tu peux l'imaginer, il n'était pas question de suivre le plan de mon père qui consistait à m'envoyer en Europe faire du shopping. Mais j'avais envie de partir loin. Même le fait de revenir à l'université ici, en Californie, me paraissait trop proche. Je voulais qu'un océan nous sépare, au sens propre du terme. J'étais dévastée et j'avais besoin de me soigner physiquement et moralement. Il fallait que je trouve ce que j'allais faire de ma vie. Je me suis alors souvenue de la proposition de Khotso, que je n'avais pas pu accepter au départ. C'était une invitation pour l'aider dans son hôpital et, par la même occasion, de m'éloigner de mon père et Cooper. Je suis restée encore un jour, le temps de faire un test, les MST et le VIH, puis je me suis envolée pour l'Afrique avec le peu d'argent qui restait sur mon compte.

Elle avait rougi à l'évocation de ses examens sanguins, puis pris un air songeur.

– Quand je suis arrivée là-bas, je me sentais complètement vidée, désespérée. Mais tu vois...

Ses yeux s'étaient éclairés subitement et j'étais pendu à ses lèvres.

– J'ai travaillé avec des femmes qui avaient été chassées de leur village par leurs familles, pour des raisons dont elles n'étaient pas responsables. Plusieurs d'entre elles avaient perdu leur bébé. Elles étaient malades et traumatisées. Elles avaient perdu tellement plus que moi. Je me suis dis alors que si elles trouvaient la force de s'en sortir, malgré leur situation désespérée, il fallait que je sois capable d'en faire de même. Des gens souffrent dans le monde entier, chaque jour. Mais il y en a d'autres qui triomphent aussi. Alors je me suis dit que si ces femmes me faisaient confiance pour que je les aide à se soigner et à s'en sortir, je devais moi aussi être capable de surmonter mes propres problèmes.

– Ça a l'air si facile quand je t'écoute.

J'avais la voix étranglée. *Comment pouvait-elle être si forte ?*

Elle secoua la tête.

– Ce n'est pas facile. Ça demande du travail, de la foi. Il faut croire en ses chances. Il faut aussi accepter la douleur. Parce que le problème c'est que tu ne peux pas soigner une blessure sans affronter toutes tes émotions. Tu dois sentir et comprendre ta douleur. C'est comme ça que ça fonctionne. Donc non, ce n'est pas facile, mais c'est possible. Et tout ce que je souhaite maintenant, c'est que mon père me laisse tranquille pour pouvoir décider seule de ce que je vais faire du reste de ma vie.

Je comprenais maintenant. Je comprenais pourquoi elle était allée si loin pour gagner un peu de liberté. Je comprenais pourquoi elle avait préféré se marier à un étranger plutôt que de demander le moindre centime à son père. De toute façon, cet argent se serait sûrement retrouvé en partie dans le string de strip-teaseuses à cause de Cooper. Elle avait décidé de partager la somme en deux parts égales, comme si elle ne méritait pas plus. Et elle m'avait choisi, *moi*.

– Et tes réflexions t'ont conduite à quelle conclusion ? demandai-je.

Quels sont tes rêves, ma douce Kira ?

– Je pourrais retourner à l'université ou devenir pirate et naviguer sur les sept mers. Le fait est que j'ai le choix. Grâce à ma grand-mère et à toi, je peux faire ce que je veux.

Mes yeux étaient plantés dans les siens et j'eus soudain l'irrésistible envie de tomber à genoux et de lui promettre de toujours la servir. *Calme-toi, Gray.*

Je finis par dire :

– Tu ferais une pirate très sexy.

Elle éclata de rire au même moment où quelqu'un frappa à la porte.

– Room-service, dis-je en souriant.

J'installai les plats sur la table basse, la seule du vaste salon, et nous nous assîmes par terre pour dîner. L'ambiance semblait être plus légère malgré les sujets très lourds que nous avions abordés, et en dépit du fait que Kira venait de partager sa douloureuse histoire personnelle. Peut-être en avait-elle besoin après tout. J'imagine qu'elle n'en avait pas beaucoup parlé, voire pas du tout, d'autant qu'elle était partie immédiatement après les évènements et qu'elle était rentrée récemment.

– Tu sais, dis-je entre deux bouchées d'un bœuf Strogonoff, qui n'était vraiment pas aussi bon que celui de Charlotte, je te dois des excuses. Je t'ai sous-estimée quand je t'ai rencontrée. Je m'étais complètement trompé sur ton compte.

Kira haussa les épaules.

– J'ai l'habitude. Et puis je t'ai pas mal sous-estimé aussi, Dragon.

Elle fit un clin d'œil et je lui souris.

– Kira, je sais qu'on s'était mis d'accord pour deux mois, mais tu pourras rester plus longtemps si tu le souhaites. Je veux dire, si tu as besoin de temps pour trouver ta prochaine étape.

Elle me regardait du coin de l'œil.

– Tu pourrais regretter cette proposition, dit-elle sarcastiquement.

Je réprimai un sourire.

– Probablement. Tu me pousses constamment à bout. Mais ma proposition est sérieuse.

Elle se tourna vers moi, en souriant, sa petite fossette envoûtante creusant sa joue, et je ressentis une vague brutale de désir.

– Ça me touche beaucoup, mais je pense qu'il serait bon pour moi que je trouve mon propre foyer.

J'essayai d'ignorer ma déception en entendant ces mots.

– Est-ce que tu resteras à Napa ?

S'il te plaît. S'il te plaît reste.

Elle prit un air songeur

– Je ne sais pas. Si on veut rétablir ton statut dans la vallée, il n'est pas très judicieux que je vive séparée de toi tout en habitant dans le coin. Mais je resterai en Californie un petit moment. Jusqu'à notre divorce.

Je fis un signe de tête, et un silence gênant s'installa. Elle pensait à ma propre situation ? Pourquoi est-ce qu'elle s'en souciait, après tout ? Je ne savais plus ce que je ressentais et je ne voulais pas y penser.

Après le dîner, j'ai posé les assiettes et les couverts dans le couloir pour que le personnel les enlève. En revenant dans la suite, je trouvai Kira dans sa chambre, devant la porte-fenêtre du balcon. Elle admirait la ville. Je l'observai pendant quelques secondes, enregistrant dans ma mémoire la vision de sa silhouette détendue et de sa longue chevelure déployée sur ses épaules. Une bouffée de tendresse me submergea. Elle était tellement forte et si belle. Je m'installai derrière elle et je poussai ses cheveux sur une épaule pour embrasser sa nuque. Elle frissonna, mais ne s'éloigna pas.

– Kira, murmurai-je en m'imprégnant de son odeur délicieuse.

Je ne savais pas si je devais la toucher, et si je devais essayer de faire évoluer notre relation dans ce sens. Peut-être qu'il fallait que je la protège contre moi-même mais, à ce moment précis, j'étais vraiment incapable de m'arrêter. Et quand j'ai embrassé à nouveau son cou et qu'elle a poussé un léger gémissement, j'ai complètement perdu mon sang-froid.

Je l'ai retournée dans mes bras et j'ai posé mes mains sur ses joues en évitant le bleu, là où son père l'avait frappée. J'embrassai doucement ses lèvres. Un profond gémissement monta alors jusque dans ma gorge alors que je passais mes doigts dans les ondulations soyeuses de ses cheveux, puis j'inclinai sa tête pour pouvoir enfoncer ma langue plus profondément. Je voulais la dévorer, entrer dans sa chaleur, m'imprégner de sa force vitale.

Je reculai doucement, l'emmenant jusqu'à ce que l'arrière de mes jambes touche le lit. Puis je la retournai et je la fis basculer en arrière. Je pris une longue inspiration pour tenter de calmer mon désir.

Kira me fixa, les yeux mi-clos. Mon Dieu, elle était tellement belle.

– J'ai envie de toi, lui dis-je, d'une voix rauque.

Elle cligna des yeux, le regard maintenant incertain. Elle aussi me désirait, mais elle n'était visiblement pas prête. Je m'insultai mentalement, me rappelant soudain son regard embué et ses lèvres tremblantes de tout à l'heure. J'aurais pu la convaincre de coucher avec moi ce soir, j'en étais sûr, mais ça ne me semblait plus une très bonne idée. Pas maintenant que je connaissais son histoire. Quand elle viendrait à moi, il faudrait que ce soit de son plein gré. Mais je pouvais tout de même faire quelque chose pour elle. Je me mis de nouveau à l'embrasser.

– Laisse-moi te donner du plaisir, Kira. Laisse-moi te montrer combien tu es belle quand je te fais jouir.

Elle avait toujours l'air incertaine, mais elle ne me demanda pas d'arrêter, je pris donc ça pour un encouragement et je déposai un baiser dans son cou. Elle bascula la tête en arrière, puis poussa un léger soupir quand je me mis à lécher et à mordre la peau douce et tendre de sa gorge. Son goût était à la fois nouveau et familier, et les battements de mon cœur s'accélèrent.

– Tu es envoûtante. Parfaite, lui susurrai-je à l'oreille, en lui retirant sa chemise.

Elle leva les bras au-dessus de sa tête, l'air moins inquiet, le désir ayant chassé ses précédentes réserves.

J'ai retiré son soutien-gorge et j'ai pris un instant pour admirer sa poitrine dénudée. Mon pénis était pressé contre la fermeture éclair de mon jean, et je posai ma main sur la pointe rose d'un de ses seins. Je la griffai doucement avec l'ongle de mon pouce et Kira se cambra en gémissant.

– Gray, lâcha-t-elle.

En entendant mon nom sur ses lèvres, le désir que j'éprouvais décupla et je serrai les dents. Je suçai mon pouce et mouillai son téton pour le stimuler, jusqu'à ce qu'elle laisse échapper d'adorables petits soupirs. Puis je me baissai et pris l'autre dans ma bouche, enroulant ma langue autour ; je le mordis délicatement puis l'aspirai à nouveau. Ses hanches se cambrèrent contre mon érection. Un gémissement nous échappa à tous les deux.

Les doigts de Kira se perdirent dans mes cheveux et je commençai à embrasser son ventre. Je me levai pour retirer son jean et mes yeux plongèrent dans les siens. Ils étaient si clairs et brillants de passion. Puis, elle ferma les paupières.

– Tu es tellement belle, murmurai-je.

Ma fougueuse petite sorcière s'agitait et gémissait, tressaillant de désir. Un homme ne pouvait trouver cette vision que puissamment érotique. Comment résister à une telle réponse de la femme à qui on fait l'amour ? La regarder ainsi, c'était comme absorber les rayons du soleil.

Après avoir jeté son jean et sa culotte par terre, je m'agenouillai face à elle et la fis doucement descendre vers moi pour que ses jambes soient près de mon visage. Elle était nue, brillante et humide d'excitation. Son parfum me fit presque grogner tant j'avais envie de la prendre. Je tremblais quasiment de désir pour cette sublime petite sorcière.

– Gray, dit-elle d'une voix étranglée.

Elle enfouit la tête dans l'oreiller en gémissant.

– Non Kira, laisse-moi t'entendre.

Elle me regarda, troublée, puis se laissa aller.

Je fis tourner ma langue autour de son clitoris gonflé de désir. Le goût de ses sucs explosa sur ma langue et mon sexe durcit encore. J'allais jouir juste en lui donnant du plaisir. Je n'avais jamais été aussi désespéré. Elle s'abandonna légèrement en s'appuyant sur mon visage. Je suçai, léchai et savourai sa chair humide pendant un long moment en l'écoutant haleter. Ses gémissements de plaisir me rendaient fou. Je finis par enfoncer deux doigts en elle. Elle poussa un petit cri, les cuisses tremblantes. Son corps convulsa et se contracta autour de mes doigts. Une fois qu'elle fut apaisée, je levai la tête et déposai un baiser son ventre. Kira poussa un soupir, puis elle prit mon visage dans ses mains et je l'embrassai, la laissant se délecter de son goût sur ma bouche et sur ma langue. Notre baiser dura pendant ce qui me sembla être une éternité. Mon érection douloureuse continuait à palpiter de désir inassouvi. Puis je me laissai tomber sur le côté et pris son corps nu dans mes bras, en remontant la couverture sur elle.

– Tu es magnifique, répétai-je, presque effrayé. *Pourquoi les sentiments que j'avais pour elle me faisaient-ils si peur ?*

Elle poussa à nouveau un soupir de plaisir et se blottit contre moi. Mes doigts dessinaient des cercles délicats sur sa hanche et j'essayais de calmer mon désir furieux et mes sentiments confus. Je me souvins alors du moment où je lui avais dit qu'elle n'était pas mon genre. Je faillis éclater de rire. Non seulement elle était mon genre… mais c'est comme si elle avait été faite pour moi. Je chassai cette idée désagréable. Je ne voulais pas m'autoriser à penser à des choses pareilles. Ça avait dû la blesser d'entendre ces mots dans la bouche d'un homme après tout ce qu'elle avait subi avec son fiancé, même si elle ne m'appréciait pas à l'époque. Repenser à Cooper Stratton fit redescendre la pression dans mon corps, au moins partiellement. La respiration de Kira devenait régulière et elle laissa échapper un petit ronflement délicat. Elle s'était endormie. Mon Dieu, si j'avais su que le mariage serait si frustrant sexuellement, j'aurais peut-être demandé plus de contreparties. Elle me rendait fou, elle pouvait m'agacer, et paradoxalement m'exciter plus que n'importe qui. Et puis, elle m'amusait aussi. Elle m'avait même offert un chien, bordel. Et maintenant elle allait encore plus loin. Elle venait de me donner sa confiance et son corps délicieux. Excité ? Putain, oui. Satisfait ? Absolument. Je souris intérieurement et embrassai le sommet de son crâne.

CHAPITRE 16

KIRA

Je frappai doucement à la porte de la chambre de Grayson, me mordant la lèvre en attendant qu'il réponde. Je m'étais réveillée seule dans mon lit ce matin, encore nue et enveloppée dans les draps de l'hôtel. En me souvenant de ce qui s'était passé avec Grayson, je m'étais sentie gênée mais aussi, au fond, habitée par un profond sentiment de tendresse. Il avait visiblement compris la douleur que Cooper m'avait infligée et avait cherché à la faire disparaître. Et aussi fou que cela puisse paraître, ça avait marché. Il m'avait fait me sentir belle et désirable, et je suis sûre que ça lui avait coûté cher. En fait, j'étais certaine qu'il avait été horriblement frustré. Je m'en voulais, et pourtant quand il ouvrit finalement la porte et qu'il me sourit, je poussai un ouf de soulagement. Il n'était manifestement pas fâché. Ceci dit, c'est lui qui était parti. Je m'étais demandé pourquoi il n'était pas resté, pourquoi il n'avait pas essayé de satisfaire son désir. Je l'aurais laissé faire. Je pensais même que je l'aurais supplié si je ne m'étais pas endormie tout de suite après, ivre de plaisir et vidée par une journée émotionnellement très éprouvante.

– Bonjour, dit-il.

– Tu es parti hier soir, lui lançai-je en sentant mes joues commencer à s'échauffer.

Il s'appuya contre le chambranle de la porte, en m'observant comme s'il essayait de lire dans mes pensées. Je cachai mes yeux derrière mes cils.

– J'ai pensé que tu avais besoin d'une bonne nuit de sommeil, et je ne savais pas si tu étais d'accord pour que je reste. Je n'ai pas voulu te réveiller pour te poser la question. Tu avais eu une rude journée.

Sa délicatesse me donna l'impression qu'il me prenait dans ses bras et me serrait contre lui. Je relevai les yeux et plantai mon regard dans le sien.

– Merci. Pour, hum… Pour tout.

Un sourire étrange étira ses lèvres.

– Mais je t'en prie. Prête à partir ?

J'acquiesçai. Je regardais sa bouche, cette bouche magnifique et sensuelle que je savais maintenant capable de donner tant de plaisir. Je vis soudain se former sur ses lèvres un large sourire entendu, prouvant qu'il savait parfaitement à quoi je pensais. J'ai alors immédiatement baissé le regard sur la valise que j'avais dans les mains. Grayson ricana doucement en prenant son sac et nous sortîmes dans le couloir.

– Tu es sûr que ça ne te dérange pas que nous nous arrêtions au centre d'accueil ? demandai-je pour changer de sujet, même si je savais que nous pensions à la même chose.

Je l'observai du coin de l'œil en marchant vers l'ascenseur. J'adorais son look au sortir de la douche, avec ses cheveux encore humides et décoiffés, et son parfum d'homme qui m'enivrait. Je ne suis pas sûre que ce que nous avions fait la nuit dernière allait changer quoi que ce soit à notre relation, aussi je décidai d'attendre un signe de sa part. D'ailleurs ça ne changerait probablement rien. C'est ce qu'il avait précisé quand il avait abordé la première fois les points qui pourraient être modifiés dans notre contrat. Temporaire, ça me revenait. Il voulait que notre relation soit temporaire. *Ne te monte pas la tête, Kira.*

– Pas du tout, dit-il. Du moment qu'on ne reste pas trop longtemps. J'aimerais être rentré au vignoble assez tôt pour travailler un peu.

– On ne restera pas longtemps, le rassurai-je. Juste assez pour dire bonjour et leur faire un chèque. Il y a quelques autres organismes caritatifs à qui je veux faire un don, mais je pourrai les poster.

Une demi-heure plus tard, nous nous garions sur le parking du centre dans le quartier de Tenderloin, sans doute le coin le plus dangereux de San Francisco, mais où les loyers étaient abordables.

Quand Grayson et moi sommes entrés dans l'immeuble, un homme âgé et manifestement sans-abri nous bouscula en passant. Un peu plus loin, on entendait une conversation bruyante les rires et les pleurs d'un enfant. Une odeur de hamburgers à la sauce tomate que je pouvais reconnaître entre mille, me chatouillait le nez.

Une femme aux cheveux courts, noirs et bouclés s'approcha de nous précipitamment. Je la connaissais bien.

– Kira Dallaire, c'est bien toi ?

Elle poussa un petit cri strident en me prenant dans ses bras et en me serrant contre son ample poitrine. J'éclatai de rire.

– Salut Sharon.

– Ma chérie j'étais tellement déçue de ne pas être là quand tu es passée l'autre jour. Carlos me l'a dit. Ça fait une éternité.

Elle me dévisagea de haut en bas avec la tendresse d'une mère.

– Bon, tu as l'air en forme. Mais comment vas-tu vraiment ? Qu'est-ce qui t'est arrivé ? demanda-t-elle en appuyant doucement ses doigts sur ma joue, puis en tournant mon visage pour mieux voir la grosse marque qui n'avait pas encore complètement disparu.

Je souris en laissant Sharon faire ces gestes tendres.

– Je vais bien. Et ça, c'est un cadeau de mon père, mais ça va.

Sharon, les lèvres pincées, prit aussitôt un air menaçant.

– Je suis bien contente de n'avoir jamais voté pour cet homme. Est-ce que je peux faire quelque chose ?

Je secouais la tête.

– Quelqu'un s'en est déjà occupé.

Je jetai un coup d'œil à Grayson, à côté de moi.

– Sharon Murphy, je te présente Grayson Hawthorn.

Je n'ai volontairement pas expliqué quel était notre lien. Sharon me jeta un coup d'œil suspicieux, mais tendit la main à Grayson en lui adressant un sourire chaleureux.

– On ne peut pas rester longtemps, mais j'aimerais vous faire un don. J'ai parlé avec Carlos au sujet des subventions.

Sharon soupira.

– Je dois être honnête avec toi Kira, nous allons devoir fermer les portes jusqu'à ce que la subvention arrive.

– Non, plus maintenant, dis-je en souriant.

Sharon me prit à nouveau dans ses bras.

– Tu as vraiment un grand cœur, petit ange. Que Dieu te bénisse.

Les yeux pleins de larmes, Sharon se tourna vers Grayson.

– Est-ce que vous voulez visiter notre établissement ? Dehors, il y a quelques enfants que tu connais, Kira. Ils seraient heureux que tu viennes leur dire bonjour.

Je jetai un regard furtif à Grayson qui découvrait l'établissement où j'avais passé tant de temps. C'était incroyablement bizarre de le voir ici.

– Est-ce que ça t'embête ?

– Non, non vas-y.

Quinze minutes plus tard, j'avais rédigé le chèque et jouais à chat avec les enfants. Je relevais la tête en riant aux éclats et en essayant de contrôler en vain mes cheveux qui volaient partout autour de mon visage, quand je croisai le regard de Grayson. Un petit garçon, Matthew, me toucha et hurla de joie, ce qui me fit encore plus rire. Je tapai dans sa main pour le féliciter de son déplacement furtif. Grayson se tenait juste devant la porte, le regard sombre, un petit sourire aux lèvres. Il nous regardait jouer. Je me sentis soudain un peu gênée de m'être amusée comme une gamine. Je courus vers lui, en saluant de loin les enfants.

– Hé, dis-je, en essayant de reprendre mon souffle.

– Salut, toi. On dirait que tu t'es éclatée.

Je haussai les épaules.

– Oh oui. Ils sont adorables. Tu es prêt à partir ?

Il hocha la tête.

– Je comprends pourquoi tu t'es autant impliquée pour cet endroit. J'ai l'impression qu'ils font un super boulot.

Je lui fis un grand sourire et ses yeux se posèrent sur ma joue, il fronça alors les sourcils avant de détourner le regard. *Ça le tracassait encore de voir qu'on m'avait frappée.* Cela me réchauffa le cœur.

– Oui, ils font un super travail, lui dis-je simplement.

Après avoir dit au revoir à Sharon, nous avons repris la route vers Napa, vers chez nous. Ou plutôt, vers ma maison provisoire, corrigeais-je. J'étais très excitée à l'idée de retourner dans mon petit cabanon et de revoir Charlotte, Walter, Virgil, José, et Sugie Sug. Ce sentiment m'inquiétait d'ailleurs. Je me comportais comme si le vignoble Hawthorn était mon « chez-moi », mais ce n'était pas le cas. Je savais, d'ailleurs, qu'il faudrait le quitter dans quelques semaines. Et même si Grayson m'avait proposé de rester plus longtemps, j'étais sûre que ça ne ferait que rendre les choses plus difficiles encore. J'avais cédé à mon désir pour lui, ce que je ne regrettais pas une seconde. Même si cela avait été anodin, il serait encore plus dur pour moi de le quitter maintenant. Je ne lui dirais jamais bien sûr, même si c'était la vérité. Mais maintenant que le mal était fait, est-ce qu'il y avait vraiment la moindre raison pour que je ne prenne pas du plaisir avec lui tant que c'était encore possible ? Peut-être que je quitterais Grayson, le cœur brisé, mais est-ce que ça ne valait pas le coup de profiter pour l'instant de l'alchimie qu'il y avait entre nous ? Un frisson me traversa au simple souvenir de ses caresses de la nuit précédente, et en comprenant qu'il semblait mieux connaître mon corps que moi.

– Tu as froid ? demanda-t-il en mettant sa main face au vent pour évaluer la température de l'air.

– Non, répondis-je sans lui donner plus d'explications.

Le trajet passa assez vite. Nous parlions de tout et de rien. En ce qui me concernait, j'avais eu ma dose de conversations difficiles avec ce qui s'était passé chez mon père, puis dans la chambre d'hôtel.

– Oh, dis-je, à peu près une demi-heure avant d'arriver à la propriété, j'ai oublié de te dire que ta fête va avoir un thème.

– Ah bon ? Lequel ? demanda Grayson, en haussant les sourcils.

– Eh bien, j'ai repensé à la première chose que je t'ai dite au sujet de la maison quand tu me l'as fait visiter.

Il resta silencieux ; il ne se souvenait visiblement pas. Il finit par dire :

– Que c'était la tanière d'un dragon ?

Je poussai un soupir d'impatience.

– Non, j'ai dit ça à propos du labyrinthe.

– Oh oui, bien sûr… Alors, vas-y, rappelle-moi ce que tu as dit sur la maison, Kira.

– J'ai dit qu'elle ressemblait à un château de contes de fées.

– D'accord… Et ?

J'éclatai de rire en haussant les yeux au ciel feignant l'exaspération.

– Le thème sera un bal masqué de contes de fées. C'est parfait ! Et c'est dans deux semaines. J'ai entouré la date sur le calendrier de la cuisine et celui de ton bureau.

– Deux semaines ? Mais tu penses que quelqu'un va venir si on les prévient si tard ?

– Ils en auront sans doute encore plus envie. En choisissant une date si rapprochée, on leur fait passer un message, on leur laisse croire qu'on se fiche qu'ils soient là ou pas. Ils seront intrigués. Tu verras, toute la ville va venir.

Enfin je l'espère.

Grayson éclata de rire.

– D'accord. Tu n'auras pas besoin de lire *La psychologie des fêtes pour les Nuls*. Tu maîtrises déjà tout ça très bien.

Je souris.

– En plus, j'ai un temps limité pour laisser mon empreinte dans ta vie.

– Oh, mais tu l'as déjà laissée, ton empreinte.

Je gloussais timidement.

– Je veux dire une empreinte positive. Quelque chose qui reste gravée.

Je restais songeuse, pensant à toutes les raisons pour lesquelles j'espérais que mes idées pour la fête lui seraient profitables sur le long terme.

Il me fixa pendant un long moment avant de regarder la route à nouveau. Il souriait, mais ne dit pas un mot.

Quand nous sommes arrivés à Napa, il était un peu plus de midi. Grayson prit nos affaires et se dirigea vers la maison.

– Je vais mettre ça dans l'entrée. Pourquoi est-ce que tu ne viendrais pas avec moi dans l'unité de vinification pour voir dans quoi tu as investi ?

Il m'adressa un sourire charmeur par-dessus son épaule, en plissant les yeux à cause du soleil, et j'en fus tout retournée.

– D'accord.

J'habitais ici depuis plusieurs semaines maintenant, et je n'avais toujours pas été invitée dans ce bâtiment mystérieux où Grayson travaillait constamment. J'étais impatiente de découvrir ce qu'il y avait à l'intérieur.

Il revint trente secondes plus tard, en m'annonçant que Charlotte et Walter semblaient être sortis, et qu'ils avaient dû prendre Sugie avec eux. Je descendis la colline à ses côtés, enivrée par le parfum des roses et de ces petites fleurs blanches qui avaient une odeur sucrée et boisée. J'inspirai profondément :

– Ça sent trop bon ici.

– Ce sont des roses et des fleurs Hawthorn, dit-il, l'air fermé. Ma belle-mère les a plantées il y a des années, quand elle était enceinte de Shane. Charlotte lui avait dit que les roses symbolisaient l'équilibre – la fleur en elle-même représente la beauté et les épines, au contraire, nous rappellent que l'amour peut être douloureux. Les fleurs Hawthorn, c'est évidemment en notre hommage. Ce sont les dernières qu'elle ait plantées ici.

– Pourquoi ? demandais-je en repensant à la broche en forme de rose que Charlotte m'avait prêté le jour de mon mariage.

– Parce qu'elle était en train de les planter le jour où ma mère, la femme avec qui mon père l'avait trompée, a débarqué pour m'abandonner sur le pas de leur porte. Elle n'a eu de cesse ensuite de me dire que cette odeur lui rappelait le pire jour de sa vie : le jour où elle avait découvert qu'elle avait été trahie, et qu'à chaque fois qu'elle me regarderait, elle y repensait.

Mon cœur s'arrêta un instant, puis se remit à battre avec une telle intensité que je ressentis une douleur dans la poitrine.

– Oh, soupirais-je en lui prenant la main, la gardant serrée pendant que nous marchions. C'est... Je suis vraiment désolée. C'est cruel.

Maintenant, je comprenais mieux son amertume et aussi sa... profonde solitude.

Il me sourit tristement.

– Elle a essayé de les arracher plusieurs fois, mais elles refleurissaient toujours ; elles ne voulaient pas partir. Un peu comme moi, disait-elle.

Il sourit à nouveau, comme si ça lui était indifférent. Je pense que ça avait pourtant dû le blesser profondément. Forcément. Je serrai sa main plus fort et me rapprochai, lui offrant le réconfort de ma présence s'il en avait besoin. Imaginer cet homme magnifique être rejeté par tous et privé d'amour me brisait le cœur. Mais, en même temps, je ne pouvais pas m'empêcher de me sentir privilégiée. Il était extrêmement secret et généralement très réservé. Pourtant, il partageait avec moi quelque chose de très personnel.

– Ma belle-mère était impliquée dans beaucoup d'associations caritatives à Napa, je n'arrivais même pas à suivre. Je pense qu'elle y allait surtout pour les déjeuners causeries entre dames.

Il ricana mais son rire était sans joie.

J'observais son profil, comprenant soudain qu'il avait pensé au départ que j'étais comme elle.

– Je crois qu'il y a différentes sortes de générosité. Ça me désole que ta belle-mère n'ait jamais pu trouver celle du cœur pour être plus maternelle avec un petit garçon qui n'était pas le sien.

Il me regarda l'air un peu choqué.

– C'est du passé, maintenant.

Non, moi je ne crois pas que ce soit du passé pour toi.

Je ne savais pas jusqu'à quel point il voulait se confier mais je demandai avec hésitation :

– Tu veux bien me parler de ta mère ?

– Ma mère ?

– Honnêtement je ne sais pas grand-chose sur elle, si ce n'est qu'elle était danseuse classique. Elle était membre du New York City Ballet quand elle a rencontré mon père. Ils ont eu une aventure d'une nuit. Elle est tombée enceinte. À cause de sa grossesse, elle a dû quitter la compagnie. Elle a eu du mal à m'élever, me reprochant d'avoir ruiné sa carrière et son corps. Puis elle a décidé qu'elle ne pouvait plus supporter de me voir. Elle m'a abandonné ici, avec mon père, puis a disparu. Je n'ai plus jamais entendu parler d'elle.

– C'est terriblement égoïste.

Elle l'avait abandonné là où il était devenu l'objet d'encore plus de reproches, d'amertume, de cruauté. On l'avait exclu de la famille. Pas étonnant qu'il soit si méfiant.

– On fait la paire, tu ne trouves pas ? me demanda-t-il avec un petit sourire ironique.

Je soupirai.

– Ouais, je crois bien.

Je me mordis la lèvre en repensant à nos vies.

– C'est fou tout ce qu'on a en commun.

– On ne s'équilibre pas du tout, n'est-ce pas ?

J'éclatai de rire.

– Pas le moins du monde. On a tout faux, ensemble.

Il se planta devant moi, de telle sorte que je fus forcée de m'arrêter. Il prit mon visage dans ses mains, et me sourit.

– On n'a pas tout faux… murmura-t-il, en posant ses lèvres sur les miennes.

Sa bouche était tendre, son baiser était doux mais il réveilla mon corps tout entier comme à chaque fois. Il s'arrêta trop vite, me laissant étourdie, la main posée sur son ventre ferme.

Lentement, il m'adressa de nouveau un sourire plein d'une arrogance virile. Je ne pus retenir de lui répondre de la même façon. Je m'exaspérais moi-même.

– Allez, viens Dragon, dis-je en lui attrapant la main. Je vais découvrir ce que tu fais dans les profondeurs de la grotte lugubre où tu te réfugies si souvent.

Il rit, en m'emboîtant le pas.

En ouvrant la porte de la bâtisse en pierre au pied de la colline, Grayson appela :

– José ?

– Ici, lança celui-ci.

La pièce dans laquelle nous étions entrés était grande. Au plafond, des verrières laissaient filtrer les rayons de soleil. Il y avait plusieurs grosses machines de chaque côté de l'allée centrale et, derrière elles, ce qui semblait être d'énormes fûts en acier inoxydable.

Grayson se dirigea vers la machine la plus proche.

– C'est une bande de triage où vont les grappes après avoir été récoltées. Elles sont triées à la main pour enlever les raisins abîmés et les feuilles restantes.

Il fit le tour de l'énorme appareil, dépassa le tapis roulant et me montra une sorte d'escalator.

– Ça, c'est l'égrappoir. Les tiges sortent par-là, poursuivit-il, en me montrant un récipient en métal, puis retournent dans la terre des vignes.

Il avança et je le suivis.

– C'est la deuxième table de tri, m'expliqua-t-il, en pointant une autre table où au moins huit personnes pouvaient tenir. Ça amène le fruit jusqu'aux employés qui retirent les derniers bouts de tiges ou de fruits indésirables, toujours à la main.

Il me jeta un regard charmeur où brillait une pointe d'auto dérision.

– Ici au Vignoble Hawthorn, nous estimons que la qualité du vin vient de celle du fruit. Nous passons beaucoup de temps à nous assurer que le raisin est trié avec soin.

Je lui souris ironiquement.

– Je n'en doute pas. Combien de personnes travaillaient sur la propriété au temps de sa splendeur ?

– Cent soixante-quinze.

Aujourd'hui, Grayson avait six salariés : un seul à temps plein, trois à mi-temps – dont un handicapé mental – et deux, âgés, qui étaient plus des membres de la famille que de réels employés. Si je n'avais pas encore compris à quel point il était en difficulté, maintenant, non seulement je le savais, mais je n'avais plus aucun doute à ce sujet !

Il me montra les cuves de fermentation en acier inoxydable et m'accompagna dans une seconde grande pièce où il y avait des machines similaires. José semblait mettre quelque chose en place, très concentré sur ce qu'il était en train de faire. Il nous fit un petit signe de tête et se remit au travail. Au lieu de fûts en acier, cette pièce contenait ce qui semblait être des cuves de fermentation géantes en bois installées contre le mur du fond. Tandis qu'il me guidait dans la pièce, j'écoutais Grayson décrire les différentes fonctions des équipements, attentive, mais remarquant aussi l'enthousiasme émanant de tout son corps. *Il adorait ça.* J'aurais voulu prendre du recul et juste l'observer, agiter les bras, ses yeux brillants de fierté et ses épaules massives. Il avait l'air vivant, avec plus d'énergie que jamais.

– José installe une nouvelle machine de triage, une secoueuse pour les grains, dit-il. Une des premières choses que j'ai commandée avec le généreux don Dallaire.

J'eus un petit rire discret.

– C'est un bon investissement, me semble-t-il.

Je l'observai un moment.

– Ton père serait fier de toi Grayson.

Brusquement, son visage se transforma et j'eus l'impression d'avoir un petit garçon en face de moi, timide et vulnérable. Il mit les mains dans les poches de son jean et se pencha en arrière sur ses talons.

– Je pense qu'il l'aurait été, dit-il doucement, avant de sourire avec fierté. Est-ce que tu veux voir l'endroit où les fûts sont conservés pour le vieillissement ?

J'acceptai en souriant, réalisant à quel point il était encore touché par l'image que son père avait pu avoir de lui. Je le comprenais plus que personne, mais pour je ne sais quelle raison, ça me rendait incroyablement triste. Grayson me prit la main et m'emmena jusqu'à la porte du fond. L'air y était plus frais et il n'y avait presque pas de lumière. Je le suivis dans le long couloir en ciment. En arrivant au bout, je tombai sur une grande pièce avec de longues rangées de barils. Il se dégageait une odeur âcre de bois. J'inhalai à pleins poumons, absorbant l'air humide et terreux.

– Ce sont des fûts bourguignons fabriqué avec du bois de cette région de France, m'expliqua-t-il.

– Hum. Pendant combien de temps est-ce que vous faites vieillir le vin ?

– Celui-ci est en fût depuis cinq ans. Il est quasiment prêt à être mis en bouteille. Ce qui, encore une fois grâce à l'héritage Dallaire, va enfin pouvoir être fait.

Donc il avait été mis en fût juste après que son père tombe malade. L'une des dernières choses qui avaient été faites ici, au vignoble Hawthorn. Jusqu'à ce jour.

– Tu le mets en bouteille ici ?

– On le fera, une fois que ma nouvelle machine d'embouteillage sera arrivée.

– Je ne savais pas qu'il y avait autant d'étapes, dis-je en détaillant les barils qui m'entouraient, songeuse.

– Je t'ai seulement montré comment le fruit était transformé. Il y a encore beaucoup d'étapes pour la fabrication du vin. Je t'expliquerai ça un autre jour.

Un autre jour… et pourtant, ils étaient comptés ici. Avant que je ne puisse réagir, je compris que Grayson s'était rapproché de moi. Je soupirai en voyant l'intensité de son expression. Même dans la pénombre, je pouvais voir le feu brûler dans ses yeux.

Je fis un pas en arrière et me collai contre le mur en pierre derrière moi. Ses mains se posèrent de chaque côté de mon visage, avant qu'il ne se penche vers moi. L'air de cette pièce était glacial, et ses lèvres contre les miennes semblaient particulièrement brûlantes et tendres.

– Tu es si chaude, murmura-t-il, lisant manifestement dans mes pensées.

En s'appuyant contre le mur, il poussa sa langue entre mes lèvres entrouvertes. Il posa alors les mains sur mes joues, me forçant à m'agripper à son cou pour ne pas glisser. Comment était-il possible que ses baisers aient un tel effet, qu'ils m'excitent à ce point, et me détendent en même temps ? Son baiser était plein d'assurance, son corps collé au mien était chaud et dur. Sa langue était partout : elle caressait mon palais, l'intérieur de mes joues, mes dents, puis elle revenait s'emmêler à la mienne comme s'il cherchait à connaître chaque recoin de ma bouche. J'essayais de retenir les gémissements qui montaient dans ma gorge, en vain. Je gémis, collée tout contre lui ; j'avais l'impression que mon cœur battait entre mes jambes et mes tétons, durs et sensibles frottaient délicieusement contre son torse.

J'avais déjà embrassé des hommes dans ma vie même s'il s'agissait plutôt de garçons. Je compris soudain que je n'avais jamais été embrassée comme ça. En tout cas, pas si c'était ce qu'un baiser devait faire ressentir.

En se détachant de mes lèvres Grayson dit :

– Tu es tellement délicieuse. Je n'arrive pas à me rassasier de toi.

Et puis, Dieu merci, il m'embrassa à nouveau, sa langue s'introduisant dans ma bouche. Je passais mes mains le long des muscles puissants de son dos. Il était si bien fait, si grand et imposant, si fort. Un frisson me parcourut. Je voulais découvrir chaque partie de lui. Je pouvais sentir la pression de son érection contre mon ventre, faisant courir une décharge d'excitation dans tout mon corps.

Je descendis alors ma main entre nous deux, et la posai sur cette bosse dure à l'avant de son jean. Il sursauta et poussa son sexe contre ma main.

– Kira, grogna-t-il. Il faut qu'on s'arrête. Si on continue, ça sera impossible.

Je tremblai. J'étais dans le même état que lui, prête à le supplier de me prendre là, contre ce grand mur glacé. Mais non, José était juste derrière la porte. Il pourrait nous surprendre. Quand je me donnerai à Grayson, ce sera dans un lit, avec beaucoup de temps devant nous.

Grayson recula, je fixai mon regard sur la preuve de son excitation. Son jean était tendu et gonflé au niveau de la braguette. Je déglutis. J'avais très envie de le prendre dans ma main...

J'avais envie de lui, je le reconnaissais maintenant. J'avais désespérément envie de lui, et ça me terrifiait autant que ça m'excitait.

J'avais cru pouvoir lui résister, mais j'avais sous-estimé son pouvoir de séduction surtout quand il me laissait entrevoir les aspects les plus vulnérables de sa personnalité. Maintenant, je ne pouvais plus lui résister.

– On devrait rentrer, dis-je, en me recoiffant tant bien que mal.

Il m'observa un moment avant de repousser du doigt une mèche bouclée.

– Reste avec moi cette nuit, Kira, chuchota-t-il.

La peur et le désir me prirent aux tripes. C'était jouer avec le feu. Je le savais. Et pourtant... J'en avais tellement envie. Je voulais le connaître intimement. Je désirais qu'il me fasse sentir belle et désirable comme il l'avait fait la nuit dernière. Je voulais aussi sentir son corps, savoir ce qu'il aimait, ce qui le rendait fou. Il y avait de grandes chances que je tombe amoureuse de lui. Peut-être même que c'était déjà fait. Mais je saurais gérer mes sentiments. À quoi bon vivre si tout était ennuyeux ? Est-ce que ça ne valait pas le coup de risquer son cœur pour découvrir le plaisir avec Grayson Hawthorn ? Un plaisir qui m'embraserait entièrement. Peut-être que je n'aurais jamais plus l'occasion de connaître ce genre de passion. Est-ce que je ne devrais pas vivre cette expérience tant que j'en avais l'opportunité ? Même si cela s'avérait difficile, je saurais gérer mes émotions. Et je ne m'autoriserai jamais, au grand jamais, à cultiver l'espoir ridicule que coucher avec mon mari puisse l'amener à avoir des sentiments pour moi.

– Oui, lui dis-je, en le regardant dans les yeux.

Il prit ma main et la serra très fort, triomphant. Nous avons salué José, et nous sommes sortis au grand jour. Nous avons descendu la colline et quand nous sommes rentrés à la maison quelques minutes plus tard j'ai attrapé ma valise, déposée par Grayson un peu plus tôt, puis j'ai pris la direction de mon cabanon.

– Hé, tu vas où ? demanda-t-il.

– Chez moi, lui répondis-je en me retournant.

– Tu n'habites plus là-bas. Tu as déménagé.

– C'est toi qui as fait ça ? demandai-je en plissant les yeux.

J'aimais mon petit cabanon. J'appréciais d'avoir mon espace. Et si les choses avançaient entre Grayson et moi d'une autre manière, il serait encore plus important que je garde un endroit où me réfugier.

– Oui. L'une des raisons pour laquelle tu es tombée malade c'est que tu respirais un air poussiéreux, et que tu prenais des douches froides…

– C'est ridicule ! J'avais chopé un virus. Cela n'a rien à voir avec la poussière ou les virus.

– Je n'en sais rien, toujours est-il que tu emménages ici, dans la maison.

– Non.

– Si.

Nous sommes restés, face à face dans l'entrée pendant plusieurs minutes, jusqu'à ce que Grayson croise les bras et s'appuie contre le mur.

– Je te rappelle que tu as accepté de dormir dans ma chambre ce soir.

– Oui, ce soir, mais ça ne veut pas dire que je m'installe avec toi.

– Mais, si.

– Non je ne m'installe pas avec toi, grognai-je. Je regardai alors l'escalier, puis je reportai mon attention sur Grayson en haussant un sourcil.

– On fait la course. Celui qui gagne décidera.

Il éclata de rire.

– Tu veux faire la course avec moi ? Oh, petite sorcière, tu n'as pas la moindre chance face à moi. Tu peux même déclarer forfait tout de suite.

– Je n'abandonnerai jamais. Et je ne pensais pas aux escaliers mais à la rampe. Tu prends un côté, je prends l'autre.

J'avais rêvé de glisser sur ces rampes depuis le premier jour où je les avais vues ! C'était l'occasion rêvée. J'étais une pro de la glissade sur rampe. Il y en avait trois chez mon père.

Grayson rit de plus belle.

– Tu plaisantes ?

En guise de réponse, je me contentai de le regarder, les sourcils arqués.

– Non, évidemment, tu ne plaisantes pas. C'est complètement ridicule, tu sais ça ?

Pourtant, nous avons grimpé les escaliers. Une fois en haut, il s'installa sur la rampe de droite et moi sur celle de gauche. J'avais posé les fesses sur le bois brillant.

– Je n'arrive pas à croire que je suis en train de faire ça, marmonna Grayson.

– Si tu as peur, je peux te laisser partir en premier, dis-je, en lui souriant innocemment.

Il me répondit aussi par un sourire. Diabolique.

– Ce n'est pas la peine, sorcière.

J'ajustai ma position sur la rampe

– À vos marques, prêts, partez !

Quand je commençai ma descente, je poussai un grand cri dévalant à toute vitesse le bois lisse. J'avais du mal à conserver mon équilibre et je me mis à hurler quand je manquai de basculer sur le côté, me redressant miraculeusement. J'entendais Grayson rire aux éclats près de moi, mais j'évitai de le regarder. J'arrivai en bas bien plus vite que prévu, et je me retrouvai à voler dans les airs. Je finis par atterrir sur le marbre froid en me rattrapant sur mes mains. Étourdie, je crus entendre la porte s'ouvrir mais je ne pouvais plus m'arrêter de rire surtout quand je vis Grayson qui se tordait de rire lui aussi, étalé par terre. J'étais presque sûre d'avoir atterri la première. Nous sommes restés allongés là un moment à reprendre notre souffle. Nos rires s'atténuèrent peu à peu. Je levai les yeux et compris qu'il y avait quatre paires de chaussures face à nous. Je relevai la tête et aperçus Walter qui nous regardait, interloqué. À côté de lui, Charlotte, l'air choqué, me fixait, la bouche entrouverte. Elle se tourna alors vers Grayson.

Je me redressai alors, n'ayant plus du tout envie de rire, surtout quand je découvris les visages stupéfaits d'un homme séduisant, accompagnée d'une blonde magnifique.

L'homme se mit soudain à rire.

– Salut, dis-je en lui tendant la main. Je suis…

– Shane, intervint Grayson d'une voix étranglée. Et Vanessa.

Je me tournai vers lui et je remarquai qu'il n'avait brusquement plus l'air aussi enjoué ; il était glacial.

– Qu'est-ce que vous venez foutre ici vous deux ?

CHAPITRE 17

KIRA

Oh mon Dieu. Shane : le frère de Grayson. Vanessa : la femme qu'il allait demander en mariage avant d'aller en prison. Maintenant l'*épouse* de son frère. Ici. En chair et en os. Je mis les mains dans les poches de mon jean en faisant de mon mieux pour avoir l'air cool et sereine. Ou du moins autant qu'on puisse l'être en se relevant après s'être étalée sur le sol à la suite d'un vol plané depuis une rampe d'escalier.

– Est-ce que c'est elle ? demanda Shane, le regard fixé sur moi.

Je ne savais pas vraiment quoi faire de cette question, mais il me regardait de façon amicale et sa voix était chaleureuse. Je décidai de sourire, et lui tendis à nouveau la main.

– Kira Dallaire.

– Hawthorn maintenant, n'est-ce pas ?

Shane me fit un grand sourire en me serrant la main. Je jetai un regard à Grayson qui, lui, était complètement indéchiffrable.

– Ah, c'est vrai. Effectivement, c'est ça. J'oublie toujours, murmurai-je en m'éclaircissant la voix.

– Bien sûr, c'est encore tout nouveau, pas vrai ? dit Shane d'un air complice.

– C'est vrai, chuchotai-je.

La grande blonde charismatique me fit un chaleureux sourire, s'avança pour me serrer la main, après que j'ai lâché celle de Shane. Mon Dieu, elle était vraiment sublime, la petite sœur de Grace Kelly en plus belle.

Shane regarda Grayson.

– Quand Charlotte nous a annoncé la nouvelle, tu peux imaginer le choc que ça a été. Mais on a espéré que ça voulait dire…

– Que vous seriez les bienvenus dans ma maison ? demanda Grayson d'un ton glacial. Vous aviez tort. Vous pouvez faire demi-tour et repartir.

– Gray, dit Charlotte en s'approchant de lui. Ils ont fait tout ce chemin pour vous voir et pour rencontrer Kira.

– C'est toi qui as manigancé tout ça Charlotte ? demanda un Grayson livide, en foudroyant Charlotte du regard.

– Grayson, murmurai-je, mal à l'aise au milieu de cette réunion de famille glaciale. Peut-être que je devrais…

Il m'interrompit :

– J'ai gagné.

Pendant une minute, je n'eus pas la moindre idée de ce à quoi il faisait référence. Notre course sur les rampes. D'ordinaire, j'aurais argumenté – *car il n'avait évidemment pas gagné* – mais j'ai compris que ce qu'il avait vraiment voulu dire, c'est que maintenant, je n'avais pas d'autre choix que de rester dans la maison si nous ne voulions pas éveiller les soupçons de son frère et de sa belle-sœur – accessoirement son ex-petite amie et quasiment fiancée. Doux Jésus ! Ça, c'était *dans l'éventualité où* il leur demanderait de rester. Et *dans l'éventualité où* il leur dirait que nous étions réellement mariés. Mon cœur battait la chamade. Je me suis contentée d'acquiescer.

Walter nous rappela alors sa présence en disant :

– Si vous permettez, je crois que je vais vous laisser.

Je pense que je vais faire pareil.

Je posai les yeux sur ma valise et le sac de Grayson qui étaient toujours près de la porte.

– Je vais monter les affaires et vous laisser discuter.

Je sentis qu'ils me suivaient du regard quand j'allai chercher les sacs. C'était très gênant. Le silence envahit la pièce, on n'entendait plus que le bruit de mes pas. Je devins toute rouge, et je me retournai une fois au pied de l'escalier.

– On se voit pour le dîner, donc, dis-je après m'être éclairci la gorge.

Je regardais autour de moi, mais Grayson ne me voyait pas. Il fixait Vanessa avec une expression que je n'avais jamais vue auparavant sur son visage. Il ne me répondit pas et ne daigna même pas détourner ses yeux de Vanessa assez longtemps pour pouvoir me remercier. C'était comme un coup de poing dans l'estomac.

J'entendis les griffes de Sugie cliquer sur le sol. Elle débarqua dans la pièce en nous regardant. Elle renifla et baissa la tête.

– Ici Sugie, dis-je calmement et elle trotta jusqu'à moi.

– Ravi de t'avoir rencontrée, Kira, dit Shane en lançant un regard de sympathie.

Il savait que son frère aimait encore cette femme. Charlotte me fit un signe de tête, en posant les mains sur son estomac. *Pourquoi est-ce qu'elle m'avait poussée dans ses bras si elle savait ? Est-ce qu'elle voulait que je m'en aille ?* Vanessa me fit un petit sourire, jeta ensuite un coup d'œil furtif à Grayson avant de se retourner vers moi et mes joues écarlates. *Elle l'aimait aussi ?* Oh mon Dieu. C'en était trop. Je tournai les talons, et me dépêchai de monter les marches pour rejoindre la chambre où j'avais dormi quand j'étais malade, avec Sugie dans les pattes. En jetant les sacs à terre, je m'adossai contre la porte fermée, assez longtemps pour reprendre mon souffle.

Stupide Kira, me dis-je en me réprimandant. Quelques bisous, quelques révélations personnelles et tu as pensé que Grayson était quoi ? Ton *ami* ? Ton vrai mari ? Tu es une sacrée idiote ! *Idiote, idiote, idiote !* La manière dont il avait regardé cette femme en bas était incomparable avec la façon dont il me regardait, moi. Mais elle était mariée à son frère… Ce n'était pas comme s'il pouvait la récupérer un jour. Oui, mais le simple fait qu'il la désire encore faisait déjà bien assez mal en soi. *Et je détestais ça. Je détestais ça.*

Je me redressai. Bon, Dieu merci, je ne m'étais pas entièrement donnée à lui. Tout allait bien. J'allais bien. Nous avions partagé quelques moments intimes et maintenant, nous pouvions revenir au plan initial qui était de toute manière une bien meilleure idée.

Soudain, on frappa à la porte, et je sursautai, m'éloignant un peu avant de me retourner. J'ouvris pour découvrir Vanessa qui se tenait face à moi. Elle sourit timidement.

– Est-ce que je peux entrer ? demanda-t-elle.

Je déglutis et lui rendis tout de même son sourire. Je lui fis signe d'entrer.

– Je viens juste ici pour prendre ma douche, dis-je, consciente de mon mensonge. Celle de la salle de bains principale ne fonctionne plus.

Vanessa soupira.

– Mon Dieu, dis-moi plutôt ce qui marche ici. Tout est tellement différent…

Elle s'interrompit mais j'avais déjà compris que le mot « différent » dans sa bouche n'avait rien de positif dans ce cas précis.

Sugie s'approcha et renifla craintivement les pieds de Vanessa. Cette dernière recula et se baissa pour la caresser, mais elle retira sa main dès qu'elle vit sa tête.

– Oh, elle est… C'est une femelle ?

– Elle s'appelle Sugie, répondis-je en l'attrapant avant de l'installer sur le fauteuil à droite du lit, de lui faire quelques gratouilles. Puis je revins à Vanessa.

Elle prit place sur le tabouret de la coiffeuse et croisa ses jambes fuselées. Je m'assis sur le coffre au pied du grand lit. Vanessa portait une jupe rose, courte et charmante avec un haut en soie à fines bretelles gris pâle qui faisait ressortir la couleur de sa peau bronzée. Un sautoir en perle formait un nœud entre ses seins. Elle y passa les doigts nerveusement en m'observant. Cet examen détaillé me stressait.

– J'adore ta tenue, lui dis-je.

Et c'était vrai. C'était chic, à la fois simple et tendance.

Elle me fit un grand sourire.

– Merci. Ça fait partie de ma collection. J'ai une petite boutique à San Diego. Je pense aussi à en ouvrir une ici. C'est une des raisons de ce voyage en fait : trouver un local. Je n'ai pas grandi dans la richesse et avoir du style avec un petit budget a toujours été une passion pour moi. C'est le leitmotiv de ma boutique : être élégante et stylée avec un petit budget.

Elle rougit et baissa les yeux.

– Pardon, je parle trop.

Elle toussa, puis releva la tête et continua :

– Nous étions tellement contents quand on a entendu que Grayson s'était marié, dit-elle en changeant de sujet. Et elle avait l'air sincère.

Mes doigts tapotaient frénétiquement sur mes genoux.

Je finis par lui dire :

– Merci. Vous savez… Je ne sais pas exactement ce qu'il s'est passé entre Grayson et Shane, mais j'espère qu'ils pourront trouver le moyen d'arranger tout ça…

Putain, c'était vraiment bizarre. Est-ce que je devais faire comme si Grayson et moi étions vraiment mari et femme ? J'aurais aimé qu'il prenne un moment pour me parler de tout ça avant d'avoir ce tête-à-tête avec Vanessa Hawthorn. Elle avait l'air d'être très gênée, elle aussi, et je ne pouvais m'empêcher de me demander ce qu'elle ressentait pour Grayson. Pourquoi lui avait-elle fait ça ? Je mourais d'envie de lui poser la question, mais ça n'aurait pas été correct ; je ne savais même pas s'il fallait que je fasse comme si j'étais au courant de quoi que ce soit.

– Moi aussi, dit-elle en se mordant la lèvre. Ils sont en train de discuter dans le bureau. En tout cas, je tenais vraiment à prendre quelques minutes pour venir te voir et te dire à quel point je suis contente d'avoir une sœur.

– Merci, ça me touche. Et c'est pareil pour moi, lui dis-je en souriant. Je suis contente, moi aussi, d'avoir une sœur.

Même si c'était temporaire. Je fis tourner ma bague autour de mon doigt, stressée, tandis que Vanessa se levait. Sa tenue était impeccable, sans aucun pli. Comment était-ce possible s'ils avaient voyagé toute la journée ? Je voulais vraiment la détester, j'avais de nombreuses raisons pour ça, mais elle me rendait la tâche difficile tant elle était gentille et sympathique. Pas étonnant que Grayson soit tombé amoureux d'elle. Elle avait tout ce que je n'avais pas.

Elle baissa alors les yeux, et fixa ma bague.

– Je peux ? demanda-t-elle, l'air absorbé. Je jetais un coup d'œil à ma main, puis retirais la bague que Grayson m'avait donnée. Elle la mit dans sa main et l'observa en retenant son souffle.

– Une opale ? Regarde !

Elle lev [illegible] nain gauche pour me montrer qu'elle avait elle aussi une opale, comme pierre centrale, sur sa bague de fiançailles.

– C'est ma pierre préférée, m'expliqua-t-elle. Elle représente l'amour et la passion.

Elle me fit un grand sourire avec ses dents parfaitement alignées et incroyablement blanches.

– On adore toutes les deux l'opale, ça prouve qu'on est faites pour être sœurs.

Elle me prit dans ses bras, laissant l'odeur de son parfum léger m'envahir, puis elle recula aussi vite qu'elle s'était jetée sur moi.

– On se parle tout à l'heure ?

– Bien sûr, dis-je en lui adressant un petit sourire.

Une fois qu'elle fut partie, je m'assis sur le lit, les yeux rivés sur la bague. Je me suis remémoré les paroles que Diane Fersby avait eues, disant qu'elle savait que Grayson avait acheté une bague à Vanessa mais qu'elle pensait qu'il n'avait jamais eu la possibilité de faire sa demande. Je ne m'étais jamais dit que cette opale pouvait être une bague de fiançailles, mais je m'étais trompée.

– Il m'a donné la bague qu'il avait l'intention de lui offrir pour leurs fiançailles, chuchotai-je, incrédule.

Très énervée et blessée à la fois, je tortillai la bague jusqu'à pouvoir la retirer.

– Sale bête pleine d'écailles

Je murmurai cette insulte du bout des lèvres. Néanmoins, l'insulter ne soulagea pas ma peine. Cela ne réduisait pas la fêlure dans mon cœur, celle que ses magnifiques écailles avaient faite.

★ ★ ★

Après m'être douchée et avoir essayé, autant que possible, d'oublier cette conversation avec Vanessa, je suis descendue pour trouver Grayson. Il fallait qu'on se voie et qu'on parle de ce que j'étais censée faire face à cette situation bizarre et inconfortable.

Je criai son nom, en vain. Je décidai de sortir et trouvai Shane qui réparait la fontaine. Il y avait une petite boîte à outils posée au sol près de lui, alors qu'il était penché au milieu du bassin vide.

– Hé, lui dis-je.

Il se redressa et me répondit le sourire aux lèvres :

– Hé, salut.

– J'espérais bien que quelqu'un se décide à la réparer.

Son sourire s'élargit encore.

– On dirait que c'est juste une pièce à changer. Je ferai un saut en ville demain pour l'acheter.

J'acquiesçai. Il y eut ensuite un silence gênant avant qu'on se mette tous les deux à rire. Il me sourit à nouveau. Il ressemblait tellement à Grayson. C'était vraiment un très bel homme, même s'il avait l'air d'un gamin, là où Grayson était saisissant de maturité. Mais il était aussi grand, et très viril également.

– Est-ce que tu sais où est Grayson ? demandai-je.

– Il est allé dîner en ville.

Son sourire disparut.

Je tombais de haut. Grayson était parti sans un mot, me laissant me dépatouiller toute seule. Ça ne faisait que confirmer que je ne comptais pas vraiment pour lui.

– Ah, d'accord. Avec Vanessa ? chuchotai-je d'une voix rauque avant de me reprendre.

Shane secoua doucement la tête, les yeux fixés sur mon visage.

– Non. Vanessa est allée voir ses parents.

Je poussai un grand soupir.

– Ah, effectivement.

Je n'avais même pas pensé au fait que Vanessa avait grandi ici, elle aussi. Mon ventre se serra en pensant à tous les souvenirs que ces trois-là devaient avoir ensemble. Quel rôle avais-je là-dedans ? Je n'avais pas de place dans ce tableau. *Temporaire, Kira. Tu es temporaire.*

Shane s'assit sur le bord de la fontaine et me fit un signe de tête pour me proposer de le rejoindre. Il m'offrait un sourire timide. Je décidai de faire les quelques pas qui nous séparaient. Il m'observa un moment, et comme d'habitude, je rougis.

– Je peux te demander ce que tu sais de ce qui s'est passé entre Vanessa, Gray et moi ?

OK, donc pas d'entrée en matière, droit au but.

– Pas grand-chose, répondis-je honnêtement. Juste que Grayson et Vanessa étaient ensemble, et que Vanessa et toi, vous vous êtes mariés pendant qu'il était en prison.

Je me mordis la lèvre inférieure. Shane se renfrogna.

– Et que, naturellement, il s'était senti trahi.

J'acquiesçai, les yeux fixés sur son visage essayant de déchiffrer son expression. J'avais du mal à identifier les émotions qui le traversaient mais on aurait dit que c'était du chagrin. *Étrange...*

– Naturellement, murmurai-je.

– Ce n'est pas tout, Kira. J'aime mon frère.

Je fis un signe de tête, car étrangement, je le croyais. Il avait l'air sombre et très triste.

– Alors pourquoi ? demandais-je.

Shane soupira.

– C'est à Grayson que je dois en parler en premier. Je me rends compte qu'on t'a vraiment mise dans une situation embarrassante, et sans te prévenir. Je veux juste que tu saches qu'on a tout essayé.

Il secoua la tête.

– Il ne répond pas à nos lettres, ne prend pas nos appels. La seule chose que nous n'avons pas faite, c'est de l'attacher à une chaise avec du gros scotch et de le forcer à nous écouter.

Je ris, même si je ne trouvais pas ça drôle.

–Vous devriez peut-être y réfléchir. En général, les hommes peuvent être têtus et bornés, mais je trouve que le Dragon y est tout particulièrement disposé.

Shane me dévisagea en souriant, amusé.

– Le Dragon ? C'est comme ça que tu l'appelles ?

– Uniquement quand il crache du feu et qu'il déploie ses ailes autour de la maison.

– Qu'il déploie ses ailes autour de la maison.

Le sourire de Shane s'agrandissait.

– Charlotte nous avait prévenus, mais j'avais du mal à le croire tant mon frère est sérieux et détaché. Jusqu'à ce que je le vois glisser sur la rampe, comme l'enfant qu'il n'a jamais été…

– Ah, ça ? On avait juste fait un pari.

Shane inclina la tête.

– Je pense que tu es la bonne personne pour lui. Et j'avais espéré qu'il serait plus disposé à nous écouter maintenant qu'il a trouvé le bonheur avec toi.

J'étais soudain très gênée. Comment cet homme allait-il se sentir quand il découvrirait la vérité ? Peut-être qu'il ne la découvrirait pas. Si Grayson ne s'était pas sauvé sans même me dire au revoir, j'aurais pu lui poser la question. D'ailleurs, pourquoi Charlotte avait-elle manigancé tout ça ? J'avais cru comprendre qu'elle voulait que Gray et moi soyons ensemble. Je n'y comprenais rien. Et je me sentais trahie sans trop savoir en quoi.

– Bon, de toute façon, il ne vous a pas fichus dehors, pas vrai ? C'est déjà un début.

Shane sourit.

– Oui c'est un début. Il se leva en me tendant la main.

– Charlotte et Walter dînent avec des amis. Elle a mis un plat au four qui doit être presque prêt. On dîne ensemble ?

J'ai pris sa main et me suis levée.

– Bien sûr.

À la maison, il sortit le poulet farci de Charlotte du four et je préparai une petite salade. Shane me parla de la société informatique qu'il avait montée à San Diego. Il avait l'air d'adorer son travail, qui en plus lui permettait de travailler de chez lui.

– Donc tu n'avais aucune envie de faire du vin ? demandai-je en me servant un peu de salade.

Il fit non de la tête.

– Aucune envie et aucune compétence. L'informatique, ça a toujours été mon truc. Quand j'ai hérité de mon père, j'ai utilisé l'argent pour monter ma boîte.

– Eh bien, heureusement que ton frère voulait faire du vin.

Il acquiesça mais son visage était fermé.

– Oui, heureusement.

Je lui ai parlé un peu de moi, en éludant le fait que je m'étais éloignée de mon père pour qu'il ne me pose pas de questions. Après que nous ayons dîné et rangé la cuisine, je lui ai dit que j'allais monter dans ma chambre pour lire car j'avais eu une longue journée et que j'étais fatiguée. En vérité, j'avais peur qu'il commence à m'interroger sur ma relation avec Grayson car je ne savais pas quoi répondre.

Avant de me mettre au lit, je décidai d'envoyer un petit message à Grayson. J'avais le sentiment que nous avions construit quelque chose ensemble, même si à ce stade je n'arrivais pas encore définir la nature de notre relation. Il était certainement contrarié et vulnérable avec l'arrivée inattendue de son frère et de son ex-petite amie. Peut-être avait-il besoin d'une amie ? J'attrapai mon téléphone et commençai à écrire :

Est-ce que tu vas bien ? K.

J'ai attendu plusieurs minutes, mais comme je ne recevais aucune réponse, je pris mon livre et essayai de me concentrer sur l'histoire que j'avais commencée. Une heure plus tard, n'ayant toujours pas de réponse de Grayson et bien qu'il soit très tôt, je décidai de dormir. Je fermai la lumière et pris un oreiller dans mes bras.

* * *

Des bras puissants qui me sortaient du lit me réveillèrent en sursaut. Je me débattis jusqu'à ce que la personne qui me tenait pousse un cri de douleur, avant de me lâcher sur le lit moelleux et de s'effondrer près de moi. Mon regard croisa alors celui de Grayson, dans la pénombre. Il avait l'air de souffrir, comme si j'avais heurté quelque chose de sensible.

– Qu'est-ce que tu fabriques ? chuchotai-je, en me redressant sur les genoux. Mes cheveux étaient en bataille autour de mon visage et dans mon dos. Il s'allongea sur son côté du lit et leva les yeux vers moi, l'air songeur.

– Tu devais te coucher dans mon lit ce soir, articula-t-il péniblement.

– Dans ton lit ? Tu t'attendais à ce que je… Tu sens l'alcool et le parfum bon marché.

J'essayais de masquer ma peine. Il avait de toute manière l'air trop ivre pour remarquer quoi que ce soit.

Grayson leva un sourcil.

– Des blondes me sont tombées dessus au bar.

– Oh.

Qu'est-ce que j'étais censée répondre à ça ? Effondrée, je posai mes mains sur mes cuisses. *Son ex débarque donc il va dans un bar et laisse des inconnues le tripoter ? Pourquoi n'es-tu pas venu me voir Grayson ?*

– Mais apparemment, dit-il en passant un doigt sur l'une de mes cuisses nues. Je n'aime plus les blondes. J'aime les rousses. Ou les brunes. Ou le mélange parfait des deux. J'aime *toi*.

Il me regarda presque en louchant, l'air soudain déboussolé.

– Pourquoi est-ce que tu n'es pas dans mon lit ?

Je haussais les épaules en tournant la tête et croisais les bras.

– Tu te moques de moi j'espère ?! Tu disparais sans dire un mot, en me laissant me démerder avec ton frère et ton ex.

Ensuite tu vas te saouler, tu laisses des femmes te tripoter dans un bar, et tu voudrais que je t'attende sagement à la maison dans ton lit ? Mais tu me prends pour qui exactement ?

Je bouillonnais de rage et j'étais bouleversée.

Grayson se redressa contre la tête de lit.

– Je te prends pour ma femme.

Malgré son état d'ébriété il me fit un sourire chaleureux et complice.

Je refusai de me laisser charmer. Il m'avait blessée.

– Je n'en ai que le nom !

– Alors il faut y remédier. Ce soir. Tu as dit que tu étais d'accord, tout à l'heure.

Il eut l'air soudain très vulnérable, ce qui ne manqua pas de me faire fondre, comme une idiote.

– S'il te plaît Kira, dis-moi que tu as envie de moi. C'est juste que… Moi, j'ai envie de toi, j'ai besoin de toi.

Sa voix tremblait. Il avait *besoin* de moi ? Donc je n'étais rien de plus qu'une solution pratique. Rien de plus qu'un moyen temporaire de soulager son désir physique. Mais moi, je voulais plus que sa passion. Je voulais… *Oh mon Dieu je voulais son cœur.* Je fus soudain prise de panique.

– Est-ce que tu es encore amoureux d'elle ?

C'était sorti tout seul.

Grayson se raidit immédiatement, il se redressa et évidemment, même s'il était bourré, il ne me demanda pas à qui je faisais référence. Il baissa les yeux sur moi, l'air soudain froid et détaché.

– Tu ne vas pas me répondre ?

Je relevai le menton, refusant de baisser les yeux. Je détestais le fait qu'il ait autant de prestance, qu'il soit si massif, surtout quand il se tenait au-dessus de moi comme c'était le cas. Il me perçait du regard comme si ses yeux d'ébène pouvaient lire en moi.

– Je ne veux pas te blesser, Kira, mais la situation entre Vanessa, mon frère et moi ne te regarde pas. Ça n'a absolument rien à voir avec toi, affirma-t-il.

S'il n'avait pas l'intention de me blesser, il avait une drôle de façon de le montrer. J'étais dévastée mais je continuais à soutenir son regard. Je ne voulais pas lui laisser penser que ses mots m'atteignaient. J'avais déjà du mal à le reconnaître moi-même.

– S'il te plaît, va-t'en, dis-je d'une voix déterminée. Je n'ai pas envie de toi. Pas du tout.

Il se passa la main dans les cheveux, comme s'il réfléchissait, comme si c'était moi qui étais en train de lui faire du mal. Puis il tituba légèrement, se rattrapa de justesse. Il jura dans sa barbe, puis sortit de ma chambre en fermant doucement la porte.

S'ils ne dormaient pas ici, je serais partie retrouver le sanctuaire de mon cottage. J'avais prévu de dormir *avec* Grayson ce soir. Et maintenant, le fait de coucher dans une chambre dans la même maison que lui m'était insupportable.

Je m'effondrai sur mon oreiller, en essayant de me retenir de pleurer.

⋆ ⋆ ⋆

Si je m'étais imaginée qu'au lever du jour, le Dragon aurait volé jusqu'à ma chambre en me priant de l'excuser, j'aurais été extrêmement déçue ! En fait, je ne l'ai pas vu du tout pendant les jours qui ont suivi. À l'évidence, il s'était réfugié dans l'unité de vinification pour installer les nouveaux appareils et s'assurer que tout fonctionnait. Ou du moins c'est que j'avais appris par Shane, qui était au moins aussi frustré que moi que Grayson nous ignore tous. Grayson n'en avait même plus rien à faire qu'on découvre que notre mariage était fictif.

– Je vais rester dans le coin et l'obliger à me parler dès que possible, m'avait dit Shane. Je finirai par l'avoir à l'usure.

Il m'avait fait un clin d'œil mais il ne semblait pas très convaincu lui-même.

Je me refusais à faire la même chose. En fait, c'était dans mon ADN de me sauver quand je me trouvais dans une situation douloureuse, et c'était ce que mon instinct me dictait de faire.

Mais j'avais une fête à organiser et il me restait peu de temps. Comment avais-je été assez folle pour me laisser une si petite fenêtre de tir ? Difficile de m'en souvenir. Les invitations étaient parties et les gens attendaient un évènement que le Dragon n'honorerait probablement pas de sa présence. Tout reposait sur moi, même si à cet instant précis il m'était difficile de me souvenir pourquoi j'avais attaché tant d'importance à cette réception.

J'ai passé la première partie de la semaine à ranger le bureau de Grayson en essayant de mettre de l'ordre dans sa comptabilité. Walter m'avait aidée comme il pouvait car c'était lui qui s'était occupé de tenir les dossiers à jour, même s'il ne connaissait pas les logiciels aussi bien que moi.

Quand nous avons commencé à éplucher les comptes, je lui ai demandé :

– Walter, est-ce que vous pensez que je pourrais voir les bilans financiers des dernières années ? Je ne veux pas outrepasser mes fonctions, mais j'aimerais avoir une meilleure idée du moment où le vignoble a commencé à décliner.

Je me disais que si je comprenais pourquoi l'entreprise avait périclité si rapidement après le début de la maladie de Ford Hawthorn, je pourrais être plus à même d'aider à tenir les comptes de la propriété. Je pourrais peut-être même donner quelques conseils à Grayson, bien qu'il ne les mérite pas. J'aurais probablement dû le regarder échouer avec délectation et ne pas l'aider à tenir sa promesse à son père. Mais j'en étais incapable, je n'avais pas le cœur à ça et, en plus, je voulais qu'il soit fait bon usage de l'argent de ma grand-mère.

Je remarquai que Walter avait l'air gêné.

– Les archives n'ont pas été très bien conservées. Tout a été négligé quand Monsieur Hawthorn est tombé malade.

– Mais il doit bien rester quelque chose ? Si je peux juste jeter un coup d'œil rapide à ce qui est disponible, je pense que ça pourrait aider. Vraiment Walter, je ne peux rien faire si je ne comprends pas ce qui est arrivé par le passé.

Il resta silencieux pendant si longtemps, que je doutais même du fait qu'il m'ait entendue. Mais quand j'ai relevé la tête, j'ai vu qu'il me fixait attentivement. J'en sursautai presque. Jusqu'alors, j'avais toujours vu Walter complètement impassible.

– Je vais voir ce que je peux trouver, finit-il par me dire.

– Merci Walter.

Plus tard dans la journée, Walter m'a apporté une pile de CD-ROM et, en me regardant droit dans les yeux il m'a dit :

– Ce sont les registres comptables des cinq dernières années.

– Oh, merci beaucoup.

J'ai posé les mains dessus pour les attraper mais il les a retenus en me disant

– Comme vous l'avez dit, il est plus facile d'aider dans le présent en comprenant le passé. J'espère que ces documents vous seront utiles.

Je fronçai les sourcils.

– Oui…

Walter lâcha la pile en me faisant un signe de tête et, droit comme un « i », il quitta la pièce. Qu'est-ce que ça pouvait bien vouloir dire ?

Je n'avais pas le temps de parcourir les CD tant que je n'avais pas mis tous les dossiers en cours à jour, je me suis donc concentrée là-dessus. J'ai aussi été chercher Vanessa dans la cuisine pour lui demander si elle avait le temps de m'aider à préparer la fête. Nous avions déjà reçu plusieurs réponses, suffisamment pour que je me sente un peu stressée ; les gens allaient venir et nous avions intérêt à être prêts. Puisqu'on pouvait m'assister, j'aurais eu tort de m'en priver. J'ai expliqué le thème à Vanessa, et lui ai montré les listes que j'avais déjà faites.

– Oh mon Dieu, bien sûr ! J'adorerais, dit-elle. Quelle idée géniale.

– Comment ça ?

J'entendis soudain le timbre grave d'un dragon dans mon dos. Nous nous sommes retournées toutes les deux pour regarder Grayson s'avancer vers le frigo et prendre plusieurs bouteilles d'eau, Sugie Sug, sur les talons. Je le dévorai du regard. Je ne l'avais pas vu depuis des jours, et c'était comme si mes yeux étaient affamés. Il avait visiblement très chaud et dégoulinait de sueur. C'était glorieux. Je détournais alors le regard, attristée par sa réaction. À l'évidence, je ne comptais plus du tout pour lui maintenant que Vanessa était dans les parages.

– L'idée de soirée de Kira, dit Vanessa. Est-ce qu'elle t'en a parlé ? C'est un bal masqué sur le thème des contes de f…

– Je suis au courant, dit-il en ouvrant une bouteille, et en buvant une grande gorgée.

Mon regard restait fixé sur les muscles de sa gorge pendant qu'il déglutissait. Lorsque je relevai la tête, je vis qu'il avait les yeux rivés sur moi. J'ai alors tout de suite détourné mon attention en faisant semblant de me concentrer sur ma liste. Je sentais mes joues rougir, et je me haïssais.

Vanessa, tout excitée, me dit alors :

– Mon personnage préféré c'est la fée Clochette. Ridicule, n'est-ce pas ? dit-elle en riant.

– Pas du tout. Du moment que tu arrives à convaincre Shane de s'habiller en Peter Pan, répondis-je en souriant.

Elle éclata d'un rire musical comme je n'en avais jamais entendu. Elle ferait une fée Clochette parfaite. De toute manière, elle aurait fait une parfaite n'importe quoi. Je la regardai, debout dans sa longue robe à dos nu, avec des rayures corail et blanc. Ses cheveux soyeux, dorés et lisses cascadaient sur ses épaules. Elle était parfaite. Je la détestais. Non, en fait je l'aimais bien, et c'était ça que je détestais. Je m'en voulais de l'apprécier. Pourquoi n'était-elle pas une grosse garce repoussante ?

– Je vais m'assurer qu'il ressemble à une version virile de Peter Pan. Avec juste ce qu'il faut de fantaisie enfantine. Tout comme lui.

– Quoi ? demandais-je, distraite.

Je secouai la tête, me forçant à reprendre le fil de notre conversation.

– Oh… Shane… Peter Pan, bien sûr.

Je jetai un coup d'œil à Grayson qui revissait doucement le capuchon de sa bouteille d'eau, l'air dur, les muscles de sa mâchoire contractés.

Sugie vint alors timidement renifler les pieds de Vanessa, qui se baissa et caressa sa tête avant de retirer très vite sa main.

– J'ai l'impression que je vais lui faire mal à chaque fois que je la touche, dit-elle, gentiment.

– Tu ne lui feras pas mal. Elle a surtout besoin d'amour. La seule chose qui pourrait lui faire du mal, c'est qu'on l'en prive.

Grayson me fixa un moment puis, sans un mot, il se retourna et quitta la cuisine. Sugie le suivit, et une fois à la porte, elle nous regarda en jappant tristement, puis elle baissa la tête avant de courir pour rattraper son maître.

J'avais le cœur brisé. Je me replongeai dans ma liste pour que Vanessa, qui m'observait, ne voie pas mon visage. *Il ne pouvait pas au moins faire semblant de m'apprécier, pour la forme ? Qu'est-ce que Shane et Vanessa allaient penser ?*

– Je suis désolée, Kira, dit Vanessa. Notre présence met votre mariage à rude épreuve. On ferait mieux de partir…

– Non, ne faites pas ça pour moi, Vanessa. Shane et Grayson ont des choses à régler et je ne vais pas m'interposer.

Je serais partie bien assez tôt, en revanche Shane sera toujours le frère de Grayson. Je refusais d'être la raison pour laquelle Grayson ne lui donnerait pas au moins une chance de s'expliquer. Et puis, quel que soit l'intérêt physique que Grayson avait pu avoir pour moi, il avait disparu visiblement Et je comprenais bien pourquoi. Qui pouvait concurrencer Vanessa ? Elle était belle à l'intérieur et sublime à l'extérieur. Moi j'avais l'impression d'incarner parfaitement le surnom que Grayson m'avait donné, une sorcière hideuse, en haillons, dont personne n'avait voulu. Car en général, dans un conte de fées, on ne finit pas avec la sorcière.

Quelques minutes plus tard, Charlotte, très agitée, surgit dans la cuisine, et évalua d'un regard nerveux la proximité entre Vanessa et moi. Je n'avais pas eu un moment tranquille avec

Charlotte depuis que Shane et Vanessa étaient à la maison, mais à chaque fois que je l'avais croisée, elle joignait ses mains et semblait prier discrètement. Ça ne me remontait pas vraiment le moral.

Vanessa, Charlotte et moi avons repris la liste en détail pour nous partager les tâches.

– Bon, maintenant qui va m'aider à faire un gâteau au caramel et au beurre de cacahuètes ? Shane me l'a demandé, c'est son préféré, se réjouit-elle.

– Oh moi, je vais t'aider, dit Vanessa. Il faut que j'apprenne la recette pour que je puisse lui en faire de temps en temps.

Charlotte prit deux tabliers dans le tiroir, en tendit un à Vanessa et un autre à moi.

– La prochaine fois, Charlotte, lui dis-je. Pour le moment, il faut que je fasse une liste de toutes les choses à faire à l'extérieur.

Au même moment, je comprenais que Charlotte et Vanessa méritaient de passer du temps toutes les deux. J'allais vraisemblablement quitter les lieux très bientôt, alors que Vanessa, elle, faisait partie intégrante de cette famille. En y pensant, je ressentis une vive douleur. C'était certainement excessif mais pourtant bien réel. Charlotte me regarda un peu triste et hocha la tête gentiment. Je ne pouvais pas lui en vouloir. *Elle savait que j'étais de passage.* Vanessa serait là pour toujours alors que j'allais partir bientôt. Il était plus important que Charlotte veille à construire un pont entre Shane, Vanessa et Grayson plutôt que d'essayer de rendre durable ma relation avec mon mari. De toute manière, ce serait peine perdue. Peut-être qu'elle avait fini par le comprendre.

D'humeur mélancolique, je sortis et observai la façade de la maison. J'avais demandé à une équipe de jardiniers de venir dès que possible, me disant qu'il allait y avoir pas mal de travail pour redonner un aspect décent à ce terrain. La maison serait bien plus belle une fois que le lierre serait taillé. Je notai les quelques points qui pouvaient, selon moi, être arrangés à temps dans l'allée centrale, puis passai derrière la maison pour réfléchir à ce qu'on pouvait faire dans cette zone. J'aurais adoré ouvrir la terrasse et nettoyer la piscine. J'imaginais des ampoules pendues dans les arbres et qui auraient donné une lumière magique de contes de fées…

Mon regard se perdant au loin dans les rangées de vignes, je restai plantée là un moment, à imaginer ce que cela pourrait donner. Pourquoi étais-je si profondément désespérée et si triste ? Je pensais à ce que Grayson pouvait bien être en train de faire à ce moment précis, à l'amour grandissant que je ressentais pour ce lieu et pour les gens qui vivaient et travaillaient ici. J'avais imaginé que ma relation avec Grayson prendrait la direction de… *De quoi, Kira ?* L'amour ? C'était donc ça que j'avais secrètement commencé à espérer ? Une émotion proche de l'angoisse me prit à la gorge et je reculai de quelques pas pour pouvoir m'adosser à un orme, les yeux fermés, désespérée. En cours de route, j'étais tombée amoureuse de mon mari. Il n'y avait aucune autre explication possible à la souffrance que je ressentais, à sa soudaine indifférence et à la possibilité qu'il soit encore amoureux d'une autre femme.

En admirant le soleil qui brillait sur les vignes, j'admis que j'étais peut-être même tombée amoureuse de Grayson dès la première seconde où j'avais posé les yeux sur lui. Jamais je ne l'avouerais, mais j'étais bien obligée de le reconnaître. Mon chevalier en armure étincelante debout devant cette banque, la certitude qu'il me sauverait s'était infiltré dans mon cœur comme une brise secrète.

Oh mon Dieu, c'était une catastrophe.

Une terrible catastrophe.

Je voulais m'échapper, fuir ces sentiments, loin de ce que je venais de réaliser. Et je savais que c'était exactement ce que j'allais faire dès que la fête serait finie. Je ne pouvais pas rester ici en sachant que, à tout moment, je pouvais tomber encore plus amoureuse de mon mari. Il ne m'aimerait jamais en retour. Au lieu de ça, mes sentiments non partagés me feraient sombrer, et jamais plus je ne serais heureuse.

Le passage d'une silhouette solitaire près du labyrinthe, en dessous de moi, m'arracha à mes sombres pensées. Je plissai les yeux et reconnus Shane. Après une courte hésitation, je mis ma liste et mon crayon dans la poche arrière de mon short en jean et descendis la pente pour le rejoindre.

– Salut, dis-je doucement.

Il tourna la tête dans tous les sens, manifestement surpris en poussant une petite exclamation.

– Salut, Kira, dit-il en souriant.

– Pardon, je ne voulais pas t'effrayer.

– Non, non, ne t'inquiète pas. J'étais juste parti trop loin dans mes pensées, je crois.

Il s'assit sur un banc en pierre et me fit signe de faire de même. Je m'exécutai, en plaçant mes mains derrière moi.

Je regardai le labyrinthe à côté de nous et lui dis :

– C'est vraiment incroyable. Vous avez dû bien vous y amuser quand vous étiez petits.

Shane soupira en passant la main dans ses cheveux, comme Grayson pouvait le faire parfois. Il avait l'air triste.

– Mon Dieu, non. Une fois la nuit tombée, mon père avait pour habitude de nous amener au centre et de nous abandonner là pour qu'on retrouve notre chemin. Il nous a torturés avec ce maudit truc.

J'ai senti que je devenais livide et me suis tournée vers Shane.

– Pourquoi ? dis-je, la voix étranglée.

Il haussa les épaules et secoua la tête, ressemblant soudain à un petit garçon.

– Qui sait pourquoi mon père nous faisait cela ? Il avait des idées bien arrêtées sur la manière de faire de nous des hommes, et c'était l'une d'entre elles ! Bien sûr, Grayson étant l'aîné, c'est lui qui en a le plus souffert.

Il fit une pause en fixant ses mains posées sur ses genoux.

– J'entends encore les pleurs de Grayson qui, nuit après nuit, appelait notre père, en essayant de trouver la sortie.

Son visage était marqué par la douleur. Il venait de faire un bond dans le passé et, impuissant, il entendait son frère crier à l'aide. J'avais la chair de poule et m'entourai de mes bras.

– Après avoir fouillé dans les papiers de mon père, Walter a trouvé un plan du labyrinthe et l'a donné à Grayson. Je ne l'ai bien sûr appris que des années plus tard. Grayson devait avoir alors sept ou huit ans. Walter lui a dit: «Tu apprends ça. Vas-y en plein jour, mémorise chaque virage et étudie tous les recoins. Quand ton père t'y emmènera, c'est toi qui auras le pouvoir. Fais-en sorte qu'il ne soit jamais au courant, et débrouille-toi pour connaître ce labyrinthe comme ta poche. Grâce à ça, tu n'auras plus jamais peur.» Et c'est exactement ce que Grayson a fait. Le sourire qui apparut sur ses lèvres chassa la tristesse de son visage, et je ne pus m'empêcher de l'imiter. *Walter. Que Dieu bénisse Walter.*

– Plus tard, quand mon père m'a entraîné dans le labyrinthe, Grayson se faufilait dans les allées par l'arrière, me trouvait et me faisait sortir sans que notre père n'en sache rien. Il restait caché jusqu'à ce que je sois à l'intérieur, puis il s'y glissait à son tour. Grâce à lui, je n'ai jamais connu les mêmes frayeurs. Je n'avais à vivre que ce court instant avant qu'il n'arrive. Et je peux jurer, dit-il la voix légèrement tremblante avant de se reprendre, qu'il n'y a rien de mieux au monde que la main de quelqu'un que tu aimes et qui t'attrape dans le noir quand tu es perdu et terrorisé.

J'étais bouleversée. *Ce pauvre petit garçon*. Je ne savais pas quoi dire. J'étais incapable de sortir le moindre mot, une énorme boule s'était logée dans ma gorge. Pas étonnant que Grayson déteste le labyrinthe, il avait servi de salle de torture géante!

– Me trouver dans le noir et me prendre par la main, mon frère a fait ça pour moi de plusieurs et nombreuses manières au cours des années:

– Alors, pourquoi? murmurai-je en clignant des yeux pour retenir mes larmes.

Shane tourna la tête pour me regarder.

– Pourquoi Vanessa ? demanda-t-il.

J'acquiesçai en me mordant la lèvre.

– S'il te plaît Shane, explique-moi. J'essaye de comprendre. J'essaye juste de comprendre et peut-être que si j'y arrive je pourrais vous aider, d'une manière ou d'une autre.

Il soupira.

– Parce que je n'ai jamais cessé de l'aimer.

Il fit une courte pause et il eut un petit sourire triste.

– On a grandi ensemble, tu sais, tous les trois. Grayson n'a jamais eu l'air de faire attention à elle alors que moi, je l'ai toujours aimée.

Il regarda le ciel un moment, se remémorant certainement des évènements précis.

– Et puis finalement, il s'est déclaré le premier et je me suis dit qu'il avait peut-être caché ses sentiments pendant toutes ces années. Je me suis donc mis en retrait, au moment où j'allais moi aussi, lui révéler que je l'aimais. J'aurais clairement dit ce que je ressentais pour Vanessa si cela avait été *n'importe qui* d'autre. Mais là, c'était impossible. Grayson n'a jamais été bien traité dans la famille et il s'est sacrifié pour moi sans cesse. C'était normal que je m'éloigne. J'aimais Vanessa, mais je l'ai laissée partir sans dire un mot.

Je serrai les lèvres, pleine de tristesse, en regardant le ciel bleu.

– Et puis il est parti…

– Oui, dit-il tout bas. Tu dois me trouver détestable.

– Non. Je ne suis pas là pour te juger, dis-je doucement.

Shane soupira en passant la main dans ses cheveux.

Je n'allai pas plus loin. Je savais qu'il voulait expliquer la suite à son frère en premier. Toutefois, je comprenais déjà un peu mieux la situation avec cette deuxième version. Je me demandais juste ce que Vanessa ressentait pour Grayson maintenant. Quelle pagaille ! Une pagaille dont il fallait que je m'éloigne pour les laisser régler leurs problèmes entre eux, d'autant plus depuis que je savais exactement ce que j'éprouvais pour Grayson. Je ne m'étais pas trompée. Il n'y avait pas de place pour moi dans cette histoire. Grayson avait peut-être raison lui aussi. Peut-être que rien de tout cela ne me concernait. Assise là, je me sentais soudain plus seule que jamais.

– Il m'a parlé de ta maman, sa belle-mère, et du fait qu'elle ne l'a jamais accepté, lui dis-je prudemment.

Shane poussa un grand soupir.

– Non, elle le détestait, et avec lui, tout ce qu'il représentait. Elle considérait que sa vie était parfaite avant que la mère de Grayson ne se présente à sa porte. Je n'étais pas né à l'époque, mais elle l'a souvent dit au fil des années. Quant à notre père, ce e n'était pas un papa poule, même avec moi. Mais il était particulièrement froid avec Grayson, comme pour montrer à ma mère qu'il reconnaissait son erreur. De toute façon, pour elle il n'y avait aucun moyen de se racheter.

Shane se tourna soudain vers moi.

– Je suis étonné qu'il t'ait parlé de tout cela. Il ne l'a jamais évoqué avec personne, pas même avec moi.

Je haussai les épaules.

– Il me l'a raconté avec beaucoup de détachement, comme s'il me parlait de la pluie et le beau temps.

Shane sourit ironiquement.

– Crois-moi, Grayson n'est pas très expressif mais au sujet de son père et de sa belle-mère, il est tout sauf détaché. J'étais là et je peux te l'affirmer.

J'acquiesçai, sans trop savoir quoi dire. Je savais juste qu'il ne fallait pas que je creuse plus et que j'en apprenne davantage sur les malheurs de Grayson, sinon je tomberais encore plus amoureuse de lui. C'est comme cela que fonctionnaient les femmes, et je ne faisais pas exception à la règle. En effet, qu'y avait-il de plus sexy chez un homme que des abdos et un cœur meurtri ? On devrait les mettre en bouteille et les vendre par milliers ! Ou peut-être écrire un livre : *Abdos et cœur meurtri : La bible de l'attrape-gonzesses pour vous, les hommes.* J'aurais ri si je n'avais pas eu autant envie de pleurer.

Il était maintenant plus clair que jamais Grayson ne m'aimerait, même s'il arrivait à tourner la page de son histoire avec Vanessa. Son cœur était entouré de glace, et j'aurais été bien folle d'espérer la faire fondre un jour.

– Ne sois pas si triste. On a aussi quelques bons souvenirs ici. Notre enfance n'a pas été faite que d'horreurs et de traumatismes. On avait aussi l'habitude de voler des cookies à Charlotte, et on embêtait souvent Walter pour essayer de lui soutirer un sourire.

Je ris malgré moi, tout en fronçant les sourcils.

– Merci d'avoir partagé tout ça avec moi Shane. Ça me touche beaucoup que tu aies assez confiance pour te confier à moi.

Il m'étudia un instant avant de me faire un grand sourire. Sans réfléchir je passai mes bras autour de lui en pensant au petit garçon qu'il avait été, seul dans le noir avec son courageux grand frère qui venait lui prendre la main. Il éclata de rire et me serra contre lui. Comme je me dégageais de notre étreinte, il me dit :

– Je suis surtout…

– Tu m'as déjà volé une femme, tu t'imagines que tu vas pouvoir en prendre une autre ? interrompit Grayson.

Nous nous sommes tous deux levés très vite comme si on venait de faire une bêtise. Je me suis écartée de Shane.

– Grayson on était juste…

– Ne te mêle pas de ça Kira, dit-il, en fixant Shane avec un regard furieux.

– Putain, Gray, s'exclama Shane, incrédule. On était juste en train de parler.

Grayson se rapprocha de Shane, la mâchoire contractée. Mon souffle se bloqua dans ma gorge. Je ne savais plus si je devais pleurer ou lui balancer n'importe quoi à la tête.

– Je crois savoir comment on fait pour parler, dit Grayson, d'une voix posée mais glaciale. Et ça n'engage ni les bras, ni le corps. Alors explique-moi, Shane : j'ai raison ? Une, ce n'est pas assez ? Tu veux aussi séduire Kira ?

Shane se mit à crier.

– Séduire Kira ? Bon Dieu, tu es vraiment débile quand tu es jaloux. Tu penses vraiment que je voudrais draguer *ta femme,* espèce d'idiot ?

J'aperçus Vanessa et Charlotte qui couraient alors vers nous.

La mâchoire de Grayson s'était encore plus crispée en entendant le mot jaloux. Il jeta un regard noir à son frère, en l'observant les yeux mi-clos.

– Jaloux ? Tu penses que je ne te fais pas confiance parce que je suis *jaloux* ? Tu ne te dis pas que c'est parce que tu es un enfoiré de traître, un putain de menteur ? Je ne suis pas jaloux.

Il se rapprocha d'un pas.

– Ce n'est même pas ma vraie femme. On s'est mariés pour l'argent, grogna-t-il.

Je pris une brusque inspiration qui me lacéra la gorge comme des lames de rasoir et mon visage commença à brûler. Trois paires d'yeux convergèrent vers moi dans un silence de plomb. Shane et Vanessa étaient choqués, Charlotte me regardait, attristée. Grayson, quant à lui, fixait toujours Shane, mais il finit par me jeter un coup d'œil en comprenant que l'attention était fixée sur moi. Son expression changea brièvement comme s'il venait de réaliser ce qu'il venait de dire.

– Kira... commença-t-il

J'avais déjà tourné les talons et je courais, loin des regards, loin du jugement, loin de la honte et de cette douleur intense. *Loin.*

CHAPITRE 18

GRAYSON

J'étais un idiot. Un idiot *jaloux*. Shane avait raison. J'étais tombé sur Kira et lui dans les bras l'un de l'autre et j'avais perdu la tête. Je m'étais complètement fermé depuis que Vanessa et lui étaient arrivés. J'avais même ignoré Kira, après être allé dans sa chambre pour coucher avec elle alors que j'étais complètement bourré. J'étais la seule personne à blâmer si elle était allée chercher du réconfort auprès de Shane. *Shane*, qui avait toujours été un séducteur extraverti. Shane, qui n'avait jamais déçu personne.

Je ne veux pas de toi. Je ne veux pas de toi du tout.

Personne ne veut de toi. Personne n'a jamais voulu de toi.

Bien sûr qu'elle était à l'aise et en sécurité avec Shane, qui ne le serait pas ? Une nouvelle décharge de jalousie me fouetta le dos et je grinçai des dents. Jamais je n'avais été jaloux à cause d'une femme, mais le besoin de possession que j'avais éprouvé en voyant Kira et Shane s'étreindre m'avait poussé à bout. Je les avais observés cette semaine, je les avais vus se promener dans la propriété, discuter, rire même parfois. Un sentiment proche du désespoir m'envahissait. Il fallait que je me ressaisisse. Pourquoi étais-je jaloux après tout ? Même si ce n'était plus d'actualité, elle avait accepté de venir dans mon lit, alors qu'est-ce que je voulais de plus ? Est-ce que j'étais énervé parce que j'avais saboté cette relation, au même titre que j'avais toujours saboté ce qu'il y avait de positif dans ma vie ? Ou bien était-ce uniquement parce que Shane m'avait volé Vanessa ? Je ne m'étais pas autorisé à y penser depuis qu'ils étaient arrivés. Au lieu de ça j'avais simplement décidé de me renfermer.

Pire même, dans un effort ridicule pour prouver que je n'étais pas jaloux, et, je devais le reconnaître, peut-être également pour faire du mal à Kira, j'avais balancé la cruelle vérité sur notre mariage. La blessure profonde et l'humiliation que j'avais vues dans ses yeux me culpabilisaient affreusement. Encore un homme dans sa vie qui l'utilisait comme souffre-douleur. *Et merde.* Ensuite, elle était partie en courant. Je l'avais cherchée pour essayer de réparer mes erreurs, après avoir laissé Shane, Vanessa et Charlotte, bouche bée. C'était un sacré bordel. J'étais un sacré bordel à moi tout seul. C'était comme si j'avais retenu de la lave toute la semaine et que maintenant le volcan explosait.

Qu'est-ce qui avait fait tourner cette histoire au cauchemar ?

J'avais rencontré Kira Dallaire, *voilà* ce qui m'était arrivé.

Je la trouvai dans la partie sud de la propriété. On aurait dit qu'elle ramassait des abricots. Je rêvais, ou bien est-ce qu'elle les mettait dans son tee-shirt ? Je suis resté là à l'observer une seconde. Elle sautillait entre les fruits, se penchait et les ramassait, en en humant un de temps en temps. Qu'est-ce que la petite sorcière pouvait bien avoir en tête ? Je comprenais soudain que j'étais complètement noué. Pourquoi est-ce que mon exaspérante épouse me fascinait à ce point, même quand j'avais une boule dans le ventre ? Je m'approchai d'elle lentement. Au moment où j'arrivais à l'endroit où des centaines d'abricots trop mûrs jonchaient le sol, elle avait dix ou quinze fruits qui pesaient dans son chemisier qu'elle avait retourné pour faire une sorte de poche kangourou.

– Kira, dis-je le plus calmement possible. Qu'est-ce que tu fais ?

– Je ramasse des fruits pour la confiture de Charlotte, celle que tu aimes tant et qui te rend *heureux*. Je voulais en faire depuis le début de la semaine, mais entre le rangement de ton bureau, la préparation d'une fête qui te permettra d'entrer dans la bonne société de Napa, ta famille à gérer et le temps passé à essayer de trouver la façon d'échapper à certaines questions de Shane et Vanessa… D'ailleurs, en y pensant, je tiens à te remercier d'avoir laissé échapper la vérité parce que tu m'enlèves un poids. Tu ne peux pas savoir à quel point je me sens soulagée de plus avoir à mentir !

– Kira, dis-je en m'approchant. Je suis désolé. C'était maladroit de ma part.

– De plus, reprit-elle comme si elle ne m'avait pas entendu, quel gâchis de nourriture ! Il y a des gens qui n'ont pas assez à manger, même près de nous, ici, à Napa. Et là, il y a tous ces fruits qui jonchent le sol comme si c'était normal. C'est scandaleux, vraiment.

– Kira, répétai-je, en me rapprochant un peu plus.

Elle se retourna vers moi, ses cheveux longs et ondulés caressaient son dos et des mèches bouclées tombaient sur son visage. Ses yeux verts étaient furieux. On aurait dit une tempête tropicale sur le point d'exploser. Ses joues cramoisies indiquaient clairement qu'elle était folle de rage. J'apercevais le bas de son ventre, puisqu'elle s'était fait un panier de fortune avec son chemisier. Je retenais ma respiration en la voyant. Elle était le plus bel animal sauvage que je n'avais jamais vu, et mon instinct primaire eut brusquement le désir de la dompter immédiatement, ici, maintenant.

Je savais qu'il fallait que je rampe à ses pieds, et mon Dieu, elle méritait bien cela. Mais après avoir passé une semaine à la tenir à distance, en la voyant maintenant face à moi, tout feu tout flamme, elle me fit perdre le contrôle comme elle seule savait le faire.

Je m'avançai vers elle et ses yeux s'écarquillèrent. Elle fit tomber tous les fruits qu'elle avait récoltés dans son chemisier. Des abricots mous et trop mûrs s'écrasèrent au sol en lui éclaboussant les pieds. Elle m'appartenait. La jalousie que j'avais ressentie en la voyant dans les bras de Shane me brûlait à nouveau et je la plaquai contre mon corps. En la regardant, je réalisai à quel point je la désirai désespérément et comme il avait été dur de passer ces derniers jours sans elle. J'étais à nouveau jaloux et vulnérable. J'avais désespérément envie qu'elle apaise mon angoisse, qu'elle soigne cette partie blessée de mon cœur qu'*elle* pensait digne d'être aimée. Je voulais qu'elle ait envie de moi, aussi. Mais je ne savais pas exprimer toutes ces émotions, ni comment lui demander. Surtout avec tout ce que j'avais à me faire pardonner. Je me suis donc exprimé de la seule manière que je connaissais. Je me suis emparé d'elle et j'ai posé mes lèvres sur les siennes.

J'avais prévu de ne l'embrasser qu'une seule fois puis de la laisser partir, mais le goût de ses lèvres pulpeuses sur ma bouche a allumé une flamme dans mon bas-ventre. Je l'ai serrée contre moi incapable de me détacher d'elle. Elle s'est débattue pendant un court instant, ses bras me repoussant, alors que je raffermissais ma prise. Puis elle s'est mise à sangloter et a passé ses bras autour de mon cou, en m'embrassant à son tour avec passion. J'enroulai ma langue autour de la sienne. Le goût de sa salive apaisait ma douleur et me procurait un sentiment de paix intérieure comme je n'en avais pas ressenti depuis une éternité. Peut-être même était-ce la toute première fois.

Avant que je ne puisse me perdre dans ce baiser, Kira me repoussa violemment. Elle trébucha en reculant, ses lèvres étaient meurtries et ses yeux désormais pleins de douleur.

– Kira, dis-je, en remarquant le ton suppliant de ma propre voix. Viens.

Elle recula encore.

– Non.

J'hésitais. Que voulait-elle ?

– On se rejoint au milieu.

Je montrais de la tête une marque sur l'herbe entre nous.

– Non, cracha-t-elle, rebelle.

Une vague de colère m'envahit. Je ne *pouvais pas* la laisser partir. Je la désirais, mon corps entier vibrait pour elle, j'avais besoin de la posséder. Jamais je n'avais autant voulu une femme. Merde, que cette petite sorcière aille au Diable ! Qu'est-ce qu'elle me *voulait* ? J'allais essayer de l'attraper à nouveau, quand elle se baissa brusquement pour ramasser quelque chose. Je sentis alors un abricot mou et juteux heurter mon front. Le fruit écrasé coula sur mon visage. Je restai un moment pétrifié puis, incrédule, je passai une main sur mon front où mon doigt recueillit un peu d'abricot.

– Tu me cherches, petite diablesse, dis-je en la regardant dans les yeux.

J'attrapai à mon tour un abricot trop mûr et le jetai sur elle. Elle poussa un petit cri strident quand le fruit s'écrasa dans son décolleté, puis se mit à dégouliner sous son chemisier. Elle resta bouche bée, stupéfaite que je l'ai imitée.

– Ça te plaît, sale monstre visqueux, siffla-t-elle.

Commença alors une bataille d'abricots. Une multitude d'émotions me traversaient que je n'arrivais pas à identifier. J'avais le sang chaud, comme si l'indifférence glaciale dans laquelle je m'étais drapé ces derniers jours avait complètement fondu. Des fruits fusaient autour de moi, la plupart s'écrasait en me heurtant de plein fouet, leur jus sucré commençait à couler sur mes cheveux et sur mon corps. Nos deux volontés s'affrontaient. Je devais certainement ressembler à Kira, qui avait l'air de s'être roulée dans une bassine de confiture. Dès qu'elle s'arrêta pour reprendre son souffle, je me suis jeté sur elle et nous avons roulé sur l'herbe. J'étais allongé sur elle et un désir irrépressible monta soudain en moi. Je ne suis pas sûr de savoir qui commença à embrasser l'autre, mais je crois que c'était elle. Nous nous sommes jetés l'un sur l'autre, nous dévorant des lèvres, de la bouche, gémissant, nos deux corps collés. J'ai glissé ma main sous sa chemise pour caresser sa peau douce, souple, et elle s'est cambrée sous moi. Je sentais ses pulsations s'accélérer sous ma paume posée contre son cou. Mon désir pour elle me consumait, ravivant l'incendie qui ravageait mon cœur. Ma sublime, mon exaspérante petite sorcière. Tellement compatissante et généreuse. Obstinée et rebelle.

– S'il te plaît, Gray, dit-elle, haletante, en agrippant à ma chemise.

J'articulai péniblement en frottant mon bas-ventre contre elle :

– Oui, dis-moi. Dis que tu as envie de moi Kira, s'il te plaît.

– Oui, j'ai envie de toi. J'ai envie de toi à en mourir.

Mon soulagement fut intense et féroce. Mon Dieu, elle me faisait complètement craquer. Je ne pouvais pas attendre une seconde de plus. Mon sexe palpitait impatiemment entre mes cuisses. J'allais enfin la prendre, qu'on soit allongés dans l'herbe ou pas.

– Oh mon Dieu, s'exclama une voix féminine, tout près de nous.

– Qu'est-ce que c'est que c'est… ? dit une autre personne.

– Pour l'amour de…

– Eh bien je n'ai jamais rien vu de…

Nous sommes restés les yeux dans les yeux, attendant que le brouillard de notre désir se lève. Je plissais les yeux à cause du soleil, et je n'arrivais à distinguer que les contours sombres de six personnes qui planaient au-dessus de nous. Abasourdi, il me fallut quelques minutes pour me remettre de mes émotions et reprendre le contrôle de mon corps. Kira, quant à elle, s'était éloignée de moi comme si je la brûlais. Une fois qu'elle fut debout, je me redressai. Un abricot écrasé glissa de mon visage sur mon bras.

Quand je fus enfin capable de distinguer les visages face à moi, mes yeux passèrent de Charlotte à Walter, puis à Shane, et enfin à Vanessa. Il y avait aussi une femme aux cheveux roses que je ne connaissais pas, et pour finir, un autre visage familier, celui-ci.

– Harley, dis-je, surpris et ravi.

Harley, un gros nounours couvert de tatouages, toujours aussi massif et inquiétant que dans mon souvenir, s'avança.

– Ça alors ! Je n'en reviens pas. Mais comment est-ce possible ?

J'en bafouillais, m'avançant pour lui serrer la main, mon cerveau essayant de comprendre ce qui se passait. Je me forçais à chasser Kira le plus loin possible de mes pensées pour récupérer quelque faculté mentale.

– Comment es-tu arrivé ici ?

J'essuyai ma main collante et pleine de fruits sur mon jean. Sans succès.

Harley me fixa un moment avant d'éclater d'un rire grave et chaleureux.

– Mec, j'suis sorti y'a un mois.

Il me dévisagea de haut en bas, exprimant tour à tour le dégoût et l'hilarité.

– Mais ce qui m'intéresse vraiment, c'est de savoir ce qui t'est arrivé. On dirait que tu t'es… englué.

Kira s'approcha alors. Elle était presque méconnaissable tant son visage était couvert d'abricot.

– Attendez, Harley ? *Harley* ?

Elle était si surprise qu'elle ne trouvait plus ses mots.

Harley lui lança un coup d'œil.

– Kira ?

Ma tête allait de l'un à l'autre.

– Vous vous connaissez ? demandai-je, très étonné.

Tous les autres faisaient comme moi et les observaient. Il ne manquait plus que le pop-corn.

– Oh mon Dieu ! s'écria Kira toute excitée. Elle courut vers Harley indifférente au fait qu'elle allait l'enduire de la même purée collante que celle dont elle était recouverte. Il ne l'arrêta pas, bien au contraire, et elle se jeta dans ses bras en le serrant de toutes ses forces. J'aurais pu être à nouveau jaloux, mais cette étreinte fut rapide et Harley lui souriait avec une affection amicale.

– Je ne peux pas croire que tu sois ici.

– Où vous êtes-vous rencontrés ? demandai-je encore.

– Au centre d'accueil, dit-elle, sans même me regarder.

Ma tête tournait, pas seulement parce que Harley était un rappel de mon passé, mais surtout à cause de la violente transition entre l'épisode fiévreux avec Kira et la réunion de maintenant. D'ailleurs, le silence des autres qui regardaient la scène parlait pour eux : ils étaient choqués eux aussi.

– Comment se fait-il que *vous* vous connaissiez, tous les deux ?

– Nous nous sommes rencontrés en prison.

– Oh, s'exclama-t-elle, en tournant enfin son regard vers moi. Puis elle reporta son attention sur Harley

– Tu as fait de la taule, Harley ?

– Ouais, Kira, j'en ai fait, désolé de te l'apprendre comme ça. Ça s'est révélé être la meilleure chose qui me soit arrivée, en fait. La vie est bien faite. Même si aujourd'hui, dit-il en se tournant vers moi, je prie pour qu'il y ait une place pour travailler ici.

– Tu as besoin de bosser ? demandai-je. Bien sûr que je peux te donner du boulot. Tout ce dont tu as besoin mon pote.

Le visage rondouillard de Harley s'illumina.

– J'espérais que tu dirais ça.

Il se tourna vers la femme aux cheveux roses, vêtue d'une mini-jupe moulante en cuir et d'un débardeur qui semblait peint sur elle.

– Au fait, je te présente Priscilla.

J'ai levé ma main collante pour lui expliquer pourquoi je ne lui offrais pas. Elle se mit à rire doucement et dit :

– Ravie de te rencontrer, Grayson. Harley m'a beaucoup parlé de toi.

Elle regardait tour à tour Kira et moi, l'œil amusé. Elle sourit ensuite à Harley.

Charlotte se rapprocha alors.

– Gray, peut-être que vous et Kira pourriez aller vous laver de… enfin… vous laver et ensuite nous pourrions tous rejoindre la maison ?

Elle avait l'air pleine d'espoir. Je me suis dit qu'ils avaient dû se précipiter ici en pensant que Kira et moi étions en train d'en découdre physiquement après ce qui s'était passé près du labyrinthe. C'était, au final, assez exact – bien que cela n'avait pas été violent. Enfin, pas complètement.

– C'est une bonne idée, non, Kira ?

Elle me regarda, l'air indécis.

– Oui, d'accord, dit-elle finalement.

Je la retins par la manche. Elle s'arrêta, le regard fixé sur ma main.

– Kira…

– Nettoyons donc tout ça, Grayson, dit-elle doucement, sans croiser mon regard, ne me permettant pas d'essayer de lire son expression.

Je hochai la tête, et je la relâchai.

Nous nous sommes tous dirigés vers la maison, Kira en tête. Harley me raconta comment il m'avait retrouvé ici, à Napa, puis décrivit le petit appartement que Priscilla avait à Vallejo, la ville voisine.

– Je me suis souvenu que tu vivais dans la vallée de Napa, et au premier coup d'œil, j'ai su que j'étais au bon endroit… C'est fou ce que le temps passe vite.

Je regardai Harley avec une pointe de regrets.

– Je sais que j'ai un peu coupé les ponts et j'en suis désolé, mais une fois arrivé ici, j'ai compris que j'allais crouler sous le boulot, et j'ai vite été dépassé.

– Je comprends, tu n'as pas à t'excuser. Tu disais souvent que c'était beau ici, mais c'est encore plus magnifique que ce que j'avais imaginé, dit-il en balayant d'une main les collines vert vif, couvertes de vignes, et la montagne d'une beauté à couper le souffle.

– Le domaine va bientôt retrouver sa splendeur d'antan, dis-je distraitement en regardant Kira qui approchait de la maison.

Elle se retourna brusquement, comme si une idée venait de lui traverser l'esprit.

Elle embrassa Harley sur la joue et lui prit la main.

– Je suis tellement heureuse de te voir si en forme, dit-elle, le regard embué.

Je fronçai les sourcils, mais elle ne me regarda pas, et elle n'attendit pas non plus que Harley lui réponde. Elle tourna les talons et disparut dans la maison, me laissant les yeux fixés sur l'endroit qu'elle venait de quitter.

– Grayson, dit Shane en s'approchant de moi. Après ta douche, et une fois que tu auras pu profiter de Harley et Priscilla, nous devrions discuter en tête à tête.

Vanessa se tenait derrière lui et se mordait nerveusement la lèvre.

Mon Dieu, c'était sûr. J'avais révélé que Kira et moi avions arrangé notre mariage. Maintenant, il fallait que je m'explique. Seulement, comment faire alors que j'avais moi-même du mal à comprendre ? Tout cela semblait claire comme de l'eau de roche, il y a peu... Mais maintenant, la situation était à peu près aussi gluante et empêtrée que je l'étais moi-même.

– D'accord, marmonnai-je en rentrant. Charlotte, veux-tu bien préparer à Harley et Priscilla quelque chose à manger et à boire ? Je redescends dans une minute.

– Bien sûr, répondit Charlotte en les accompagnant tous deux vers la cuisine.

Je tentai d'ouvrir la porte de la chambre de Kira, mais elle était verrouillée, et quand je frappai, elle ne répondit pas. Elle était probablement déjà sous la douche. C'est ce que j'allais faire moi aussi, avant de redescendre. Mais j'éprouvais d'abord le besoin de lui parler. Les choses étaient restées en suspens, et je voulais m'assurer qu'elle allait bien. Je voulais m'assurer que NOUS allions bien.

Je me douchai, jetant en boule mes vêtements collants et les enveloppant dans une serviette pour les apporter à la buanderie. Mon Dieu, comment en étions-nous arrivés là ? Ça rimait à quoi ? Après avoir enfilé un jean propre et un tee-shirt, je marchai pieds nus vers la chambre de Kira et frappai de nouveau à sa porte. Toujours pas de réponse. Je tournai alors la poignée qui était, cette fois-ci, déverrouillée. Était-elle déjà descendue ? je jetai un coup d'œil à l'intérieur de la chambre et je remarquai immédiatement remarqué que sa valise avait disparu. Le ventre serré par la panique, j'entrai dans la pièce en l'appelant. Le placard était ouvert, mais il n'y avait plus rien à l'intérieur, à l'exception de quelques sacs de vêtements remplis de vieilleries appartenant à ma belle-mère. Au moment où j'allais me ruer dehors, je tombai sur un mot posé sur la commode, et, juste dessus, la bague que j'avais offerte à Kira, et qu'elle n'avait pas enlevée depuis notre premier dîner. En la prenant, la lumière fit scintiller les facettes des diamants. Qu'est-ce que j'espérais exactement, en lui offrant ce bijou ? Je n'étais pas sûr de vouloir lire le message.

Grayson, je pense qu'il est clair aujourd'hui que nous devons prendre nos distances. Tu as besoin de temps pour t'expliquer avec Shane et Vanessa, et je ne veux pas être un obstacle entre vous. Je serai à la fête la semaine prochaine pour exécuter ma dernière mission en tant qu'épouse, ensuite je déménagerai pour de bon.
Kira
P.-S. Cette bague est celle de Vanessa, pas la mienne. Elle ne m'a d'ailleurs jamais vraiment appartenu.

Je laissai tomber le morceau de papier, la gorge nouée, le dos parcouru de frissons. Elle avait dit qu'elle avait envie de moi mais elle était partie. Je me retournai et descendis l'escalier. Les frissons qui étaient nés dans ma colonne gagnaient peu à peu tout mon corps et paralysaient mon cœur. Ce sentiment glacial m'était familier. Je le connaissais, je le méritais. Je survivrais.

En suivant les voix qui venaient de la cuisine, je retrouvai Harley, Priscilla et Charlotte tous attablés. Charlotte commença à me couper un morceau de son gâteau au café et à la crème, mais je levai la main, refusant en silence son offre. Elle fronça les sourcils.

– Harley m'a raconté comment vous lui avez sauvé la vie.

Charlotte m'adressa un regard tendre et triste à la fois.

Je passai la main dans mes cheveux. Je n'avais jamais parlé à personne de mon séjour en prison. Je n'étais pas nécessairement disposé à le faire maintenant, mais je ne pouvais pas virer Harley comme un malpropre. Je lui devais tant. Il était là, et il avait vécu cette histoire avec moi.

– Plutôt comment il a sauvé la mienne, dis-je.

– Nan, nan… Je ne m'en souviens pas, dit-il, se penchant en arrière et en croisant ses doigts sur sa tête chauve.

– C'était un coup de chance, et après ça, tu m'as eu dans les pattes pour les cinq années qui ont suivi, ai-je dit, la gorge serrée. Si tu n'avais pas été là, je serais mort là-bas.

Et c'était vrai. Quand nous étions arrivés, j'étais sous le choc, incapable de croire que j'allais faire cinq ans de taule alors que mon avocat m'avait assuré que je ferais, au pire, six mois de travaux d'intérêt général. J'étais dans la cour avec Harley, que je ne connaissais même pas à ce moment-là, quand un éclair brillant m'avait attiré l'œil. Instinctivement, j'avais réagi et cela avait donné le temps à Harley de se tourner et de désarmer l'homme qui, autrement, l'aurait poignardé avec une lame de fortune. À partir de ce jour, Harley, qui avait fait plusieurs passages en prison et connaissait bien le système carcéral, m'avait protégé de toutes sortes d'horreurs.

– Eh bien, vous faites partie de la famille alors, dit Charlotte avant de détourner les yeux, le regard embué de larmes.

Harley fit un signe de tête à Charlotte et lui adressa un sourire chaleureux avant de me regarder.

– Et maintenant, dit-il. J'arrive ici, et je te retrouve marié à Kira Dallaire. La vie est pleine de surprises.

Je tentai d'acquiescer par un petit « oui » mais il resta coincé dans ma gorge. Je décidai de ne pas mentionner les circonstances de notre mariage, ou le fait que ce serait bientôt fini, de toute façon.

Harley me fixait avec un air que je lui connaissais bien. Il pouvait paraître gros et méchant, mais c'était un fin observateur. C'était sûrement lié au fait qu'il avait grandi dans les rues de San Francisco. Il m'avait raconté qu'on avait deux solutions : soit anticiper ce qu'une personne pourrait vous faire, soit devenir sa victime.

– Tu veux que je te raconte une histoire sur Kira ?

– Bien sûr, dis-je, pas vraiment sûr que j'en avais envie.

Harley hocha la tête.

– Il y a environ six ans, j'étais dans une mauvaise passe.

Il s'arrêta et regarda Priscilla qui le fixait avec sympathie, puis prit sa main dans la sienne.

– Je n'arrivais pas à m'arrêter de boire, j'avais tout perdu, emportant dans ma chute tous ceux qui m'aimaient… J'avais envie de mettre fin à mes jours.

– Mon Dieu, Harley… murmurai-je. Je n'étais pas au courant.

Il me répondit par un signe de tête.

– C'est difficile d'admettre à quel point j'étais faible, à quel point ma vie avait peu de valeur à l'époque, mais c'est la vérité. Je suis allé au centre d'accueil pour ce que j'avais imaginé être mon dernier repas, et c'est là que j'ai rencontré Kira. Elle devait être adolescente à l'époque.

Une adolescente. Les adolescents n'étaient pas caractérisés par leur altruisme. Mais Kira avait été gentille, déjà à ce moment-là…

Je me concentrai à nouveau sur ce que Harley disait.

– Elle m'a servi un peu de nourriture et s'est assise avec moi. Nous avons bavardé pendant un moment. Elle avait apporté une boîte de magie pour divertir les enfants et elle m'a fait quelques tours. Elle était habitée par son rôle. Elle était pleine de vie, vous voyez ce que je veux dire ?

Oui, je voyais.

– C'était la première fois que je souriais depuis longtemps, et elle m'a dit que si je revenais le lendemain, elle m'expliquerait le truc. Mais c'est le simple fait que quelqu'un m'ait demandé de revenir, et semblait le vouloir assez pour m'y inciter en me promettant les solutions à des tours de magie ridicules, qui m'a fait revenir ! Le lendemain, elle m'a refait des tours pour continuer à capter mon attention. C'est là que je me suis rendu compte que je n'avais aucun centre d'intérêt. Et ce simple constat m'a donné l'espoir dont j'avais besoin. J'ai donc continué à venir, et je suppose que c'est grâce à cela que je suis toujours en vie. Voilà.

Dieu, que ça lui ressemblait, c'était même du Kira tout craché ! J'ai senti mon cœur battre dans ma poitrine et la glace qui l'entourait a commencé à fondre. Je n'arrivais pas à savoir si j'étais fâché ou non. Petite sorcière. Où était-elle ?

Harley a continué :

– Mais je n'étais malheureusement pas encore prêt à changer. J 'ai donc commis quelques erreurs, et j'ai fini par devenir ton partenaire de prison. Mais je te le dis, et Dieu m'en est témoin, si Kira ne m'avait pas sauvé la vie ce jour-là, tu n'aurais pas eu à me sauver à nouveau à ton tour. Et je n'aurais pas non plus été là pour te soutenir le mieux que je pouvais derrière les barreaux. C'est drôle comme les choses sont liées, n'est-ce pas ? Drôle, comme une vie peut en affecter une autre, et ainsi de suite.

– Drôle de hasard.

Harley cligna des yeux.

– Si tu crois au hasard.

Il fit une pause et esquissa un sourire.

– Eh bien, écoute, mon pote, on aura le temps de ressasser nos vieux souvenirs. Mais si je veux être en forme pour bosser demain matin, je ferais mieux de rentrer me reposer. Priscilla doit travailler ce soir.

– Oh, dit Charlotte. Que faites-vous, ma chère ?

– Je suis danseuse exotique, dit-elle en souriant.

– Oh, une danseuse, charmant ! répondit Charlotte en joignant ses mains comme si Priscilla venait de lui dire qu'elle était meneuse de revue à Broadway.

Je m'éclaircis la voix, et souris à Harley et Priscilla en me levant.

– Je ne peux pas vous dire à quel point je suis content que tu m'aies retrouvé. C'est bon de te voir.

– Toi aussi, mon frère.

Nous avons fait un *check* comme nous le faisions en prison. Charlotte a pris Harley et Priscilla dans ses bras, et les a accompagnés jusqu'à la porte. Après leur départ, et avant que quiconque n'ait pu se demander où j'étais, j'ai pris mes clefs et je suis sorti par la porte de derrière. Puis j'ai rejoint mon pick-up, direction : la ville. J'avais une épouse à retrouver et quelques courses à faire.

★ ★ ★

– Ah, vous êtes de retour ! dit Charlotte en brandissant la corbeille de linge de ma salle de bains et deux chemises qu'elle avait évidemment repassées.

Je regardai par la fenêtre sans même lui répondre. Je l'ignorais d'ailleurs depuis une semaine, surtout à cause du coup qu'elle m'avait fait en invitant Shane et Vanessa, m'obligeant du coup à supporter leur présence.

Je venais de rentrer de mon petit tour à Napa à la recherche de la voiture de Kira. L'histoire de Harley m'avait convaincu d'aller la retrouver, mais je n'aurais peut-être pas dû. Elle avait dit qu'elle m'en voulait. Peut-être était-ce une réaction à brûle-pourpoint ? Ou bien cela avait-il une raison purement physique ? Ou alors, elle avait menti. Ou bien… Bref… Le résultat était qu'elle n'était pas là.

Elle m'avait quitté.

Je ne veux pas de toi. Je ne veux pas de toi, du tout.

Si vous aviez davantage de valeurs…

Peut-être qu'elle était allée jusqu'à San Francisco pour retrouver Kimberly. Elle avait dit dans son mot qu'elle serait de retour pour la fête, pourtant.

– Eh bien, quand vous aurez fini de vous noyer dans les regrets, le dîner sera…

Les mots de Charlotte s'arrêtèrent brusquement au moment où je levai les yeux vers elle. Elle était debout près de la porte du placard en train de suspendre les chemises repassées. Elle se tourna brusquement vers moi.

– Alors, voilà comment vous vous voyez, le méchant. Ou attendez, peut-être la victime. Ou bien même le capitaine Crochet face à votre Peter Pan de frère, c'est ça ? demanda-t-elle en tenant le costume que j'avais été loué après avoir mon échec à localiser Kira.

Il n'y avait qu'un mot pour décrire l'expression de son visage : déception. La déception totale.

– Comment veux-tu que je m'habille, Charlotte ? En prince ? C'est juste une fête stupide, ça n'a aucun sens, et en plus, je ne suis pas un prince.

– C'est une fête que votre femme a généreusement organisée.

Je la fusillai du regard.

– Ma femme est partie, elle m'a quitté, elle ne revient que pour la fête et elle s'en va juste après, pour toujours, comme nous l'avions prévu.

Comme nous l'avions prévu.

Charlotte sembla choquée pendant un bref instant. Elle m'observa, le regard inquisiteur. Il régnait un silence de plomb.

– Mais ce n'est pas ce que vous aviez prévu, n'est-ce pas ?

Charlotte s'approcha de moi et me tendit la main. Je m'en saisis et elle la serra entre les siennes, son parfum, un mélange de pâtisserie et de talc me réconforta.

– Ah, mon garçon, vous vous êtes fait mal en tombant, n'est-ce pas ?

– En tombant ? demandai-je en retirant mes mains. Comment ça ?

– En tombant amoureux. De Kira. De votre femme, dit-elle en me souriant gentiment.

Je déglutis et me tournai vers la fenêtre.

– Je ne suis pas amoureux de Kira, insistai-je, mais les mots étaient fragiles, comme s'ils n'avaient aucun poids et flottaient dans l'air.

Charlotte soupira.

– Par tous les saints, vous êtes tous les deux si têtus ! Vous méritez juste d'être enchaînés l'un à l'autre pour la vie. C'est un miracle qu'à cause de vos histoires, je ne me sois pas mise à boire.

Je ricanai. Je n'étais pas amoureux de la petite sorcière. L'étais-je ? Non, impossible, mes sentiments pour elle étaient trop turbulents, trop hors de contrôle, aussi. Ils étaient terrifiants. Peut-être que j'étais obsédé par elle, enchanté, séduit. Mais amoureux ? Non.

– Elle me rend fou, dis-je en me tournant vers Charlotte. Quand nous sommes ensemble, nous nous comportons la plupart du temps comme des enfants intenables.

Et sinon comme des amants désespérés, incapables de s'éloigner plus d'une seconde l'un de l'autre…

Charlotte claqua sa langue et hocha la tête.

– Nous devrions tous être des enfants quand il s'agit d'amour, ouverts et vulnérables.

Elle s'arrêta un instant.

– Je ne connais pas tout du passé de Kira, mais je sais que vous avez de bonnes raisons de lui ouvrir votre cœur. Et aussi une bonne raison de vouloir choisir quelqu'un qui n'inspire pas une telle passion, une telle intensité et une telle peur. Mais, Grey, ces sentiments signifient que vous l'aimez… Pour ceux qui ont été blessés comme vous l'avez été, comme Kira aussi probablement, l'amour, le vrai, peut-être une perspective effrayante. C'est le plus grand acte de foi possible que croire en l'amour.

Je passai la main dans mes cheveux. Je n'en pouvais plus. Je ne savais même pas par où commencer, ni sur quoi me concentrer. J'étais tiraillé entre ma colère et mon désir désespéré pour Kira.

– Je pense qu'un bon début serait déjà… de parler à votre frère et à Vanessa, et de les écouter non pas avec votre ressentiment, mais avec votre cœur, dit Charlotte, comme si elle lisait dans mes pensées.

Elle me reprit la main.

– Et gardez en tête que l'amour n'est pas toujours simple et facile. Il peut blesser. L'amour oblige à s'ouvrir et à laisser entrer l'autre jusqu'à la plus intime part de notre être. Car le véritable amour est une fleur, mais qui porte des épines.

– C'est vrai. Piquant, et douloureux.

Le rire de Charlotte sonna joyeusement comme des cloches dans une cathédrale. Elle me serra la main avec force.

– Piquant, oui, acéré aussi, mais pas toujours douloureux. Il met à nu pour mieux nous guérir, Soyez courageux, ne le combattez pas... Rendez les armes, mon garçon.

Elle se haussa sur la pointe des pieds pour m'embrasser sur la joue, je me penchai légèrement pour la laisser faire. Puis elle sourit gentiment et s'en alla.

L'amour n'est pas toujours simple et facile. Est-ce pour cela que j'avais choisi Vanessa auparavant ? Parce que mes sentiments pour elle étaient tièdes ? Dès que je me posai la question, je compris au fond de moi que la réponse était oui. Shane et moi avions grandi avec Vanessa. Elle avait toujours été une amie, belle et douce. J'avais remarqué la façon dont, Shane et elle, se regardaient en espérant que l'un ferait un pas vers l'autre. Mais ils ne s'étaient rendu compte de rien. Pourtant, alors que je le savais, j'avais dragué Vanessa, sachant que Shane ne m'en empêcherait pas. J'avais honte maintenant.

Je la voulais parce qu'avec elle je contrôlais parfaitement mes sentiments, que ce genre de relation paisible, sans risques, sans épines était précisément ce que je recherchais à ce moment-là. Après avoir essayé de gagner un amour qu'on ne me rendait pas, je me suis retrouvé tout seul à espérer le bonheur. Je ne voulais plus de çà, plus attendre en espérant. Ça faisait trop de mal. J'avais donc choisi quelqu'un qui ne m'inspirait rien de tout ça. *Vanessa avait été trop gentille pour dire non.* Et, quelque part, au fond de moi, j'avais ressenti une certaine satisfaction en prenant quelque chose que je savais revenir à Shane. Je lui avais donné toute ma vie, j'avais fait en sorte qu'il ne souffre pas comme moi j'avais souffert. J'avais mérité Vanessa plus que lui. *Seigneur.* C'était mon frère et je l'avais trahi, même s'il ne le savait pas. Et je n'avais pas pensé à elle non plus. Mes sentiments tièdes auraient-ils suffi ? Bien sûr que non. À l'époque, je regardais tout avec une sorte de détachement froid. Avec sa chaleur et son exubérance, Kira était la seule qui avait été capable de m'en faire sortir. Vanessa et moi n'aurions jamais été heureux. Je m'étais dit qu'il ne serait jamais nécessaire de lui confier mes secrets parce qu'elle connaissait mon histoire familiale, mais la vérité était que je ne le voulais pas. Je n'avais jamais eu besoin de partager mon jardin secret avec elle, et je ne l'avais alors pas fait. Si je l'aimais, ce n'était que comme une amie.

Elle m'avait dit qu'elle voulait se réserver pour le mariage. À ce moment-là, j'avais déjà eu tellement de femmes dans mon lit que cela m'avait semblé normal d'attendre ma femme. Probablement s'était-elle réservée plus pour Shane que pour notre mariage, qu'elle en ait eu, à l'époque, conscience ou pas. Mais maintenant… Dieu merci, je n'avais jamais fait l'amour à la femme de mon frère. Aujourd'hui, le peu qu'on avait fait me semblait déjà incestueux et absolument répugnant.

Une fois que j'avais été incarcéré, ils s'étaient trouvés. En réalité, je n'avais souffert que d'un sentiment de trahison. J'avais surtout pleuré la perte de l'une des rares personnes qui avait toujours été auprès de moi : mon petit frère. Depuis, je ne m'étais plus permis de ressentir quoi que ce soit. Et puis, Kira était arrivée, chamboulant mes émotions et me forçant à assumer mes désirs. Elle me maintenait dans un tel état que je ne pensais plus à me protéger. De plus, dès que je tentais d'ériger de nouveaux murs, elle les détruisait. À chaque fois.

Kira, qui ne faisait rien à moitié.

Kira, qui avait souffert autant, voire plus que moi.

Soudain, je me sentis encore plus misérable ; nos histoires avaient beaucoup de points communs et même si elle avait été gravement maltraitée, Kira avait choisi d'embrasser son destin, pleine d'espoir, d'optimisme, et avec une générosité stupéfiante. Et moi ? Moi je m'étais retiré et enveloppé de froideur, je m'étais centré sur mes propres désirs. Contrairement à ma femme, j'avais été lâche.

Pourtant, j'avais envie d'aller mieux. Je voulais être digne d'elle. Et je la désirais. Pas seulement son corps. *Elle*. Que Dieu me vienne en aide… Je voulais son corps, oui, mais je voulais tellement plus que cela. J'avais envie de son approbation, de connaître ses pensées, ses secrets. Et je voulais continuer à lui confier les miens.

Je me laissai tomber lourdement sur le lit. *Je l'aimais.* Kira, belle, envoûtante avec ses cheveux ardents et ses yeux verts. Kira, qui m'avait ramené à la vie. Kira, le mélange parfait de vulnérabilité et de défi. *Kira. Ma femme.*

J'entendis un petit bruit de griffes qui glissaient sur le parquet. Sugie poussa du museau la porte entrouverte, et trottina vers moi. Elle émit un son très doux et au lieu de baisser sa tête mutilée, elle la posa sur mon genou, me fixant de ses yeux profonds. Je lui grattai l'oreille.

– Que tu es belle, ma Sug, dis-je, en la félicitant d'avoir su trouver un chemin vers le bonheur. Quand suis-je tombé amoureux de Kira ? demandai-je au chien que ma femme m'avait offert.

Sugie ne m'offrit aucune autre réponse qu'un petit gémissement satisfait. *Quand était-ce arrivé ?* La première fois où elle m'avait appelé Dragon ? Étaient-ce ces stupides rats dont le nom commençait par O ? La première fois où je l'avais embrassée ? Ou peut-être en la regardant jouer avec ces enfants au centre d'accueil, ses cheveux volant follement autour de son visage ? Ou bien étais-je tombé amoureux d'elle sans m'en rendre compte ?

Oh, Mon Dieu… Je l'aimais. Et je voulais qu'elle m'aime. Je le voulais comme un mort de faim. J'en avais mal à la poitrine et ça me terrifiait. Je ne savais pas comment gérer ces émotions que je m'avouais enfin, et je savais encore moins comment lui avouer tout ceci sans qu'elle me rejette.

Soyez courageux, ne le combattez pas… Rendez les armes, mon garçon.

J'ai enfoui ma tête dans mes mains, incapable de déterminer si j'avais ce courage en moi.

CHAPITRE 19

KIRA

Beazley House était une demeure qui datait de 1902 et avait été transformé en un charmant Bed & Breakfast, à quelques pas du centre-ville. C'est là que j'avais choisi de m'installer depuis presque une semaine pour panser mes blessures, et finir de préparer la soirée au vignoble Hawthorn. J'avais été en contact permanent avec Charlotte par messages et je savais que tous les préparatifs se déroulaient comme prévu, aussi bien à l'intérieur et à l'extérieur de la maison. Charlotte m'avait proposé à plusieurs reprises de passer me voir mais j'avais toujours refusé. C'était gentil de sa part mais personne ne pouvait rien faire pour moi, et cela aurait été encore plus douloureux de passer du temps avec des membres de la famille de Grayson. Je savais que j'allais souffrir, il fallait donc que je commence à m'éloigner dès maintenant pour ne pas être encore plus dévastée.

J'essayai de comprendre pourquoi, pendant tout ce temps, Grayson ne m'avait pas envoyé un texto ou passé un coup de fil.

Mon idée de mariage arrangé avait tourné à la catastrophe. Ma seule consolation c'était que j'avais atteint mon but, j'étais indépendante financièrement et j'avais enfin cette liberté tant désirée. Quant à Grayson, son vignoble était en passe d'être à nouveau opérationnel.

Pour l'heure, je me préparais et faisais les dernières finitions sur mon costume pour la fête de ce soir. Je m'y rendrais, comme je l'avais promis, pour vérifier que tout se passait bien et m'assurer que Grayson et moi avions l'air d'un vrai couple marié. Après quoi, je quitterais immédiatement la ville. Je ne pourrais pas retourner à Beazley House sans que cela ne paraisse suspect. J'avais sympathisé avec les propriétaires et ils pensaient que je dormais chez eux à cause de tous les travaux qu'il y avait à faire au domaine. Je leur avais dit que la poussière me déclenchait des crises d'asthme. Après la soirée, il me serait impossible de rester à Napa ou dans les environs. Si jamais quelqu'un en ville se rendait compte, que nous n'étions pas un couple heureux et fraîchement marié, il se sentirait trahi et cette soirée, organisée dans le but d'améliorer l'image de Grayson, n'aurait servi à rien. Je demanderais à Grayson si je pouvais passer une dernière nuit dans mon cabanon, et à Walter de m'accompagner récupérer ma voiture et. Puis je partirai dans la matinée. J'avais assez pleuré cette semaine. Il ne fallait d'ailleurs pas que je recommence, car je venais de passer presque une heure à me maquiller. Comme un boxeur qui s'apprête à monter sur le ring, je me suis redressée et j'ai enfilé mes chaussures. Soudain, mon téléphone sonna : le chauffeur était arrivé.

J'ai jeté un dernier coup d'œil dans le miroir et j'ai attrapé ma valise avant de quitter la chambre. Il n'y avait personne dans les parties communes, mis à part un employé qui préparait le dîner dans la cuisine, à gauche de l'entrée. J'avais déjà payé ma note et je verrais les propriétaires à la soirée puisqu'eux aussi étaient invités.

La voiture m'attendait devant la maison. Le chauffeur me regarda avec des yeux écarquillés tandis que je descendais les escaliers.

– Waouh, dit-il, quel costume !

Les yeux braqués sur moi, il prit mon bagage et m'ouvrit la portière en me tendant la main. C'était très agréable.

Je lui souris.

– Merci.

Je grimpai à l'arrière, en prenant soin de ma longue robe encombrante et en l'arrangeant du mieux possible pour ne pas disparaître sous son volume. Cette robe était la principale raison pour laquelle je ne voulais pas prendre ma voiture : je n'aurais jamais pu tenir derrière le volant ! Elle était faite de satin et de tulle de couleur noire et vert foncé. J'avais ajouté une crinoline à trois cerceaux sous la jupe pour avoir de l'ampleur. Le haut était un bustier que j'avais fait faire sur mesure pour qu'il me fasse une taille bien fine. Je l'avais accessoirisée avec de très longs gants noirs, plusieurs colliers, noirs eux aussi. Un chapeau de sorcière, pointu et à larges bords, venait finir le déguisement. Mes cheveux étaient détachés et je les avais rendus encore plus sauvages que d'habitude en les bouclant au fer. Mon rouge à lèvres était très vif, mes yeux étaient charbonneux et mon masque, qui ne recouvrait que mon regard était noir et me faisait encore plus ressembler à un chat.

J'avais envisagé plusieurs costumes mais finalement celui-ci s'était révélé le plus approprié. Je quitterais Grayson de la même manière que j'étais arrivé dans sa vie : comme sa petite sorcière. Non, me dis-je déprimée, pas SA petite sorcière. Je n'avais jamais été sienne. J'étais désespérée à l'idée que c'était la dernière nuit que je passerais au vignoble. Hawthorn. Peut-être que ce costume était l'ultime et ridicule façon que j'avais trouvée pour lui avouer mon amour. Je voulais que Grayson m'aime toute entière mais il ne désirait que mon corps. *Tu es vraiment une idiote, Kira. Une idiote stupide et désespérée.* Je ne serais jamais assez bien à ses yeux, comme je n'avais jamais été assez bien aux yeux de mon père ou même à ceux de Cooper. Ce qui était important aujourd'hui, c'était que je me trouve bien à mes propres yeux.

Le trajet me parut très court. Je me concentrais pour me détendre et prenais de grandes inspirations. Dieu merci, je portais des gants car je suis sûre que mes mains étaient glacées et moites.

Quand je descendis de la voiture, aidée par le chauffeur, j'avais le souffle court et envie de vomir.

La fontaine fonctionnait à nouveau, l'eau clapotait et scintillait doucement en tombant dans le bassin. Les couleurs rose et pourpre du ciel de cette fin de journée s'harmonisaient avec l'éclairage doré qui provenait la maison. Le lierre était bien taillé et les jardinières aux balcons étaient pleines de feuillages luxuriants et de pétunias blancs qui tombaient en cascade. Le parfum des roses et des fleurs Hawthorn, que je connaissais bien, me parvenait grâce à la brise qui agitait les buissons du jardin redevenu somptueux. J'ai fait un tour sur moi-même pour admirer la propriété, remarquant la lueur tremblante de lampes nichées dans les arbres de l'allée principale. Cela donnait une atmosphère magique au domaine. C'était magnifique, enchanteur et captivant. Le décor idéal pour un conte de fées !

Comme j'aurai voulu que ce soit le mien…

Je pris une grande inspiration et je redressai les épaules. Puis je fis un signe de tête au chauffeur qui, après m'avoir remis ma valise, hocha la tête en retour.

Il n'y avait dans l'allée que la camionnette du traiteur et deux autres voitures qui devaient appartenir aux musiciens que j'avais engagés. Cela signifiait que j'avais réussi à arriver parfaitement à temps pour accueillir les premiers invités. J'allais les recevoir avec Grayson. Je fus soudain prise de panique, mais je pris à nouveau une grande inspiration et je levai la tête pour prier ma grand-mère de m'envoyer la force de tenir mon rôle. Puis je relâchai les épaules, en me motivant.

Je peux le faire ; allez, plus qu'une dernière mission.

Je saluai les deux valets qui se tenaient sur le côté en pantalon noir, chemise blanche et veste rouge, et qui attendaient que les premières voitures arrivent. J'appuyai sur le bouton de la sonnette, même si j'avais pris l'habitude d'entrer sans frapper depuis que Grayson et moi étions mariés. Walter ouvrit la porte et écarquilla les yeux avant de les plisser légèrement. Je clignai des yeux… Je venais de recevoir mon tout premier demi-sourire de Walter ! Je lui souris à mon tour tandis qu'il prenait ma main et baissait la tête en signe de révérence.

– Madame Hawthorn.

– Walter…

Je m'apprêtais à lui dire de m'appeler Kira, sans doute pour la centième fois, quand la vision du foyer et du salon vide me coupa le souffle. Je posai ma valise au sol pour que Walter puisse la ranger quelque part et je contemplai la maison. Les moulures avaient été cirées et brillaient de mille feux, les lustres étincelaient et les derniers vestiges de la lumière du jour qui passaient par les fenêtres se reflétaient en prisme sur tous les murs. De grands vases de roses, de lys et de feuillages étaient posés un peu partout, parfumant ainsi les pièces de leurs odeurs douces et agréables. En entrant dans le salon, je vis le quatuor à cordes installé dans un coin de la pièce et un bar bien approvisionné dans l'angle opposé. Le mobilier avait été placé de telle sorte qu'il y avait de nombreuses chaises, mais aussi beaucoup d'espace pour bavarder et même une piste de danse près de l'orchestre.

En m'approchant de la fenêtre, je découvris l'eau transparente et propre de la piscine en contrebas. Au milieu de la terrasse un autre groupe de musiciens se mettrait à jouer une fois l'heure du cocktail passée. De petites tables agrémentaient la terrasse et des bougies, judicieusement placées, donnaient une aura romantique à l'endroit.

Je me retournai face à la pièce et restai silencieuse un moment. J'étais prise entre un sentiment de joie et de grande tristesse. J'aimais profondément cet endroit, or j'allais le quitter. Je baissai les yeux, envahie par le désespoir.

Soudain, je sentis le poids d'un regard insistant sur moi. Grayson se tenait de l'autre côté de la pièce, sa bouche incroyablement sensuelle esquissant un sourire. Je sursautai en découvrant son costume.

La joie que je ressentais était brusque et violente, je portais ma main gantée à mes lèvres. J'allais éclater de rire. L'espoir, le bonheur, la surprise, le chagrin et une centaine d'autres émotions se bousculaient en moi. Je fis un pas vers lui au moment même où il s'avançait pour me rejoindre. *Est-ce qu'il avait fait ça pour moi ?*

Il portait un smoking noir. Son masque ne couvrait que la moitié supérieure de son visage, et ressemblait à des écailles de dragon irisées, bleues, vertes et noires. En haut du masque il y avait de petites cornes, et des filaments rouges et orange qui scintillaient et dansaient tout autour pour symboliser le feu.

Il était déguisé en Dragon.

Il s'arrêta et se tourna légèrement pour me montrer les ailes accrochées à son dos, elles étaient noires avec les mêmes écailles bleu-vert et des flammes. Son sourire grandissait à mesure qu'il avançait vers moi. Nous avons tous les deux accéléré le pas pour nous retrouver au milieu de la pièce, face à face, à quelques centimètres l'un de l'autre.

Nous sommes restés ainsi à nous regarder pendant quelques instants, jusqu'à ce qu'il me dise :

– Bonjour petite sorcière.

Sa voix était grave et j'aurais juré que ses yeux, derrière le masque, brillaient de désir.

– Tu es ravissante.

– Bonjour, Dragon, lui dis-je, alors que des milliers de questions me venaient à l'esprit.

Je remarquai qu'il était diaboliquement beau tandis qu'il me souriait à nouveau et que mon cœur battait la chamade.

– Toi aussi. Je n'en reviens pas que tu aies fait ça.

Je secouai la tête et regardai son masque en souriant.

– Eh si.

Son sourire disparut au moment où il fit un pas vers moi.

– Tu m'as manqué.

– Vraiment ? chuchotai-je, en approchant à mon tour.

– Oui, mon Dieu, oui. Kira. Cette semaine… J'ai tellement de choses à te dire. On a tellement de choses à se dire. J'espère…

– On a des choses à se dire ? l'interrompis-je, à nouveau pleine d'espoir.

– Oui.

Je baissais les yeux.

– Tu ne m'as même pas appelée, lui dis-je en essayant de cacher ma peine. Je croyais…

– Charlotte a essayé de savoir où tu étais.

– Je ne savais pas qu'elle me posait la question pour toi. Pourquoi est-ce que tu ne me l'as pas tout simplement demandé toi-même ?

– Je me suis dit qu'après… bref, je voulais te montrer les choses plutôt que de te les dire. J'ai donc pensé qu'il valait mieux que je patiente jusqu'à ce soir, dit-il, la voix étranglée. J'avais besoin de te regarder dans les yeux. Kira…

– Je…

– Kira !

Une voix joyeuse s'élevait depuis la porte. Charlotte se précipita vers nous, déguisée en marraine la bonne fée. En me tournant vers elle, je ris de bon cœur et la laissai me serrer chaleureusement contre elle.

– Oh, je ne veux pas vous casser ! Laissez-moi vous regarder.

Elle me fit faire un demi-tour dans un sens, puis dans l'autre.

– Parfaite. Absolument parfaite.

– Toi aussi, Charlotte, lui dis-je. Tu devrais tout le temps t'habiller comme ça. Et tu peux me tutoyer, tu sais.

– Ma petite chérie, tu sais à quel point je t'aime, n'est-ce pas ? m'obéit-elle, une expression affectueuse sur le visage.

– Oui, dis-je, en la serrant de nouveau.

Je le savais. Malgré les raisons pour lesquelles elle avait fait venir Shane et Vanessa. Je commençais d'ailleurs à penser que ses motivations étaient bien plus profondes que ce que je n'avais pu imaginer jusqu'ici. Je n'avais jamais douté de ses raisons ou du fait qu'elle tenait à moi. Ça, je le sentais au plus profond de mon cœur.

Quelques secondes plus tard, Vanessa et Shane arrivèrent. Vanessa était la plus parfaite fée Clochette que je n'avais jamais vue, et Shane portait un smoking avec un masque vert, le chapeau de Peter Pan et une épée attachée à sa ceinture. Je sentis mes joues s'empourprer en repensant à la dernière fois où je les avais vus. Mais comme ils me souriaient tous et que Vanessa se précipitait affectueusement dans mes bras, je parvins à me détendre. Je jetai un coup d'œil à Grayson qui semblait calme.

Tandis que Shane et Vanessa allaient se servir un verre au bar, je fis face à un Grayson. Il était apaisé et semblait heureux. Je l'avais rarement vu comme ça.

– Tu as fait la paix avec eux, dis-je, incrédule.

– Oui. Nous avions beaucoup de choses à nous pardonner. Et je leur ai tout expliqué sur… nous. Je t'ai dit que j'avais beaucoup de choses à te dire.

J'ouvrais la bouche pour lui demander des précisions, mais la sonnette de la porte d'entrée retentit. Le quatuor à cordes se mit à jouer la mélodie de « Je veux y croire », la chanson du conte de fées *Raiponce*, de Disney, tandis que les maîtres d'hôtel arrivaient de la cuisine avec des plateaux d'argent sur lesquels étaient posés des hors-d'œuvre à l'odeur délicieuse.

Les deux heures suivantes furent un tourbillon de présentations et de conversations avec les invités. Je pris soin de vérifier que la fête démarrait sans problème, puis je m'assurai que toutes les personnes présentes étaient à l'aise et s'amusaient.

Les costumes étaient merveilleux, certains invités portaient de sublimes masques avec une tenue de soirée, d'autres étaient costumés des pieds à la tête. *Je n'en revenais toujours pas que Grayson se soit habillé en dragon.*

Quand je pus faire une pause, je pris une coupe de champagne sur un des plateaux qui passait et je me mis en retrait pour admirer les efforts et le travail accompli. Tout le monde avait l'air de s'amuser, et, si je me fiais aux regards émerveillés de chacun, la propriété Hawthorn les avait impressionnés. Avec un peu de chance, ils diraient en ville que Grayson avait été un hôte accueillant et chaleureux et que sa maison était sublime. Contrairement à ce qu'en disait la rumeur, cet endroit n'était pas en ruine. Bien au contraire, la bâtisse faisait passer le message que la propriété, tel le Phénix, rayonnait à nouveau sous la direction de Grayson. Qui n'aimait pas les histoires de renaissance ? Qui n'avait jamais rêvé de vivre une histoire pareille ? *C'était ce que j'espérais et la raison même de cette soirée.*

Je cherchai Grayson du regard et le trouvai au milieu d'un petit groupe d'invités, dont Diane Fernsby, qui riaient aux éclats, manifestement amusés par une histoire qu'il leur racontait. Il releva la tête et croisa mon regard avant de me faire un grand sourire. L'expression dans ses yeux me coupa le souffle. *Ce sourire causerait ma perte…*

Je fus alors distraite par Harley, déguisé en La Bête et Priscilla qui elle, avait opté pour une version punk de La Belle. Je les embrassai tous les deux, ravie de les revoir. Harley avait commencé à travailler au vignoble. C'était un homme bon et gentil, malgré ses blessures, visibles ou non. J'étais tellement heureuse que Grayson ait quelqu'un comme ça auprès de lui. Je passai quelques minutes à discuter avec eux et à apprendre à connaître un peu mieux Priscilla, puis je partis bavarder avec d'autres invités.

Je saluai Virgil, qui était déguisé en une très grosse version d'Aladin. Je parlai rapidement avec José et sa femme, déguisés en Loup et en Petit Chaperon Rouge, avant de leur présenter mes excuses et de me retirer pour vérifier que tout se passait bien dehors.

La terrasse extérieure était illuminée par des bougies et les invités se frayaient un chemin autour de la piscine. Les bruits de rires se mêlaient à la musique du groupe qui commençait tout juste une nouvelle chanson. Je restai là un moment à les observer. À aucun moment, je n'avais pu avoir une vraie discussion avec Grayson et je mourrais d'envie de me retrouver seule avec lui. Jusqu'à maintenant, cette soirée avait été un tourbillon et, malgré mon impatience, j'étais très satisfaite de la manière dont tout se déroulait.

– M'accorderiez-vous cette danse ?

Mon cœur chavira en sentant la chaleur d'un corps derrière moi et la caresse d'un murmure sur mon épaule dénudée. Un magnifique dragon me souriait, la main tendue vers moi.

– Je viens de prendre conscience que je n'ai pas encore dansé avec mon épouse. Jamais, pour être exact.

Je laissai échapper un petit rire et lui pris la main, lui permettant de m'entraîner jusqu'au milieu de la piste de danse. Je reconnus la musique du film « Il était une fois », mais je n'aurais pas pu nommer ce titre en particulier.

– Je ne savais pas qu'un dragon pouvait danser.

Il me prit dans ses bras et commença à me diriger. En se penchant près de mon oreille, il me susurra :

– Plus que tu ne crois. Les gens pensent que nous sommes lourds, mais ce n'est pas vrai. C'est un fait peu connu, mais danser avec un dragon c'est comme danser avec un éclair.

Et il me fit virevolter. Mon cœur bondit et je ris aux éclats. Mes cheveux volaient derrière moi. Il me fit tourner dans l'autre sens en me faisant un grand sourire et, aussi bête que cela puisse paraître, j'avais l'impression que je scintillais.

Nous avons ensuite ralenti et je me suis complètement abandonnée à la musique et au balancement de son corps contre le mien. J'avais envie de lui demander tellement de choses, besoin de l'entendre prononcer les mots que je croyais deviner dans ses yeux. Mais pour cela, j'avais besoin d'être seule avec lui, de partager un moment qui ne serait qu'à nous. J'étais encore bouleversée par la rapidité à laquelle les choses avaient changé : je m'étais préparée à lui dire au revoir ce soir et maintenant… et maintenant, il y avait un soupçon d'espoir, même si j'avais peur de rêver.

La chanson se termina et je reculai lentement, incapable de quitter mon mari des yeux. Lui aussi me fixait et je voyais dans son regard quelque chose que je n'avais jamais vu auparavant. Il tendit la main comme pour toucher ma joue, quand soudain des applaudissements retentirent. Je découvris alors que nous étions les seuls sur la piste, et que les invités applaudissaient comme si nous avions dansé pour eux. Je ris et mes joues s'empourprèrent quand je fis une petite révérence. Grayson, un peu embarrassé lui aussi, s'inclina.

Une femme s'approcha de nous, en boîtant légèrement, un sourire affectueux aux lèvres.

– C'était charmant, dit-elle, les mains jointes. Je suis la maman de Virgil, Trudy Potter.

– Oh ! C'est formidable de vous rencontrer. Vous savez Virgil fait partie de notre famille maintenant.

– Je ne vais pas vous retenir plus longtemps mais je voulais juste vous remercier, Monsieur Hawthorn, dit-elle en prenant une grande inspiration comme si elle se retenait de pleurer.

– Je vous en prie, répondit Grayson gentiment. Elle lui fit un signe de tête et disparut dans l'assemblée.

– Je lui ai juste donné un travail, murmura-t-il.

– Bien sûr, mais je pense que c'est bien plus que ça pour elle.

Je levai les yeux vers lui. Il me regarda intensément et poussa un petit soupir. Soudain, à ma droite, j'entendis des applaudissements isolés s'approcher de nous. Je me tournai vers ce bruit, le sourire aux lèvres. Je découvris alors que c'était mon père. Mon sourire s'effaça, et mon cœur se mit à battre frénétiquement. Grayson me prit alors la main.

– Bonjour, Kira, dit mon père.

Je le fixai avec méfiance, regardant autour de moi pour m'assurer que personne ne pouvait nous entendre. Il était debout dans l'ombre et apparemment, personne ne l'avait encore reconnu. C'était certainement normal qu'il soit à une réception organisée par sa fille, mais je ne voulais pas qu'il reste.

– Qu'est-ce que tu fais ici ? demandai-je froidement.

– Je ne voulais pas m'imposer, mais simplement voir l'endroit où tu habites. Je ne savais pas que j'interromprais une fête. Et puis j'ai détesté la manière dont nous nous sommes quittés à San Francisco. En plus, je voulais en savoir davantage sur l'homme que tu as épousé.

Il regarda brusquement Grayson.

– Vous semblez être plus cher à ses yeux que ce que Kira m'a laissé croire. Il est évident que tout père digne de ce nom s'inquiéterait pour sa fille dans ces circonstances.

– Pouvons-nous continuer cette discussion en privé ? demanda Grayson, la mâchoire contractée et le souffle court. Ce n'est certainement pas le lieu adéquat.

Il tourna la tête vers les gens qui nous entouraient, sirotant du champagne. Les gens riaient et commençaient à envahir la piste de danse.

Mon père plissa les yeux mais acquiesça. Grayson sans me lâcher la main, se dirigea vers son bureau. La porte fermée derrière nous, il asséna, la voix glaciale :

– Laissez-moi vous donner un conseil : ne remettez plus jamais les pieds chez nous.

Mon père se tourna vers lui, le regard tout aussi froid.

– Vous me comprendrez, bien sûr, si je décide de ne suivre aucun des conseils prodigués par un meurtrier.

Il parlait les dents serrées, ses lèvres bougeant à peine. Grayson le regarda, le visage totalement impassible.

– Qu'est-ce que tu veux ? demandai-je, abattue.

Cette nuit était tellement magique avant qu'il n'arrive. Je me sentais soudain désespérée.

Il nous dévisagea, détaillant nos costumes, en se gardant bien de nous dire ce qu'il en pensait.

– Toi et moi ne nous sommes toujours pas vus en tête à tête, Kira. Mais il est clair que je ne veux pas voir ma fille mariée à un meurtrier, et ex-taulard, de surcroît.

– Arrête. Tu ne sais rien de lui.

Je me sentais mal. Je posai ma main sur mon ventre, comme pour contenir la nausée.

– Kira, dit Grayson, me mettant clairement en garde sans pour autant changer d'expression. Tu n'as pas à subir ça, laisse-moi parler à ton père, s'il te plaît.

Je le saisis par le bras.

– Grayson, tu ne sais pas à qui tu as affaire…

– Je pense que c'est une bonne idée, reprit mon père.

Le sourire qu'il m'adressa alors semblait aussi faux que ses promesses de campagne. Grayson me rassura d'un regard.

– Je peux me débrouiller tout seul, petite sorcière.

Sa voix devint tendre.

– Fais-moi plaisir, retourne t'amuser à la fête.

Je laissai échapper un soupir frustré et je fixai mon père un moment. Puis je reportai mon attention sur Grayson. Mon cœur s'affola, un mauvais pressentiment m'envahit peu à peu. Qu'allait-il se passer ?

– D'accord, acquiesçai-je, ne sachant que faire. Je sortis de la pièce, les poings serrés pour cacher mes mains tremblantes.

⋆ ⋆ ⋆

La lune brillait d'une lueur dorée et une légère brume comme des plumes soyeuses flottait autour de moi. Je m'assis sur le banc à côté du labyrinthe, là où Shane et moi avions discuté. Cela me semblait déjà loin, mais en réalité cela ne datait que d'une semaine. J'enlevai mes gants et les épingles tenant mon chapeau et je les posai sur le banc à côté de moi. De mes doigts, je soulevai mes cheveux.

La terreur que j'avais ressentie dans le bureau de Grayson s'était transformée en une boule d'angoisse diffuse. Mes craintes étaient innombrables et tourbillonnaient dans mon ventre en imaginant mon père et Grayson discuter seul à seul. Pourquoi était-il ici et que pouvait-il bien vouloir ? Qu'est-ce qu'il savait exactement ? Il n'avait pas semblé se souvenir de Grayson… Qu'allait-il tenter de contrôler maintenant ? Ne serais-je jamais libérée de son emprise ?

Quand j'entendis des bruits de pas, je me levai. Grayson approchait. Il avait enlevé son masque. Je laissai s'échapper un soupir, sentant la panique monter en moi.

– Que s'est-il passé ?

Il me répondit d'un petit sourire.

– Ton père m'a offert une belle somme d'argent pour m'éloigner de toi définitivement, davantage même que l'héritage de ta grand-mère.

La boule coincée dans ma gorge tomba immédiatement dans mon ventre. Le souffle coupé, je détournai le regard, m'enveloppant dans mes bras. Bon, la bonne nouvelle c'était qu'il pensait que notre mariage était bien réel.

– Il est parti ?

– Oui.

– Tu devrais accepter son offre. De toute façon, nous allons divorcer, et il n'a pas à savoir que c'était déjà prévu.

J'essayais d'être la plus honnête possible. J'espérais que la fragilité de ma voix ne me trahirait pas.

– Tu trembles.

– Ah, bon ?

Je frottai mes bras.

– C'est qu'il fait peu froid, je trouve…

Ses mains remplacèrent les miennes, et réchauffèrent mes bras nus. Elles étaient chaudes et fortes sur ma peau.

– Kira, chuchota Grayson. Tu n'as plus à avoir peur de lui. Je suis ton mari, c'est à moi de prendre soin de toi maintenant. Je ne veux pas de son argent. Je lui ai bien fait comprendre. Et je ne veux pas fuir. J'espérais que tu avais compris ça, ce soir.

– Tu… tu as refusé ? Je retrouvai ma voix normale, et me tournai vers lui.

Il caressa une mèche de mes cheveux, posée sur mon épaule.

– Oui, ma douce et belle sorcière, j'ai refusé. Je me rends bien compte qu'il est peut-être difficile de prendre au sérieux un type déguisé en dragon, pourtant…

Je ris doucement.

– C'est la raison pour laquelle je te prends au sérieux.

– Ça tombe bien, parce que j'espérais… Eh bien, j'espérais que nous pourrions donner une vraie chance à ce mariage. J'espérais que tu accepterais d'être à moi… vraiment. Ma femme, mon amour, mon amie.

Tous ses traits, ses yeux profonds reflétaient sa vulnérabilité. Mon cœur fit un petit bond de joie.

– Tu veux que nous soyons mariés pour de vrai ? chuchotai-je.

– Oui.

Je le voulais aussi tellement, que je n'osais presque pas y croire.

– Et Vanessa ? demandai-je, les yeux au sol.

Il soupira.

– Je n'ai jamais aimé Vanessa, Kira. Ou plutôt ce n'était pas du véritable amour. Je le sais maintenant. Vanessa était destinée à Shane. Je comprends aujourd'hui ce que l'on ressent quand on a rencontré son âme sœur. La mienne, c'est toi.

– Gray, murmurai-je, en m'appuyant contre sa main qui caressait ma joue.

– Nous avons discuté cette semaine. Vanessa et moi n'étions pas destinés à être ensemble. Nous étions simplement des amis et Kira, nous ne... Jamais, nous n'avons passé la moindre nuit ensemble... Je... savais... Je savais que je ne l'aimais pas, et qu'elle ne m'aimait pas non plus.

Ces simples mots m'apportaient tellement de paix. Il sourit. *Magnifique dragon.*

– Ils sont au courant de tout. Et je leur ai dit que j'allais essayer de te convaincre de me donner une autre chance. C'est comme si on avait retiré un poids de mes épaules. Et j'ai retrouvé mon frère !

J'observai son visage. Ses yeux disaient qu'il était totalement apaisé.

– Je suis désolé pour cette stupide bague. Je...

Il avait un doigt posé sur ses lèvres comme s'il choisissait ses paroles.

– Je ne voulais pas te blesser. Je n'y avais juste pas pensé, et quand j'ai trouvé cette bague, je me suis dit que ça ferait l'affaire. Si j'avais choisi des bijoux pour toi, j'aurais pris quelque chose de complètement différent... Peut-être des émeraudes, pour tes yeux. En tout cas pas une pierre incolore comme le diamant ou l'opale. Pas pour toi.

J'avais l'impression de rêver. J'avais passé une semaine à cogiter, hantée par la peur d'être rejetée et l'envie de prendre mes jambes à mon cou.

– Est-ce que ça marchera ? On a tout fait à l'envers, je suis déjà ta femme.

Il se mit à rire.

– Oui, tu es… mon envoûtante femme.

Ses yeux parcoururent mon visage, il prit alors un air sérieux, plein de désir.

– Dis-moi juste que toi aussi, tu as envie de moi, Kira.

Mon cœur battait la chamade. Il m'avait déjà posé cette question deux fois. La première fois, j'étais blessée et perdue et j'avais dit non. La seconde, j'avais dit oui, et puis j'étais partie. Mais maintenant, je comprenais ce qu'il me demandait vraiment. En dehors de Charlotte et Walter, qui avaient comblé autant que possible les failles de sa vie, il ne s'était jamais senti vraiment désiré par personne. Il avait été utile à son frère, mais rejeté par toute autre personne qui comptait pour lui. Oui, je le désirais. Je voulais qu'il sache qu'il était digne d'être aimé. Étais-je prête à lui accorder ma confiance une fois encore ? Et lui à en faire de même ?

– Oui, Grayson. J'ai envie de toi. C'est juste que… en fait, on sait si peu de choses l'un sur l'autre.

– Je sais ce que je dois savoir, et le reste, nous le découvrirons ensemble.

Il prit ma main et me guida le long du chemin vers le labyrinthe, les bruits de la fête nous parvenant dans la brise nocturne.

– Quel est ton deuxième prénom ?

– Isabelle, comme ma grand-mère. Et toi ?

– Je n'en ai pas.

Je me suis tournée vers lui.

– Tu n'as pas de deuxième prénom ? Mais ce n'est pas normal ça.

Il haussa les épaules et ses lèvres s'incurvèrent en un sourire doux et vulnérable.

– Non, j'imagine que non.

Je le dévorai des yeux. Là, sous les étoiles, je le voyais si clairement, si intensément. Pas simplement sa beauté masculine étonnante mais tout le reste : son intelligence, sa loyauté, son caractère protecteur, son esprit et la profonde sensibilité qu'il laissait si peu entrevoir. Soudain, j'étais impressionnée. J'étais sa *femme*. Cet homme magnifique m'avait choisie. Je voulais l'aimer, le chérir, transformer tous ses sombres souvenirs en lumière. Je voulais être digne de lui, et il fallait qu'il m'aime en retour.

– Qu'est-ce qui t'a fait prendre conscience de ce que tu ressentais ? demandai-je en dissimulant mon regard derrière mes cils, soudain timide.

Il sourit.

– Charlotte m'a aidé à comprendre. Elle m'a encouragé à y croire. À lâcher prise.

– Ah, c'est un bon conseil.

– Et toi, savais-tu avant ce soir ?

– Je pense que je le savais depuis un moment.

– Vraiment ?

Son air ravi parlait pour lui.

Nous nous sommes arrêtés près de l'entrée du labyrinthe, et je lui ai pris la main.

– Nous y sommes, dis-je doucement, en pointant le labyrinthe.

– Oui, répondit-il, les yeux fixés sur moi. Nous y sommes, en effet.

Il se rapprocha de moi, me prenant dans ses bras et chuchota contre mes lèvres.

– Tu m'apportes la paix, petite sorcière, et tu fais bouillonner mon sang.

Je souris sans éloigner ma bouche de la sienne.

– Mais est-ce que tu me fais confiance ? demandai-je, en collant ma main sur sa veste pour sentir les battements de son cœur.

– Si je te fais confiance ?

Un pli se forma entre ses sourcils sombres. Je m'échappai en passant sous son bras, il se retourna alors pour me faire face.

– Viens me chercher, Grayson, dis-je avant de m'enfoncer dans le labyrinthe.

– Kira, appela-t-il à voix basse. Qu'est-ce que tu fais ?

–Je t'aide à te débarrasser de quelque chose, dis-je en tournant d'un côté, puis de l'autre.

J'entendais Grayson derrière moi. Il marchait lentement, moi, je courais.

– Si tu arrives à me trouver, je suis à toi.

– Kira ! cria-t-il, et malgré la distance, j'entendais qu'il m'ordonnait de revenir. Je connais ce labyrinthe comme ma poche, tu ne pourras pas te cacher ici, tu sais.

Oh, oui, je le savais.

Un frisson parcourut mon dos et je tournai d'un autre côté.

–Vraiment, Dragon ? criai-je. Nous verrons bien, j'attends !

J'étais déjà complètement perdue. J'éprouvais une peur vague, mais je pensais aussi à Grayson, enfant, et à ce qu'il avait dû ressentir, perdu seul ici, pendant toutes ces années. Il y avait également une pointe d'excitation à l'idée du moment où il allait me découvrir. Les arbustes étaient grands et mal entretenus. Je courais en tenant les cerceaux de ma jupe au plus près de mon corps, ma longue robe traînant au sol derrière moi, les branches des arbres semblant se transformer en mains tendues prêtes à me saisir. La lune, les étoiles, et la lueur de la maison un peu plus loin étaient nos seules sources de lumière.

Il ne disait plus rien, mais je l'entendais marcher dans les mauvaises herbes et dans les branchages d'un pas décidé, fonçant vers moi comme s'il savait exactement où j'allais. Je tournai une nouvelle fois, et là, dans ce qui semblait être le milieu du labyrinthe, je découvris une vieille fontaine en ruine. Il y avait un banc de pierre, je m'y assis et j'attendis Grayson.

L'écho lointain de la musique et des voix des invités me parvenait, mais je tendais l'oreille, attentive à ses pas, le cœur battant de plus en plus fort.

– Où es-tu, petite sorcière ? demanda-t-il, maintenant très proche de moi.

Il n'avait pourtant pas l'air de poser une question. Effectivement, il savait exactement où j'étais. Ma fréquence cardiaque augmenta encore un peu.

Il tourna à l'angle, tout près de l'endroit où j'étais assise, mon souffle se bloqua dans ma gorge. Je voyais, à la lumière des étoiles, son regard qui me fixait. Je me levai lentement et au moment où il commença à marcher vers moi, je levai ma main, lui faisant signe de s'arrêter pour que je le rejoigne. J'avais enfin compris que certaines fois, il fallait se rencontrer au milieu du chemin. Parfois, le plus bel acte d'amour était de rejoindre l'autre là où il se trouvait. Il me regarda m'approcher, le regard sombre et indéchiffrable.

Je marchais vers lui et je compris qu'au moment où je l'avais vu devant cette banque, j'étais déjà amoureuse, mais d'une manière puérile et romanesque. J'étais tombée amoureuse de l'image de Grayson. Mais ici, dans les dédales sombres du labyrinthe, où il avait été un jour un petit garçon perdu et effrayé, je lui tendis la main et je tombai amoureuse. De mon mari.

Sa main était bien réelle, chaude et solide quand il serra alors la mienne.

CHAPITRE 20

GRAYSON

La fête touchait à sa fin et je faisais le tour des invités, le plus vite possible, pour parler avec les uns ou saluer les autres. Je vis Charlotte partager une discussion animée avec la famille de José, je les saluai en souriant et leur demandai si je pouvais « l'emprunter » un instant.

– Pardon, Charlotte, je vais aller me coucher. Est-ce que tu pourrais t'occuper des invités et les inviter à rester pour profiter de la musique et du buffet ? Ah et s'ils te demandent où nous sommes, pourras-tu nous excuser, Kira et moi ?

Ma femme m'attend, là-haut, dans notre chambre.

– Vous excuser ? Vous êtes sûr ? Il y a encore…

– Oui Charlotte, absolument sûr.

Je lui fis un clin d'œil et m'éloignai avant qu'elle ne puisse continuer. Je passai devant quelques convives très concentrés sur leur conversation, puis rejoignis l'escalier. Je montai les marches deux par deux, j'aurais presque pu les gravir par trois tant j'étais pressé de retrouver ma femme.

Quand j'ouvris la porte de ma chambre, Kira se brossait les cheveux, assise devant le petit secrétaire, vêtue d'une serviette de bain pour seule tenue. En entendant la porte se refermer, elle se retourna et me sourit tendrement. Elle s'était démaquillée et ses cheveux longs et soyeux tombaient en cascade dans son dos. Elle était magnifique et avait l'air innocent, peut-être un peu effrayé aussi. Elle se leva et fit le tour de la chaise sur laquelle elle était assise, pour me rejoindre.

– Bonsoir, petite sorcière, murmurai-je en m'approchant tout près d'elle.

– Bonsoir, Dragon, me dit-elle dans un souffle, tout en portant ses doigts à mon cou pour défaire mon nœud papillon.

Elle semblait gênée de me déshabiller, ses mains tremblaient et, quand je voulus l'aider, elle se mit à rire, un peu embarrassée.

– J'ai l'impression d'être une jeune mariée, dit-elle, une pointe d'humour dans la voix mais ses yeux étaient grand ouverts et vulnérables.

– Tu l'es.

Ma jeune mariée. C'était mon tour, de me sentir bizarre. Comme si l'air de la pièce nous enveloppait et se refermait sur nous. Plus rien d'autre n'existait dans cette bulle.

Je baissai les mains et la laissai terminer de dénouer mon nœud papillon. Elle finit par le jeter avant de déboutonner les deux premiers boutons de ma chemise. Elle déposa un baiser à la naissance de mon cou, ma respiration était suspendue à la sensation de ses lèvres tendres et chaudes sur ma peau. Elle sortit sa langue comme pour me goûter et m'embrassa à nouveau, avant de reculer pour finir de déboutonner ma chemise. Je la regardais, concentrée sur ce qu'elle faisait avec ses mains. *Cette femme est à moi. Jamais personne d'autre ne l'aura,* pensais-je. Dans la pénombre, mon regard la dévorait : ses cils longs, presque posés sur ses joues, la légère ouverture entre ses lèvres, celle du bas plus pleine que la supérieure, le minuscule grain de beauté à l'extrémité de son sourcil droit, et l'endroit exact sur sa joue où je savais qu'apparaîtrait sa fossette si elle venait à sourire.

– Tu es tellement belle, dis-je, admiratif.

Ses grands yeux, émerveillés, rencontrèrent les miens, ils étaient aussi verts que l'herbe des collines dans des contrées brumeuses et chimériques. Ma sublime petite sorcière, il y avait de la magie en elle et je voulais plonger dans sa lumière. Plus jamais je ne regarderais ce labyrinthe sans repenser à cet instant, au clair de lune, où elle s'était avancée vers moi et m'avait tendu la main, le regard plein d'amour.

Elle repoussa ma veste et la laissa tomber par terre, puis elle fit de même avec ma chemise déboutonnée, en passant ses mains sur mes biceps dénudés.

– Tu es tellement beau, dit-elle, avant de planter ses yeux dans les miens.

Sans jamais me quitter du regard, elle desserra la serviette qu'elle avait enroulée autour d'elle et la laissa tomber. Elle était si belle, nue, voluptueuse avec des courbes si délicieuses que j'en eus le souffle coupé. Je pris son visage entre mes mains et je l'embrassai sans pouvoir retenir un râle d'excitation. Je la désirais tellement que je me sentais presque vaciller sur mes jambes. Mon sexe tendu était comprimé dans mon pantalon. Je suçai sa lèvre inférieure tout en balançant mes chaussures et défaisant ma ceinture. Nous avons continué à nous embrasser pendant que je me déshabillais, laissant tomber mon boxer et mon pantalon. Je m'arrachai à sa bouche seulement pour pouvoir retirer mes chaussettes et balancer toutes mes affaires. Quand à mon tour, je me retrouvai nu face à elle, ses yeux parcoururent chaque partie de mon corps avant de s'arrêter sur mon érection. Son regard se planta dans le mien et elle demanda, les joues rougies par le désir :

– Est-ce que je peux te toucher ?

– Oui, bien sûr que oui. Je suis à toi. Je t'en prie, caresse-moi.

Ça faisait des mois que j'attendais de sentir ses mains sur moi. Un siècle. Une éternité…

Elle prit délicatement mes testicules dans sa paume. Je gémis, me forçant à rester immobile pendant qu'elle me découvrait. Mon souffle sortit en un râle lorsqu'elle saisit la base de ma verge et qu'elle fit glisser sa main jusqu'en haut pour faire le tour de mon gland avec son pouce. Mon Dieu, que c'était bon…

– Kira, grognai-je en posant ma main sur la sienne pour la retirer.

Je ne voulais pas que ça se termine trop vite.

Elle entrouvrit la bouche en regardant nos mains liées, et je suivis des yeux sa gorge qui déglutissait. J'y posai mon pouce, voulant sentir chacune des réactions de son corps face à moi. Je caressai sa gorge, lentement, de bas en haut pendant un court instant avant de basculer sa tête en arrière pour goûter ses lèvres, sa bouche. Je tressaillais en sentant sa peau tendre et soyeuse contre la mienne, je me délectais en éprouvant sa douceur contre ma fermeté. Elle s'offrait. Succombait. Je pris un peu de recul pour lire l'expression sur son visage. Est-ce que ce que nous étions en train de vivre avait autant d'importance pour elle que pour moi ? Est-ce que c'était nouveau pour elle ? Différent ? Je ne savais pas quels mots choisir pour lui poser ces questions, aussi je cherchais les réponses dans ses yeux. Je tombais sous le charme de ses derniers avant qu'elle baisse ses cils et me prenne la main pour m'amener vers le lit.

Elle s'allongea. Je me penchai au-dessus d'elle en prenant soin de mettre le poids de mon corps sur un seul de mes genoux pour écarter délicatement ses cuisses avec mon autre jambe. Je me frottai alors, là où elle était tendre et chaude, pour l'entendre gémir tout bas.

– Nous y sommes, murmurai-je, répétant la phrase qu'elle m'avait dite avant d'entrer dans le labyrinthe. *Enfin. Enfin.* Ce mot résonnait en moi, comme s'il avait plus d'importance que toute l'attente que j'avais endurée avant que Kira ne soit à moi. J'avais l'impression qu'il résumait à lui seul quelque chose que je désirais ressentir depuis si longtemps. Toute ma vie, en fait.

Enfin tu es là.

Elle entrouvrit les yeux, un peu dans le vague avant d'ouvrir la bouche.

– Oui, dit-elle. Nous y sommes.

Je pressai mes hanches contre les siennes, ce qui nous fit gémir tous les deux. Elle renversa la tête sur le matelas. Ses ongles griffèrent délicieusement mon cuir chevelu m'arrachant une autre plainte de plaisir.

Au lit, j'avais pris l'habitude de faire les choses dans un ordre précis. Je savais comment donner du plaisir à une femme, en prendre moi-même et aboutir à une expérience mutuellement épanouissante. Mais avec Kira, c'est comme si j'avais tout oublié. J'essayais de me souvenir de ce qu'il fallait que je fasse en premier, de la position qu'il fallait que j'adopte, mais ça m'était complètement sorti de la tête, je ne pouvais compter que sur mon instinct. J'étais concentré que sur mon excitation et sur la chaleur de sa chair douce et tendre alors qu'elle se cambrait sous moi. C'était comme si Kira était la première femme que je touchais, j'avais peur et j'avais l'impression de redevenir un novice.

Je l'ai déjà fait. Je me rassurais, mais ça sonnait faux. Je n'étais plus sûr de rien.

J'inclinai légèrement la tête pour que ma langue puisse la pénétrer profondément. Elle poussa un long soupir d'extase et sa langue vint se mêler à la mienne encore et encore. Elle poussait ses hanches contre ma queue palpitante et ses seins généreux s'écrasaient contre ma poitrine. Je grognai à ce contact délicieux et quittai sa bouche pour promener mes lèvres le long de sa gorge, de ses seins, de ses tétons durcis que je léchai, l'un après l'autre. Je les caressai, les mordis doucement, puis je les aspirai avec ma langue jusqu'à ce qu'elle devienne folle de plaisir, le souffle haletant et le corps pressé contre le mien.

– Kira…

Je l'idolâtrais, je voulais en faire ma déesse, connaître chaque recoin inexploré de son corps, chaque creux sensible, chaque courbe délicate. Je la retournai la faisant gémir doucement et j'embrassai sa colonne vertébrale, m'enivrant de l'odeur de sa peau, la respirant. Je descendis jusqu'aux petites fossettes juste au-dessus de ses fesses. Je les léchai, avant de promener mes lèvres plus bas… plus bas encore, jusqu'à l'arrière de ses genoux. J'avais perdu tout contrôle, m'abandonnant entièrement aux exigences de mon corps. Les petits sons qu'elle émettait me rendaient fou de désir, j'étais totalement amoureux de la petite sorcière adorable et séduisante qui gémissait sous mon corps.

– Kira, susurrai-je à nouveau.

Je la renversai sur le dos et je passai mes mains sur son corps en la caressant, en épousant chacune de ses courbes, tandis qu'elle se cambrait pour s'offrir à moi. Je déposai un baiser sur l'intérieur de sa cuisse et ses mains vinrent s'agripper à mes cheveux.

– S'il te plaît, haleta-t-elle.

Lentement je rapprochai ma langue de son clitoris gonflé, léchant son pourtour sans jamais le toucher. Chaque petit gémissement qu'elle poussait me faisait bander davantage. Je ne pouvais pas attendre plus longtemps. J'allais jouir avant même d'être en elle. J'avais désespérément besoin de la pénétrer, de m'abandonner en elle, d'aller et venir dans son corps chaud et humide. Je m'allongeai sur elle et pressai mon sexe douloureux contre son pubis. Kira s'agrippa à mes épaules.

– S'il te plaît, dit-elle à nouveau, d'une voix rauque et désespérée.

« Oui » fut tout ce que je réussis à dire, mes lèvres revenant à sa bouche pour un baiser sauvage, tandis que ses mains caressaient mes bras, mon dos, mon torse comme si elles étaient partout à la fois. *Oui, Oui, Oui.* Quelque part dans un coin de mon cerveau embrouillé, je pensais : *qu'est-ce qui se passe ? Si c'est ça faire l'amour, alors je ne l'ai jamais fait avant. Si c'est ça la passion, alors je n'en ai vécu que la version tiède jusqu'à aujourd'hui.* Ça, c'était comme danser avec la foudre ! Je me reculai juste un instant pour la regarder dans les yeux pendant que ses mains saisissaient mes épaules, puis j'entrai en elle. Elle cligna des yeux en me regardant et l'expression de son visage exprima un délicieux mélange de volupté, de doute et d'impatience.

– Kira, murmurai-je encore en m'enfonçant en elle.

C'était comme si tout mon vocabulaire était désormais réduit à ce seul mot. Son corps était chaud, humide et doux, mais tellement serré que je pouvais à peine le pénétrer. Je laissai échapper un gémissement, tremblant pour me maîtriser tandis que je rentrais un peu plus en elle. Kira souleva son bassin comme pour m'inciter à aller plus vite et, malgré mon désir, je ne pus m'empêcher de sourire.

Mon Dieu, elle est envoûtante.

Mon Dieu, elle est à moi.

Je continuai à m'enfoncer encore un peu et Kira gémit avant d'enrouler ses jambes autour de ma taille. Puis, après un dernier coup de rein, je la pénétrai entièrement. Elle ferma les yeux dans un frémissement et entrouvrit la bouche dans un soupir tremblant. Je commençai alors à bouger en elle. Son regard accroché au mien alors que nous ne faisions plus qu'un, devint presque trop difficile à supporter. Sa respiration s'accélérait, ses hanches venaient à la rencontre des miennes. Je luttais pour retenir la jouissance qui montait dans mon ventre, contractait mes testicules et me donnait la chair de poule. Putain, ça me faisait presque mal tellement c'était bon.

Je m'entendais vaguement lui chuchoter des mots sans aucun sens, qui cherchaient juste à exprimer mon émotion ; ils étaient incohérents, crus et sortaient du plus profond de mon être.

Ses mains exploraient mon dos, jusqu'à ce qu'elles arrivent sur mes fesses. Kira s'y accrocha alors que je me mouvais en elle.

– Plus vite, gémit-elle.

Je sentis mes cheveux se dresser d'excitation dans ma nuque à ces mots

J'accélérai la cadence, la pénétrant de plus en plus fort, la respiration saccadée. Je ne savais plus où je finissais, où elle commençait. J'étais en train d'essayer de lui arracher un nouveau baiser quand elle laissa échapper un petit cri et que je sentis ses muscles se contracter autour de moi. Je pris un peu de recul pour l'admirer pendant l'orgasme. Je regardais avec émerveillement cette femme jouir, cette femme qui m'avait tellement résisté, qui m'avait mis à l'épreuve. Elle me fascinait, elle m'avait testé, m'avait poussé dans mes retranchements, et elle continuait à m'intriguer. Elle était tout pour moi : mes rêves, ma faiblesse, et la personne qui me donnait envie d'être fort.

Elle était la seule femme à m'avoir montré que j'étais important, que j'étais désiré. Que je pouvais lui suffire.

– Kira !

Je rugis une dernière fois en éjaculant. Le plaisir était si intense qu'une pluie d'étoiles dansa devant mes yeux. Je m'affalai sur elle, la tête posée dans le creux de son cou pendant que nous reprenions notre souffle. Ses mains couraient toujours dans mon dos, de haut en bas. Ses caresses me réconfortaient, car j'étais totalement ébranlé par ce que nous venions de partager. Après quelques minutes, je me retirai et je la pris dans mes bras, en fixant sans le voir le ventilateur au plafond. Cette expérience avait fait de chacune de mes aventures sexuelles passées une piètre plaisanterie !

Je me sentais étrangement vulnérable, comme si elle détenait tous les pouvoirs. Je ne savais pas trop quoi faire de cette nouvelle sensation. J'avais toujours eu l'impression d'être celui qui avait sexuellement le contrôle, mais là...

– Comment te sens-tu ? murmura-t-elle.

– Comme ton mari, répondis-je aussitôt, le sourire aux lèvres. Et toi ? Comment te sens-tu ?

Elle me regarda. Elle avait l'air heureuse et comblée. Elle chuchota :

– Comme ton épouse.

Je souris et la serrai un peu plus contre moi.

Kira dessinait des cercles autour de mon téton et je frissonnais, la rapprochant encore de moi. Elle bascula la tête et leva les yeux vers moi.

– Est-ce que c'est toujours comme ça ? demanda-t-elle un brin taquine.

– Non, répondis-je immédiatement.

Je posai mon regard sur elle pour qu'elle puisse voir la sincérité dans mes yeux.

– Je n'ai jamais rien ressenti d'aussi merveilleux que ça. Je n'ai jamais rien ressenti d'aussi merveilleux que *toi*.

Le soulagement et la joie se lisaient sur son visage et elle sourit doucement.

– Est-ce que ce sera toujours comme ça entre nous ?

J'observais son air vulnérable. Oui, ce serait toujours comme ça entre nous, car c'était Kira, c'était sa gaieté, son enthousiasme et son caractère. Mais je croyais que je savais ce qu'elle voulait dire. Elle avait été humiliée autrefois alors qu'elle n'était pour rien dans l'échec de sa relation avec Cooper. Un insupportable sentiment de jalousie m'assaillit et je n'avais aucune envie de parler de son ex dans notre lit. Je me dis qu'il valait mieux que je prenne sa question à la légère pour le moment. Je lui souris et déposai un baiser son front.

– Eh bien, il va falloir qu'on trouve la réponse tout seuls, voyons voir ça !

Je me retournai brusquement et l'enjambai pour l'embrasser fort sur la bouche, en maintenant ses bras au-dessus de sa tête. Elle se mit à rire avant de se débattre, prisonnière sous mon corps. On se chamaillait, c'était un moment léger et charmant.

Je l'embrassai encore avant de la délivrer.

– Nous n'avons pas utilisé de préservatifs, dis-je en la regardant pour jauger sa réaction.

Je comprenais après coup que, pour la première fois de ma vie, je n'y avais pas pensé une seconde. Je n'étais pas très inquiet mais j'avais peur qu'elle le soit, même si elle n'avait rien dit.

Elle hésita ; elle n'y avait pas pensé non plus visiblement.

– Pour une seule fois, ce n'est peut-être pas très grave. Je vais me faire prescrire la pilule, comme ça, on sera tranquille.

– D'accord, dis-je en hochant la tête, me demandant pourquoi j'étais si peu inquiet.

On ne risquait rien, et puis après tout, on était mariés ! On avait une maison. Je ne pensais pas être prêt à avoir des enfants, je n'y avais même jamais songé. Mais ce ne serait pas un drame non plus. Je voulais ma nouvelle femme rien que pour moi pendant un bon bout de temps, mais si ça devait arriver, on se débrouillerait toujours.

– Tu veux de l'eau ? lui demandai-je en frottant mon nez contre le sien et en embrassant le coin de sa bouche.

– Oui je veux bien, s'il te plaît, répondit-elle.

Je me levai et Kira s'assit contre la tête de lit. Je pris un moment pour la dévorer du regard : ses cheveux acajou en bataille autour de son visage, ses yeux verts mi-clos et fatigués, son expression de satisfaction absolue, sa nudité complètement exposée, ce corps que je venais de posséder. Je me suis dirigé dans la salle de bains avant d'oublier l'eau. Je me dépêchai de me recoucher pour profiter d'elle. Quand j'aperçus mon reflet dans le miroir, je fus surpris de me voir sourire. Je ne m'en étais même pas rendu compte

* * *

– Est-ce que tu vas m'en parler un jour ? demanda-t-elle tout doucement, en embrassant mon cou. Nous venions de faire l'amour pour la seconde fois et nous étions allongés sur les oreillers, la tête de Kira posée sur mon torse.

J'attendis un instant, pas certain de ce dont elle parlait.

– Tu veux dire mon séjour en prison ?

Elle acquiesça, les lèvres toujours contre ma peau. Je baignais dans le parfum de ses cheveux.

Je voulais qu'elle sache tout de moi, partager avec elle des choses que je n'avais jamais dites à personne, mais je ne savais pas quels mots choisir. Je n'en avais pas l'habitude. J'attrapai une poignée de ses cheveux.

– Je venais juste de rentrer de New York où j'étais allé voir ma mère.

– Tu es allé voir ta mère ? demanda-t-elle, étonnée.

Je fis un petit geste de la tête.

– Le voyage était déjà presque terminé avant même d'avoir commencé. J'ai essayé de ne plus penser à elle. Mais à l'époque, je... je venais d'obtenir mon diplôme, et je m'étais dit que si elle me voyait, que si elle découvrait l'homme que j'étais devenu, elle... je ne sais pas, elle tomberait à genoux et me prierait de la pardonner. J'avais imaginé cela exactement comme ça, aussi stupide que cela paraisse. J'ai donc pris l'avion pour New York et je me suis présenté à sa porte, sans la prévenir.

Je gardai le silence un moment, me remémorant tous les espoirs que j'avais entretenus avant de sonner à la porte de son appartement.

– Elle était mariée, et avait fondé une famille. Elle avait deux petits garçons.

– Elle a dû être très contente que tu viennes la voir, dit-elle gentiment.

J'eus un petit rire amer.

– Non. Elle a été très violente, elle m'a dit que j'avais ruiné sa vie. À l'époque, elle était à l'aube d'une immense carrière avant que je n'y mette un terme, selon elle. Elle m'a également dit qu'elle était heureuse de n'avoir pas eu à veiller sur moi, et à se souvenir chaque jour de ce qu'elle aurait pu devenir si je n'avais pas tout gâché. Puis elle m'a demandé de partir. Je crois que ce qui a été le plus dur dans tout ça, c'est la façon dont elle regardait ses deux autres enfants pendant que j'étais là. J'ai pris conscience qu'elle n'était pas incapable d'aimer, mais que c'était *moi*, Grayson, qui posait problème.

Je lui confiais cette histoire le plus simplement que je pouvais, mais je sentais que mes pommettes s'empourpraient. Le souvenir de ce moment était encore douloureux ; j'avais été marqué au fer rouge.

– Gray, dit-elle, avec toute la compassion du monde.

Elle posa la main sur ma joue et je me laissai aller contre elle.

– J'ai pris le vol de retour vers San Francisco et je me suis rendu dans un bar. J'avais besoin d'un verre. De dix plutôt.

– Tu étais blessé, dit-elle.

– Je… oui. Putain, si seulement j'avais juste pris la route pour rentrer à la maison.

Ma voix se cassa sur le dernier mot. J'avais tellement de regrets. Kira me serra très fort contre elle.

– J'étais au bar depuis à peu près une heure quand je suis tombé sur Brent Riley, un gosse de riche que je connaissais vaguement et avec qui j'avais fait plusieurs soirées. Sa famille vivait dans une ville à trente minutes d'ici. Il était à San Francisco pour son enterrement de vie de garçon. Il y avait tout un groupe avec lui. J'avais traîné avec eux à un une époque. Mais Brent et moi, on ne s'était jamais bien entendus. C'était un vrai connard, le genre de mec qui avait l'air parfait et classe mais qui, en coulisse était odieux et égocentrique.

Elle hocha la tête.

– Je vois très bien ce que tu veux dire, ironisa-t-elle.

J'embrassai son front tendrement, sachant qu'elle pensait à Cooper, ou peut-être à son père. Ou les deux.

– Oui, bref, nous marchions en direction du parking. Là, il m'a dit qu'ils avaient drogué une nana, et que lui et les autres mecs allaient la ramener dans leur hôtel pour s'amuser un peu.

Kira me regarda, effarée.

– Il m'a demandé si je voulais en être et m'a montré une voiture garée où une fille était couchée sur le siège arrière. Je suis devenu fou. Je cherchais la bagarre, Kira et je venais de trouver une raison de me battre avec lui.

– C'était une bonne raison, Gray, murmura-t-elle.

Je poussai un grand soupir.

– Peut-être… Je l'ai cogné en pleine face, mais c'est lui qui m'a poussé en premier. Et ça me suffisait pour démarrer la bagarre. J'ai été sans pitié. Il a réussi à rendre quelques bons coups, mais c'est moi qui lui ai collé une raclée J'y ai pris du plaisir. Et puis il est tombé…

Je me tus et je fermai les yeux en repensant à ce moment atroce.

– À la manière dont sa tête a cogné le sol, J'ai su tout de suite qu'il était mort. Les gens se sont dispersés, les voitures ont fui, la police est arrivée…

Le regard qu'elle leva sur moi exprimait tant de compréhension et de bienveillance que j'aurais voulu pouvoir y plonger. J'y aurais certainement trouvé la rédemption.

– Tu n'avais pas l'intention de le tuer.

– Non, mon Dieu, non ! Je n'ai jamais voulu ça. Je voulais juste lui faire mal, lui donner une bonne leçon. Je me suis pris pour son juge, son jury et, vu la tournure que ça a pris, aussi pour son bourreau.

Kira caressait ma joue avec son pouce. Comment pouvait-elle me regarder avec autant d'amour après ce que je venais de lui confier ?

– Est-ce qu'ils ont réussi à retrouver la fille ?

– Oui, ils l'ont trouvée, mais trop tard pour déceler la moindre trace de drogue dans son sang. Ma défense n'a pas pu utiliser cet argument au procès.

Je pris une profonde inspiration.

– Ma *défense*… Quelle blague. Mon père avait refusé de payer un avocat, il m'a laissé me débrouiller.

Je ne parvenais pas à masquer la souffrance et l'amertume dans ma voix.

– J'ai dû prendre un avocat commis d'office. Le gars était totalement incompétent, et même s'il ne l'avait pas été, le nombre de dossiers qu'il avait à traiter était tellement important qu'il n'aurait pas pu faire grand-chose pour moi. Bref, en tout cas il était sûr que je serais condamné à une peine minime pour ce qui s'était passé, au pire six mois, au mieux des travaux d'intérêt général. Donc, quand le juge a rendu son verdict avec une peine de cinq années incompressibles, j'ai été dévasté, anéanti. C'était comme si ma vie était foutue.

Je sentis le corps de Kira se raidir mais elle resta silencieuse.

– J'ai attendu que mon père me rende visite, ne serait-ce qu'une fois, mais il ne l'a jamais fait. Ensuite, Shane est venu pour me dire qu'il allait épouser Vanessa…

Je me souvenais très bien de la douleur que j'avais ressentie à l'époque, même si, dans les faits, je n'en avais plus rien à faire. J'avais été dévasté. Puis j'avais coupé les ponts avec Shane en le retirant de ma liste de visiteurs. Il avait essayé de me contacter. Pendant toutes ces années, il n'avait jamais cessé de m'écrire, de tenter de me rendre visite, comme Vanessa d'ailleurs.

Kira leva la tête pour me regarder.

– Ça a dû être terrible pour toi. Tu as dû te sentir tellement abandonné, tellement trahi.

J'acquiesçai, sachant à quel point elle pouvait comprendre.

– Je n'aurais pas survécu sans Harley. Et toi, petite sorcière, tu y es pour beaucoup.

Elle fronça les sourcils.

– Comment ça ?

Je lui ai raconté ce que Harley m'avait confié. Elle posa son menton sur mon torse, un petit sourire tranquille aux lèvres.

– Alors peut-être que, d'une certaine manière, j'étais là-bas avec toi. Est-ce que ça te paraît débile ce que je viens de dire ?

J'éclatai de rire.

– Non, ça me parle.

Je baissai les yeux vers elle, mon cœur battait la chamade. Son corps charmant s'appuyait contre le mien et aussi incroyable que ça puisse paraître, j'avais encore envie d'elle. Pas seulement sexuellement. Dans mon cœur aussi. Je la désirais de toutes les manières qu'un homme peut désirer une femme.

Je t'aime. Je t'aimerai toujours.

Je voulais lui déclarer ma flamme mais les mots restaient coincés dans ma gorge, la peur m'empêchait de sortir le moindre son. Au lieu de ça, je l'ai embrassée, sans m'abandonner totalement. Je n'étais pas assez courageux. Du moins pas encore.

CHAPITRE 21

KIRA

Comme c'était étrange d'être amoureuse de mon mari ! Étrange, mais absolument merveilleux. Je me suis rendu compte que je marchais dans le vignoble Hawthorn avec un petit sourire rêveur aux lèvres. J'avais installé toutes mes affaires dans la chambre de Grayson et nous avions commencé une nouvelle vie de couple, bien réelle cette fois. J'avais le vertige en permanence, incapable de croire que je vivais ça pour de bon.

Nous avions dit au revoir à Shane et à Vanessa en leur promettant qu'une fois les vendanges terminées, nous viendrions passer du temps avec eux dans leur maison de vacances de San Diego. Comme leur départ avait été différent de leur arrivée ! Je souris intérieurement en y repensant : Grayson et moi étalés sur le sol de l'entrée. Il faudrait d'ailleurs peut-être recommencer la course étant donné que Monsieur le Dragon avait l'impression d'avoir gagné !

J'ai passé les jours qui ont suivi à mettre de l'ordre dans son bureau, réglant un nombre incalculable de factures et traitant six années de comptabilité. Ça n'allait pas être un travail facile. Cependant, j'étais déterminée à comprendre ce qui était arrivé pour provoquer un tel déclin de la propriété. C'était aussi la mienne désormais, et pour toujours. Je ferais en sorte que ça n'arrive plus jamais.

À la fin de chaque journée, j'attendais avec impatience que Grayson quitte son travail pour que nous dînions ensemble. Puis on faisait de longues balades autour du vignoble. On parlait, on riait en partageant des secrets, on apprenait à se connaître comme si nous venions de nous rencontrer. C'était d'ailleurs le cas, sauf que j'étais déjà amoureuse. Et je rêvais du jour où il tomberait lui aussi amoureux de moi.

L'heure venue, ou même parfois bien avant, nous nous retirions dans notre lit où nous passions de longues heures à faire l'amour. J'avais découvert chez Grayson les endroits de son corps qui le rendaient fou de passion. J'avais appris des manières d'utiliser mon corps et ma bouche qui lui permettaient d'abandonner un peu l'état de contrôle permanent qu'il avait maintenu jusqu'alors. Je lui avais aussi permis d'apprendre à me connaître, plus profondément et plus intimement que quiconque. À chacun de ses gémissements, à chacun de ses orgasmes, à chacune de ses caresses, Grayson me rassurait et me prouvait que Cooper avait eu tort. Je savais procurer du plaisir à un homme.

Les quelques fois où nous avions dîné en ville, plusieurs personnes présentes à la fête étaient venues nous saluer, et Grayson avait été avenant et chaleureux avec eux. C'était comme si je regardais la carapace froide et distante qu'il s'était créée voler en éclats. Bien sûr, il y en avait toujours qui l'observaient avec méfiance, mais ça prendrait juste un peu plus de temps. Je lui avais dit que j'allais réfléchir à de nouvelles idées pour redorer son blason. Il a ri, me rétorquant qu'il n'avait aucun doute là-dessus !

Un matin, quelques semaines après la fête, je décidai de prendre Sugie avec moi et d'aller me promener dans les vignes. Depuis tout ce temps, je n'avais encore jamais marché dans les rangées que j'admirais de loin. Bien qu'ensoleillée, c'était une journée un peu fraîche. L'automne pointait le bout de son nez. Bientôt les grappes seraient cueillies et le gros du travail commencerait au vignoble Hawthorn. Je pris une grande inspiration de cet air frais à l'odeur de terre et teinté des notes sucrées du raisin mûr. Sugie reniflait le sol, cherchant des choses intéressantes pour une truffe de chien. Grayson avait dit qu'il était quasiment prêt pour les prochaines vendanges. Il devait embaucher des extras, mais en dehors de ça, tout le matériel était en état de marche et prêt à fonctionner.

Je ne pouvais pas être plus heureuse, notre plan avait fonctionné. Le vignoble allait à nouveau être rentable, et sans l'argent de ma grand-mère, rien de tout cela n'aurait été possible. Pourtant je regardais les vignes sans les voir… J'étais trop perturbée pour profiter du paysage, ce matin. Il y avait quelque chose de très inquiétant dans les fichiers comptables que Walter m'avait donnés. Je n'avais d'abord pas voulu l'admettre, mais plus je m'étais penchée sur le dossier, plus j'en avais eu la confirmation. Et je ne savais pas quoi faire.

– Tu as l'air perdue dans tes pensées.

Je me retournai en mettant ma main devant la bouche, riant aux éclats et Grayson me prit dans ses bras.

– Comment tu as fait pour me trouver ici ? demandai-je, tandis qu'il embrassait mon cou. Je pensais être très bien cachée.

– Tu ne pourras jamais m'échapper. Je réussirai toujours à te flairer.

Il mit alors son nez sur ma gorge et commença à me renifler comme un chien. *Dragon*. Je me mis à rire, sa respiration me chatouillait. Je le repoussai, il était hilare aussi.

– Là, j'ai eu tellement de mal à te retrouver que je devrais peut-être m'isoler avec toi, dans un endroit bien caché, et te punir en faisant tout un tas de trucs dragonesques.

– Tu ne penses pas en avoir déjà assez fait ? répliquai-je, provocante.

– Jamais assez.

Il se retourna et c'est là que je remarquai qu'il avait apporté un panier. Il jeta un coup d'œil autour de nous, et posa son regard sur un petit espace herbeux et bien exposé. En ouvrant le panier, il prit une couverture en patchwork et l'étala. Grayson se tourna alors vers Sugie qui reniflait quelque chose à côté de nous.

– Laisse-nous un peu d'intimité Sug. Va chasser une souris ou n'importe quoi.

Sugie, ravie, se dirigea vers un pied de vigne un peu plus loin dans le rang, évitant les grappes, comme si elle avait été dressée pour ça.

– Tu as tout prévu. Qu'est-ce que c'est que tout ça ?

– Tout ça, dit-il, en s'asseyant et en m'invitant à le rejoindre en tapotant le sol tout près de lui, c'est pour t'apprendre à reconnaître les différents raisins. Viens là.

Je lui obéis.

– Si tu veux devenir l'épouse parfaite d'un vigneron, tu dois connaître les variétés de raisins qu'on cultive, de telle sorte que, quand les gens te poseront des questions, tu pourras leur répondre avec assurance.

– Ah…

Je tentai d'ouvrir le panier mais il le referma aussitôt, ce qui me fit rire.

– Patience petite sorcière. D'abord, j'ai besoin que tu te déshabilles.

Je levai un sourcil.

– Pour une bonne leçon, c'est nécessaire, dit-il, en me reluquant lascivement, les yeux débordant de la malice habituelle du dragon.

Mon cœur chavirait et mes muscles les plus intimes se crispèrent délicieusement devant sa beauté virile. Son charme était encore plus dévastateur quand il redevenait dragon !

– Il fait un peu frais pour être toute nue, tu ne crois pas ?

– Je vais te tenir chaud. Promis.

Je me mis à rire et lui obéis. Je retirai mon haut à manches longues, puis mes chaussures et j'ouvris le premier bouton de mon jean. Je m'allongeai et Grayson m'aida à enlever le bas. Je me sentis soudain moins sûre de moi, allongée là, nue, devant lui. Personne ne m'avait jamais contemplé avec une telle intensité et de surcroît à la lumière du jour.

– Tu es si belle, belle à en crever, murmura-t-il.

Il se pencha et posa ses lèvres sur mon cou avant de chuchoter dans mon oreille.

– Une fois, je me suis dit que, quand je te ferais l'amour, il faudrait que ça soit au grand jour pour que je puisse voir chaque partie de toi et admirer cette sublime chevelure d'une couleur merveilleuse.

Il prit une mèche qu'il laissa glisser entre ses doigts.

– Ces yeux, si verts que je voudrais pouvoir y plonger…

– Grayson, chuchotai-je en passant mes doigts dans ses cheveux, tandis que mon corps se détendait, réchauffé par sa chaleur.

Il se mit à genoux un instant pour enlever son tee-shirt puis se baissa pour dégrafer mon soutien-gorge. Il fit glisser les bretelles le long de mes bras, ses yeux s'attardant sur mes seins qui avaient durci instantanément au contact de l'air frais.

– Des pétales de rose, souffla-t-il.

Puis il revint sur moi, et introduisit sa langue dans ma bouche. Je frissonnais, des étincelles naissaient au creux de mes cuisses.

Mes mains se promenaient le long de sa colonne. Sa peau était comme du satin chaud. Il était si large, si ferme, si parfaitement viril que c'en était scandaleux. J'adorais sentir son poids au-dessus de moi, le mouvement de ses muscles sous mes paumes, tout ça provoquait une agitation délicieuse dans mon ventre. Il était bien plus fort que moi et il me traitait pourtant avec tellement de douceur. Le mouvement très lent de son bassin contre le mien m'enflammait et je gémissais dans sa bouche. Nous avions déjà fait l'amour un nombre incalculable de fois, mais à chaque fois c'était comme si c'était nouveau, différent.

Je glissai ma main entre nous et passai mes doigts sur les muscles de son ventre, je les sentis se contracter sous mes caresses et il prit une grande inspiration. *Qu'est-ce que j'aimais faire gémir mon magnifique mari.* Il sourit contre ma bouche, s'éloignant de moi alors que je laissais échapper un petit gémissement d'abandon. *Oui, mais c'était lui qui avait le contrôle aujourd'hui.* Il prit quelque chose dans le panier et le posa à côté de nous sur la couverture. Une grappe de raisins.

– Ça, dit-il d'une voix rauque, c'est du chardonnay.

Il arracha un grain, le suça entre ses lèvres et l'ouvrit en deux. Je le regardais, subjuguée tandis qu'il le prenait entre ses doigts et l'approchait de mon téton. Je soupirai en basculant la tête en arrière et fermai les yeux. La sensation contre ma peau du fruit juteux réchauffé par sa bouche était merveilleuse. Il se pencha et lécha le jus de raisin laissé sur mes seins, embrassant chaque téton avant de poser le grain sur mes lèvres.

– Le goût du chardonnay est généralement neutre, les parfums étant révélés par le chêne du fût, dit-il en le frottant très doucement sur ma bouche.

Je léchai mes lèvres et il regarda ma langue avec un air mystérieux et plein de désir. À la veine de son cou, je voyais que son pouls s'accélérait. Je pris le raisin entre mes dents et je le croquai, fermant les yeux pour sentir le goût sucré éclater sur ma langue. Grayson se pencha alors et m'embrassa en enfouissant sa langue dans ma bouche.

– Hum, me susurra-t-il à l'oreille après avoir mis fin à notre baiser. Tu te débrouilles très bien jusqu'à maintenant. Tu es une élève très attentive.

– Il est assez difficile de ne pas t'obéir !

Il eut un petit rire satisfait avant de prendre une autre grappe, violette cette fois, dans le panier.

– Cabernet Sauvignon, dit-il à voix basse.

À nouveau, il prit un grain entre ses dents, le fendit en deux et le fit glisser sur mon ventre. Il se pencha pour aspirer le jus, et la sensation de sa langue chaude sur la peau fine de mon bas-ventre fit bondir mon pouls frénétiquement. Je serrai sa tête dans mes mains, haletante. Il releva le visage, mes yeux croisèrent les siens et pendant un court instant, quelque chose d'indéfinissable passa entre nous.

Je t'aime, pensais-je. *Mon cœur est à toi.*

Je laissai ma tête partir en arrière, trop effrayée de lui dire des mots qu'il ne pourrait pas me dire en retour.

– Ces grains font un vin très intéressant, dit-il d'une voix qui révélait qu'il se battait pour garder le contrôle. *Soit je ne me rappellerai jamais de cette leçon, soit je me rappellerai de chaque mot. De chaque sensation.*

Avant même que je ne m'en rende compte, Grayson s'était mis debout et avait retiré ses chaussures puis enlevé son jean. En une fraction de seconde, il fut de retour près de moi, arrachant un autre fruit d'une grappe de raisin, cette fois pourpre foncé. Il le tenait entre ses lèvres et il passa son pouce dans ma culotte. Je soulevai mes hanches et il la fit glisser le long de mes jambes. J'étais complètement nue. Agenouillé à côté de moi, il fit courir son index entre mes jambes et je gémis, m'offrant à lui. Il appuya le raisin sur la partie la plus sensible de ma peau et je dus me retenir de me presser contre lui.

– Merlot, grogna-t-il. Offre un vin aux riches saveurs de baies.

Ce fut un supplice et une libération à la fois quand il en lécha le jus, sa langue roulait, me lapait et le plaisir était si intense que je crus que j'allais jouir dans la minute. Je me débattis en criant son nom. Il se remit brusquement sur moi, ma peau glacée se réchauffait peu à peu au contact de sa chaleur. Il prit son pénis dans sa main et me caressa de son extrémité gonflée. Je basculai mon bassin pour lui ouvrir mon sexe.

– Oui, dit-il dans un souffle, alors qu'il s'enfonçait en moi.

Je perdis le souffle en sentant la pression maintenant si familière de son sexe en moi. *Rien n'était plus merveilleux. Rien.* Sauf… Si ! Il y avait quelque chose de plus merveilleux…

Il me pénétra encore un peu plus.

Je poussai un cri aigu tant mon plaisir était intense et brutal. Je laissai mes mains descendre jusqu'à ses fesses savourant la sensation de ses muscles en action sous mes paumes. Nous bougions ensemble, comme dans une danse sensuelle, le plaisir montant encore et encore jusqu'à ce que nous nous laissions aller. Je me mis à crier, mon corps était secoué de spasmes délicieux et impossibles à contrôler. J'entendis Grayson jouir lui aussi après deux derniers coups de reins erratiques. Il trembla, puis laissa tomber sa tête dans le creux de mon cou, la respiration haletante. Le monde semblait s'être arrêté alors que je revenais tout doucement sur Terre. Le souffle rauque de Grayson contre ma peau reprenait un rythme normal. Les nuages flottaient paresseusement au-dessus de nos têtes, les oiseaux gazouillaient dans les arbres environnants et le cœur de mon mari battait contre le mien. Le monde n'était que beauté.

– Quelles sont les autres leçons que je peux attendre avec impatience en tant qu'épouse d'un vigneron ? demandai-je, encore essoufflée.

Grayson se mit à rire contre ma peau.

– Oh, j'ai beaucoup de leçons à te donner. Ce n'est que le tout début.

Il roula sur le côté et m'embrassa une dernière fois en souriant contre ma bouche. L'air était frais ; il était temps de nous rhabiller. Grayson sortit un thermos de café, les muffins à l'orange et aux cranberries de Charlotte et un Tupperware de fraises. Nous avons pris notre petit-déjeuner, nous avons ri et discuté. Je ne crois pas qu'il aurait pu exister un bonheur plus grand que celui-ci.

* * *

L'après-midi suivante, il pleuvait des cordes. Les gouttes tombaient sur la fenêtre, transformant le monde extérieur en une aquarelle brumeuse. Je me suis assise sur la chaise du bureau de Grayson, contemplant les chênes, puis le grand portail, et enfin les dossiers de comptabilité étalés devant moi. J'avais tout réorganisé et, désormais, chaque chose avait trouvé sa place, dans un dossier étiqueté et soigneusement rangé dans son tiroir, ou dans l'un des trieurs empilés sur le dessus du bureau. Je me levai, dérangeant Sugie qui bâilla à mes pieds.

– Reste ici, ma fille, dis-je calmement. Je reviens tout de suite.

Dans la cuisine, Charlotte et Walter étaient assis côte à côte, chacun devant une tasse de thé posée sur la grande table.

– Oh, bonjour, chérie, veux-tu te joindre à nous ? La température a vraiment baissé aujourd'hui.

– Oui avec plaisir. Ne bouge pas, je vais chercher une tasse, dis-je à Charlotte en la coupant dans son élan.

Je m'assis, puis je lui tendis ma tasse. Elle la remplit immédiatement. Une fois servie, je posai mes mains froides autour de mon mug brûlant.

– Est-ce que tout va bien ? demanda Charlotte, la voix inquiète. Je veux dire, entre toi et Gray ? J'ai l'impression que…

– Oui, tout va bien entre nous, dis-je en souriant. Mieux que bien, même. Ce n'est pas ça qui me travaille.

Je regardai Charlotte et Walter, hésitant à formuler mes soupçons tout en sachant que je n'avais pas vraiment le choix.

– Que se passe-t-il ? demanda Charlotte.

Elle et Walter étaient aussi immobiles que des statues.

– J'ai épluché les vieux livres de comptes et il semble… Enfin, j'ai l'impression que Ford Hawthorn a délibérément ruiné ce vignoble. Comment a-t-il pu faire une chose pareille ? dis-je en chuchotant.

Charlotte et Walter se regardèrent, le visage sombre.

– Il ne faut rien dire à Grayson répliqua Charlotte. En temps normal, je déteste le mensonge, mais… il a assez souffert à cause de son père et ça… ça le détruirait. Un jour peut-être… Je pense que nous saurons trouver le bon moment, mais attendons, il commence à peine à se remettre.

Je soupirai longuement.

– C'est vrai, dis-je d'une voix étouffée, un frisson parcourant mon corps. Mais pourquoi aurait-il fait une chose pareille ?

– C'était son dernier message à Grayson, dit Charlotte, les yeux embués par le chagrin. Walter a pourtant essayé du mieux qu'il pouvait de préserver le domaine. Mais quand Ford a découvert qu'il était malade et que Shane et Jessica ont refusé d'hériter du vignoble, il a compris qu'il serait obligé de le léguer à Grayson. Il a alors commencé à le détruire. Heureusement, il a vécu moins longtemps qu'il ne le pensait, faisant tout de même énormément de dégâts avant de mourir.

Je me suis sentie mal, prise d'une violente nausée.

– Il le haïssait à ce point ? demandai-je, le corps soudain glacé jusqu'aux os malgré le thé chaud que je tenais.

Je dus desserrer les mains, comprenant que j'étais sur le point de casser ma tasse.

– Il *se* haïssait, expliqua Charlotte d'une voix déformée par la colère. Et il a transposé cette haine dans sa relation avec son fils. Il avait l'intention de laisser à Grayson une ruine sans valeur, comme une ultime gifle. C'était cruel et…

– Ce n'est pas vrai.

La voix de Grayson résonna dans la pièce. Je fus tellement surprise que je sursautai et que je m'ébouillantai avec mon thé.

– Grayson…

– Non, dit-il, la voix brisée.

Il entra dans la cuisine. Je me levai, imitée immédiatement par Walter et Charlotte.

– Gray, dit Charlotte en lui prenant la main.

– Dis-moi que ce n'est pas vrai, Charlotte, supplia-t-il.

Elle baissa les yeux pour dissimuler son visage, profondément attristé. Elle n'arrivait pas à lui mentir, pas à Grayson, pas en réponse à cette question si directe. Le mal était fait. Il tourna les talons et quitta la pièce en courant vers l'escalier.

Avant que Charlotte et Walter ne lui emboîtent le pas, je les arrêtai d'un geste la main.

– Laissez-moi lui parler. S'il vous plaît.

Ils acquiescèrent. Charlotte se tordait les mains, bouleversée.

– Si vous avez besoin de nous, nous sommes là, nous ne bougeons pas, marmonna Walter.

Je leur fis un dernier sourire triste et je fonçai vers l'étage. Je n'arrivais pas à y croire. Comment était-ce possible? En passant les dossiers en revue, j'étais tombée sur des choses très suspectes, mais j'avais eu du mal à croire que ce que je voyais était vrai. *Comment pouvait-on être si cruel?* Comment pouvait-on être si haineux à la fin de sa vie? C'était *ça* l'héritage qu'il avait décidé de laisser à son fils? Cela n'avait aucun sens pour moi. J'entrai dans la chambre que Grayson et moi partagions, et je le trouvai debout, devant la fenêtre. Il regardait la pluie tomber.

– Gray, dis-je timidement, en m'approchant.

Il se tourna vers moi, l'air tellement dévasté qu'il me coupa dans mon élan.

– Je lui avais fait une promesse! hurla-t-il. Enfin, c'est ce que je croyais… et pendant tout ce temps…

Il s'éloigna de la fenêtre et s'adossa à l'un des murs de la chambre. Ses jambes flageolaient, il se laissa alors glisser au sol et enfouit sa tête dans ses bras. Je poussai un petit cri d'effroi et me précipitai vers lui pour le prendre dans mes bras. Et enfin, pressé tout contre moi, il fit ce qu'il aurait probablement dû faire depuis ces six longues années, et peut-être même avant: il se mit à pleurer.

CHAPITRE 22

KIRA

Le vignoble Hawthorn semblait très calme. Grayson était resté dans notre chambre toute la journée, sans aller travailler, couché, le regard fixé au plafond. J'étais rentrée plusieurs fois dans la pièce, mais il ne m'avait quasiment pas adressé la parole. Je pensais qu'il avait simplement besoin de digérer ce qu'il venait d'apprendre. Comment le blâmer ? Il était profondément blessé. Tout ce en quoi il avait crû depuis des années venait de voler en éclats. Il avait vécu dans le seul but de tenir cette unique promesse, mais elle était basée sur un mensonge. Et la vérité était si moche qu'elle l'avait brisé. Je comprenais ce qu'il ressentait. J'avais vécu quelque chose de similaire. J'aurais juste aimé qu'il me parle.

Je me réveillai au milieu de la nuit en cherchant mon mari, mais son côté du lit était vide et froid. Je partis, en nuisette, à sa recherche dans la maison sombre et silencieuse.

– Grayson ? appelai-je doucement.

Pas de réponse. Je m'arrêtai pour tendre l'oreille et j'entendis un bruit lointain, vraisemblablement celui d'un verre cassé.

Je suivis le bruit jusqu'à me trouver devant la porte de la salle à manger qui menait à une cave à vin, un endroit que je connaissais sans pourtant n'y avoir jamais mis les pieds. Elle était entrouverte, juste assez pour laisser passer un filet de lumière.

– Grayson ? appelai-je à nouveau.

Toujours pas de réponse. J'ai alors ouvert la porte et j'ai descendu, non sans crainte, l'étroit escalier en colimaçon. Les sons étaient plus distincts ; je m'arrêtai un instant, surprise par le vacarme.

En arrivant en bas, je trouvai Grayson assis par terre, affalé contre une étagère, en train de boire une bouteille au goulot. Lorsqu'il me vit, il s'essuya la bouche d'un revers de main et me tendit le vin.

– Kira, goûte ça. C'est un Domaine Lefl… bla-bla bla, on s'en fiche, de France, dit-il d'un ton léger un sourire ironique aux lèvres.

Puis, il balança la bouteille à moitié vide qui atterrit au milieu de plusieurs autres déjà en miettes. Le sol en ciment était jonché de vin, de verre et d'étiquettes trempées.

– Oups, désolé, elle m'a échappé. D'habitude, je ne suis pas aussi maladroit. Hé, on n'a qu'à en ouvrir une autre.

Il fouilla dans l'étagère derrière lui, saisit une nouvelle bouteille puis ramassa le tire-bouchon qui traînait par terre. Je me précipitai, m'agenouillant près de lui.

– Grayson… dis-je en posant ma main sur sa joue. À quoi tu joues ?

Il stoppa sa lutte avec la bouteille, et me regarda tristement.

– Je déguste la collection de grands crus de mon père. Walter a bien fait de la protéger avant qu'il ne la réduise lui-même à néant, mais aujourd'hui, je reprends le flambeau.

Il s'arrêta, le visage ravagé par la douleur. Puis, il reprit :

– Tu te rends compte que j'ai vendu tout ce qui était possible dans cette maison en épargnant la cave parce que je croyais que mon père serait déçu ? C'est grâce à ton arrivée que je n'ai pas été contraint de le faire…

Il pointa les quelques bouteilles qui trônaient encore sur l'étagère.

– J'étais tellement soulagé d'avoir fait un truc qui aurait rendu mon père fier.

Il éclata d'un rire sans joie.

Ah! Il tentait donc de se faire justice lui-même Pourtant, à en croire son regard, ça ne l'apaisait pas.

– Dans ce cas, dis-je en me rapprochant. Pourquoi ne pas vendre tout le reste au lieu de lui donner satisfaction en faisant exactement ce qu'il aurait fait? Et avec l'argent, on pourrait acheter… un petit singe apprivoisé, et lui donner le nom de ton père. Ou… un tandem? On ferait le tour de Napa pour dire à tout le monde quel ordure c'était. Ou… un perroquet! On lui apprendrait à dire des saloperies sur Ford Hawthorn.

Je posai la main sur son genou.

– Il y a mieux à faire que ça. On va trouver quoi ensemble.

Grayson caressa ma cuisse nue d'un doigt, puis remonta jusqu'au bord de ma nuisette qu'il souleva délicatement avant de reprendre:

– Tu es si belle.

Je souris timidement.

– Et tu es si saoul.

– In Vino Veritas, murmura-t-il en citant la phrase gravée au-dessus de la porte.

Son doigt suivit la couture de ma culotte.

– La vérité est dans le vin.

Ah. Il s'arrêta, et fronça les sourcils.

– Le problème, c'est qu'ici, il n'y a que des mensonges et des tromperies.

– Grayson, non…

Il secoua la tête et retira sa main.

– Tu te rends compte, son plan était tellement sournois, c'était le moyen idéal de me faire comprendre combien il me haïssait. La vengeance parfaite. S'il avait eu juste un peu plus de temps, le domaine ne serait qu'un tas de ruines à l'heure qu'il est.

Il frémit en reprenant sa respiration.

– Je pensais que c'était un cadeau, mais c'était tout le contraire. Après tout ça… je pensais qu'il finirait par…

Mon Dieu. Ça fait tellement mal, Kira, dit-il, d'une voix dévastée par la douleur.

Son regard me brisa le cœur, le fracassant en mille morceaux au milieu des bris de verre qui jonchaient le sol.

– C'est si douloureux…

– Je sais.

Je le pris dans mes bras, et il posa la tête contre ma poitrine. Mon Dieu, je comprenais tellement la douleur qu'il ressentait.

– Écoute-moi, Grayson.

Je pris son visage entre mes mains, le regardant dans les yeux.

– La douleur fait partie de la vie. Pas seulement pour moi. Pas seulement pour toi. Pour tout le monde. C'est inévitable. Parfois même, la douleur est si grande qu'elle finit par devenir l'essence même de ta personne. Sauf si tu décides de l'en empêcher. L'amour est là pour combler les manques. Car si tu le décides, la souffrance lui offre encore plus de place. Et cet amour nous rend plus forts.

Ses yeux sombres cherchèrent les miens.

– Tu crois ça ?

– Je le sais !

Grayson soupira longuement avant de se réfugier à nouveau contre moi.

– Ma Kira… si seulement j'arrivais à y croire, moi aussi.

– Tu y arriveras. Le moment venu. Et ce sera *ça*, l'héritage de ton père. Voilà une belle vengeance.

On resta assis, comme si le temps s'était figé, jusqu'à ce que mes jambes s'engourdissent.

Grayson leva finalement les yeux vers moi, puis il passa son pouce sur ma pommette, et murmura :

– Est-ce que ça gâcherait le moment si je te disais que j'ai envie de t'emmener là-haut et de te baiser jusqu'à épuisement ?

J'ai éclaté de rire.

– Je suis à ton service. Mais avant, allons faire du café pour que tu dessaoules. Tu risques de te sentir trop mal demain. Et puis, on va avoir une longue journée si on doit trouver un singe à adopter.

Grayson laissa échapper un petit rire qui se transforma en gémissement.

– D'accord. D'accord.

* * *

– Grayson ne va pas travailler aujourd'hui ? me demanda Charlotte, l'air inquiète.

– Je ne pense pas, il n'est toujours pas réveillé. Il a besoin de dormir, il a un peu trop bu hier soir.

J'avais déjà parlé à Walter de l'hécatombe qui avait eu lieu dans la cave. Il avait tout nettoyé, et faisait l'inventaire des bouteilles que Grayson n'avait pas détruites. Si le singe était une idée peu trop farfelue, en revanche, j'étais sérieuse au sujet du perroquet.

– Peut-être que je devrais monter le voir ? suggéra Charlotte.

– Plus tard, Charlotte. Il apprécierait ta compagnie, j'en suis sûre, mais je crois qu'il a vraiment besoin de se reposer. Il avait l'air si…

Je me mordillai la lèvre un court instant, avant de reprendre : dévasté.

– Je m'en doute. Malheureusement ni Walter ni moi ne pouvons l'aider à retrouver la joie de vivre.

– Il va descendre.

Charlotte acquiesça, mais son regard reflétait ses doutes, et son manque de conviction ne servit qu'à me stresser davantage. L'étreinte que je lui donnai ensuite la bouleversa.

– Ça va aller, dis-je.

Je sentis, en le disant, que mon ton manquait d'assurance. Le regard perdu de Grayson au moment où j'avais quitté la pièce m'avait glacé le sang.

Sans oublier que, moi aussi, je lui cachais quelque chose. Au début, je n'avais pas vu l'intérêt de lui dire la vérité. Et puis tout s'était enchaîné si vite… Maintenant, ce secret s'était installé entre nous et il fallait que je lui parle. J'ignorais comment il allait réagir. Il était encore si fragile émotionnellement. Combien de secrets pouvait-il encore encaisser ? Combien de coups une personne pouvait-elle recevoir avant de s'effondrer ?

C'est encore moi, mamie. Si seulement tu pouvais m'envoyer un peu de ta sagesse... Qu'est-ce que je dois faire ?

Charlotte me tira de ma rêverie tourmentée.

– Gray a reçu un appel ce matin, les étiquettes pour ses bouteilles sont prêtes. Je vais sûrement aller en ville pour les lui chercher.

– Je vais m'en occuper. J'ai besoin de prendre l'air. J'ai l'impression d'être derrière Grayson en permanence. Il a sûrement besoin d'être un peu seul pour faire le point. Je ne veux pas le gêner. S'il descend, tu pourras m'envoyer un texto pour me prévenir ?

– Oui bien sûr, ma chérie. À tout à l'heure.

Je me rendis directement à la petite imprimerie où Grayson avait commandé les étiquettes pour le vin qui allait être embouteillé. La femme de l'accueil me tendit une boîte, et alors que je payais par carte bancaire, je la vis froncer légèrement les sourcils.

– Excusez-moi Madame Hawthorn, mais votre carte ne passe pas.

– Comment ça ? C'est impossible. Mon compte est largement créditeur. Pouvez-vous réessayer ?

Mais le résultat fut le même, et la situation devint particulièrement gênante.

Malgré le frisson qui descendit le long de mon dos, je ne me démontai pas.

– Mon mari a dû faire des achats sans me prévenir et maintenant il faut que je passe à la banque !

Elle esquissa un sourire.

– Ça m'est déjà arrivé. Voulez-vous que j'essaie avec une autre carte ?

Je n'en avais pas d'autres. Je fouillai dans mon sac, en comptant les billets que j'avais. Heureusement, il m'en restait un peu. J'avais retiré du liquide il y a quelques semaines pour donner des pourboires au personnel de la fête, mais Grayson avait déjà veillé à cela, et je n'avais pas eu à utiliser l'argent qui était resté dans mon portefeuille. Tout était encore là. Je comptai, et lui tendit ensuite la somme en la remerciant, avant de quitter la boutique, la boîte sous le bras.

Puis, je montai dans ma voiture pour filer à la banque. Le sentiment de panique qui m'avait envahie à l'intérieur de l'imprimerie s'était maintenant transformé en une angoisse vague. Mon cœur battait dans ma poitrine comme si je pressentais que quelque chose de terrible allait se produire. *Oh, mon Dieu, s'il vous plaît, faites que ce ne soit qu'un malentendu, une erreur bancaire, rien de plus. S'il vous plaît, s'il vous plaît…*

Une fois la voiture garée, je pris un moment pour respirer profondément avant de rentrer dans l'agence. Heureusement, il n'y avait pratiquement personne, et l'un des guichets était libre. Quand j'expliquai pourquoi j'étais là, la guichetière consulta mon compte en fronçant les sourcils.

– Je suis navrée, Madame Hawthorn, il semble qu'il y ait eu une opposition sur votre compte.

Oh mon Dieu.

– Une opposition ? Vous pouvez me dire pour quelle raison ?

Elle secoua la tête.

– Non, je suis désolée. Vous devriez recevoir un courrier si vous êtes à découvert ou si votre compte est bloqué pour une raison juridique.

Mon cœur battait si vite que j'avais du mal à retrouver mon souffle.

– Pouvez-vous vérifier le compte de mon mari ? Juste pour me dire s'il y a eu une opposition sur le sien aussi ?

– Heu…

– S'il vous plaît. Donnez-moi juste cette information. Je sais qu'il n'est qu'à son nom, mais si vous pouviez juste…

J'étais en train de céder à la panique. Je posai la main sur ma poitrine.

– Pardon…

Elle me sourit avec sympathie.

– Laissez-moi regarder…

Elle recommença à tapoter sur son clavier d'ordinateur, et plissa les yeux.

– Oui, il semble que ce soit la même chose pour lui.

– Merci, dis-je, obligée de déglutir pour ne pas vomir tant j'étais écœurée. C'est gentil de votre part.

J'étais sur le point de partir quand elle m'interpella une dernière fois

– Je suis sûre que les choses vont s'arranger, Madame Hawthorn.

Je tournai la tête sans m'arrêter de marcher. *Non, non ça n'allait pas s'arranger. Oh mon Dieu.*

– Oui, j'en suis sûre. Merci.

Je me dirigeai au pas de course vers ma voiture, la peau moite et glacée. Je pris mon téléphone pour appeler mon père.

Il décrocha à la troisième sonnerie.

– Qu'est-ce que tu as fait ?

– Kira, dit-il simplement après une courte pause.

– C'est l'argent de ma grand-mère ! hurlai-je, hors de moi. Qu'est-ce que tu as fait ?

Je l'entendis soupirer, puis il me sembla qu'il mettait sa main sur le téléphone pour parler à quelqu'un. Je crus entendre une porte se refermer avant qu'il ne reprenne la conversation.

– Ce n'est pas un homme pour toi, Kira. C'est un criminel.

– Espèce d'ordure ! C'est *toi* qui es derrière tout ça ! Mais pourquoi ?

Ma voix se brisa. La colère et le chagrin me submergèrent.

– Tu me détestes à ce point ?

Ces mots m'étaient familiers. N'avais-je pas déjà posé la même question au sujet du père de Grayson ?

– Je ne te déteste pas, Kira. Au contraire, je veux t'empêcher de faire des mauvais choix.

– C'est MA vie ! hurlai-je. Je suis une femme maintenant. Tu n'avais pas le droit de faire ça. Tu te rends compte que tu mets son entreprise en péril ? Et ses employés, ils dépendent de lui !

– Si ton mari compte sur ton argent pour réussir dans les affaires, ce n'est pas un homme digne de ce nom. dit-il d'une voix sèche et implacable.

– Tu n'as aucun droit, aucune légitimité. Légalement, cet argent à moi. C'est ma grand-mère qui me l'a légué.

– Oui, peut-être, mais je suis capable d'aller jusqu'au procès pour te prouver la logique de ma position et la folie de ton choix. Je le fais pour ton bien, Kira. Je suis ton père. Je ne peux pas te laisser foutre ta vie en l'air.

J'étais si choquée que mon corps tout entier frémit d'horreur et des larmes coulèrent sur mes joues.

– Tu fais ça pour *ton propre* bien… Tu ne t'es jamais préoccupé de mon bonheur. Tu ne peux pas supporter de me voir faire quelque chose que tu n'as pas décidé, par pur orgueil. Tu n'acceptes pas que je ne sois pas soumise à tes directives comme ceux qui t'entourent.

– Kira, soupira-t-il.

– Tu ne penses pas que tu lui en as déjà assez fait comme ça ? demandai-je, comprenant que je n'avais plus rien à perdre maintenant.

De toute façon, il avait déjà fait ce que je redoutais le plus.

– Je me souviens très bien, tu sais. J'étais là le jour où le juge qui s'occupait de son affaire a débarqué dans ton bureau. J'ai entendu le conseil que tu lui as donné. Je t'ai entendu lui dire de condamner Grayson sans indulgence pour en faire un exemple. Et c'est ce qu'il a fait.

– Je donne beaucoup de conseils. Il n'y a pas de loi contre ça. Et si ce garçon a pris le maximum, c'est qu'il le méritait.

Il n'avait pas oublié. La rapidité de sa réponse parlait pour lui. Il ne s'en souvenait pas lorsque nous étions allés le voir à San Francisco, mais j'étais sûre que ça finirait par lui revenir. Il avait enquêté sur Grayson. J'en étais convaincue. Que ce soit avant ou après qu'il lui eut proposé un pot-de-vin, peu importe.

Mon père avait participé à la longue mise à mort de Grayson. Et il avait de bonnes raisons : il voulait protéger quelqu'un.

Pendant un instant, le seul bruit qu'on entendit fut celui de ma respiration hachée alors que je tentais de contrôler mes sanglots désespérés.

– Ces conseils que tu donnes affectent des vies, papa. Des vies humaines, celles de gens qui respirent, qui ont des espoirs et des rêves… C'est comme les conseils que tu as donnés à Cooper sur la façon de gérer la situation avec moi ! Tu m'as détruite. Tu t'en rends compte ? De la même manière que ça a détruit Grayson. Alors je t'en supplie, ne fais pas ça. Arrête tout ça et laisse-nous être heureux. Tu nous as déjà assez fait souffrir. S'il te plaît…

Cette fois, je ne pus retenir mes sanglots.

– Je suis désolé Kira, c'est pour ton bien et, c'est vrai, pour celui de Cooper aussi. Tu réaliseras un jour que c'était une sage décision… Quant à ton mari, je lui ai fait une offre très généreuse pour qu'il se tienne loin de toi. Je suggère qu'il la saisisse s'il ne veut pas que son entreprise coule.

– Qu'est-ce que ça cache ?

– Pas grand-chose. Il reçoit un beau pécule pour un tout petit sacrifice. Je lui ai juste demandé de se tenir à distance, et de mettre un terme à cette histoire où il a profité d'une jeune fille perdue avec un bel héritage.

Un tout petit sacrifice. Voilà comment il me voit.

Cette phrase me glaça le sang, non pas parce que mon père m'humiliait une fois de plus, mais parce que je compris qu'il n'avait aucun scrupule à ruiner la vie de Grayson. *Encore une fois.*

– Il commence juste à se remettre et tu lui demandes de passer à nouveau pour un paria ? Comment veux-tu qu'il se reconstruise dans un endroit où personne n'a de respect pour lui ?

– Ce n'est pas mon problème. Avec la proposition que je lui ai faite, il peut refaire sa vie n'importe où.

Il se voyait comme un véritable héros. Son ego colossal le poussait à se prendre pour le bras de la justice. Il délirait clairement.

– C'est pour ça que tu l'as épousé ? demanda-t-il. C'était encore une de tes actions de charité ?

– Non, je l'aime, répondis-je simplement.

Désormais, il n'y avait plus aucune raison de le lui cacher.

J'étais indifférente soudain. Il ne me laisserait jamais tranquille. Je passerais le reste de ma vie à être son pion, sous une forme ou une autre. Le regard fixé sur le pare-brise, je raccrochai, sans rien dire.

Je n'ai gardé aucun souvenir du trajet jusqu'à la maison. *La maison.* Un autre sanglot manqua m'étouffer tandis que les larmes coulaient toujours plus sur mes joues.

– Tout va bien, me rassurai-je. Tout va bien se passer. Grayson et moi allons régler ça, ensemble. Il a dit qu'il allait prendre soin de moi désormais. *Oh mon Dieu, mais nous sommes à nouveau totalement fauchés.*

En passant le portail, j'ai immédiatement remarqué une berline noire garée devant la fontaine. Putain, quoi encore ? Je m'arrêtai juste derrière elle au moment même où Cooper en sortait. Mon cœur s'arrêta de battre, avant de repartir à nouveau à toute vitesse. À ce rythme, j'étais bonne pour faire une crise cardiaque avant la fin de la journée.

Je pris une grande inspiration et descendis, claquant la portière derrière moi. Cooper marchait déjà dans ma direction.

– Kira, qu'est-ce qui ne va pas ? demanda-t-il, l'air inquiet.

Je n'en croyais pas mes yeux.

– Tu ne sais vraiment pas, Cooper ? Ou bien est-ce que tu es dans le coup, toi aussi ? Mon père et toi, vous formez un genre de duo dément, dis-je sèchement.

Il resta silencieux un temps, les sourcils froncés et prit une inspiration.

– Oui, je suis au courant. Pardon, Kira mais j'approuve ce qu'il fait pour te sortir de là.

Il pointait du doigt la maison de Grayson derrière lui.

– C'est un assassin Kira, dit-il sévèrement. Tu n'es probablement même pas en sécurité.

– Je suis un million de fois plus en sécurité avec lui que je ne l'ai été pendant tout le temps où nous étions ensemble.

J'élevais le ton et lui jetais les mots au visage. Mais une vague de découragement m'envahit à nouveau. Me battre avec Cooper n'allait pas résoudre la situation. Je changeai de tactique.

– Cooper, dis-je en m'approchant de lui, la voix légèrement tremblante. Je sais que ce que tu as fait c'était…

Je secouais la tête cherchant les mots qui allaient le convaincre et ne pas l'énerver.

– C'était à cause de la drogue et de l'alcool. Je sais que tu n'étais plus toi-même.

Il considérera cette explication, et sembla la trouver à son goût.

– Plus du tout, Kira.

Menteur.

– Je n'étais plus du tout moi-même. Je ne contrôlais plus rien. Mais personne ne doit savoir ça. Ça détruirait ma vie.

Mais ça ne t'a posé aucun problème de détruire la mienne.

Je fis non de la tête vivement.

– Je ne veux pas t'exposer, Cooper. Jamais je ne révélerai ce qui s'est passé entre nous et j'accepte de prendre la responsabilité de notre séparation. C'est d'accord. Je ferai tout ce que tu me demandes. Mais je t'en prie, persuade mon père de me rendre l'argent de ma grand-mère. Convaincs-le de nous laisser tranquille. Je t'en prie Cooper, si tu m'as aimée un jour, ne serait-ce qu'un tout petit peu, s'il te plaît, laisse-moi être heureuse.

Cooper serra les lèvres, l'air soucieux, pensant sans doute à ce que je venais de dire. Pleine d'espoir, je m'approchai un peu plus.

– Tu ne sais pas tout ce qu'il a fait. Tout ce dont il est capable. Je sais que tu es mieux que lui, Coop. Ne te place pas à son niveau, ne t'abaisse pas plus que tu ne l'as déjà fait.

– Qu'est-ce qu'il a fait ? me demanda Cooper, en repoussant une mèche de cheveux de mon visage.

Je jetai un coup d'œil à la maison, avec l'espoir que Grayson ne soit pas en train de nous observer à la fenêtre. Non, il devait très probablement dormir. Je ne voulais pas qu'il assiste à ça. Je devais convaincre Cooper de m'aider.

Je secouais la tête.

– Il manipule les gens pour arriver à ses fins. Il s'est même servi de Grayson. Il lui a déjà fait du mal, il s'est servi de lui d'une manière abominable.

– Comment est-ce qu'il s'est servi de moi ?

La voix froide et posée de Grayson résonnait près de moi. Je sursautai. Je ne l'avais pas vu arriver, nos voitures l'avaient caché et j'étais trop concentrée sur Cooper. Je n'avais pas pensé que Grayson irait travailler aujourd'hui. Mais il avait dû y aller, un court moment au moins, puisqu'il venait de cette direction.

– Grayson…

Je m'éloignai de Cooper.

Sugie, qui était juste derrière Grayson, fixa Cooper et se mit à grogner avant d'aboyer, à deux reprises. Je n'en revenais pas. C'était, à ma connaissance, la première fois de sa vie que Sugie grognait contre quelqu'un.

– Je pense que vous feriez mieux de partir. Mon chien ne vous aime pas.

Cooper ricana.

– Je suis sûr qu'elle connaît aussi bien l'âme humaine que vous…

– Elle ne ment pas, elle, rétorqua Grayson d'une voix glaciale. C'est une chienne, pas un homme politique comme vous. Sortez de ma propriété.

– J'allais partir.

Cooper s'adressa alors à moi :

– Tu connais ma position, Kira. Ton sort me préoccupe autant que ton père. On est là pour t'aider. Si tu as besoin, appelle-moi. Je serai là en une fraction de seconde.

Grayson s'avança.

– Je peux vous assurer que ma femme n'aura jamais besoin de rien venant de vous.

Cooper fit face à Grayson un moment, la tension était palpable, à tel point que je me suis arrêtée de respirer. Puis il recula prudemment, fit demi-tour et se hâta de monter dans sa voiture. Je pouvais souffler.

Ni Grayson ni moi n'avons dit un mot avant que Cooper, son chauffeur et sa voiture aient passé le portail.

– Qu'est-ce que c'était que ça ? Et tu as pleuré ? me demanda Grayson en s'approchant de moi, l'air à la fois énervé et inquiet.

– Je… oui.

Je tremblais de tout mon corps.

– Il faut qu'on parle, Grayson. Est-ce qu'on peut rentrer ?

Il m'observa un moment. Son visage était tendu par l'inquiétude. *Oh mon Dieu, j'allais lui faire du mal alors qu'il souffrait déjà.* J'appréhendais tellement ce moment que je rentrai la tête dans les épaules.

Je le suivis jusqu'à la maison, les jambes tremblantes et j'entrai, après lui, dans son bureau. J'étais étonnée du choix de la pièce, mais peut-être qu'il m'avait conduit ici parce que c'était la plus proche de la porte d'entrée.

– Est-ce que tu veux bien t'asseoir ? demandai-je.

– Je préfère rester debout, dit-il d'un ton sec. Il était si froid.

Je frissonnais et je croisais les bras comme pour me réconforter.

– Qu'est-ce qui se passe, Kira ?

Sa posture et son regard attentif me donnaient l'impression qu'il attendait de recevoir un coup.

– Nos comptes sont gelés, dis-je, effondrée.

Il eut d'abord l'air troublé puis choqué.

– Quoi ? Comment ?

Je pris une grande inspiration.

– C'est mon père… Je ne connais pas les détails. Il a dû faire quelque chose, des démarches, des réclamations, je ne sais quoi, pour qu'il puisse y avoir une enquête.

– OK, bon, quelles que soient ses réclamations, elles ne reposent sur rien. Selon les termes du testament, cet argent est à toi.

– Je sais, mais il peut faire traîner l'affaire assez longtemps pour qu'on soit obligé de vendre des meubles ou des machines pour survivre. Il peut le faire. Il le fera très probablement.

Grayson jura et se passa la main dans les cheveux.

– Je suis tellement désolée. Je l'ai sous-estimé. Je ne pensais pas…

Grayson fixait un point derrière moi. C'était comme s'il portait un masque, je ne pouvais pas déchiffrer ce qu'il ressentait. Il demeura silencieux si longtemps, que je me suis même demandé s'il allait reprendre la parole.

– Pourquoi Cooper est-il venu ici, et de quoi parliez-vous ? Tu as dit que ton père s'était servi de moi.

Enfin, il abordait ce sujet

– Qu'est-ce que tu voulais dire par là ? Dis-moi.

– Cooper… est venu juste pour, je ne sais pas, faire comme s'il se souciait de moi.

Je m'approchai de Grayson, et je posai ma main sur son biceps.

– Je t'en prie, écoute ce que je vais te dire maintenant. Il faut que tu comprennes pourquoi je ne te l'ai pas dit avant. Au début j'ai pensé que ça n'était pas nécessaire… Et puis, plus le temps a passé, plus…

Grayson s'est pétrifié.

– Abrège, Kira. Crache ton histoire. Maintenant.

– Je t'ai dit que j'avais été en stage chez mon père, il y a quelques années. J'étais souvent à son bureau. J'ai surpris des conversations… Mon père a toujours pensé que s'il avait de l'influence sur les juges, il aurait le pouvoir absolu.

Vu comme ça, il n'avait pas tort. Ni la vérité ni les faits n'avaient d'importance si vous aviez les gens qui prennent les décisions finales dans la poche.

– Il les drague s'il le peut, comme dans le cas de Cooper, il cherche à gagner leurs faveurs, passe des contrats… Il fait ça depuis des années.

Pour le pouvoir, on en revient toujours au pouvoir.

– En quoi ça me concerne ?

J'observais les traits figés du visage de Grayson.

– Un soir, nous étions au bureau après les heures de travail et je finissais quelques dossiers en l'attendant. Soudain le juge Wentworth,… celui qui s'est occupé de ton cas – je lui jetai un coup d'œil sur lui mais son expression n'avait pas changé – est venu consulter mon père sur différentes affaires, dont la tienne.

– Continue, dit-il, la mâchoire contractée.

– Je leur ai apporté un dossier et j'ai pu en entendre juste assez… assez pour comprendre. C'était une année électorale, tu vois, et… mon père lui a conseillé de te faire plonger en te donnant la peine maximale, pour envoyer un message clair : il n'était pas sévère seulement avec les meurtres commis par les pauvres ou les minorités, mais aussi avec les criminels blancs et riches. Ce n'est qu'un jeu, un jeu d'intérêts et de manipulation des faits. Dans ce milieu, les joueurs ne comptent pas, ni les vies, tout peut être déformé du moment que tu l'abordes sous le bon angle. Tu étais un pion. C'est pour ça que tu n'as pas eu des travaux d'intérêt général ou une peine minimale comme l'avait prédit ton avocat. Tu as pris cinq ans à cause de mon père. Et moi je… je n'ai jamais oublié ton nom. Ce fameux jour à la banque, je l'ai entendu et tout m'est revenu.

J'eus finalement le courage de regarder Grayson dans les yeux. Je voulais savoir s'il avait compris ce que je disais mais, même s'il avait blêmi, il était toujours aussi froid et impassible.

– Et puis tu as décidé de m'utiliser à ton tour. Tout ça n'a été qu'une seule et même gigantesque machination.

Je fronçai les sourcils.

– Quoi ? Non, pas du tout ! C'était un hasard quand je t'ai croisé à la banque, comme si c'était le destin, et je…

Il me coupa la parole.

– Tu penses vraiment que je vais te croire, maintenant ? Je vais te dire ce que tu as fait : tu t'es servi de moi.

Il éclata d'un rire méprisant.

– Quelle manière géniale de rendre la monnaie de sa pièce à ton père ! C'était la vengeance parfaite. Épouser le mec qu'il a fait mettre en prison. Pas étonnant qu'il ait été si furieux. Putain, en fait tu es comme lui, tu es une manipulatrice, tu te sers des gens.

Je suffoquais et autour de moi tout devenait sombre comme si mon champ de vision rétrécissait.

Manipuler ? Me servir des gens. Non, je n'ai pas pu faire ça… J'admets que j'ai toujours eu des idées de stratagèmes et des plans, mais ils n'avaient jamais pour but de faire du mal aux gens…

J'en étais malade qu'il pense ça. J'ai posé ma main sur le bord de son bureau pour ne pas tomber. *Est-ce que j'ai fait ça ? Vraiment ? Est-ce que j'ai fait ça à Grayson ?*

Je secouais la tête en signe de dénégation.

– Je ne me suis pas servi de toi, Grayson. J'ai voulu essayer de rétablir la justice. Je pensais…

– Rétablir la *justice* ? Et comment est-ce que tu as rétabli la *moindre* justice ?

Il éclata à nouveau d'un rire qui me glaça le sang. Il enfouit ensuite la main dans ses cheveux et tira nerveusement sur ses mèches.

– C'était ça ton plan pendant tout ce temps ? M'utiliser pour toucher l'argent et puis le reprendre d'une manière ou d'une autre ? Putain de merde. Vous êtes *tous* des menteurs. Et regarde ce que tu as fait de moi… Un mec sans le sou, marié à une comploteuse, et je dois *encore* faire face à ton père, l'homme qui a déjà bousillé ma putain de vie !

Son visage était maintenant rouge de colère. Il hurlait, la voix tremblante de rage.

– Grayson, dis-je en tendant la main vers lui, je n'ai rien comploté, je te le promets. Tu te trompes. Je peux comprendre que tu sois très énervé après ce que ton père a fait, mais là tu vois les choses comme quelqu'un qui a été terriblement traumatisé. Je t'en prie, si on réfléchit ensemble, toi et moi, on trouvera certainement…

Il recula, l'air dégoûté. Je laissai tomber ma main.

– Trouver quoi ? Tu manigances encore, Kira ? Arrête, je ne supporte plus d'entendre ça. Ça me donne la nausée. Tu me donnes la nausée. Tout ça m'écœure, les manipulations, les mensonges, les semi-vérités.

Je secouais négativement la tête.

– Tu fais fausse route. S'il te plaît, prends juste le temps de réfléchir. Je ne suis pas comme mon père. Ni comme le *tien*.

Je soufflai cette dernière phrase. Je n'en étais pas fière.

– Ça n'a rien à voir avec mon père.

Il prononça le mot comme une insulte.

– Ça a à voir avec *toi* et le fait que je ne te ferais plus jamais confiance.

Je secouais la tête encore, frénétiquement, refusant la distance glaciale qu'il mettait entre nous.

– Je sais, tu dois avoir l'impression que tu ne peux plus avoir confiance en rien. Mais ce n'est pas vrai.

– Je l'ai cru.

Une larme coula sur ma joue.

– Grayson, je suis ta femme. Le lien qui nous unit est…

– Je peux le trouver dans le bar du coin n'importe quel jour de la semaine, ton lien, lança-t-il impassible.

Je refermai mes bras autour de moi, essayant désespérément d'oublier ses paroles.

– Je sais que tu ne penses pas ce que tu viens de dire. Je ne voulais pas te faire de mal. Je t'aime, dis-je, la voix brisée.

Il hurla de rire, la tête rejetée en arrière. La douleur que je ressentis alors était abominable.

– Tu m'aimes ? *Tu m'aimes* ? Est-ce que tu sais ce que *l'amour* m'a apporté dans la vie ?

Il attrapa un presse-papiers sur son bureau et le jeta de toutes ses forces sur la fenêtre. La vitre vola en éclats et le projectile se retrouva quelque part, dehors, sur la pelouse.

Je poussai un petit cri et il se tourna vers moi, les poings serrés.

–Tu ne m'aimes pas. J'ai été acheté, rien de plus. J'ai joué le rôle du mari, pas vrai ? Et maintenant notre contrat est rompu. Va-t'en ! Sors de ma maison !

–Tu veux que je m'en aille ? demandais-je. Je suis ta femme, j'habite ici. C'est ma maison...

– Plus maintenant. Je vais appeler ton père cet après-midi et accepter son offre. Au moins, toutes les autres personnes qui travaillent au vignoble n'auront pas à souffrir de ce mariage.

J'avais brièvement baissé la tête et je la relevai pour croiser son regard.

– S'il te plaît, Grayson, si tu me laissais juste m'expliquer, tu...

–Je n'en ai rien à foutre de tes explications ou de tes jolis mots. Ils se terminent tous par des mensonges. Dégage !

Il était fou de rage et il hurlait. Je sursautai et m'effondrai en sanglots. Puis j'ouvris la porte et m'enfuis, suivie par Sugie qui n'avait cessé de gémir. En larmes, je me précipitai dans la chambre et jetai des vêtements et des affaires de toilettes dans ma valise. J'étais sûre que j'allais oublier des choses, mais j'étais trop triste et désemparée pour faire une recherche approfondie.

N'avais-je déjà pas vécu cela auparavant ? Des vêtements balancés dans une valise pour fuir à la hâte ? Seulement, cette fois quelqu'un m'y forçait. Cette fois... Cette fois, je m'étais fait jeter dehors.

Par mon mari.

Par l'homme que j'aimais de tout mon cœur.

Peut-être que c'était tout ce que je méritais finalement.

Je me baissai et regardai Sugie dans les yeux, caressant sa petite truffe difforme en essayant de reprendre le contrôle de ma respiration.

–Tu es là, ma jolie fifille. Prends soin de tout le monde ici, d'accord ? Sache que je t'aime et que tu es une bonne fille, une très bonne fille.

Je me relevai avant de m'effondrer définitivement en pleurs, puis je descendis les marches de l'escalier.

Quand j'arrivai dans l'entrée de la maison, je m'arrêtai une seconde pour jeter un coup d'œil dans le bureau. Grayson était debout derrière la table, penché, les mains à plat. Je voulais m'approcher, mais il leva les yeux. Il me dévisagea sans dire un mot, le regard dur et distant. On aurait dit un étranger ; c'était comme si nous n'avions jamais rien partagé.

Je reculai, et sortis à la hâte pour rejoindre ma voiture. Je jetai ma valise sur le siège arrière et me mis au volant. Le souffle court, je luttai pour faire entrer un peu d'air dans ma poitrine. J'avais l'impression que le monde s'était écroulé.

Grayson, debout derrière la fenêtre, me regardait partir, exactement comme il l'avait fait au premier jour de notre histoire.

Je démarrai et je roulai en direction de la grille en contournant la fontaine. Je passai devant mon petit cottage et devant le chêne dans lequel j'avais grimpé. Puis je franchis le portail du vignoble Hawthorn à une vitesse folle. La distance entre le seul endroit où je m'étais sentie heureuse et moi se creusa, inexorablement.

CHAPITRE 23

GRAYSON

Le désespoir. C'était la seule émotion que j'étais capable de ressentir. Tout ce que je pensais connaître, tout ce qui avait été une source de motivation s'était effondré autour de moi. *Des menteurs, des tricheurs machiavéliques, des manipulateurs.* C'était tous des menteurs.

Ma maison ressemblait maintenant à cette petite cellule sombre et obscure où j'avais vécu pendant cinq longues années de solitude. J'errais dans les différentes pièces la nuit, buvant quand je n'arrivais pas à trouver le sommeil jusqu'au black-out, pour dormir ensuite toute la journée, les volets fermés. Le travail n'était plus une distraction agréable comme il avait pu l'être. De toute façon, à quoi bon ramener ce vignoble à la vie ? Pour vivre dans la demeure que mon père avait utilisée comme arme pour me punir, pour que je n'oublie pas à quel point je n'avais aucune valeur ? Voir le domaine prospérer ne m'apporterait plus aucune satisfaction. Ce ne serait qu'un rappel douloureux de la haine que cet homme m'avait portée, et combien je m'étais *pathétiquement* accroché à l'espoir qu'il m'aimerait un jour, croyant stupidement qu'il m'avait légué ce vignoble par amour. Je voyais mon père partout. Je n'éprouvais aucune fierté devant le travail accompli mais seulement de la honte. Moi aussi, je pouvais le détester. C'était même devenu ma nouvelle promesse envers lui.

Ce que mon père avait juré au beau milieu d'une dispute avec ma belle-mère me revenait maintenant. *Bon sang, Jessica, c'était une putain d'erreur. Si je pouvais tout effacer, je le ferais.* Et cette erreur, c'était moi. Eh bien, j'en avais fait une moi aussi. Me fier à lui était la chose la plus stupide que j'avais faite. Mais je ne ferais pas deux fois la même erreur. *Plus jamais.*

J'avais demandé à Walter de vendre les dernières bouteilles de la collection de vins de mon père. J'avais ensuite rassemblé le peu de force qui me restait pour aller voir José, Harley et Virgil pour leur donner congé. Je ne pouvais plus les rémunérer. J'avais utilisé l'argent de la vente des vins pour les payer jusqu'à la fin du mois. Leurs visages choqués et attristés n'avaient eu pour effet que de me faire me mépriser davantage.

J'ai dû ensuite annoncer à Walter et Charlotte qu'ils étaient licenciés, eux aussi. Certes, j'avais viré Charlotte assez régulièrement au cours de ces dernières années, mais je pouvais voir dans ses yeux qu'elle savait, cette fois, que j'étais sérieux. Un jour ou l'autre, il me faudrait vendre le vignoble pour survivre et repartir à zéro, mais je n'en avais pas encore la force.

Charlotte et Walter ont essayé de me parler, mais je n'ai pas voulu les écouter. Même *eux* m'avaient menti, les deux personnes en qui je pensais pouvoir avoir totalement confiance. Ils m'avaient laissé croire que mon père avait fini par m'aimer, mais ce n'était qu'une cruelle et terrible façon de dissimuler la vérité. Ils m'avaient regardé me transformer en un idiot ridicule, et la souffrance que ça me provoquait était incommensurable.

Et Kira… Mon cœur s'emballait. La pire de tous. Je lui avais stupidement donné mon cœur, absolument tout ce qu'il en restait, et pendant tout ce temps elle m'avait menti, elle aussi. Et sur quels autres sujets ? Quelle autre bêtise aurait-elle pu me faire gober avant que je découvre, désespéré, que j'avais été encore une fois le dindon de la farce ? Je plissai les yeux en repensant à ce moment dans mon bureau où elle m'avait confessé qu'elle m'avait menti depuis le début. Cela avait été comme un coup de poignard en pleine poitrine. La seule pensée qui avait traversé mon esprit avait été, *non, pas toi, n'importe qui d'autre, mais pitié, pas toi !*

Je jetai mon verre de vin contre la cheminée du salon, me délectant du son cristallin du verre qui se brisait. Je posai mes bras sur le rebord et laissé tomber mon front sur la pierre froide. Même quelques semaines après son départ, la seule évocation du nom de Kira déclenchait une réaction de manque aigu. *Imbécile !*

Elle m'avait dit qu'elle ne ressentait rien d'autre que du dégoût pour Cooper Stratton. Et puis je l'avais vue lui parler, les mains posées sur son torse, essayant de le convaincre de je ne sais quoi. Elle l'avait appelé *Coop*. J'avais reconnu son expression coupable quand je les avais surpris. Petite menteuse manipulatrice.

Plus jamais. Je ne chercherais plus jamais à savoir qui m'aimait ou non. J'allais laisser les parties de moi qui pouvaient encore souffrir se recouvrir de glace. Je détestais l'idée d'être encore vulnérable. Je savais comment faire. J'avais vécu avec un cœur couvert de givre pendant des années ; l'indifférence n'était pas difficile à vivre. *Mais ça me faisait si mal.*

Il fallait que j'aille au tribunal régler cette histoire de divorce, mais je n'avais aucune idée d'où Kira se trouvait. Et puis, je ne me sentais pas capable de quitter la maison de toute façon. Je n'allais pas prendre l'argent de son père, et lui donner la satisfaction d'avoir un ascendant sur moi. Plus personne ne me contrôlerait, encore moins cette ordure.

Finalement, épuisé par le simple fait de penser, je m'effondrai sur le canapé, pour ne pas dormir dans notre lit où flottaient trop de souvenirs. *Son parfum.* Très vite, je tombai de sommeil, son prénom sur mes lèvres.

* * *

Le centre-ville de Napa était triste et gris, rendu plus morose encore car j'étais venu y donner en gage la bague que j'avais offerte à Kira le jour de notre mariage. La honte et l'embarras m'envahirent. J'étais réduit à cela, une fois encore. J'avais d'abord acheté cette bague pour Vanessa. Mais si la remettre au prêteur sur gage me brisait le cœur, c'était parce que je l'avais offerte à Kira. *Kira.*

Je traversais la ville pour rejoindre le vignoble quand je croisai sa voiture. Je fus si surpris que je donnai un coup de volant, manquant de déraper dans les graviers. Kira était à Napa ? Elle était là depuis le début ? Où avait-elle pu séjourner ? Elle avait un certain nombre de points de chute à San Francisco, mais ici ? Mon cœur commença à battre la chamade. Je me garai sur le bas-côté, et je bondis hors de mon pick-up. Dans ce quartier, il y avait quelques magasins et un restaurant. Je regardai à travers la vitrine des deux magasins, rien. *Qu'est-ce que tu fais Grayson ? Qu'est-ce que tu vas bien pouvoir lui dire de toute façon ?* Je n'en avais aucune idée, pourtant rien que de l'imaginer, j'avais le ventre qui se crispait. *Elle était ici.* J'avais été dévasté quand elle m'avait parlé de son père, j'avais réagi violemment, mais peut-être… peut-être que si je lui parlais, elle m'aiderait à comprendre. Je ne me laissai pas le temps de prendre du recul.

Le restaurant n'avait pas de fenêtre, alors, le cœur battant, je poussai la porte pour voir si elle était là. Je l'aperçus immédiatement.

Cooper Stratton était à côté d'elle, plus possessif que jamais, agrippé à son bras.

Je vis rouge. *Je ne m'étais donc pas trompé sur elle.* C'est à ce moment-là qu'elle m'a repéré. Une pointe de surprise, puis quelque chose d'indéfinissable, passa sur son visage. Les yeux écarquillés, elle regarda Cooper puis se retourna de nouveau vers moi, ses yeux magnifiques me suppliant à distance. Je me mis à bouillir de rage. Sans que j'aie eu l'impression de prendre une décision consciente, je me plaçai sur leur chemin.

– Eh ben, tu n'as pas perdu de temps. C'était ça ton plan depuis le début ? M'épouser, débloquer l'argent, le récupérer d'une façon ou d'une autre, et puis… lui ?

Non seulement, elle m'avait menti à propos du rôle de son père dans ma vie, mais elle ne m'avait pas tout dit sur Cooper.

Si elle le détestait vraiment de la manière dont elle l'avait prétendu, elle ne lui aurait jamais accordé trois minutes de son temps, et encore moins un déjeuner en tête à tête. *Putain de petite menteuse. Magnifique petite menteuse.* La douleur, atroce, brûla mon âme.

Kira recula d'un pas, mais une bouffée de son parfum délicat envahit mes sens. La sensation violente de manque revint, me donnant envie de rugir de douleur. *Elle n'est pas à toi. Elle ne l'a jamais vraiment été. Elle ne le sera plus jamais.*

Je ne veux pas de toi.

Je ne veux pas de toi.

Je ne veux pas de toi.

Je ne veux pas de toi.

Je ne veux pas de toi du tout.

– Grayson, s'il te plaît, tu ne sais pas ce que tu dis, dit-elle, la voix brisée.

– Oh, je crois que je le sais très bien.

Je fis quelques pas pour m'approcher d'elle, et lui murmurer à l'oreille :

– Dis-moi, Kira, tu as choisi d'être une de ses putains, ou bien la femme au foyer qui ne voit rien de ce qui se passe autour d'elle ? Si c'est la dernière option, tu comprends qu'on doit d'abord divorcer, n'est-ce pas ?

Kira tressaillit en entendant mes propos et poussa une petite exclamation. Puis, Cooper s'approcha de moi en disant :

– Qu'est-ce que vous foutez là ?

Avant même qu'il ait le temps de s'interposer, je me retournai vers lui. La rage et la douleur eurent raison de mon contrôle et un tsunami de violence me submergea. Je l'attrapai par le col et l'envoyai valdinguer dans le mur. Kira et plusieurs personnes se mirent à hurler dans la salle du restaurant qui donnait dans le vestibule où nous nous donnions en spectacle.

Cooper était livide et me regardait effrayé, alors que je continuai à le presser contre le mur. Je laissai échapper mon souffle et je le relâchai brusquement. Il faillit basculer en avant quand je reculai. L'angoisse remplaça rapidement la colère. *Qu'est-ce que je venais de faire ?* Sonné, je dévisageai Cooper, qui me regarda, l'air furieux mais aussi avec une pointe de joie maligne. Il me pointa du doigt.

– Tu vas retourner en prison, connard.

Il se rajusta et se mit à rire avant de s'adresser à un homme qui devait être le directeur du restaurant, debout dans un coin, choqué :

– Prenez les noms et les numéros de tous les témoins de cette scène. Mon avocat les contactera.

Puis il regarda Kira avec satisfaction :

– Allons-y.

Les larmes coulaient sur le visage de Kira.

– Laisse-moi lui parler une minute, dit-elle, la voix brisée.

Cooper fronça les sourcils :

– Je ne te laisserai pas seule avec lui. Tu vois bien qu'il est dangereux.

Je lui bloquai le passage, et Kira se mit devant moi en posant ses mains sur ma poitrine.

– Il y a du monde. Tout va bien. C'est mon mari, Cooper.

– Pour le moment.

Cooper plissa les yeux, nous dévisageant tour à tour, et hocha la tête.

– Je dois reprendre la route de toute façon. Je viendrai te chercher ce soir.

Il se pencha pour l'embrasser sur la joue, ses yeux chassieux ne me quittant pas. La colère revint au galop. J'avais très envie de lui en coller une. Qu'est-ce que ça aurait changé, à ce stade ? Mais je restai planté là, la mâchoire crispée, essayant de retrouver un peu de calme. Cooper me pointa du doigt.

– Vous aurez des nouvelles de mon avocat.

Je le regardai simplement, sans prendre la peine de lui offrir une quelconque réaction.

Il sortit du restaurant sans se retourner, et mon regard se posa enfin sur celui de Kira. Elle était livide, les yeux écarquillés. Elle ne s'attendait visiblement pas à me croiser, au bras de son ex et maintenant nouveau petit ami !

– Gray, murmura-t-elle.

Elle fit un pas dans ma direction mais je n'avais plus rien à lui dire. Mon cœur se brisa encore un peu plus. Je ne croyais pas que c'était possible. Je fis demi-tour et m'éloignai rapidement.

– Grayson !

Je l'entendis crier dans mon dos. Je fis alors volte-face et marchai droit sur elle. Il y avait une petite ruelle juste à côté, je l'attrapai par le poignet. Une fois dans cet endroit discret, je la plaquai contre le mur en briques. Elle poussa un petit cri d'effroi.

– Qu'est-ce que tu fais ?

– J'essaye de me souvenir de ce qui a bien pu me plaire chez toi.

Je collai ma bouche contre la sienne, léchant la commissure de ses lèvres. Elle poussa un petit cri et s'abandonna, même si son corps demeurait tendu contre le mien. J'enfonçai ma langue dans sa bouche, puis la retirai aussi vite, me forçant à la regarder avec l'expression la plus neutre possible.

–Vraiment moins bien que dans mon souvenir.

Elle cligna des yeux, décontenancée. Je me penchai pour faire courir mes lèvres le long de sa gorge. Sentant son corps se contracter, je m'écartai un peu.

– Non, rien.

Ses lèvres tremblèrent et ses yeux s'emplirent de larmes. Je chassai résolument le sentiment vague de culpabilité qui me submergeait. *C'est une menteuse.*

–Tu sais ce que je pense ? Je devais être sacrément désespéré et toi, tu étais… comment dit-on déjà ? Disponible. Depuis que tu es partie, je suis arrivé la conclusion que j'aime la variété en matière de femmes et que c'est en contradiction avec les vœux de mariage. J'ai vérifié ça ces derniers temps. C'était pas mal avec toi, mais depuis, j'ai connu mieux.

Elle tressaillit, les larmes coulant sur ses joues. La honte me dévorait mais je n'en laissai rien paraître. *Surtout pas*. Si elle allait rejoindre directement le lit de Cooper, je devais au moins garder un peu de fierté. Alors que nous dévisagions, le petit menton levé refit sa réapparition. Même dans ces circonstances, elle arrivait à se reprendre. *Qu'elle aille brûler en enfer !*

Je voulais la briser comme elle l'avait fait avec moi.

Je voulais me mettre à genoux, la supplier de me pardonner, la serrer contre moi jusqu'à ce qu'elle me sorte de cet horrible cauchemar. Je me détestais de penser ça.

Je m'en voulais d'espérer.

Tout mon corps se révoltait à la pensée d'essayer encore une fois d'obtenir l'amour de quelqu'un qui ne voulait pas m'en donner. Elle se tenait là, pâle, choquée et *d'une beauté renversante,* pourtant elle n'en avait pas le droit ! Elle m'avait tout pris, plus même que ce que je pensais posséder.

L'image terriblement douloureuse de Kira enveloppée dans les draps de Cooper me traversa l'esprit, m'obligeant à déglutir pour ne pas vomir.

– J'ai apprécié ce que tu m'as offert. C'était plutôt agréable. Mais je l'ai payé cher, je trouve.

Je caressai sa joue soyeuse. Elle me fixait, immobile.

– Mon nom, mon vignoble, et maintenant, probablement aussi ma liberté… *Mon cœur, mon âme.*

Une larme s'écrasa sur ma main. Je la retirai comme si c'était de l'acide. Je sortis précipitamment de la ruelle et je me retrouvai sur le trottoir ensoleillé. Je l'entendis sangloter, mais elle ne me rappela pas et je ne fis pas demi-tour. J'ai laissé mon cœur dans cette ruelle. Tout entier. Cette fois, il ne restait plus rien à prendre, elle pouvait tout garder. Je n'en aurais plus jamais besoin.

Je rentrai à la maison, les nerfs plus à vif que jamais. Une fois arrivé, je fonçai vers l'armoire où je cachais une bouteille de vieux Scotch. Le vin ne serait pas assez fort aujourd'hui.

Après le premier verre, je me mis à contempler les vignes par la fenêtre. Juste avant le départ de Kira, j'avais mesuré le taux de sucre, l'acidité, vérifié les tanins, et déterminé quand les raisins seraient parfaitement mûrs pour la récolte. *Ils l'étaient maintenant.*

Mais je n'avais pas les fonds nécessaires pour embaucher du personnel pour m'aider. Je levai mon verre en guise de toast absurde à la vigne.

– Tu as rempli ta mission. Désolé de t'avoir perdue, toi aussi.

Rapidement, le raisin allait pourrir dans un immense gâchis, une métaphore parfaite de ma vie. En plus, j'allais probablement finir en prison pour avoir agressé Cooper Stratton. Je remplis un autre verre, et je laissai l'alcool me brûler la gorge. Désormais, tout était perdu. Il n'y avait plus d'espoir, plus aucun espoir.

CHAPITRE 24

GRAYSON

Lorsque je repris conscience, je gémis en prenant ma tête dans mes mains pour essayer d'atténuer la douleur qui pulsait dans mon crâne. J'étais dans le salon, affalé sur le canapé, une bouteille de Scotch vide et un verre posés sur mon ventre. Je ne pris pas la peine de les déplacer avant de me relever et, ils roulèrent sans se casser sur le tapis moelleux. Une fois debout, je manquai de trébucher et me massai la nuque pour essayer de soulager mon mal de crâne. Dehors, le soleil se levait dans un ciel aux infinies nuances dorées. Soudain, je clignai des yeux et me figeai. Il semblait y avoir… des douzaines de vendangeurs dans les vignes, qui récoltaient le raisin. Je plissai les yeux, grattant distraitement mon estomac, essayant de comprendre ce que je voyais.

– Je me suis dit que vous alliez en avoir besoin, dit une voix derrière moi.

Je me retournai. C'était Charlotte qui posait un verre d'eau et deux cachets d'aspirine sur la petite table près du canapé.

– Même si j'estime que votre douleur n'est pas au niveau de ce que vous méritez… J'ai envie de vous coller un bon coup sur le crâne, mais je crois que vous vous débrouillez très bien sans moi pour ça.

– Mais qu'est-ce qui se passe dehors ? demandai-je, en ignorant sa remarque.

– Les grappes ne vont pas se couper toutes seules.

Je pris une grande inspiration.

– Ce que je veux dire c'est qui a embauché ces personnes ? Tu sais très bien que je ne peux pas les payer.

– Harley a demandé de l'aide, puis Virgil, José et lui ont mis en commun l'argent de leur dernière paye, celle que vous leur avez donnée à la fin du mois. Ils vont le partager entre le nombre de personnes qui ont accepté de travailler pour vous cette semaine.

– La vendange prend plus de temps que ça, tu le sais très bien.

– Oui, certes, mais c'est déjà un début. Et puis si vous mettez le vin qui est dans les fûts en bouteille, vous pourrez commencer à le vendre. Il y a une deuxième équipe qui vient dans l'après-midi pour s'en occuper.

Je me tournai trop brusquement vers Charlotte, grimaçant de douleur, ma migraine se rappelant à moi.

– Pourquoi ? Pourquoi est-ce qu'ils feraient ça ?

– Parce qu'ils croient en vous, j'imagine.

– Ils croient en moi ?

J'éclatai d'un rire amer, et ça n'eut d'autre effet que de me faire encore plus mal à la tête.

– Qu'est-ce que ça va leur apporter de bon quand l'heure sera venue de nourrir leurs familles ? Et en parlant de ça, qu'est-ce que tu fais encore ici ?

Charlotte pinça juste les lèvres.

– Peut-être que vous pourriez prendre une douche et les rejoindre.

– Non. Il se trouve qu'une deuxième bouteille de Scotch et moi-même avons déjà quelque chose de prévu aujourd'hui.

Je n'avais rien à faire du regard réprobateur qu'elle me jeta avant de quitter la pièce. Elle m'avait menti elle aussi. La seule raison pour laquelle je ne l'avais pas dégagée d'un grand coup de pied au cul, c'était parce que cette maison était la sienne depuis plus longtemps que moi. Mais elle serait obligée de partir très bientôt, quand je ne pourrais plus acheter de nourriture. Ou bien quand on viendrait m'arrêter pour avoir agressé Cooper Stratton. Tout le bordel de ma vie me revenait. Je grognai en passant mes mains dans les cheveux.

– Charlotte, hurlai-je.

Elle s'arrêta sous la grande voûte qui séparait le salon et le hall en me regardant.

– Est-ce que la police est passée, ou a téléphoné ?

– Non, répondit-elle, avant de se retourner et de disparaître dans la cuisine.

Comment se fait-il qu'elle ne m'ait pas demandé pourquoi je posais cette question ? Peut-être qu'elle ne pouvait simplement pas en supporter davantage. Tout comme moi d'ailleurs, même si le sort en avait décidé autrement.

J'avalai les deux comprimés d'aspirine, puis je montai me doucher. L'eau chaude apaisait mes muscles endoloris. Une fois habillé, je me rendis dans la chambre d'amis, de l'autre côté du couloir, pour regarder les vignes au loin. Les machines et les hommes étaient toujours là. Imbéciles ! C'était une perte de temps.

Je regagnai ma chambre et m'allongeai sur le lit, le regard bloqué sur le ventilateur du plafond, celui que j'avais fixé des nuits durant, émerveillé, après avoir fait l'amour avec Kira. *Arrête. Ne pense pas à elle. Pas maintenant.* Est-ce qu'elle s'était réveillée auprès de Cooper ce matin ? Est-ce qu'ils prenaient le petit déjeuner au lit ? Torturé par mes pensées, je décidai d'aller chercher la seconde bouteille de Scotch. Je comptais boire jusqu'à réduire mon cerveau en bouillie et tuer toutes les cellules qui hébergeaient encore le souvenir de Kira.

Charlotte était dans le salon, elle pliait la couverture sous laquelle j'avais à moitié dormi la nuit passée. En regardant par la fenêtre, je marmonnai :

– Ils perdent tous leur temps. Je déteste cet endroit. Même si aujourd'hui j'avais les moyens d'en faire une réussite, je n'en aurais rien à foutre. Je préfère faire comme mon père, le démolir.

Il n'y a que de la souffrance ici : des malheurs, des mensonges et des mauvais souvenirs.

– Si c'est ce que vous pensez, alors j'imagine que ce doit être vrai.

– Oui c'est ce que je crois. C'est ce que je sais surtout.

– Très bien.

Je me mordis les lèvres, agacé que Charlotte puisse encore m'exaspérer avec juste quelques mots.

Et apparemment, ce n'était pas fini :

– Walter aussi est ici, vous savez, poursuivit-elle alors que j'avais la tête enfouie dans le bar. J'espère juste que son dos ne va pas le lâcher. Et puis comme il n'y voit plus très clair, j'espère aussi qu'il saura cueillir les bonnes grappes…

Je m'arrêtai et je levai les yeux au ciel.

– Walter est l'image même de la bonne santé, dis-je.

Elle haussa les épaules.

– Je ne voulais pas vous déranger. Je vous laisse vous noyer dans l'alcool. Simplement, si vous y pensez, allez les voir de temps en temps. Je suis sûre que ça va les stimuler pendant qu'ils travaillent comme des fous, pour moins que le minimum syndical, sous un soleil de plomb.

– Pfff, il ne fait pas si chaud que ça.

J'avais très bien compris qu'elle essayait de me faire culpabiliser. En fait, pour être honnête, je savais qu'une journée de dur labeur serait sûrement plus efficace qu'une grosse cuite pour me changer les idées. En tout cas, je n'aurais pas l'impression d'avoir un camion de dix tonnes sur la tête.

– Si ça peut me permettre de ne plus t'entendre, alors je sors tout de suite et je vais travailler jusqu'à m'en briser les os.

Charlotte haussa les épaules, mais j'avais bien vu qu'elle avait esquissé un sourire avant de sortir.

Maudite soit-elle !

* * *

En rentrant dans la soirée, sale et dégoulinant de sueur, chaque muscle de mon corps me faisait souffrir. Apparemment, Harley avait contacté tous les anciens détenus qu'il connaissait dans l'hémisphère nord et ils étaient tous dans mon vignoble. Je ne savais pas si ça déboucherait sur quelque chose, mais en tout cas la douleur que j'avais ressentie en imaginant tous les fruits dont j'avais tant pris soin pourrir sur pied, avait disparu. Au moins, ils étaient dans les fûts et pourraient être mis en bouteille. Et puis, quand je vendrais ce domaine, j'en tirerais un meilleur prix s'il était en état de marche plutôt que s'il avait l'air de sombrer. J'allais divorcer de Kira, prendre un peu d'argent de la vente du vignoble et partir quelque part pour faire… *quelque chose.* Oui, mais quoi ? Qu'est-ce que je savais faire à part du vin ? Peu de choses. Le diplôme de commerce que j'avais passé à l'université était obsolète maintenant. De plus, personne ne voudrait embaucher un criminel. La misère me guettait. Les pensées que j'avais chassées de mon esprit en travaillant toute la journée revenaient me torturer.

Je pris une douche rapide et m'apprêtais à descendre l'escalier, quand je m'arrêtai devant la chambre que Kira avait occupée avant de s'installer dans ce que je considérais, encore, être *notre* chambre. Le chagrin me serra le cœur en voyant cette pièce vide. J'ouvris la penderie mais elle n'avait rien laissé derrière elle. En tirant le premier tiroir de la commode resté ouvert, je découvris deux chemises de nuit. Un peu gêné, j'enfouis mon nez dans le tissu, m'enivrant de son parfum affolant, doux et délicat. Je retins le gémissement qui montait dans ma gorge, et je les reposai là où je les avais trouvées. C'est à ce moment que je vis une petite boîte qui ressemblait à un écrin. Je l'ouvris tout doucement et je restai bouche bée en voyant à l'intérieur une alliance en platine pour homme. Je la détachai du coussin en velours bleu marine sur lequel elle était posée, et je l'observai à la lumière.

Mon Dragon. Mon amour.

Gravés à l'intérieur de l'anneau, ces mots m'atteignirent en plein cœur. Perdu, je restai là pendant ce qui me sembla être une éternité. Je finis par remettre l'alliance dans son écrin et dans le tiroir où je l'avais trouvée. Puis je descendis remercier Harley, Virgil et José que Charlotte avait invités à dîner. Ils venaient juste d'arriver. Ils étaient sales et épuisés mais, d'une certaine manière, heureux. Les remords s'ajoutèrent alors à mon chagrin. Malgré tous leurs efforts, je ne serais pas en mesure de leur offrir grand-chose. Il leur faudrait trouver un travail ailleurs.

Poing contre poing, je remerciai encore Harley.

– Mec, tu ne pensais pas que j'allais arrêter de te protéger sous prétexte qu'on est sortis de taule ?

Il souriait en massant ses bras costauds, tannés par le soleil. Il devait avoir au moins aussi mal que moi, sûrement plus. Il ne s'était pas arrêté de travailler depuis le lever du soleil.

– Je ne te mérite pas, Harley, lui dis-je en me frottant la nuque.

– Peut-être, peut-être pas. Ce n'est pas à moi d'en juger. Je sais juste qui sont mes amis et j'aide mes amis. Je te dois la vie... je dois la vie à Kira aussi. Vous pouvez me demander ce que vous voulez, je serai toujours là !

Je tentai de me reprendre, soudain submergé par l'émotion. J'étais tellement fatigué...

– Ma femme pense comme moi. Tu me suis ?

– Heu...

Harley rigola.

– Priscilla est une putain de gonzesse, dit-il en me faisant un grand sourire.

Virgil s'avança, pataud, nous interrompant.

– Hé ! Virgil, dis-je.

Sugie était juste derrière lui.

– Salut m'sieur Hawthorn, Monsieur.

Il souriait gaiement.

– Je vendange et je fais du bon vin.

Je lui souris à mon tour.

– Merci, Virgil.

Je l'attrapai par les épaules et le secouai.

– Tu es un mec bien.

– José, saluai-je à nouveau. Allons manger.

Comme nous nous dirigions vers la cuisine, Walter apparut dans les escaliers. Il n'avait pas l'air bien et j'étais rongé par la culpabilité de savoir qu'il s'était tué à la tâche toute la journée pour moi. Bon Dieu, il avait deux fois mon âge. Je fronçai les sourcils en le voyant se cramponner à la rampe d'escalier et porter son autre main à la poitrine.

– Walter, demandai-je.

Il eut l'air de suffoquer et bascula en avant. Je bondis pour interrompre sa chute. Charlotte se mit à crier derrière moi, et je luttai pour me redresser, le poids de Walter dans les bras.

– Retourne-le ! ordonna Harley.

Tout semblait se passer au ralenti, comme si les voix venaient des fonds sous-marins, je n'entendais plus que les battements de mon pouls dans mes oreilles. José appela les urgences tandis que je m'agenouillais à côté de Walter. Il avait du mal à respirer, la main toujours posée sur son cœur, tandis que Charlotte et moi étions penchés au-dessus de lui.

– Les secours arrivent, lançai-je, mort de peur.

Charlotte pleurait en silence en lui caressant les cheveux. Il essayait de dire quelque chose, à elle, puis à moi, mais aucun mot ne sortait. Finalement, il prit ma main, la serra fort et d'une voix étranglée me dit :

– Comme… mon… fils…

L'émotion fut si intense que j'en eus le souffle coupé.

– Ne parle pas, dit Charlotte. Et ne t'avise pas de me quitter. N'y pense même pas vieux bouc obstiné.

Walter poussa un dernier soupir et perdit connaissance. La panique m'envahit. J'haletais. Je n'entendais plus qu'un mot répété en boucle : « *Non, non, non.* » C'était ma voix, terrorisée, qui invoquait ce mot comme une prière désespérée.

* * *

La chambre d'hôpital était sombre et silencieuse, les premières lueurs de l'aube filtraient à travers les stores, et le battement régulier du cœur de Walter était comme une mélodie jouée par le moniteur cardiaque à côté de son lit. J'étais assis sur une chaise, près de lui, les coudes sur les genoux, la tête entre les mains. Charlotte était rentrée quelques heures plus tôt pour se reposer un peu et nourrir Sugie. Elle avait demandé à passer la nuit à l'hôpital mais il n'y avait pas de lit supplémentaire disponible, et peu de chances pour que Walter se réveille pendant la nuit même si son état était stable. Je m'étais donc porté volontaire pour rester, en lui disant que mon dos était plus robuste. Je l'appellerais s'il se réveillait avant qu'elle ne revienne.

D'une main, je massai les muscles endoloris de ma nuque.

– J'espère que vous ne m'en voudrez pas, murmura Walter, me faisant sursauter, si je vous dis que vous avez une mine terrible, Monsieur.

Je poussai un grand soupir.

– Quand est-ce que ça t'a déjà préoccupé que je t'en veuille ou pas, Walter ? répondis-je, en essayant de dissimuler le grand sourire qui me venait.

– Jamais, avoua-t-il.

Je me levai, et je pris le pichet qui se trouvait sur la table de nuit pour lui servir un verre d'eau. Je l'aidai à le tenir pendant qu'il buvait de longues gorgées. Il reposa sa tête sur l'oreiller, et me regarda. Je m'assis sur la chaise que j'avais rapprochée de son lit. En sortant mon téléphone, j'annonçai :

– C'est bien ton genre de tout dramatiser comme tu l'as fait hier. J'appelle Charlotte pour la rassurer…

– Attendez quelques minutes, intervint Walter d'une voix sérieuse en prenant ma main.

Je m'arrêtai et posai le téléphone.

– Je n'ai pas fait tout ce cinéma pour que vous sortiez d'ici sans entendre ce que j'ai à vous dire.

Je lui fis un petit sourire en coin en secouant la tête

– Très bien, je t'écoute.

Pendant un moment, Walter resta silencieux. Quand il parla enfin, sa voix était calme et posée.

– Quand je me suis retrouvé allongé au pied de l'escalier, vous savez ce que j'ai pensé ? Je n'arrêtais pas de me dire : s'il vous plaît, ne me laissez pas quitter ce monde sans avoir dit à ce môme ce que je pense de lui.

– Walter… dis-je, passant la main dans mes cheveux et en sentant l'émotion envahir ma poitrine.

Walter et moi ne parlions jamais de nos sentiments.

– Nous avions un fils.

Il s'éclaircit la voix qui venait de se casser sur le mot «*fils*». Je relevai la tête.

– Quoi ? Vous n'avez jamais dit…

– Non, c'est trop difficile pour nous de parler de Henry, c'était encore un bébé… Charlotte, elle était… dévastée, comme moi.

– Je suis désolé, Walter, dis-je, la gorge serrée.

Il acquiesça. J'avais déjà vu cette tristesse dans ses yeux. Je connaissais ce visage. C'était celui qu'il avait chaque fois que mon père me punissait. Pendant toute mon enfance, Walter s'était énormément inquiété de la manière dont j'étais traité, et il avait pris soin de moi. Je n'avais jamais su que Charlotte et lui avaient perdu un fils.

– Nous ne pouvions plus avoir d'enfant après ça. Vivre dans la maison où nous l'avions eu était devenu insupportable. Nous avons donc décidé de venir ici, en Amérique, pour commencer une nouvelle vie. Nous sommes entrés au service de votre famille et nous avons retrouvé un peu de bonheur. Et puis, un jour, on a frappé à la porte et vous êtes arrivé. Malgré la façon dont Ford et Jessica Hawthorn ont réagi, pour Charlotte et moi, *pour nous*, vous étiez *un don du ciel*, et ça n'a jamais changé. Il ne s'est pas passé une journée sans que nous soyons fiers de vous. Je veux que vous le sachiez.

– Walter…

– Nous n'avons pas toujours pu être là. Nous n'avons pas toujours pu intervenir car nous avions peur d'être renvoyés par votre père et de ne plus être présents pour vous aider. Mais nous avons fait tout notre possible pour vous faire sentir… que vous n'étiez pas seul, ni hier, ni aujourd'hui, ni demain. Jamais. Nous vous avons caché les vraies motivations du legs de votre père par amour, et nous avons essayé de porter ce terrible fardeau à votre place aussi longtemps que nous l'avons pu. Ce n'était pas par malhonnêteté. C'était par amour. J'espère que vous pourrez nous comprendre maintenant.

Je me redressai, essayant de me pénétrer de son message. Bien sûr que je l'avais toujours su. Walter et Charlotte agissaient davantage comme des parents que mon propre père et ma belle-mère. Mais… et si Walter et Charlotte s'étaient trompés à mon sujet, et pas *lui* ?

– Et s'il avait raison, Walter ?

Je suffoquais presque tellement j'avais peur de cela.

– Votre père ?

– Oui, chuchotai-je. Lui, et tous les autres.

– C'est vraiment ce que vous pensez ? Que Charlotte et moi avons tout faux, et que c'est Ford Hawthorn qui avait raison ? Et votre mère ? Et Jessica aussi ?

– Je…

Je revoyais Walter dans son maillot de bain noir à l'ancienne m'apprenant à nager, me guider dans le dédale du labyrinthe en comptant nos pas et en mémorisant chaque virage. Puis Charlotte essuyant ses mains pour mieux me réconforter quand elle savait que je souffrais. Je repensais à tous les sages conseils qu'elle m'avait prodigués au fil des ans, et à l'amour immense qu'elle m'avait donné sans retenue.

– Peut-être, dit Walter, que vous posez cette question parce que vous vous demandez aussi à quelle catégorie votre épouse appartient.

Walter a toujours tout compris avant que je n'aie besoin de lui expliquer quoi que ce soit. Je ne voyais pas pourquoi ce serait différent cette fois-ci.

– Je… C'est vrai. Je ne sais vraiment pas si je peux lui faire confiance.

Il me fixa pendant un moment.

– Eh bien, soupira-t-il, je pense que vous n'aurez jamais la réponse si vous ne prenez pas le risque. Ou alors, vous pourriez hanter les couloirs du vignoble comme un fantôme en faisant claquer les chaînes que vous vous êtes fabriquées vous-même, effrayant au passage quelques gamins par la fenêtre.

J'éclatai de rire avant de me calmer rapidement.

– Savez-vous pourquoi je vous appelle Monsieur? depuis toujours?

Je secouai la tête.

– Pour vous rappeler que vous forcez le respect, et que ça a toujours été le cas.

– Merci, Walter, dis-je, étouffé par la gratitude que j'éprouvais à avoir quelqu'un comme lui dans ma vie

– Que vous dit votre cœur?

Je baissai les yeux, repensant à l'alliance que j'avais retrouvée dans le tiroir. *Mon Dragon. Mon Amour.* Je ne savais plus quoi penser. *Je t'aime,* avait-elle dit, et pourtant je l'avais jetée dehors. Le désespoir et le doute me prenaient aux tripes. Sans même lui donner la chance de s'expliquer un court instant, je l'avais accusée de comploter dans mon dos. De plus, si j'étais maintenant prêt à la croire et à accepter le fait que notre rencontre à la banque était un signe du destin, comment pouvais-je lui en vouloir de ne pas m'avoir dit, dès ce premier jour dans mon bureau, que son père était responsable de ma lourde condamnation? Ne m'étais-je pas, moi aussi, méfié d'elle? N'avions-nous pas décidé ensemble que notre relation serait juste temporaire? Et si j'écoutais vraiment mon cœur comme Walter le suggérait, ne me dirait-il pas que c'était *tout* Kira que de vouloir partager de l'argent avec moi pour compenser l'injustice que son père m'avait fait subir? Comme si *tout ça*, était sa faute.

À la minute où je l'avais rencontrée, elle m'avait tenu tête. Pas pour me nuire, au contraire, pour m'aider à *m'élever.* Pour me rendre un semblant d'espoir, de joie. La fête, son costume, tout me disait qu'elle croyait en moi, qu'elle voulait changer le regard des autres sur moi, et le *mien*. Elle avait vu ma valeur, et elle me l'avait dit de mille façons différentes.

Oh Doux Jésus. La culpabilité recommençait à me brûler les entrailles. J'avais tout gâché, persuadé que tous ceux en qui j'avais confiance finiraient par me trahir s'ils ne l'avaient pas déjà fait. La voir avec Cooper et entendre sa confession n'avait fait que matérialiser cette peur. Pour cette triste raison, je n'avais vu alors que le pire en elle. Kira étincelait et moi, j'avais vécu dans l'obscurité froide pendant trop longtemps. J'avais l'impression que mon âme avait tenté désespérément de ressentir la chaleur de son amour et se retrouvait maintenant terrifiée à l'idée de mourir dans les ténèbres depuis qu'elle était partie, emportant avec elle toute sa lumière. Malgré tout, au premier doute, je m'étais détourné d'elle. Je n'avais pas voulu croire qu'elle m'aimait, même quand elle l'avait dit et même si elle me l'avait montré encore et encore. Oui, j'avais été ridiculement irrationnel, froid et cruel, tombant si bas que j'avais utilisé ses peurs les plus profondes pour lui nuire. C'était une belle et tendre jeune femme de vingt-deux ans, et j'avais vu sa joie de vivre se briser devant moi, et la lumière éblouissante que j'aimais tant sombrer sous mes yeux. Je l'avais jetée à la rue sans un sou. Mon Dieu, pour autant que je sache, ma femme dormait dans sa voiture. Pas étonnant qu'elle soit allée voir Cooper. Quel autre choix avait-elle eu ? J'avais tellement honte de moi.

Quand le moment de choisir entre lui faire confiance ou la repousser était arrivé, j'avais choisi la seconde solution.

Rends les armes, mon garçon.

Pourtant, au dernier moment, je n'en avais pas été capable. Pas complètement. J'avais manqué à mon devoir vis-à-vis d'elle. J'avais manqué à mon devoir vis-à-vis de *moi*.

Et puis je me souvins de quelque chose qui me coupa le souffle. Elle pourrait très bien être enceinte de moi ! Nous avions fait l'amour deux fois sans la moindre protection.

– Je l'ai repoussée, dis-je misérablement. Je lui ai dit des choses cruelles. Même si je… elle ne me pardonnera jamais.

Je ne sais même pas si je peux me pardonner moi-même… Il n'y a plus aucun d'espoir.

Walter, l'homme qui avait toujours été mon héros, me regarda silencieusement un moment avant de fermer ses yeux fatigués. Je me levai, pour quitter la chambre et le laisser se reposer, quand je l'entendis me dire :

– Tu finiras par te rendre compte que là où il y a un réel amour, il y a toujours un réel espoir.

* * *

Plus tard dans l'après-midi, je suis rentré à la maison. Les hommes que Harley avait recrutés travaillaient encore comme des forçats dans les vignes. Je descendis pour les remercier, cherchant ensuite Harley pour le tenir au courant de l'état de Walter. Il allait mieux. Il aurait besoin d'un pontage, mais le médecin nous avait assuré que l'opération était courante et que Walter serait très probablement de retour à la maison dans quelques jours. Quand j'ai demandé aux gars où était Harley, l'un d'eux m'a dit qu'il était passé rapidement, puis qu'il était reparti et serait de retour dans la journée.

J'allai me doucher, comptant ensuite rejoindre l'unité de vinification où José supervisait la formation aux nouvelles machines. J'étais fatigué, mais il était hors de question que je les laisse travailler sans moi. Je pourrais dormir plus tard. Et peut-être qu'en plein labeur, une idée pour regagner le cœur de ma femme allait me venir. Car Dieu sait qu'à part tomber à genoux devant elle en la suppliant, je n'en avais aucune.

Je descendis ensuite dans la cuisine pour préparer un peu de café. J'allumai machinalement la télévision en attendant qu'il coule, et me figeai littéralement en voyant la tête de Cooper Stratton apparaître à l'écran. Je saisis la télécommande posée sur le plan de travail, tâtonnant pour augmenter le volume. Le présentateur avait déjà commencé à parler quand j'y parvins enfin.

–... cette vidéo extrêmement choquante a été filmée il y a deux jours par une call-girl, on y voit le juge Cooper Stratton dans une chambre du Palace Hotel après un dîner de charité. Filmé à son insu, le juge Stratton, visiblement dans un état d'ébriété avancé, se vante d'avoir accepté des pots-de-vin, d'avoir été mêlé à des activités de corruption avérées, et d'user de son influence pour orienter certains verdicts. Une investigation est en cours et les détails ne sont pas encore connus, mais le juge Stratton a également avoué à plusieurs reprises dans la vidéo être de mèche avec l'ancien maire de San Francisco, Frank Dallaire, des accusations que M. Dallaire réfute avec véhémence. Pour mémoire, Cooper Stratton était fiancé à la fille du maire, Kira Dallaire, des fiançailles qui ont été rompues très médiatiquement.

Les jambes coupées par le choc, je dus me cramponner au comptoir pour ne pas m'effondrer. Et le présentateur de reprendre :

– Cette histoire souligne la profonde préoccupation du public à l'égard de la corruption en politique. En tant qu'électeurs et citoyens, nous aimerions tous croire que ceux qui occupent des postes à responsabilité n'utilisent pas leur pouvoir à des fins personnelles, mais cette affaire jette aujourd'hui un voile de suspicion sur le monde politique. Je vous propose de revoir ces images.

La vidéo commença, filmée par une personne assise sur Cooper Stratton, lui-même couché sur un lit, en smoking. Il riait, en racontant précisément ce que le présentateur avait résumé. Incrédule et le corps raidi par la colère, j'écoutais Cooper raconter comment il avait gâché des vies, d'abord comme procureur et maintenant comme juge. Pas étonnant que Frank Dallaire l'ait tant protégé quand Kira l'avait surpris avec des prostituées. Il faisait le sale boulot pour lui depuis des années. Et elle n'avait pas eu le moindre soupçon. Je déglutis, tentant de rester concentré sur la vidéo. La jeune fille qui filmait se mit à rire et l'encouragea à continuer, flattant son ego en lui disant combien son pouvoir l'excitait. Quand elle se pencha pour défaire son nœud papillon, j'aperçus une mèche de ses cheveux qui tombait devant l'objectif. *Ils étaient roses.* Je secouai la tête. Ça ne pouvait pas être elle. Je plissai les yeux pendant que la personne qui tenait la caméra s'excusait de devoir aller aux toilettes. L'image floue revint sur elle qui avançait à toute vitesse au milieu de ce qui semblait être un gala de charité. Il y avait des rires, du brouhaha, des bruits de vaisselle en fond. En me rapprochant de l'écran, je vis en arrière-plan un invité en smoking, seulement de profil, mais il ressemblait étrangement à Harley, et… Oh, putain, je reconnaissais un autre visage. Elle était de profil aussi, mais sans l'ombre d'un doute, c'était ma belle-mère, Jessica Hawthorn. Qu'est-ce qui se passait, *bon sang* ?

– Charlotte ! appelai-je avant de me souvenir qu'elle était à l'hôpital. Putain de merde.

José ne répondait pas. Je me précipitai vers les vignes pour le prévenir très vite que je serais de retour dès que possible.

– Je m'occupe de tout, patron, répondit-il alors que j'étais déjà à mi-chemin de la porte.

Je courus à la maison, balançai quelques affaires dans un sac et rejoignis mon pick-up, pour sortir du domaine pied au plancher. *Seigneur !* Comment tout cela avait-il pu arriver ? Mon esprit bouillonnait. *Kira.* Kira était derrière tout ça. Je voulais la serrer dans mes bras, le plus fort possible et ne jamais la lâcher. La petite sorcière avait tout manigancé. C'était sûr. *Douce et belle petite sorcière.* Elle aurait pu se mettre en danger. C'était donc pour ça qu'elle avait vu Cooper à Napa ? Et moi qui l'avais traitée si cruellement ce jour-là. Elle avait fait tout ça pour m'aider, pour *nous* aider, tout comme Harley et Priscilla. Je savais que c'était eux, je n'avais aucun doute.

Mais il y avait encore des zones d'ombre. Les questions se succédaient dans ma tête. Et je savais où je devais aller chercher les réponses.

En conduisant, des images de Kira me revinrent : elle, se retournant vers moi dans le lit, la lumière du matin caressant son visage endormi, ses yeux verts s'ouvrant à peine, ses lèvres m'offrant un doux sourire quand elle se blottissait contre moi. Je la revoyais, tenant Sugie dans ses bras.

« Elle a besoin d'amour, plus que n'importe qui », avait-elle dit à Vanessa. *« La seule chose qui pourrait lui faire du mal, c'est le manque d'amour. »*

J'ai fermé les yeux un instant, une douleur intense envahissant ma poitrine. Je me souvins quand elle avait sauté de cet arbre, quand elle s'était tenue debout sur le tracteur en posant comme une ballerine, puis quand elle avait glissé sur la rampe, les yeux débordant de joie pure. C'était vrai d'ailleurs, elle avait certainement gagné ce jour-là. Je la vis marcher vers moi dans le labyrinthe en me tendant la main. Cette nuit-là, sous le clair de lune, elle m'avait sauvé. Et je n'avais pas été assez fort pour la sauver à mon tour. Les images traversaient mon esprit, mon cœur. Je la revoyais, agenouillée devant moi sur le sol de la cave à vin, le regard tendre et amoureux. *« Si tu le décides, la souffrance offre encore plus de place à l'amour. Et cet amour qui nous remplit nous rend plus forts. » Mon Dieu.* C'est exactement ce qu'elle avait fait. Elle avait pris tous ces espaces vides en elle et les avait remplis d'amour. Mais quand le pire était arrivé, j'avais été trop stupide, trop effrayé pour la laisser m'apprendre à faire comme elle.

J'étais tombé désespérément amoureux d'une petite sorcière magique, une fille resplendissante aux yeux d'émeraude et à la crinière aussi indomptable qu'elle. Kira, ma petite femme ardente à l'esprit plus lumineux que le soleil, au cœur aussi tendre qu'un agneau tout juste sorti du ventre de sa mère. Elle avait gagné mon cœur et mon âme, je lui appartenais jusqu'à mon dernier souffle. J'étais prêt maintenant. J'étais prêt à m'abandonner tout le temps, quoi qu'il arrive. J'espérais juste qu'il n'était pas trop tard. *S'il vous plaît, faites-en sorte qu'il ne soit pas trop tard.*

★ ★ ★

La femme qui m'ouvrit portait une tenue de soubrette. Elle me conduisit dans le salon, et me dit qu'elle allait voir si Jessica était disponible. Je hochai la tête, le visage fermé. Je décidai de ne pas m'asseoir sur le canapé immaculé.

Quelques minutes plus tard, ma belle-mère entra dans la pièce telle une diva, aussi parfaitement coiffée que dans mon souvenir, chaque mèche de ses cheveux châtains parfaitement à sa place.

– Grayson, dit-elle, se tenant, gênée, près de la porte. Un instant après, elle se dirigeait vers le bar.

– Tu veux un cocktail ? Il est toujours cinq heures quelque part, non ? Moon Dieuuu, tu as entendu parler de cette histoire de politiques corrompus qui est sur toutes les lèvres en ville ?

Nous y sommes ! J'avais la confirmation qu'elle avait quelque chose à voir avec les mésaventures de Cooper Stratton.

– Tu y étais, non ?

Elle se servit un verre de vin. Je refusai celui qu'elle me proposa. Elle avala une grande gorgée avant de répondre.

– Bien sûr que j'y étais ! Qui, d'après toi, a bien pu payer les deux mille cinq cents dollars de droits d'entrée ?

Je la regardai, circonspect.

– Pour qui as-tu payé ? Harley et Priscilla ?

Elle prit une autre gorgée de vin.

– Et pour moi aussi. Je me suis dit que c'était une bonne cause. Alors tu n'étais vraiment pas au courant ?

– Non.

Elle hocha la tête.

– Ta femme est venue me voir la semaine dernière. Apparemment, ce Cooper était l'un de ceux qui ont participé à ta descente aux enfers. Elle m'a dit qu'elle connaissait son point faible, et qu'elle avait prévu le faire chanter à l'aide de clichés compromettants, et par la même occasion, de piéger son père.

Kira. Si elle était en face de moi, je l'aurais embrassée fougueusement, avant de l'étrangler. Elle avait donc l'intention de faire pression sur lui en prenant des photos obscènes. C'était le plus tordu des plans jamais imaginés !

– D'après ce que je vois, leur plan a fonctionné, au-delà même de leurs espérances. À Washington, c'est l'effervescence, paraît-il. C'est même le sujet principal de l'émission *America Today*.

Je restai sans réaction.

– Donc, le plan initial, c'était seulement de prendre des photos ?

Jessica haussa les épaules.

– C'est ce qu'ils m'avaient dit en tout cas. Elle m'a simplement demandé de les aider financièrement.

– Et pour quelle raison as-tu accepté ? demandai-je en pensant à toutes les fois où elle m'avait dit des choses cruelles, à tous ces moments où elle avait regardé mon père me punir, simplement parce que j'avais le malheur d'être en vie.

Elle se tourna vers la fenêtre, en sirotant son vin.

– J'ai eu le temps de prendre du recul depuis la mort de Ford.

Elle se tourna alors vers moi et posa son verre sur une console.

– Je... J'aurais pu agir différemment avec toi. J'étais amère, blessée et... Bref, je suis sûre que tu t'en fiches, et honnêtement, je n'ai pas vraiment envie de revenir sur tout ça. Mais quand Kira m'a demandé de l'aide, j'ai pensé que je te devais au moins ça. Ta femme t'aime visiblement beaucoup, Grayson.

Elle me regarda presque comme si elle me voyait pour la toute première fois.

J'étais stupéfait. Je la dévisageai en silence, elle se dirigea alors vers un petit secrétaire, et prit quelque chose dans le tiroir du haut.

– J'allais te l'envoyer, mais maintenant que tu es là...

Elle me tendit un bout de papier. J'écarquillai les yeux quand je vis ce que c'était. Elle venait de me donner un chèque de deux cent cinquante mille dollars.

– Qu'est-ce que c'est que ça ? demandai-je en lui rendant le chèque.

– C'est une partie de l'héritage de ton père. Espérons que cela couvre au moins une partie des dommages qu'il a causés au vignoble avant sa mort.

Elle savait. Elle savait ce qu'il avait fait.

– Et si je ne veux pas de cet argent ?

– Alors tu serais un idiot, tout comme lui. Prends-le, et repars de zéro, Grayson, ici ou ailleurs. Prends ce chèque, et sois heureux.

– Je…

– Est-ce que les roses et les Hawthorn fleurissent toujours ?

– Je… Comment ? Oui…

Elle hocha la tête. Elle avait une lueur dans les yeux. De la tristesse peut-être. Ou des regrets. Elle se dirigea vers la porte.

– Formidable, je suis contente d'entendre ça. Je suppose que tu veux lui faire ta déclaration maintenant n'est-ce pas ?

– Oui, dis-je, dépassé par mille émotions que je n'aurais pas su nommer.

Je pliai le chèque, le rangeai dans mon portefeuille, puis je sortis de la maison de ma belle-mère.

Je titubai. Seule Kira était capable d'adoucir un cœur comme celui de Jessica. *Seule Kira*. Mon Dieu, seulement elle.

J'avais une femme à trouver et un *mea culpa* à faire. Un *mea culpa* tellement énorme, qu'il faudrait en réécrire la définition.

CHAPITRE 25

KIRA

– Ce qui se passe là, c'est la définition du mot pitoyable, dit Kimberly en jetant un coup d'œil par la fenêtre à côté de moi.

De grosses gouttes de pluie dégoulinaient sur la fenêtre de l'appartement de Sharon où je séjournais depuis deux semaines. L'homme assis sur le perron en bas - et qui était accessoirement mon mari - était trempé jusqu'aux os, ses cheveux noirs collés sur son front. Et il portait son déguisement de dragon.

– Tu vas finir par avoir pitié de lui quand même ? demanda Kimberly en se tournant vers moi, les bras croisés.

En apprenant que Sharon était au centre d'accueil et que j'étais seule, elle s'était précipitée ici après que Grayson soit allée chez elle la supplier de lui dire où j'étais. Elle avait cédé, mais je n'étais pas sûre de pouvoir en faire autant. Grayson avait passé vingt minutes à tambouriner à la porte en m'appelant. Quand il s'était mis à pleuvoir, j'étais certaine qu'il allait partir mais au lieu de ça, il s'était assis et avait élu domicile sur les marches.

J'ai secoué la tête.

– Je ne peux pas, Kimberly, au premier regard, je vais m'effondrer. Après ce qu'il m'a dit… Les choses qu'il a dû faire… *Je n'ai pas le droit* de céder.

Grayson connaissait mon talon d'Achille et l'avait ciblé de la façon la plus précise possible : *Depuis que tu es partie, je suis arrivé la conclusion que j'aime plus de types de femmes que le consentement du mariage ne l'autorise. C'était pas mal avec toi, mais depuis, j'ai connu mieux.*

Je sentis un pincement aigu, douloureux dans la région du cœur en repensant à ses mots. Je m'éloignai de la fenêtre pour ne pas risquer de le voir dehors.

– Et puis avec tout ce que *j'ai* fait, les complots, les manigances…

– Oui, tu as eu la plus grande de tes Très Mauvaises Idées, et soit dit en passant, heureusement que tu ne m'en as pas parlé avant parce que je t'aurais enchaînée plutôt que te laisser mettre ça en marche. Mais Kira, tu as aussi dénoncé deux des figures politiques les plus corrompues de ces dernières années. Ces deux hommes auraient certainement ruiné encore de nombreuses vies. Je suis fière de toi.

Je poussai un long soupir.

– Priscilla a fait la plus grosse partie du boulot. De toute façon, Grayson ne verra pas ça du même œil que toi.

– Comme tout le pays, il sait exactement ce qui s'est passé, et il sait aussi que c'était *ton* idée. Et pour l'instant, il est toujours assis dehors sous la pluie comme un pathétique… pigeon, ou je ne sais quoi.

– Un dragon plutôt. Peut-être qu'il est venu pour m'étrangler. Qu'est-ce qu'il t'a dit exactement quand il a débarqué chez toi ?

– Des choses que tu dois entendre, répondit-elle gentiment.

Des choses qui l'avaient apparemment convaincue de lui donner l'adresse où je me trouvais. Un court instant, mes convictions furent ébranlées.

Une sorte de grincement sur le mur du duplex de Sharon nous pétrifia. Je retins mon souffle, les yeux ronds. Soudain, le couinement d'une vieille fenêtre qui s'ouvre brisa le silence dans lequel nous nous trouvions.

– Quelqu'un est entré, chuchota Kimberly. Mon téléphone est en bas.

Nous fonçames vers le couloir en poussant un petit cri d'angoisse quand nous vîmes quelqu'un se hisser par la fenêtre.

Il était coincé dans l'encadrement par… ses ailes ! Je m'arrêtai brutalement, laissant échapper un soupir de soulagement.

– Grayson… soufflai-je, en revenant dans l'entrée.

– Qu'est-ce que… ? s'exclama Kimberly juste derrière moi alors qu'il sautait dans la pièce.

Il atterrit dans un bruit sourd et humide. Il grogna, se frotta le bras, puis se mit à genoux.

Puis il m'aperçut et se releva.

– Kira, dit-il, une flaque se formant sous ses pieds. L'étincelle de désir qui brûlait dans ses yeux sombres me prit aux tripes.

– Qu'est-ce que tu fabriques ? demandai-je en le dévisageant. Son tee-shirt gris bleu était plaqué sur sa poitrine, soulignant chacun de ses muscles, et son jean moulait ses cuisses solides. J'avalai péniblement ma salive. Il était incroyablement beau, debout devant moi, même trempé par la pluie, ses ailes dégoulinant derrière lui.

Grayson passa la main dans ses cheveux, écartant quelques mèches de son front. Il attrapa au vol la serviette que Kimberly venait de lui lancer.

– Je vais juste… attendre en bas, dit-elle. J'acquiesçai en mordillant mes lèvres, puis me retournai vers Grayson qui se séchait les cheveux.

Il avait laissé glisser ses ailes, séché son haut avec la serviette, puis ses jambes. Il finit par éponger l'eau qui formait une flaque à ses pieds. Mes yeux suivaient chacun de ses mouvements.

Quand il se releva, nos regards s'accrochèrent, le temps comme suspendu. Finalement, il dit doucement :

– J'étais assis en bas sous la pluie, et je me suis dit : que ferait Kira à ma place ? Elle ferait *quelque chose*. Elle trouverait une Idée. Elle ne resterait pas là en attendant que le temps passe. Elle rassemblerait tout son courage, et elle *essaierait,* même s'il n'y avait plus d'espoir… Et je me suis dit que je voulais être aussi courageux que toi.

Oh. Mes jambes se mirent à trembler, et je dus lutter pour ne pas m'effondrer sur le champ.

– Et tu as donc escaladé l'immeuble, puis tu es rentré par effraction chez Sharon ?

Il haussa les épaules, un petit sourire aux lèvres.

– Entrer par effraction est la meilleure idée que j'ai trouvée, sur le coup.

Il s'éclaircit la gorge.

– En fait, c'est mon plan B. Au départ, vois-tu, mon plan A n'était pas si élaboré, j'allais te parler des risques que tu avais pris, puis te faire quelques suggestions à propos de tes idées trouvées… sous le coup de l'impulsivité.

Il sortit alors un morceau de papier plié et mouillé de sa poche.

– J'ai fait une liste des pour et des contre.

Je laissai échapper un petit rire. Il me lança un regard plein d'espoir en dépliant prudemment le papier, prenant soin de ne pas le déchirer.

– J'ai parlé de ton esprit, de ta compassion et de ta gentillesse. Mais j'ai aussi listé toutes les façons dont tu me rends fou, jusqu'à me poser des questions sur ma santé mentale.

Il retourna sa feuille de papier dans un sens puis dans l'autre.

– Mais je n'arrive pas à me souvenir quels étaient les pour et les contre, parce qu'ils se confondent pour faire de *toi* quelqu'un d'unique, et je n'ai pas envie de changer une seule de ces choses.

– Oh… soupirai-je, bien décidée à ne pas m'effondrer. Eh bien, ça… ça a l'air d'avoir fonctionné. Tu aurais pu faire bien pire…

Je détournai mes yeux de lui, me mordant la lèvre un moment.

– Mais qu'est-ce que tu essayais de prouver exactement ? Maintenant que tu es là en face de moi, qu'est-ce que tu veux Grayson ?

Ma voix émue tremblait, j'essayais de la maîtriser et de cacher l'espoir naissant que je commençais à ressentir.

– Je veux te dire ce que je t'aurais dit ce jour-là, dans mon bureau, si j'avais été assez courageux, si j'avais été assez *fort*. Je veux te dire que je te fais confiance, que je t'aime, et que je ne peux pas vivre sans toi… J'espère que tu me pardonneras de t'avoir repoussée, de t'avoir dit des choses si cruelles, de t'avoir menti, et j'espère… J'espère que tu m'aideras à me pardonner. Je suis désolé, je suis tellement désolé.

Sa voix n'était plus que douleur. Mon cœur s'emballa.

J'essayai de faire le tri dans tout ce qu'il venait de dire, mon esprit s'accrochant surtout à trois mots.

– Tu m'aimes ?

Je fis un pas vers lui, mais il leva brusquement la main pour m'arrêter. Je clignai plusieurs fois des yeux, indécise. Mais quand je compris, je ne pus retenir mes larmes… *Il voulait venir jusqu'à moi*. Ce qu'il fit, s'arrêtant à quelques pas d'où je me tenais. Il esquissa un sourire tremblant.

– Oui, dit-il, je t'aime tellement que je me sens comme une coquille vide sans toi.

Je mordis ma lèvre tremblante.

– Et les choses que tu m'as dites à propos des autres filles…

Ma voix s'éteignit. Le souvenir de ses mots était si pénible que je ne pouvais plus continuer.

– Non, grogna-t-il. Mon Dieu, non, j'ai dit tout ça pour te faire du mal, pour te punir.

Il ferma les yeux, le visage défiguré par un rictus honteux.

– J'ai été et je te serai toujours fidèle. Mon corps, mais aussi mon cœur et mon âme sont à toi. J'ai fait une promesse et j'ai l'intention de la tenir.

Je souris, j'étais un peu essoufflée et encore au bord des larmes, à la fois vulnérable et soulagée.

– Je t'ai été fidèle aussi… Ce jour-là, à Napa, je n'étais avec Cooper que parce que ça faisait partie du plan. Il pensait que j'habitais toujours là… Je voulais simplement savoir à quelle cérémonie il se rendait. Après ça, je me suis éclipsée. Je ne suis jamais allée nulle part avec lui, que ce soit cette nuit-là ou une autre.

Il ferma les yeux un instant.

– Excuse-moi d'avoir douté de toi.

Je secouai la tête.

– Je sais que ça avait l'air bizarre. Je t'aurais expliqué si…

– J'ai été lamentable. Plus que ça même.

Je caressai ses lèvres, ravalant mes larmes en admirant son visage.

– Tu souffrais.

Il hocha la tête, l'air toujours aussi coupable.

– J'étais certaine que tu venais me faire signer les papiers du divorce. Tu n'as pas accepté la proposition de mon père ?

Il secoua la tête.

– Plutôt crever.

Je regardai mes pieds.

– Eh bien, c'est un choix judicieux, parce que c'est ce qui risque de nous arriver… Je ne sais pas combien de temps il faudra pour récupérer l'argent de ma grand-mère, ou même si mon père continuera à le bloquer. Il pourrait…

– Il s'avère que Jessica Hawthorn souhaite investir dans le vignoble.

Je relevai la tête, confuse.

– Vraiment ?

Je ne l'avais vue que brièvement. Elle avait accepté de me donner l'argent pour financer mon plan, mais elle avait été expéditive et désagréable.

– Ouais… Et, poursuivit-il, je veux que tu saches que j'ai pris conscience des sentiments que j'avais pour toi, et aussi du fait que j'ai agi comme un imbécile *jusqu'à* ce que je découvre tout ce que tu avais fait pour moi, pour *nous*… Aussi extravagant que ce soit.

Il n'avait visiblement plus rien à ajouter.

Je déglutis, mon sourire s'effaçant peu à peu.

– J'ai planifié, j'ai comploté…

Je relevai la tête.

– Je n'avais *pas le choix*, Grayson. Je ne savais pas si tu allais accepter la proposition de mon père, mais si tu l'avais fait, il aurait sali ton nom et tous les efforts que tu avais faits pour restaurer ta réputation. Et si tu refusais, tu étais ruiné. Tout cela était de ma faute, je devais me racheter. Il *fallait* que j'essaye.

Les larmes coulèrent sans que je puisse les retenir.

Il se dirigea vers moi, un sourire tendre aux lèvres.

– Je sais, petite sorcière, et nous avons beaucoup à nous dire à ce sujet. Mais d'abord, je veux que tu saches que j'ai eu tort en te comparant à ton père, ou au mien. Tu complotes, c'est vrai, dit-il en souriant, son doigt caressant ma pommette, mais tes intentions sont toujours bonnes, généreuses, comme toi. Rien de mauvais ne pourrait sortir de toi, Kira, parce qu'il n'y a rien de mauvais en toi.

Le soulagement et le bonheur m'inondèrent. Je secouai la tête.

– Finis les complots. Je veux dire… sauf si c'est pour quelque chose de très, très important.

Je détournai le regard.

– Sauf si…

Je m'arrêtai, les yeux rivés sur son visage. Je me gorgeais de sa beauté, de sa douceur, de son rire.

– D'accord, je t'aime, Kira. Je pourrais te le dire indéfiniment. Je suis prêt à braver les épines, pour toi. Même à m'y jeter à corps perdu.

– Ce serait douloureux, chuchotai-je.

Il rit.

– J'essayais de faire une métaphore. Charlotte… commença-t-il.

Ah. Oui, Charlotte. Elle m'avait téléphoné tous les jours pour prendre de mes nouvelles, et, même si je ne lui avais pas confié ma dernière Très Mauvaise Idée jusqu'à ce que la vidéo ait été envoyée à la télévision, elle m'avait abreuvée de ses sages conseils et de mots réconfortants. Elle m'avait surtout offert son amour comme une vraie grand-mère.

– La rose. Elle m'en a parlé.

Un sourire enfantin naquit sur ses lèvres, puis il écarta une mèche de cheveux de mon visage. Son expression devint plus triste.

– J'aurais aimé être vraiment prêt à vivre selon ce précepte. Nous aurions pu éviter tout ce gâchis.

Submergée par l'émotion, une larme roula sur ma joue. Grayson l'effaça d'un geste du pouce. Surprise par un reflet métallique, je regardai sa main de plus près.

– Tu as trouvé l'alliance ?

– Oui, dit-il. Et si elle m'est toujours destinée, sache que je ne l'enlèverai plus jamais.

– Oui, elle t'appartient, murmurai-je. Je suis désolée, vraiment désolée de t'avoir caché la vérité sur la responsabilité de mon père dans ta condamnation. Je n'ai jamais eu l'intention de te blesser. Je t'aime aussi. Je n'ai jamais cessé de t'aimer et je t'aimerai toujours. Mon dragon.

Il eut l'air soulagé, puis demanda d'une voix rauque

– Je peux te serrer dans mes bras maintenant ?

En guise de réponse, je l'étreignis. Je sentis son sourire contre mon front. Il frotta sa mâchoire rapeuse et virile contre ma peau.

– Viens avec moi, Kira, murmura-t-il. Rentre à la maison, s'il te plaît, laisse-moi te prouver que je peux être le mari que tu mérites.

Je hochai la tête sans quitter sa poitrine, respirant le parfum délicieusement frais de la pluie sur mon mari. *Mon mari qui m'aimait et qui voulait que je rentre à la maison avec lui.* La misère, le chagrin et la peur ressentis ces dernières semaines me submergèrent soudain et je ne pus retenir un sanglot, appuyant ma tête un peu plus fort contre lui. Ses bras m'enlacèrent, et il posa sa joue contre ma tête.

– S'il te plaît, sèche tes larmes, Kira, murmura-t-il. Je ne veux plus jamais te faire pleurer.

Il me regardait tendrement.

Il prit mon visage entre ses mains, et se pencha pour prendre ma bouche. Je l'embrassai langoureusement, savourant le goût délicieux de ses lèvres sur les miennes. *Ça m'avait tellement manqué.* Il lécha chacune de mes larmes. Son souffle chaud caressait ma peau. Je l'embrassai encore et encore, ma tristesse mouillant ses lèvres d'une essence salée.

Il se recula et il prit un moment pour détailler mon visage puis il chuchota :

– Tu es peut-être enceinte.

J'écarquillai les yeux, tout d'abord déstabilisée. Mais je secouai la tête.

– Non, c'est impossible, dis-je en me souvenant qu'une semaine avant, j'avais eu mes règles.

J'avais éprouvé du soulagement dans un premier temps mais aussi un peu de déception.

– Je m'étais même dit que si tu ne me quittais définitivement, j'aurais au moins une petite partie de toi pour toujours.

– Kira, dit-il simplement en me serrant contre lui.

– Ramène-moi à la maison, dis-je, blottie dans ses bras.

* * *

Après avoir raccompagné une Kimberly tout sourire à sa voiture, Grayson et moi avons fait ma valise, rejoint son pick-up, et sommes rentrés chez nous. *Chez nous*. Ses simples mots me remplissaient de joie.

Je viendrais chercher ma voiture un autre jour. Pour l'instant, je ne pouvais pas envisager d'être loin de mon mari, même pour une heure.

Nous avons passé le trajet à nous raconter tout ce qui s'était passé pendant notre séparation.

Grayson m'écouta expliquer le plan avec Harley, Priscilla, et tout ce que j'avais élaboré.

– Je ne sais pas s'il faut vous tuer tous les trois ou faire ériger un monument en honneur de votre courage, dit-il.

– Personnellement, j'aime l'idée du monument. Enfin, si tu me demandes mon avis.

Je lui offris mon plus beau sourire.

Il me regarda en souriant lui aussi, puis finit par éclater de rire.

– Cette diablesse de fossette vient juste de te sauver la vie.

J'éclatai de rire à mon tour.

– Je pense que Harley a bien mérité une promotion, constata-t-il. C'est apparemment un jongleur hors pair. Non seulement il t'aidait, mais en plus il a géré toute une équipe au vignoble, sans gagner un sou.

– Je suis au courant, lui répondis-je. Charlotte m'en a parlé.

Il haussa un sourcil.

– Donc, j'étais le seul à ne pas être dans la confidence ? Apparemment, tout le monde savait ce qui se tramait, sauf moi.

Je posai ma main sur son bras.

– C'est la dernière fois. À partir de maintenant, tu feras partie de tous mes complots.

– Tu n'es plus censée faire de complots, me rappela-t-il.

– Ah, oui, c'est vrai.

Cela provoqua une nouvelle fois son hilarité.

En passant les portes du vignoble Hawthorn, Grayson prit ma main, et la serra.

Une fois arrivés devant la maison, Charlotte nous attendait, visiblement enchantée. Elle dévala l'escalier du perron pour me prendre dans ses bras jusqu'à m'étouffer.

– Comment va Walter ? demandai-je.

– Parfaitement bien ! Il rentre demain !

Elle me serra plus fort encore. Je me sentais bien, pleine de gratitude et de joie. J'étais à la maison. *Enfin*, murmura mon cœur. *Enfin*.

Harley, Virgil, José, ainsi que plusieurs hommes que je ne connaissais pas se dirigeaient vers la maison, venant visiblement de finir leur journée de travail. Ils riaient, plaisantaient et nous saluèrent bruyamment quand ils furent à portée de voix. Sugie était sur leurs talons, haletante d'excitation. Pendant un moment, le temps s'arrêta et je les observai, un sourire aux lèvres : c'était ma famille. Un groupe de marginaux et d'opprimés qui, ensemble, avaient redonné vie à un vignoble sur le déclin et fait tomber deux hommes puissants et corrompus.

– Hé, Harley ! cria Grayson. Appelle ta femme, et demande-lui de nous rejoindre. J'ai à peu près mille toasts à faire en son honneur.

Harley sourit.

– Je m'en occupe, mon pote.

On décida de ne pas regarder les informations ce soir-là. Le monde attendrait. Après un bon dîner de famille, plein de rires, de discussions, et de beaucoup, vraiment beaucoup d'acclamations, Grayson et moi rejoignimes notre chambre. Il me fit l'amour. D'abord brutalement et vite, puis lentement et délicatement. Je me sentais tellement sereine, pleine de lui. Plus tard, blottie dans ses bras. Les mots me manquaient, j'étais gorgée de plaisir et d'amour.

– Kira, murmura-t-il. Je veux que tu saches que je me suis fait une nouvelle promesse, une promesse que je compte honorer pour le restant de mes jours.

– Laquelle ? chuchotai-je, sentant l'importance des mots qu'il allait prononcer.

Il tourna mon visage vers le sien.

– Nous sommes mariés, et il y aura des moments où nous serons en désaccord, où nous nous disputerons, où nous douterons l'un de l'autre. Il y aura des jours où l'amour que j'éprouve pour toi me fera peur. Mais je te fais la promesse de ne jamais m'en aller sans que nous nous expliquions.

Il m'observa, d'un air doux et vulnérable.

– Je veux dire que je ne me refermerai plus sur moi-même. Je veux faire face. Je me battrai jusqu'à ce que nous ayons trouvé une solution, peu importe le temps que ça prendra. Tu peux être sûre que jamais plus je ne te rejetterai. Je te le *promets* du plus profond de mon cœur.

Je hochai la tête, submergée par la tendresse.

– Je te fais la même promesse.

Il sourit tendrement.

– Parfois, nous nous rencontrerons à mi-chemin. À d'autres moments, je viendrai à toi. Et je ferai de mon mieux pour mettre ma fierté de côté et savoir quand c'est à moi de faire le premier pas !

– Moi aussi, murmurai-je, les yeux embués.

Il se pencha et embrassa mes paupières, obligeant mes larmes à couler. Ses lèvres les burent sur mon visage, puis il me serra un peu plus contre lui, plongeant son visage dans mes cheveux.

Cette promesse, chuchotée à la lueur de la lune dont les rayons entraient par la fenêtre de notre chambre, était sacrée et comme gravée dans la pierre. Car cette promesse prenait racine dans la vérité et l'amour.

ÉPILOGUE

GRAYSON

Huit ans plus tard

– Je peux savoir ce que tu es en train de faire petit lutin ? demandai-je à la petite de fille de sept ans qui rampait dans l'herbe. Elle releva la tête. Une cascade de cheveux auburn accompagna son geste et elle planta ses grands yeux marron dans les miens.

– Je joue à être une chenille, me répondit-elle.

– Ah, dis-je en tentant de masquer le sourire naissant sur mes lèvres. Hier tu étais une pâquerette et aujourd'hui une chenille.

Elle se mit à genoux, en posant les mains sur ses petites hanches.

– Papi Walter a dit qu'on ne pouvait pas parfaitement comprendre quelqu'un tant qu'on n'a pas regardé le monde à travers ses yeux.

– Il t'a dit ça, vraiment ?

J'imaginais très bien Walter dire ça. C'est lui qui m'avait appris à être un bon père. Tout ce que je savais, je lui devais.

– Bien, mais tu sais je ne crois pas qu'il faisait allusion aux pâquerettes et aux chenilles.

– Mais ce sont mes préférés ! insista-t-elle. Je veux les comprendre le plus possible !

Je me mis à rire.

– Et alors ? Qu'est-ce que tu as découvert pour le moment ?

– Eh ben, les pâquerettes regardent vers le ciel toute la journée et l'observent se transformer. Elles doivent se dire que la Terre est vraiment un endroit trop mignon. Les chenilles, elles, regardent juste le sol.

Elle fronça les sourcils.

– Les chenilles doivent être très déçues par le monde.

J'éclatai à nouveau de rire. Je la pris dans mes bras et observai sa petite frimousse si sérieuse.

– Tu sais ce que je vois, moi ? Une très jolie petite fille avec un cœur très bienveillant. Bon, maintenant dis-moi, où est ta petite sœur ? J'ai quelque chose à vous annoncer.

– Elle joue à se déguiser dans le cabanon. Papa, est-ce que tu as mis un autre bébé dans le ventre de maman ?

J'écarquillai les yeux et je restai muet quelques secondes.

– Comment est-ce que tu sais ça ?

– Tu avais la même tête sur ton visage quand tu m'as dit que tu avais mis Célia dans le bidon de maman.

– Et à quoi elle ressemble cette tête ?

Elle se gratta le bras, l'air songeur.

– Je ne sais pas. Un peu comme Sugie quand elle attrape un bâton.

J'éclatai de rire, imaginant la tête de Sugie, à la fois très fière et un peu surprise quand elle venait de réussir un truc qu'elle trouvait génial.

– Et bien tu as raison. Et devine quoi ? C'est une autre petite sœur.

– Une autre petite sœur ?

Elle fit un grand sourire, révélant ses dents manquantes et la fossette craquante sur sa joue qu'elle tenait de sa mère.

– Ça fait plein de filles, papa !

– Eh oui !

J'étais tellement heureux. Je n'aurais pas pu l'être plus. Pourtant chaque jour, je me faisais la même réflexion et mon bonheur ne cessait de grandir. Tout ça parce qu'une femme avait eu un jour le courage de pousser la porte de mon bureau et de me demander en mariage. Tout ça parce que j'avais finalement osé m'abandonner à ma délicieuse petite sorcière, et qu'en retour, elle m'avait offert une maison pleine de petites filles turbulentes qui montaient aux arbres, se prenaient pour des chenilles, me donnaient le tournis par moment, et me remettaient à ma place très régulièrement ! Je n'étais décidément pas le chef dans ma maison, mais plus que tout, elles me rendaient fou d'amour.

J'ai reposé Isabelle par terre et on est entrés dans le cabanon où, jadis, avait vécu une très jolie sorcière. Je trouvai alors Célia, quatre ans, déguisée en princesse. Elle jouait à la dînette sur la petite table de l'entrée, une tasse à la main. Il y a plusieurs années, nous avions fait des travaux dans le cabanon et nous l'avions transformé en salle de jeu pour nos filles.

– On va avoir une autre sœur ! hurla Isabelle.

Célia s'arrêta, la tasse à mi-chemin de sa bouche. Elle ouvrit de grands yeux.

– Une autre sœur ? dit-elle en faisant des bonds. Elle se précipita vers moi sur ses petits talons en plastique et se jeta dans les bras que j'avais ouverts pour elle.

– Merci papa. Je rêvais d'une petite sœur.

Je regardai son beau visage en forme de cœur, ses yeux verts pétillants pleins de joie et teintés d'une pointe d'espièglerie.

– C'est mon rôle, tu sais, de réaliser tous tes rêves.

Elle prit un air songeur, et tortilla une boucle de ses cheveux noirs.

– Est-ce que je peux avoir un poney, alors ?

Je posai mon index sur le bout de son nez.

– Pour être encore plus gâtée que tu ne l'es déjà ?

– Hum, dit-elle, boudeuse, mais je voyais qu'elle était déjà en train d'échafauder un plan pour obtenir ce poney.

Nous sommes remontés tous les trois vers la maison. Charlotte était dans la cuisine, et je me remplis les poumons de l'odeur douce et sucrée de citron qui embaumait le rez-de-chaussée.

– Mamie Charlotte, appela Célia. On va avoir un bébé sœur !

Charlotte éclata de rire et prit Célia dans ses bras pendant qu'Isabelle nouait les siens autour de sa taille.

– Je sais, mes amours, j'ai entendu la grande nouvelle. Est-ce qu'on ne fêterait pas ça avec une tranche de cake au citron tout droit sorti du four ?

– Ou peut-être deux ?

Célia pencha la tête en lui adressant son plus charmant sourire

– Quelle coquine ! dis-je, en éclatant de rire.

J'embrassai Charlotte sur la joue et je lui demandai :

– Est-ce que tu as vu Kira ?

– Elle s'est volatilisée, répondit-elle en posant Célia. Va la chercher, je m'occupe de ces deux poupées.

Elle était heureuse. Je savais à quel point chouchouter et faire des câlins à mes petites filles lui faisait plaisir. Et elle adorait cuisiner pour elles.

Je lui fis un clin d'œil et partis à la recherche de ma femme. Je n'avais aucune idée de l'endroit où elle pouvait être. En descendant la colline, j'observai avec fierté les vignes plus bas. Huit ans plus tôt, nous avions sauvé ce vignoble de la faillite grâce à l'argent que Jessica m'avait donné, à beaucoup de travail, et à des tas d'amis fidèles. Depuis, chaque année nous avions prospéré un peu plus, allant même jusqu'à voir nos vins récompensés par des prix. Le vignoble Hawthorn était une entreprise florissante et j'étais particulièrement fier du fait que nous employions désormais presque deux cents personnes. Beaucoup étaient d'anciens prisonniers qui cherchaient à se réinsérer et avaient besoin que quelqu'un leur fasse confiance. C'était Harley, maintenant directeur d'exploitation au domaine, qui avait lancé cette idée. À Napa, quelques entreprises lui avaient même emboîté le pas quand ils avaient entendu dire à quel point nos employés étaient assidus.

L'argent de la grand-mère de Kira avait finalement été débloqué, bien avant que le procès ne soit terminé. Cooper Stratton avait été envoyé derrière les barreaux pour une série de délits longue comme le bras. Frank Dallaire n'avait jamais été reconnu coupable, mais en politique la suspicion fait tout, et ça, il le savait mieux que quiconque. Personne n'avait voulu être associé aux soupçons qui lui collaient à la peau. Il avait disparu du paysage politique et, d'autant que je sache, n'était plus du tout au gouvernement. Pas plus que dans notre vie.

Toutefois, et bien heureusement, nous n'étions pas en manque de famille. Shane et Vanessa avaient eu deux garçons qui venaient souvent nous rendre visite. Ils rentraient souvent chez eux un peu étourdis après que nos filles les aient malmenés. Elles leur jouaient des tours, les obligeaient à jouer à la poupée et à participer à des escapades !

– Je savais que je trouverai ici, dis-je en prenant le dernier tournant du labyrinthe soigneusement entretenu.

Je souris en rejoignant Kira sur le banc où elle était assise, en face de la fontaine, les mains posées sur son petit ventre rebondi. Les émeraudes de sa bague de fiançailles brillaient au soleil, me rappelant le jour où nous avions renouvelé nos vœux. La cérémonie avait été intime et ensoleillée, je lui avais passé la bague au doigt sous l'abricotier de notre vignoble. J'avais voulu lui offrir un *vrai* mariage avec de l'amour, du bonheur et des proches, et c'est ce que j'avais fait.

Mon épouse me souriait, la fossette qui faisait chavirer mon cœur au creux de sa joue.

– C'est mon endroit préféré, le cœur de ta tanière. Je sais que tu me retrouveras toujours ici, Dragon.

Je ris doucement et l'installai sur mes genoux pour la sentir tout contre moi. Elle enveloppa ses bras autour de mon cou et posa son front contre le mien.

– Une autre fille…

Je caressai son cou.

– Hum, murmurai-je. Encore une femme pour me dominer. Si je ne te connaissais pas, je dirais que c'était encore un de tes plans.

Kira éclata de rire.

– Non, ce n'est pas vrai, ce n'était pas un de mes plans, c'était un de mes rêves.

Elle prit mon visage entre ses mains et m'embrassa.

– Merci, chuchota-t-elle tout contre ma bouche.

Je débordais d'amour et de reconnaissance. Je serrai ma femme un peu plus contre moi, ivre de son parfum. À cet instant je sus que plus jamais je ne penserais que la vie n'était pas faite de miracles. Grâce à son amour, ma sublime petite sorcière avait transformé un endroit qui était autrefois rempli de solitude et de souffrance en un océan de bonheurs et de rêves. Les arbres, les roses et les vignes au loin, murmuraient ce vieil adage : In Vino Veritas. Dans le vin se trouve la vérité.

Mais dans mon cœur il s'en trouvait un autre : Dans *l'amour* se trouve la vérité !

Et la vérité que m'avait enseignée l'amour c'était qu'on ne peut devenir fort qu'après avoir eu le courage d'affronter ses souffrances, et que les failles béantes laissées par la peine permettaient à l'amour d'entrer et de les combler.

J'étais heureux d'avoir connu les deux, souffrance et bonheur, car c'était ce qui faisait le merveilleux équilibre de la vie.

REMERCIEMENTS

Comme toujours, j'ai reçu l'aide d'un grand nombre de personnes pour écrire ce livre.

Un immense et tendre merci à mon éditrice, Angela Smith, qui m'a aidé à améliorer l'intrigue et qui a cru en cette histoire, plus que moi parfois. Merci d'avoir été là, du premier au dernier mot.

Ma profonde gratitude va également à Marion Archer. Tu es une éditrice si talentueuse, et tes conseils sont tellement pertinents. Ton enthousiasme et ton implication dans ce projet me touchent au-delà de toute mesure.

Merci à Karen Lawson grâce à qui, dans leur version finale, mes livres sont des bijoux soigneusement polis. C'est un cadeau inestimable.

À mes précieux lecteurs, qui ont lu ce livre en avant-première, et m'ont fait des commentaires et des suggestions de grande valeur : Cat Bracht, Natasha Gentile, Michelle Finkle, Nikki Larazo et Elena Eckmeyer (qui ont donné à mon dragon et à ma sorcière une attention supplémentaire et bienveillante en lisant mon manuscrit deux fois, et qui ont aimé mon dragon malgré son souffle brûlant tout comme ma sorcière qui lui a fait tourner la tête jusqu'à ce qu'il cède).

Merci à mon merveilleux agent, Kimberly Brower, qui m'a tenu la main tout au long de cette aventure. Merci de me soutenir inlassablement et patiemment. Tu es incroyablement généreuse, le temps et l'attention que tu m'accordes me donnent l'impression d'être le seul auteur dont tu t'occupes (et je sais que nous disons tous cela !).

À toi enfin, cher lecteur, sans qui je n'aurais pas eu la chance de faire ce que je fais. Un amour sans fin, et mille mercis !

Merci également à tous les blogs qui citent et recommandent mes livres. Mes pensées reconnaissantes.

Et pour finir, à mon mari. Je ne sais pas comment te remercier pour ton aide et ton soutien, pour les interminables discussions que nous avons eues (en voiture, au restaurant, dans le lit, et même en se brossant les dents !), pour mes incessantes questions, pour mes doutes permanents, et pour le temps infini que j'ai passé, seule dans ma tête, à créer ces personnages. La promesse que je t'ai faite m'a apporté plus de bonheur que je n'en aurai jamais osé rêver.

DÉCOUVREZ LES AUTRES TITRES DE LA COLLECTION HUGO NEW ROMANCE®

AUDREY CARLAN
CALENDAR GIRL
Mai
Hugo Roman

AUDREY CARLAN
CALENDAR GIRL
Juin
Hugo Roman

AUDREY CARLAN
CALENDAR GIRL
Juillet
Hugo Roman

AUDREY CARLAN
CALENDAR GIRL
Août
Hugo Roman

AUDREY CARLAN
CALENDAR GIRL
Septembre
Hugo Roman

AUDREY CARLAN
CALENDAR GIRL
Octobre
Hugo Roman

AUDREY CARLAN
CALENDAR GIRL
Novembre
Hugo Roman

AUDREY CARLAN
CALENDAR GIRL
Décembre
Hugo Roman

LEXI RYAN

RECKLESS And Real

SOMETHING WILD PREQUEL

SOMETHING DANGEROUS TOME 1

SOMETHING REAL TOME 2

Hugo Roman

hugonewromance

www.festivalnewromance.fr
www.hugoetcie.fr